TERRY TEMPEST WILLIAMS

FINDING BEAUTY IN A BROKEN WORLD

发现破碎世界之美

[美] 特丽·坦佩斯特·威廉斯 著
秦海花 译

西南大學出版社
SWUP 国家一级出版社 全国百佳图书出版单位

万墨轩图书
WIPUB BOOKS

致·爱

卡尔·勃兰特

For
Carl Brandt
with my love

在废墟中我拾掇起这些碎片。

——T. S. 艾略特[①]，《荒原》

---

* 本书的脚注均为译者注，尾注均为作者注。

① T. S. 艾略特（T. S. Eliot, 1888—1965）：散文家、剧作家、文学评论家和社会评论家；20 世纪最伟大的诗人之一，1948 年获诺贝尔文学奖；生于美国密苏里，1914 年移居英国，1927 年成为英国公民。

裂隙[1]

在废墟中我拾掇起这些碎片[2]——

宇宙的运转依赖于和谐的张力，如琴与弓[3]

就这样我进入破碎的世界[4]

将阴影化为易逝的美[5]——

曾经，我们自出生便懂得这个世界[6]

目录

CONTENTS

FINDING BEAUTY IN A BROKEN WORLD

发　现　破　碎

FINDING BEAUTY IN A BROKEN WORLD

发　现　破　碎

目录

CONTENTS

[意大利 & 马赛克]

世　界　之　美

我们眼看着双子塔倒塌。我们眼看着美国选择战争。我们内心的宁静被击得粉碎。

如何捡起碎片？
拿这些碎片怎么办？

我极度渴望找回失落的诗。

站在缅因州的一个岩石岬角上，我面朝大海，向东眺望黄昏的海平面。“赐予我一个奔放的词语吧！”这是我对大海唯一的请求。

潮水退去，露出泥滩。一只海鸥抓起白色的蚌，在岩石上方的高空中盘旋，随后丢下蚌。蚌被摔得开裂，海鸥俯冲下去，享用蚌壳里那肥美的蚌肉。

“赐予我一个奔放的词语，为我指引方向……”

轰鸣的大海给我的回答是“马赛克”。

拉文纳是一个意大利城市。公元402年，西部的罗马和东部的君士坦丁堡握手言和，共同商定将罗马帝国的新都定在拉文纳。鉴于当时权力转移，罗马衰落，而拜占庭正在崛起，这是一个审时度势的务实决定。经过切割的石头和玻璃所构成的故事令人目眩神迷，从中，人们可以读到异教及基督教精神的演变史。

在被遗忘的岁月里，那些默默无闻的劳动者通过劳作的双手滔滔不绝地讲述着故事。工匠们眼望上方，指间转动着金色嵌片，若有所思，在穹顶和后殿上寻找镶嵌的准确位置，让光和玻璃可以彼此辉映。镶嵌着宝石的屋顶描述着丰富多彩的故事。我想了解碎片所讲述的这些故事。我是一家马赛克镶嵌工作坊的学徒。

她名叫露西亚娜[7]，是我的老师。她的作品不署名，是匿名的。在她之前的马赛克镶嵌师们所创作的马赛克作品年代久远，装点着这座安静城市里那些神圣场所的内部，而她也同样沿用几个世纪前形成的传统方式经营着她的工作坊。

需要的工具：锤子和方柄凿。方柄凿和凿子很像，需要嵌在树桩里进行固定。左手的食指和拇指捏住需要切割的大理石、玻璃或石头，垂直放在方柄凿上。右手举起锤子。锤子有两道刃口，形成优美的曲线。只需要迅速一锤，一个嵌片就诞生了，这便是马赛克制作中最基本的镶嵌片。

露西亚娜是拉文纳的一位马赛克镶嵌师，她不相信发明和创新。“所有的一切以前都已做过，”她说，“有规则可循。”

1. 光影变化是马赛克镶嵌艺术的第一规则。

2. 马赛克的表面并不平整，甚至会倾斜，目的是为了增加光线在嵌片上的跳跃感。

3. 嵌片是不规整的，粗粝的，各有特点，独一无二。

4. 在制作水平线条时，将嵌片垂直放置。

5. 在制作垂直线条时，将嵌片水平放置。

6. 马赛克镶嵌艺术中的线条最为重要，关键是线条要流畅，不会干扰或打断欣赏者的目光。

7. 要想突出马赛克的图案，背景至关重要。至少要有一行嵌片用来勾勒图案。有时候，可能需要三行嵌片来勾勒图案，构成背景的一部分。

8. 缺陷之中蕴含着完美。嵌片间的裂隙和间隔讲述着它们自己的马赛克语言。

9. 用多种颜色来创造远观时所看到的同一种颜色。古代的马赛克都会用到同一种颜色的不同色调。

10. 观赏距离对于马赛克的设计、着色和制作都至关重要。

11. 光影变化是马赛克镶嵌艺术的第一，也是最后一条规则。

露西亚娜会告诉你，只有当你学会了古代马赛克镶嵌艺术的规则之后，你才可以去打破这些规则。她把捏在食指和拇指之间的一块金色玻璃放在方柄凿上，用手握住锤子的木柄根部。“叮”的一声——她把这块彩色玻璃敲出了她想要的形状。

“这种技术你15分钟就可以学会。”她说，“可是要想掌握它，你得花上一辈子的时间。”

马赛克是破碎物之间的对话。

嵌片所特有的语言告诉我们，只有将马赛克碎片打碎之后重新发现，才能达到这种和谐。

——纳塔西亚·菲斯塔，《尼托拉》[8]

你会看到石头或者珐琅嵌片那宝石般的色彩在振动、变化、颤抖、闪闪发光，要做到这一点，就必须把相邻的两个嵌片错开放置，而不是把它们放在同一平面上，往往要将其中一片向外突起，在边界处产生折射，给整体色彩带来一种颤动的效果。

——朱利奥·卡洛·阿尔甘，

《人们之间的马赛克情谊》[9]

马赛克是发生在表面之上的对话。

马赛克是和光线、色彩及形状之间的对话。

马赛克是和时间的对话。

最早的马赛克镶嵌品出现在公元前 2500 年的美索不达米亚。它们是一些起装饰作用的饰物、赤土陶器或者贝母，之后，还未能发展成一种艺术形式便消亡了。

马赛克镶嵌品再次出现是在公元 9 世纪的希腊，这一次是用作地面装饰。与地毯相比，用卵石铺就的几何图案是更为经济的选择。两个世纪之后，地面马赛克开始使用具体的形象，用彩色的卵石表现捕猎中的狮子和雄鹿影子的微妙变化。在马其顿的佩拉发现了一幅卵石马赛克，刻画的是骑着猎豹的狄俄尼索斯。它通过对鹅卵石阴影的巧妙应用，不仅描绘出生育之神的体态，还有她优雅的举止。成千上万的卵石被挑选出来，并永久地固定在混凝土表面上。

后来，卵石被切割石块儿所取代，因为切割石块儿更易于控制和把握。切割成小块儿的石头被称为嵌片，成了深受喜爱的马赛克创作材料。这一装饰形式在希腊、土耳其和埃及广为流传。马赛克工艺精品当数庞贝废墟中挖掘出的精美地板和墙面。公元79年维苏威火山爆发，这些地板和墙面被火山灰所掩埋。

庞贝古城里有一幅马赛克作品，颂扬的是尼罗河流域的草木和动物，展现了丰富多彩的异域生活。罗马人在公元前30年占领了埃及，被他们在埃及见到的美景所吸引。他们将河马、鳄鱼、眼镜蛇、狼、绿头鸭、朱鹭以及各种水生植物用一幅带有浓厚艺术气息的马赛克作品加以呈现。

马赛克成为新领地故事的承载。

在公元前数世纪，异域的自然风光成为马赛克的主题。海豚、跳跃的鱼儿、章鱼和龙虾围绕在嬉戏的天使和丘比特周围，这成为继“罗马扩张”之后又一幅标志性的具象画。

公元前323年至公元前30年，希腊有一组题为“未扫的地”的马赛克错视画，在地面上用石头刻画美食的愉悦，很美，也很有趣。这种好客的传统——成篮的水果、杀鸡备酒，甚至还有一只老鼠在啃噬坚果，在白色马赛克所铺设的背景上留下一些碎屑——这一切都展示了富足之下的慷慨。这些地面看上去让人感觉前一天晚上曾在此举办过盛大筵席。

马赛克用撩人的方式展示身体和土地，颂扬季节的变化，装点着掌管生育、丰收和复苏的众神们的圣殿。

从异教徒社会到基督教社会的演变，使华丽的神话故事转变为一种更加单维度的形式，寓意比表现方式更重要。太阳神阿波罗成了上帝之子。与考究的创作名录相比，象征性的表现方式更受重视，深度消失在扁平式的信仰之中。

在信奉基督教的君士坦丁大帝统治时期，马赛克不再被用来装饰地面，而是被用于装饰教堂的天花板。玻璃取代了石头。在上帝之屋，光线如同真理一样熠熠生辉。

罗马教堂虽然外观看起来很简朴，但是内部覆盖着色彩鲜艳的马赛克，小块儿的切割玻璃从而成为祈祷的物品。为了这一装饰艺术，还特制了一种独特的玻璃，被称为彩色玻璃。这种玻璃耐磨，反光性更好，颜色更丰富，可以让最有想象力的马赛克艺术家在作品中展示细微之处。马赛克的黄金时期开始了。

马赛克成了每个人的《圣经》：人们不再需要依靠文字，而只需要头顶那些图像所讲述的耀眼故事，其目的就是让观看者深感震撼，就像那些在上帝跟前的人们一样。谦卑的人们一踏进教堂，就像是被送到了天国，领略到精神的光辉。

站在圣维塔莱教堂那满是故事的穹顶下，我深感震撼。屋顶上是耶稣门徒们的肖像，他们站在野花地里，拿着一本关于鸟和动物的寓言集，肖像的边框被雕成浪花的形状，海豚在浪花中相互缠绕。这是一连串关于宗教和世俗的历史。狄奥多拉皇后和她的朝臣们，与贾斯汀尼安皇帝和他的随从们一起，创造了一系列和神权相匹敌的权力更迭。

这个教堂最初由哥特人兴建，用的是罗马的技术，包括罗马式穹顶，后来在拜占庭建筑奇才的带领下竣工，并于公元547 年 5 月举行了供奉仪式。由于表现手法华丽，这个教堂从严肃的礼拜场所变成拜占庭马赛克艺术最了不起的典范，这一点更加证明圣维塔莱教堂最核心的灵感并非来自意大利，而来自奢华的东方异域风情。

在我的脑海中，那些无名的工匠们站在高高的、简陋的脚手架上，眼朝上看着天花板，脖子和后背始终紧绷着，伸手从盘子里取出彩色嵌片。我想象他们长时间做着手工艺活儿，常常会进入忘我的状态，既全神贯注，有时思想也会天马行空。

我的目光注视着灰色巨砾上腾起的马赛克赤焰火舌。摩西正在脱掉拖鞋，准备靠近燃烧的灌木丛。上帝从一大片乌云中伸出手，摩西站起身，从上帝的手中接过律法。

他所接过的石板，《摩西十诫》，将会被他砸成碎片。马赛克的律法。

在圣维塔莱教堂的马赛克天花板上，《旧约》和《新约》里的故事被讲述，被重构。“以眼还眼”的故事换成了“你们愿意他人怎样待你们，你们也要怎样待他人”。摩西寻求真理，并通过石板传播真理。耶稣在圣殿山上布道，分享真理。在摩西和耶稣侍奉上帝之处，百合绽放，孔雀开屏，尾羽缠绕，这样的景象提醒我们，我们生活在一个多姿多彩的世界里。

圣维塔莱教堂天花板上图案精致的风景画是一种时代精神，同时也是工匠们用一个一个嵌片所创造出来的生态系统。我所能做的就是抬起头向上看。天花板、墙面、拱门以及穹顶熠熠生辉，就像是清晨的太阳照耀着大草原上成千上万绿油油的草那充满期盼的草芯。

露西亚娜请我们从工作坊所展览的图案中挑选一个。这些图案都是拉文纳著名的大教堂、洗礼堂和墓穴里马赛克天花板和墙面的局部细节图。我们会逐渐熟知它们的名字：圣维塔莱教堂、迦拉普拉西狄亚陵寝、新圣阿波利奈尔教堂、克拉塞圣阿波利奈尔教堂，以及被称为狄奥多里克陵墓的尼奥尼安洗礼堂。

我们四下走动，观赏拜占庭特色的图案：喷泉边喝水的鸽子、橄榄叶编织的花环、几何图案、鹿、长腿的鸟、罂粟花、百合以及帝王和王后们的头像。

我选了有蓝绿色和青绿色背景的三枝白色百合的图案。露西亚娜告诉我，拉文纳的马赛克藏品中有很多百合。我挑的这幅细节图选自新圣阿波利奈尔教堂的马赛克作品。

新圣阿波利奈尔教堂里很冷，非常安静。殉道者和圣徒的游行队伍里，人一个接一个、男女分开地分列于教堂两边，让人惊叹。他们站得笔直，目不斜视，在傍晚的阳光下熠熠生辉。他们的袍子由白色马赛克构成，用的是嵌片粗糙的那面，所以没有光泽，看上去像棉或亚麻。百合和灌木间透出鲜亮的绿色、青绿色背景，和红瓣罂粟花一同构建出大教堂的宗教氛围。

我退后一些。

巨幅的马赛克全景画上那些奇特的人物俯视着我，脸颊红润，目光如炬，栩栩如生，仿佛会说话、能回答问题似的……

这些修长的撒拉弗[①]想要表达什么？我并不知道，但他们狭长的杏眼斜视着，流露着一种奇怪的、洞察一切的表情，虽然也不失可爱，但如果黄昏时分我独自一人在教堂，会禁不住低声祷告以求自我保护。

——亨利·詹姆斯，

《在意大利的时光》[10]

我在长条凳上坐下，观察光影变化。

在选定图案之后，我们将一张蜡纸蒙在我们所选择的马赛克图片上，用黑色毡头记号笔精确地、一片一片地描摹嵌片，留意间隔和缝隙。在完成轮廓之后，我们将临摹纸反过来，用黑色可溶笔在另一张临摹纸上临摹我们刚刚画下的图案，这次的图像是反的。我们将这张轮廓纸放在湿石灰底板上，用手掌按压图案。这样，图案就印在了石灰上，石灰下垫着木头或者刨花板，这就是我们制作马赛克用的底板。

接下来我们按部就班地开始制作马赛克，将每个嵌片或者玻璃片放在指定的位置。

这种在临时的灰泥上制作马赛克的方法被称为“直接法”。长期以来，拉文纳的工作坊制作了很多精美的仿制品，这一方法已经十分完善。

露西亚娜工作坊的露台外面，马特奥——面包师的儿子，

① 撒拉弗：Seraph，《圣经》中守卫上帝宝座的六翼天使。

在将石灰、少许沙子和水进行搅拌，直到它们被搅得像奶油一样黏稠。随后他将石灰铺在木底板上，用泥刀刮平整。

一个个地，我们领到了所谓的“石灰油画布”，将我们的图案放到湿灰泥上。我看着黑色墨水在灰泥上渗开。马特奥小心翼翼地揭开蜡纸，把蜡纸扔掉，把石灰底板递给我。我把底板放在画架上，旁边放上百合花的彩色照片，也就是“底图”，以便让我尽可能准确地复制嵌片那复杂精细的色彩。

我们已经准备好开始放置嵌片了，但露西亚娜说首先我们得切割这些嵌片！

露西亚娜给了我们每人一盘长方形大理石块儿，每个石块儿约 2 英寸[①] 长，1 英寸宽。她简短地给我们演示了如何切割石块儿，语调十分平静：“把方柄凿置于两腿中间。用大拇指和食指捏住石块儿。把石块儿放在方柄凿的这个位置上。像这样从底部握住锤子。快速、垂直地敲击。”她抬起头看看我们：“手腕要绷紧。”她站起身来，放下方柄凿，说：“就这些。现在动手做吧。”

切割，切割，再切割。大理石块儿越来越小。一个长方形变成两个正方形。两个正方形变成 4 个、8 个、16 个小方块儿。我们切割出我们所需要的任何尺寸。要是真这么简单就好了。

那天下午，我双腿间夹着方柄凿，手里握着锤子，切割着石块儿。一连数小时，我切割着石块儿，想起我那地处沙漠、

① 1 英寸 =2.54 厘米

红色岩石和沙子遍地的家乡。

第二天早上，我们来到工作坊，发现成碗的彩色嵌片（我的嵌片颜色包括白色、金色、绿色、暗绿、青绿以及钴蓝色）神奇地出现在我们工作的地方。马赛克工作坊共有三千多种颜色的嵌片可供使用。这些嵌片已经大致被切割成所需的尺寸，不过我们还是得根据它们在灰泥轮廓上的位置进一步调整尺寸。

看上去是如此简单，就像孩子们的游戏一样。露西亚娜叫我们要先勾出轮廓。

她说："请记住，马赛克的原则之一：马赛克是艺术，不是一门手艺。"[11]

我拿起白色大理石嵌片，开始沿着每朵百合的形状一片一片地放置。为了和图案一致，我必须对其中很多嵌片进行重新切割，以便能用在我按照底图画出来的形状里。大理石很硬，很难切割，要用锤子和方柄凿试很多次。最后，当我总算切割出想要的形状时，感到异常满足，就好像在做拼图游戏、图案正在逐渐变得明朗时我找到了合适的那一片。这些不规则的嵌片被嵌入松软的灰泥底板中，就像牙齿模型被嵌入柔软的牙龈之中一样。

接下来，露西亚娜叫我们沿着刚刚勾出的轮廓放置背景里的第一排嵌片。我对深蓝色的玻璃嵌片进行切割。与大理石、石块儿或赤陶砖相比，玻璃嵌片更加易碎，不容易把握，切割的时候会出现小的断裂，有些嵌片会碎。我带上护目镜，一块一块地切割，直到我对指间的玻璃块有了感觉。当我试着用勾勒花朵轮廓的嵌片映照填充百合花的嵌片时，尺寸和形状有了变化。

“然后……”露西亚娜跟我说道，很急切。她拿起那碗金色嵌片，威尼斯奥森尼家族的几代人以及在他们之前的玻璃制造者们数个世纪以来在石窑里所制造的正是同样的金色嵌片。在小小的穆拉诺岛上，工匠用长柄木勺从炉口舀出滚烫的金水，倒在被称为“玻璃比萨”的平底薄饼磨具上。

正是这种金色嵌片，被切割成方形，用于构建熠熠生辉的背景。多少年来，当朝圣者们身处威尼斯圣马可大教堂，或者站在位于托尔切洛岛、周围湿地环绕的圣母升天大教堂里，仰着头阅读马赛克上那些关于创世纪的故事时，这些金色嵌片所构造的背景曾经让他们惊叹、着迷。

露西亚娜手里所拿的金色玻璃和让观赏者赞叹不已的马赛克作品中所用的金色嵌片是一样的。这些马赛克作品就是用凹凸玻璃镶嵌的精神肖像。公元4至9世纪，从罗马帝国直至君士坦丁堡时期的教堂里，所装饰的马赛克作品便是用的这样的嵌片。

露西亚娜站在我旁边，对几片金色嵌片进行切割，向我展示应该沿着哪根线条来镶嵌百合的茎。她鼓励我在金色嵌片中混些黄砂岩嵌片。

“用不同质地的嵌片会更加有趣。”她说，“任何一种颜色千万不要用得太多，即使是金色也一样。在马赛克镶嵌中，正是这种张力让嵌片相互紧密相连。”

我切割嵌片，镶嵌金色线条。[12]

“这些不行，”露西亚娜说道，她用长镊子从我的“画布”

上夹出三片嵌片，“我觉得它们太突兀了。”她叫我挪个位置，在我的座位上坐下，随即开始切割更多的嵌片，并把它们放置在该放的地方。她黑色的大眼睛从底图到灰泥板扫视着。露西亚娜干起活儿来很利落，在短短几秒钟内，几乎凭着直觉，就用一种更为柔和的单色配色平复了我作品中的不协调之处。

“你看这里，”她说，手指掠过左边第一朵百合上方那道弧线，“你要留意古代马赛克镶嵌师们是如何处理色彩的。也许你无法理解，但你可以试着往后站一点儿，眯起眼睛来看。”

我照着她的话去做。果然，那些近看不合逻辑、很突兀的东西，远看就很协调。从近处看上去很刺眼的一块黄绿色嵌片，远远看去变成了暗绿色茎上闪烁的光，就好像阳光洒进了房间。

我在大教堂的马赛克上找到了那几朵我在工作坊所仿制的百合花。这些百合花在游行队伍右边一个殉道者脚边盛开。这三朵百合花是一体的。我将脖子尽量往后压，看到了我早些时候处理起来很困难的那些绿色嵌片。这些嵌片镶嵌得并不完美，但整体效果无懈可击。从我所站的这个距离看过去，原本扁平、单向度的图案，由于这些嵌片而在布局上显得凹凸有致。金色的花蕊闪闪发亮。我自己在仿制的时候几乎没有注意到这些花蕊。

百合花和罂粟花一同凸显了圣人们身后花的背景。这些人物的背后是金色嵌片的光芒映衬下的棕榈树，创造出自然界的感性和恩泽。这是在向孩提时代和成年后的耶稣致以热切的敬意。在长长的祈祷队伍中，每一个人都带着礼物——宝石的王冠——他们用重复的方式恭敬地托举着王冠。从嵌片之间特意留下的空隙中，人们仿佛能够听到背诵神圣经文的声音，那些宗教连祷文中所特有的长长的祷句。

回到工作坊，我坐下来完成百合花的右上角部分，将嵌片切割成三角形，这是我过去几天里学到的新技能。我的目光更加敏锐，能够识别哪些图案服务于整体。我正在学会如何观察和学习。

我也在学会信赖色彩和间隙所创造的动感，绝非按部就班、机械地放置每一个嵌片，而在于不同寻常的安排、不可预知的选择所带来的喜悦。

我相信所有平凡之物自有其美丽之处。
百合，石头，切割过的玻璃。
我相信所有破碎之物自有其美丽之处。

在回小公寓的路上，我又去了趟新圣阿波利奈尔大教堂。天色渐晚，教堂里空无一人。傍晚的光照在狄奥多里克皇家宫殿的马赛克上，但引起我无穷想象的是抱住白色马赛克柱子的手：三只脱离身体的手，还有另外一只前臂戴着宝石手镯的手。是谁躲在这些柱子后面？为什么只给我们看他们的手臂？手的主人全都藏匿在金色马赛克拱门下精致的石帘后。这些手是来自过去的标志，是被后来的东正教视为异端的阿里安基督教教徒（Arian Christians）在马赛克上留下的签名。然而，幸存下来的是它们，这颇具讽刺意味。

我回去寻找那些与身体分离、双手合十祈祷的手臂，但它们不见了。我在阿雷佐集市的台子上仔细寻找。我当时要买下来就好了。15 欧元。显然，这不是钱的问题。当时我被吓着了。我转过身去，问那个靠着泥墙坐在板凳上的露天小贩他还有没有这些手臂。他摇了摇头。我们用意大利语快速交谈。他告诉我，这些手臂刚刚被卖掉了。卖给了谁？他不记得。

当时有什么东西阻止了我。我必须信任这种冲动。谁知道这些双手合十的断臂手上拿着什么？它们来历不明，我不会认识低头看这些手的脸，更不可能知道它们属于哪个被漆成肤色的石膏人像。我能心安理得地拥有这些手臂吗？毫无疑问，这是盘踞在废弃祭坛上的某个圣徒的残躯，很可能是被偷来的。人们永远不知道这些东西的威力。

我不能。我走开了。我一边在露天市场上闲逛，一边在好奇是谁买走了这些断臂。

我是否敢于承认，我自己的手就一直保持着那种恳求、渴望的姿态，一只与身体分离、握着铅笔在祈祷的手。

作家从铅块儿里掰出黑字，把它们排列在白纸上，请求别人阅读我们为自己所创作的语句。

在意大利，柏树在层状地貌里讲述着纵向的时间。在这里，人类历史的印记和影响无所不在。这对于我这个长久以来一直身处美国西部沙漠的人来说是一种极其陌生的情感。这里没有我所要的东西，除了那些和身体分离、双手合十祈祷的手臂。作为一个献身于文字的作家，我深知这一点。在孤独地等待合适的语句出现的过程中，我只知道这一点。

马赛克是破碎物之间的对话。

他名叫马可·德·卢卡。[13] 他是拉文纳的马赛克镶嵌师。之前的艺术家们创造古老的马赛克，用来装点这个安静的小城里的教堂。德·卢卡和他们不同，他的作品装饰的是画廊，而不是教堂的天花板。

德·卢卡用方块儿建造地质景观。他用锤子和方柄凿切割出的每一个嵌片都成为一小块儿土、一滴水，或者是光的乐章中一个闪闪发亮的音符。你站在他的马赛克作品前，看到的是历经时间的积淀而形成的岩石层，嵌片相互交谈，有的肩并肩；有的转过身，叉着腰。

嵌片的尺寸和压缩形成张力。有些嵌片很有序，方方的，小小的。它们构成的诗句，就像是由4个字母的单词构成的诗句：

moon wake over wave blue
rose fish deep sand seen near
cube swim gold next rock face
leaf fell fall land dirt held

其他嵌片则镶嵌得非常大胆，不规则的尺寸和形状打破了叙事。另外一些嵌片则很薄，像一排羽毛，呈扇形，像展开的翅膀，让人无法相信其实它们是石头，是玻璃。

有些嵌片看着就像是命运多舛的家伙，不受重视，像快要倒下的多米诺骨牌，多亏身边邻居直立的肩膀可以支撑其重量，才没有凄惨地倒地。

```
[] [] [] [] [] [] [ ] [ ] \\\\\\\\\\\\ [] [] [] [] [] [] [] []
[] [] [] [] [] \\// [] //\\\\\\\\\\\\\\\\ [] [] [] [] [] []
[] [] ] [] [] \///\\\ \\\//// [] [] [] [] [] [] [] [] [] [] [] [ ]
[] //////\\\\\\\/////// [] [] [] [] [] [] [] [] [] [] //\\ []
[] [] [] [] [] [] [] /// [] [] [] //////// [] [] [] [] [] [] [] \
```

还有些嵌片上有着大大的、特意为之的断裂，就像沙漠中的滚石。动态被搁置、停止、记录下来。此外，还有嵌片宛如流水一般在山石间淌过，蜿蜒流畅。

我扫视着一色的平原。我的目光因为一抹红色所发出的独特声音而停顿下来，这是一块红色的嵌片，混杂在米色、棕色和褐色的齐声朗诵中。一行又一行，德·卢卡创作出一个有机的文本，就像用字母印刷机排放文字一样。马赛克作品在平静沉着之中变得生机勃勃，像建筑，像雕塑，地形上的凹凸感通过光和影得以实现。

你从远处和近处所看到的东西是不一样的。

他名叫马可·德·卢卡。他可以用眼睛让石头弯曲。我们偶然相遇。他邀请我去他的工作坊。他倚着刷成白色的灰泥墙。他个子很高，肤色黝黑。他的专注令人不安。

他走到一扇转门边，转门上摆放着石头，还放着一碗碗彩色玻璃。他拿了一个木盒子给我。

“伸出你的手。”他把十几个玻璃块放在我张开的掌心上。

他放下木盒子，拿起水罐，将水浇在我用双手掬着的玻璃块上。颜色开始变得生动。耀眼而丰富的色彩：红色、栗色、紫色、棕色、黑色、金色。

“这些都是圣维塔莱教堂的古董嵌片，有一千五百多年历史了。”他说，“战争期间它们从天花板上掉落，一位年长的修补师将它们收集起来，放在这个盒子里妥善保管。他去世之前把这些嵌片交给了我。”

他在自己的手上放了一些嵌片，同样浇上水。他把这些嵌片伸到我耳边。“你听。”他说。

20 来岁时的马可 · 德 · 卢卡大部分时间都是在脚手架上度过的，他曾给拉文纳几个意大利古马赛克修补大师当过学徒。

“能够从近处观赏马赛克天花板，而不只是远远地看，让我有了新的发现。”他说，“例如，我能看到三片红色嵌片后紧挨着三片绿色嵌片，我知道它们是如何创造出一条远看呈灰色的阴影线条的。马赛克的存在与表面及光线密切相关。我在修补马赛克时，花数小时、数天、数年对它们进行观察、研究。”

从美术学院毕业之后，马可 · 德 · 卢卡成了一名成功的画家，以色彩大胆、下笔迅速而闻名。他在画布上创作非常直接，但随着时间的推移，绘画对他来说不再有任何意义。他变得情绪低落。几年过去了，他重新发现了马赛克。

他花时间切割石头，精心在水泥底板上镶嵌石块儿，这让他更为静心，更加清醒。

“我意识到当年跟随大师们做学徒的经历对我影响深远，让我能够作为一个独立的艺术家重新进入这个神圣的行业。马赛克成了我感知世界的方式：打破这个世界，然后重新创造一个整体。人类本性的一部分在于重构一个被打破的整体。通过马赛克，我得以从碎片中重建秩序。”

他谈到了“将技艺与情感相结合、赋予石头以轻盈和透明之感”时所面临的挑战。

德·卢卡对这一方法进行了解释。我们的眼睛是凹的，而不是平的，因此教堂里壁龛的曲面就提供了“一个让我们的眼睛停留休息的地方”。他停顿了一下：“我称之为拥抱。在马赛克中，光反射靠的正是曲面——对我来说，这意味着一种精神空间。”

他向我展示了他一幅名为“生态位”（Nicchia）的马赛克作品，73 cm × 52 cm。这是一个壁龛，确实能在白色、米色、棕色和灰色的单色调中留住光线。人们看的时间越长，就越可能看到当中出现的一片绿色嵌片，还会出现零星的、不规则的三角形燧石和闪闪发光的金色。在这个神圣之地，我会迷失。石头是如何创造出一扇光之窗的？

“看见一件物品的关键其实在于倾听。”他用双手轻轻托住嘴巴，解释说。

“艺术，就本质而言，具有表达性，能激发公众的情感反应。当我用眼睛观察外部世界，同时也审视内心时，我便找到了自己的深度。”

“公众习惯于欣赏人像马赛克、具象马赛克、作为绘画的马赛克。”他摇摇头，说道，“我想要找寻马赛克的本质特征。我想要表达欲望的语言，用嵌片来表达我的情感。”

我看到他苦恼起来。“不。这没有准确地表达我的意思。”他仿佛祈祷似的将双手合十，顶着下巴，“马赛克是个比喻，是一个关于欲望的语言的比喻。”

他看着我：“你学习规定。你学习准则。随后你打破规定，以找寻自由。”

马可 · 德 · 卢卡抽出一托盘金嵌片。“金子是光。这些嵌片有五十多年历史了，是我的收藏，我得节省着用。它们很有特色，不那么整齐划一，不那么完美。如今的金嵌片太过肤浅。古人认为金子是光，是一种真理的形式，我很喜欢。”他将托盘放回壁橱里。

“你可以写：马可 · 德 · 卢卡是个小偷。他企图窃取古代艺术：罗马式地面、拜占庭式天花板。作为一名马赛克镶嵌师，我艺术的基础在于古代马赛克镶嵌师们所创造的知识。”他晃动着来自圣维塔莱大教堂的玻璃块，“你听。我们通过对形状，对我们从过去所学到的东西进行重新排列创造了未来。”

德 · 卢卡创作了一片树林，一片无须支撑便可挺立的马赛克树林，由亮变暗，嵌片用的是一系列从金色到绿色的彩色玻璃。

他将这些树遍布在拉文纳的各个广场上。这些用抒情方式所创作的柏树高 272 厘米；黑色锻铁树干支撑着金色的椭圆形树冠，洒下阴影，为那些厌倦了光线的公园留宿者遮蔽光照。色彩之间的对话能产生叶子的效果以及透明的树冠，这让我大为惊叹。

“我喜欢雨后在圣维塔莱大教堂附近的鹅卵石街道上漫步。”他说，“我喜欢看倒影，观察色彩的精妙。通过这种方式，我研究单个马赛克嵌片的细微之处。与玻璃相比，我更喜欢天然材料。石头的种类数不胜数——有砂岩、石灰石、大理石等。”他转动装着石块儿的转门，“对石头进行切割，你会看到纹理。充分利用石头的每一种属性，你会发现它的独特之处。保留材料的外表很重要，但同时你可以深入它的灵魂。我所说的倾听石头就是这个意思。”

“从任意无序之中，你可以创造秩序。我表达了一些很深刻的东西，又随即对其加以否定。”

“我想让每一幅马赛克都能拥有最大程度的自由，成为自己。”

下雨了。我拐进迦拉 · 普拉西狄亚陵寝避雨，感觉就像走进了一个从内部点亮的珠宝盒。据说这个小小的墓穴里安放着迦拉 · 普拉西狄亚皇后的遗体，整个墓穴内部都布满了马赛克，令人叹为观止。

时间那带有侵蚀性的目光并没能让这些古老的墙屈服。每一片嵌片在属于自己的角落里安然无恙，闪闪发光，仿佛在宣告，在这个世界上依然有地方可以容纳美并奇迹般地保全美。这是一个超然的空间，人们在这里离开一个世界，进入另一个世界，这里正是理想的安息之处。

寝陵的外形像个十字架。入口是个狭窄的走廊，天花板呈弧形。我想起马可·德·卢卡将弧形空间视为一种拥抱。抬头向上看，你会发现自己正站在璀璨的夜空下，炫目的深蓝色马赛克做背景，上面是有序的星座，从外面透进来的光线在玻璃表面跃动时，这些星星真的闪烁着银色和金色的光芒。白瓣小花娇柔地垂挂在星星之间。红色、黄色和银色的十字形曼荼罗创造了宇宙中其他天体自由漂浮的景象。即使有云遮蔽，马赛克天花板依然发着微光。门开着的时候，就好像每一块玻璃的表面都在散发着光芒。

几个世纪之前，人们如果在雨天进入这个神圣之地，只能借助火把看到闪烁的光。星星天花板精彩绝伦，呈现出星光摇曳的夜空景象。

现在这个空间通过十四扇覆盖着雪花石膏板的小窗进行采光，这些小窗是维克多·埃曼纽尔三世 1908 年所赐。每一个世纪都会留下自己的印记，覆盖拱门的红、蓝、黄、青绿、绿等色彩鲜艳的几何图案看起来更为现代而非原始。我认出了学生们在工作坊仿制的细节：从喷泉里喝水的鸽子，粉彩色的“卍”图案，绿色、黄色和蓝色的几何线条。

陵墓的侧面直至圆顶镶嵌着红色桂冠，寝陵的 4 个支室呈十字形，在圆顶处会合。一个由金嵌片构成的拉丁十字架悬挂在另一个以蓝色马赛克为背景、嵌有 800 多颗金色星星的精致图案之中。狮子、雄鹰、公牛以及天使分别装点着支撑穹顶的四个角，即拱肩。这些动物是四福音使徒的象征（圣马可的狮子、圣约翰的雄鹰、圣路加的公牛和圣马太的天使）。异教－基督教马赛克镶嵌师所设计的图像绝非随意的选择。

站在这个空间的中央，就等于站在十字形的中心。3个支室中各自停放着一具石棺。石棺里装的是什么？这一直是个谜。其中一个石棺里极有可能是迦拉·普拉西狄亚本人的遗骸。另外两个或许是皇帝——她的儿子和丈夫。迦拉·普拉西狄亚让人把她的遗体从君士坦丁堡带回了拉文纳。没人知道这些罗马皇帝和皇后最后的安息之处。一位当地人告诉我，在16世纪末，有几个男孩儿很好奇，把点燃的蜡烛伸进大理石墓中，想看看里面埋着谁，但尸体被之前的一场大火严重损毁，只剩下几块骸骨和一个烧焦的头骨，根本无法辨别尸体的身份。

碎片。天使的左边。我回到集市。狭窄的街道如迷宫一般，街上摆满了古董，游客川流不息。这一次，当我漫步街上，大市场里吸引我目光的是一只翅膀。一只曾经附着在天使左边的翅膀。翅膀是用木头雕刻的，曾被漆成原木色，现在褪色了，羽毛的顶端也磨损了。它被放在门廊椽子下一张桌子的桌角上，门廊是鸽子们夜间的栖息之地。这只翅膀是另一个破碎的附属物。[14]我想知道这些碎片有什么力量，为什么我会被它们吸引，它们如何能历经几个世纪之后依然存在，又是为了什么。

在但丁的墓园外有一位画家在作画，画的是天使的身体构造。她的铅笔插图展示从撒拉弗的脊柱上所伸出的中空的骨头，如同鸟翅膀上的尺骨和桡骨，羽毛像手指一样向外伸展。在医学图解语境中看到这些精确的图片，让天使们成为有血有肉的生物，更接地气。生物学。这是感知的调整，怀疑的搁置，使天使变得真实，而不仅仅是在我们身处困境时盘旋在我们头顶的一缕希望。

谁会放弃这个世界？[15]
形式的目录无穷无尽。[16]
没有人看得到一切。[17]
我正在寻找一种方式，[18]说出、表演、再现、解决我这个时代大家普遍感受到的危机。这些都是精神上的锻炼。

我回去寻找那些与身体分离、双手合十祈祷的手臂，但它们不见了。

碎片和破裂[19]的确是20世纪的精髓。

我们现在生活在21世纪。

我们没有罗盘让自己调整方向。[20]
记忆是多余的。[21]
难道播种的不是我们吗？[22]
难道我们对于地球来说不是必不可少的吗？
有句老话说得好："你改变生活，也就改变了你的想法。"[23]

我一度相信只有在事物的表面之下才能发现真理。在地下。我崇尚深度。我所渴望的是隐蔽的东西。

但是情况发生了变化。

这是一个领域的瓦解[24]——

现在我感兴趣的是我的眼睛所看到的，我的手指所触摸到的，我的手慢慢拂过肌肤、或者毛皮、或者羽毛、或者石头时所感知到的东西。

我相信我所看到的东西。我们所看到的是事物的表面。

我相信我所触摸的东西。我们所触摸的是事物的表面。

这下，最后一片蓝色嵌片已镶嵌到位。我用镊子把它朝右稍做调整，用手指尖擦去多余的石灰，并模仿原作的样子，在两块儿嵌片之间留下一个较大的间隙。结束。马赛克作品完成了。

我把方柄凿挪到一边，从凳子上起来，不带任何感情色彩地端详我制作的这个来自新圣阿波利奈尔教堂的小小花朵的细节图。我觉得自己似乎是在一行一行地阅读一段构造粗糙的文字，它摘自神圣的拜占庭精美叙事文本。是我把文本翻译得很蹩脚。它带着一个热切的业余爱好者所有的错误，不过，我接受它原始的美。

我们把制作的马赛克作品搬到室外。虽然只是学徒，我们也为这小小的成就感到快乐。阳光照在我们的马赛克作品上，闪闪发亮。百合的茎发出金色的光芒，那些粗糙的小块儿砂岩凸显了这一效果，形成光线中一个戏剧性的停顿，这让我尤其高兴。

露西亚娜把我们召集起来，向我们展示如何进行下一步。我们看着她搅拌一种散发着恶臭的混合物，我们得知这是兔胶。兔胶是首选的黏合剂，过去也用这个。她向我们展示装有琥珀色晶体的塑料袋，在双层蒸锅上将这些琥珀色晶体加热至熔点。

“如果你们在室外做这事儿，就得当心了。”她警告我们，“狗和猫会跑来，用鼻子嗅着寻找兔子。”这是一种刺鼻的死亡液体所发出的恶臭，会让人流泪，不是出于悲伤，而是因为厌恶。

“克服一下。”她说，“用你们的嘴呼吸。”

露西亚娜再一次用刷子搅动胶水，随后在她正在制作的马赛克表面刷上胶水。兔胶黏合剂渗进裂缝中，以此固定嵌片。

接下来，她拿出一卷医用纱布，按照面前的马赛克作品的尺寸剪下一块同样大小的纱布。露西亚娜将纱布盖在胶水上，在纱布上又刷了一层兔胶。所有这些都是为了确保嵌片能牢牢地固定在合适的位置上。等胶水完全干了之后，马赛克可以说是从湿的石灰底板上被“撕扯”了下来，石灰底板原本就只充当临时的黏合剂。

我们每人都把兔胶刷在马赛克上，用纱布蒙住表面，再刷一层胶水，确保纱布盖得平整、牢固。接着，我们将作品放在意大利的艳阳下晒干。

在工作坊里，我们看着马特奥将黏合剂从石灰换成水泥。等胶水干了之后，我们也将这样处理自己的作品。马特奥用铲子将马赛克从木板上铲下来，然后用剪刀剪去多余的纱布。

马特奥将一层薄薄的水泥倒入一个选好的、大小适合马赛克尺寸的箱型框架底部。他用铲子将水泥铲平整。他在马赛克的另一面浇上一层水泥，水泥聚集在所有的空隙里。我们倒吸了一口气，以为马赛克被毁了。马特奥笑了，因为他已经习惯了新手们的这种反应，他把马赛克放在湿水泥底板上。他快速而又仔细地将马赛克放在中心位置。接着，他在箱型框架的其余部位灌满泥浆，主要是沙子混合物，环绕在图案的周围，充当马赛克的浅色背景。

水泥干了之后，覆盖的纱布被揭掉，我们对马赛克进行清洁，在马赛克的表面浇上热水，用刷地的小刷子使劲儿地刷掉所有的胶水。在冲刷我的百合花时，嵌片是如此坚固、结实，让我大为惊讶。每个方块儿都有了生命，仿佛原先缄默，现在开始说话了。

我们把马赛克放回我们各自操作的地方，开始像牙医清洁牙齿一般费力地清洁每一个嵌片。事实上，我们所用的也确实是牙医的工具。我们在每一个嵌片之间刮呀刮呀，去除的不是长期积下的牙结石和牙菌斑，而是在凿去石灰砂浆和多余的水泥。

我们追求完美的梦想被露西亚娜沙哑的声音打断了："可以了，现在我们该看一看美——有缺陷的美了。"

我来到了拉文纳的这个工作坊，是因为一个词——"马赛克"，丝毫没有留意周围的景观。我来到了拉文纳的马赛克工作坊，为的是通过我的双手学习一种新的语言。

人们谈论介质。你的介质是什么？作为作家，我的介质是泥土、黏土、沙子——我所能摸得到、握得住、踩得到的东西——地球。我的介质是地球。和我的思想息息相关的地球。

远离我所生活的大陆，在拉文纳，我确实在学习一门新的语言，但它和我的想象完全不同。

我看着我的双手。

"马赛克是一种安排生活的方式。"露西亚娜在给我们做最后的教导，"制作马赛克是一种思考世界的方式。"

露西亚娜的临别赠言："马赛克是由共同体所构建出来的。"

FINDING BEAUTY IN A BROKEN WORLD

发 现 破 碎

[美国 & 草原犬鼠]

世　界　之　美

宇宙的运转依赖于和谐的张力，如琴与弓。

——赫拉克利特，《碎片集》

光影变化是马赛克镶嵌艺术的第一规则。

当眼睛扫视地平线时，是风的叹息让草原有了生命。许多双眼睛。草发出嘶嘶的声音，惊起一群乌鸫，随后飞落到这片土地那柔软的边缘。在傍晚金色的阳光下，一个小镇处于警戒状态。

马赛克镶嵌艺术中的线条最为重要，关键是线条要流畅，不会干扰或打断欣赏者的目光。

即便在日常活动中，这个小镇的居民也总是处于警戒状态。它们的生存取决于一个群体的眼睛和耳朵，成百上千双眼睛和耳朵。它们仔细观察地平线。

观赏距离对于马赛克的设计、着色和制作至关重要。

这是一个草原犬鼠镇。

平静是通过光的移动来实现的。

草原犬鼠起源于更新世。它们体现了 200 万年不断进化的智慧。在过去，草原犬鼠追随着野牛，在雷鸣般的牛蹄后面给土壤透气。

草原犬鼠镇似乎一直 延 伸 到 天 的 尽 头。

据记载，得克萨斯州最大的草原犬鼠镇有 250 英里[①]长，100 英里宽，曾容纳过大约 4 亿只草原犬鼠。

嵌片：马赛克最基本的单位。

有五种草原犬鼠是北美所特有的：黑尾、白尾、甘尼森、墨西哥和犹他草原犬鼠。

马赛克的表面并不平整，甚至会倾斜，目的是为了增加光线在嵌片上的跳跃感。

草原犬鼠的国度连绵起伏，布满了小丘和洞穴。

嵌片是不规整的，粗粝的，各有特点，独一无二。

草原犬鼠真的可以说是用它们的爪子改变了土地。如果草原犬鼠将前爪朝上指向天空，你会看到它们的爪子上多了一层胼胝，以帮助它们完成这项任务。

在制作水平线条时，将嵌片垂直放置。

挖地洞时所产生的土堆有些高达 2 英尺[②]，直径达 10 英尺。它们可以充当警戒哨所，让草原犬鼠提防危险。

每一块玻璃嵌片都是一面反射光线的镜子。

当危险临近时，草原犬鼠会齐声发出一连串吠叫声，通常由守卫在领地外围的哨兵犬鼠领头，站在土堆上的犬鼠会继续传递信号。消息迅速传播。它们争先恐后地穿过沙漠，消失在

① 1 英里 ≈ 1.61 千米

② 1 英尺 ≈ 0.31 米

附近的一个洞口，钻进下面的地洞之中。

用多种颜色来创造远观时所看到的同一种颜色。古代的马赛克作品都会用到同一种颜色的不同色调。

草原犬鼠对于草原生态系统的生物多样性有着极为重大的影响。200 多种野生动植物与草原犬鼠镇相关，其中 140 多个物种直接受益，包括野牛、叉角羚、穴鸮[25]、小囊鼠、鹿鼠、蚂蚁、黑寡妇蜘蛛、角百灵以及许多食肉动物，如响尾蛇、金雕、獾、短尾猫、黄鼠狼、狐狸、郊狼，尤其是黑足鼬。

缺陷之中蕴含着完美。嵌片间的裂隙和间隔讲述着它们自己的马赛克语言。

如果草原犬鼠从草原生态系统中被消灭，九种脊椎动物的数量将可能下降或者完全消失。黑足鼬与草原犬鼠作为“捕食者—猎物”组合，同步进化。草原犬鼠的衰落等同于黑足鼬的衰落。草原犬鼠镇的消失或许意味着岩鸻、穴鸮、王鵟、金雕、草原狐、角百灵、食蝗鼠和鹿鼠的消失，从而减少整个草原地貌上生物的多样性。

要想突出马赛克的图案，背景至关重要。至少要有一行嵌片用来勾勒图案。有时候，可能需要三行嵌片来勾勒图案，构成背景的一部分。

金雕

夜鹰

蝙蝠

红尾鹰

渡鸦

王鵟

茶隼

角百灵

喜鹊

岩鸽

草地鹨

蚱蜢

野牛

骡鹿

叉角羚

黑尾长耳大野兔

长尾黄鼠狼

白尾灰兔　　郊狼　　山猫

獾

草原狐

穴鸮　　鹿鼠

黑足鼬

响尾蛇

牛蛙　　灌丛刺鬣蜥　　黑寡妇蜘蛛

银鲛　　红色三芒夹竹桃　　藜

斑鸠菊　　刺梨　　红球葵　　野洋葱

乱子草　　野生大麦　　虎杖　　银柴胡　　滨藜　　芭蕉

草原沙草　　野靛草　　优若藜　　白色多刺罂粟

针和线　　鼠尾粟　　箭之羽　　毛蕊花　　胡椒草

银须芒草　　狭缝芹　　食用补骨脂　　羊茅草　　芒麦草　　狗根草

蓝色格兰马草　　糠穗草　　蓝茎冰草　　无芒雀麦　　野牛草

草原犬鼠创造了多样性。

毁掉它们，就会毁掉一个多样的世界。

犹他草原犬鼠被认定是 21 世纪全世界范围内最可能灭绝的 6 个物种之一。

——奈尔斯 · 埃尔德里奇，

《第六次物种大灭绝野外指南》[26]

（《纽约时报杂志》，1999 年 12 月 5 日）

我弟弟斯蒂夫收集各种动物头骨。他在野外寻找头骨，带回家，如果需要的话对它们进行清理。他从骨头上剥下毛皮，剔除肌肉，然后煮沸，让未能剔除的肉自行掉落。

我弟弟给了我一个草原犬鼠头骨。他把头骨递给我："你注意到这个头骨和其他头骨有什么不同之处吗？"

我把草原犬鼠头骨握在手里。我说不上来有什么不同。

"眼睛，"斯蒂夫说，"你看，眼睛部位好大。"

梦境：我正沿着堤岸行走，堤岸的一侧是河水。太阳快下山了。我看到前面似乎站着一个小小的身影。那是一只草原犬鼠。它一动不动。最后，我们面对面。草原犬鼠说："我要给你讲个故事。"

在美国西部，现在依旧流传的神话是关于剽悍个体的。

草原犬鼠代表的是群体。而我们正通过破坏我们的群体意识瓦解我们自己。在建州伊始，犹他州是明白这一理念的。然而，我们在开发社区时却忘记了我们共同的根。

草原犬鼠依赖群体而存活。

草原犬鼠是更新世哺乳动物。在漫长的岁月中，在经历过重大变故之后，它们存活了下来。

在辽阔的苍茫大地上直立起身子：它们看到了什么？它们闻到了什么？它们听到了什么？

它们听到卡车驶向它们小镇的声音，“砰——”的关门声，说话声，走近的脚步声。从藏身的地洞里，它们看到了磨损的靴子底，看到靴子尖踢掉了它们地洞的入口，蓝色牛仔裤弯下来，戴着手套的手点着打火机，火焰，热气，然后有人用手把燃烧的东西塞进洞口；有东西在燃烧，它们沿着地道向后撤退，烟雾在黑暗中盘旋，靴子将泥土踢进洞口，堵上了它们的洞穴，盖住它们的洞穴，将入口封死、拍实。它们继续逃窜，向前，向前，向前，转圈，它们看不见，它们闻到的是恐惧，它们咳嗽、喘息，眼睛刺痛，它们的肺部紧绷，无法呼吸，它们试图跑，转身，却无处可去，它们都在试图脱身、逃跑，但是地洞所有的出入口都被人用脚踢着土封死了。毒烟像蛇一样追逐着它们，一条隐形的蛇，驱赶着它们，直到它们在痛苦中窒息而死。它们每一个器官都在痉挛，它们倒在彼此的尸体上，鼻子被熟悉的毛皮盖住，年轻的、古老的家族，都慢慢地、残忍地被毒气毒死。

卡车开走了，美国国旗在风中飘扬，美国西部红白蓝旗帜在宣告：与阻碍开发的草原犬鼠的生命相比，私人财产权更为重要。

1999年夏天，近400只犹他草原犬鼠从犹他州雪松市的雪松岭高尔夫球场失踪。据说它们被杀害了，被毒气毒死了。两名联邦探员对这桩罪行进行了调查。这是联邦刑事犯罪。杀害或企图杀害联邦保护动物，所受的惩罚从最高10万美元的罚款到一年牢狱不等。有人说当地人知道是谁干的，并为此感到高兴。其他当地人则义愤填膺。没有人提供信息。双方都为抓捕罪犯提供了悬赏金。雪松市是一个小镇。凶手一直没有被抓获。

《光谱》，2006年7月7日

雪松市——雪松岭高尔夫球场和犹他州派尤特部落的草原犬鼠问题至少还将持续一年。

高尔夫球场和部落都申请了许可证，允许其将一部分草原犬鼠从他们的土地迁至别处，并杀死其余的草原犬鼠。

美国鱼类及野生动物管理局（U.S.Fish and Wildlife Service，USFWS）生态学家埃莉斯·伯克说，她收到了来自总部位于新墨西哥州的环境组织“森林守护者”的意见书，对该项目提出抗议。

“我们必须设法解决这些问题。”她说。

这意味着明年之前都不会对草原犬鼠进行搬迁，因为在这个问题解决之前，美国鱼类及野生动物管理局不能签发许可证，而诱捕季8月结束。

挫折：这让雪松市和派尤特部落极为失望。

犹他州派尤特部落主席罗

拉·汤姆说，她希望能尽快为部落的草原犬鼠问题做些什么。

“这真是令人失望，”她说，“我希望那些认为草原犬鼠濒临灭绝的团体或个人能看看草原犬鼠成灾的地区。”

“部落土地上的草原犬鼠限制了土地的使用；由于繁殖迅速，它们已经完全失控了。”汤姆说。

市长杰拉尔德·谢拉特认为，让一个来自新墨西哥州的团体对雪松市的事务指手画脚令人恼火。

“真是令人沮丧，因为我们本希望今年夏天开始诱捕草原犬鼠。”他说道，“这会延缓我们的计划，但我认为这不可能阻止我们的行动。这个计划是合理的。我认为这只是一个小障碍，我们会解决的。”

但“森林守护者”濒危物种项目主任妮可·罗斯马里诺说，该计划不仅完全没有必要，而且是给一个濒临灭绝的物种签发了死刑判决。

“我们非常、非常坚决地反对这一计划。”她说，“我们认为这就是一个灭绝计划。”

草原犬鼠计划：美国鱼类及野生动物管理局现场主管亨利·马达克斯认为高尔夫球场和部落土地需要单独的生态环境保护计划以及环境评估，因为艾恩县保护计划对于数量如此之多的草原犬鼠来说远远不够。

该保护计划只允许每年搬迁300只草原犬鼠。

他说：“在高尔夫球场和派尤特部落土地上的草原犬鼠数量如此之大，目前的生态环境保护计划无法覆盖。”

野生动物资源部（DWR）野生生物学家基斯·戴指出，根据DWR最新统计，他估计仅高尔夫球场就有360多只草原犬鼠。

汤姆关注的是派尤特土地上的数字。

她说：“如果你和本地居

民谈一谈，会听到他们所面临的一堆问题。”

她知道，由于美国鱼类及野生动物管理局得先解决意见书问题，她将不得不继续等待，这让事情很难办。

“这本身就已经是一个很漫长的过程了。”她说，“我们没有其他选择。我们处于停顿状态。”戴说今年他已经遵照艾恩县生态环境保护计划在高尔夫球场诱捕了100只犬鼠，但在高尔夫球手们看来，今年的犬鼠似乎比以往任何时候都多。

他补充道，如果新的生态环境保护计划获批，高尔夫球场将会从艾恩县的计划中脱离出来，为相关人员释放出更多的犬鼠搬迁份额。

计划中止：罗斯马里诺指出，由于目前的艾恩县生态环境保护计划必须覆盖高尔夫球场和派尤特部落的土地，如果再增加额外的计划，搬迁更多的犬鼠，只会让这一濒临灭绝的物种处境更为艰难。

“因此这个计划没有必要。”她说，“这一切都可以在艾恩县生态环境保护计划下完成。”

“森林守护者”和支持意见书的人希望能撤销生态环境保护计划，认为该计划违反了《美国濒危物种保护法》[27]《国家环境政策法》以及《行政程序法》。

“现有的方案让人难以接受，”罗斯马里诺说，“无可回避的问题是——这种动物处境堪忧。它们已经濒临灭绝。从生物学的角度来看，这一物种有大麻烦了。”

她的另一大担忧是如何重新安置犬鼠。在以往，搬迁问题一直“糟糕透顶”。她对搬迁地点——野豌豆谷——也抱有疑虑。野豌豆谷位于雪松市东北部约28英里的秃山旁，在迈纳斯维尔高速公路以东不远处。

“我们对这些动物存活的概率感到非常悲观。”她说，“这个区域让人心存疑虑，迁移只是赶尽杀绝的另一种说法，因为它们无法生存。”

不过，马达克斯认为在当前这种情况下搬迁是可行的。

“我们认为迁移仍然是有用的。”他指出，“从长远来看，迁移并不能达到我们的目的。对草原犬鼠进行重新安置并不是解决它们所造成问题的长远之举，但仍然可以起一些作用。”

罗斯马里诺则认为，旨在保护草原犬鼠栖息地的地役权保护措施很不得力，允许了太多与保护目的相矛盾的土地使用行为，如狩猎、车辆在非路面行驶以及放牧等。

该地区雀麦草丛生，这也将威胁草原犬鼠的生存。

戴和马达克斯都表示，他们相信野豌豆谷足以让草原犬鼠生存下去。马达克斯指出，现在野豌豆谷已经有草原犬鼠群了，它们状况很好。

戴指出，艾恩县在该区进行了播种，以求改善该地区的状况。马达克斯认为草原犬鼠喜欢看到，也需要短草，因此放牧有益无害。

最后，罗斯马里诺表示，她可以理解这些和保护目的相矛盾的土地使用行为，比如每月有 6000 位高尔夫球手使用这个高尔夫球场，但是随着开发不断继续，她不知道该如何划定界限，草原犬鼠将何去何从。

“我认为，在这一物种已经濒临灭绝的情况下，这是不合理的。”她说，“这是一个重要的物种。我希望看到高尔夫球场方面能够多一些宽容。”

罗斯马里诺认为，如果美国鱼类及野生动物管理局批准所有转移或搬迁草原犬鼠的申请，草原犬鼠将会一只都不剩。

“路的尽头是灭绝。”她说。

1979 年，我写过一篇关于犹他州草原犬鼠的案例研究。

我记得那个冬天我去了犹他州州立议会，在那儿采访了伊万·马西森，一位来自艾恩县的州参议员。他倡议并提出了《参议院 207 号法案》："实施《犹他州 1953 号法规》中第 23-13-14 部分；与野生动物资源相关；向其农作物或家畜遭到受保护野生动物损坏或损毁的个人提供赔偿，并为此类损失的原因和金额提供评估。"

他坚持认为人们有谋生的权利："不能为保护濒危物种而对人类造成经济上的损失。"

"草原犬鼠的价值是什么？"我记得他这样问我，"你更喜欢吃草原犬鼠肉还是牛肉？"

他坚持认为如果农民的土地遭到草原犬鼠破坏，他们理应获得犹他州野生动物资源部的经济补偿。

法案没有被通过，但它是一个历史标志，展示了自 1973 年《美国濒危物种保护法》颁布后农民和牧场主所感到的无助。当时，《美国濒危物种保护法》实施才 6 年时间。这是一项情绪激昂的法律，规定必须考虑到动物的权利和尊严，如果某种动物或植物濒临灭绝或受到威胁，它在栖息地中的生存比开发更为重要。在犹他州农村地区，尤其是摩门教地区人们的心目中，这是一种亵渎，因为在这些地方，土地就该供人们自由取用。

在采访之后，马西森参议员递给我一张纸。这是一份炖草原犬鼠肉的烹饪菜谱。

"我妻子觉得你会喜欢这个。"他说。

或许美国西部的草原上没有比草原犬鼠更常见的东西了。

不，让我把这个句子改写一下。

或许从前在美国西部的草原上没有比草原犬鼠更常见的东西了。

1804年，刘易斯和克拉克在西进的途中注意到，这种“草原的野生犬鼠……在这里大量出现”。他们被这些数量众多的“吠叫的松鼠”所吸引，便（费了好大的劲儿）抓了一只，大老远一路活着带回华盛顿，作为礼物赠送给托马斯·杰弗逊总统。后来这只犬鼠曾在宾夕法尼亚州的费城公开展出。

据欧内斯特·汤普森·塞顿估计，在20世纪初期，北美的草原犬鼠数量曾一度达到惊人的50亿只。

它们都是群居动物。

它们住在城镇和村庄里。

它们都很脆弱。

由于一战的规模和范围，美国政府一下子要为海外部队提供大量食物，因此急需牛肉产量最大化。在政府看来，将草原犬鼠从农场上根除就意味着改善牛群的饲养条件。杀死啮齿类动物成为一种爱国行为。

《美国农业部年鉴》，1920年

每年由啮齿动物所造成的作物生产损失达50亿美元，要消除这一损失看起来是一项惊人的任务。如果公司、磨坊、工厂出现漏洞，可以找到预防手段，发布命令，将改进措施付诸实行……但对于啮齿动物，你不可能命令它们停止进食。

任务的规模如此之大，波及整个美国疆域，执行这一任务不仅需要由联邦和州政府官员们行动起来，更需要成千上万的民众主动合作，参与行动……必须提供组织计划和手段，确保训练有素、经验丰富的领导力量，实行广大民众的合作，制定法律法规，提供经济资助，采购特需物品并在需要的时候随时投放……生物调查部收到了许多来自西部各州的紧急求助：如果啮齿动物得不到控制，人们将不得不放弃牧场。

一张生物调查部现场人员播撒有毒谷物、消灭鼠患的照片，附有以下图片说明：

在 1920 年，13.2 万多人参与合作运动，靠步行和骑马在 3200 多万英亩[①]“鼠患肆虐”的牧场和农场上播撒了 1610 吨有毒谷物。此项消灭草原犬鼠和地松鼠的行动，挽回经济损失多达 1100 万美元。

消灭草原犬鼠的方法

毒杀法：氰化钾。毒杀见效快……但有时投药有难度，主要是因为大多数动物不喜欢它的气味儿。对人类有危险，使用时必须十分小心。注入李子和葡萄干中，和谷物混合，表面用一层糖浆进行伪装，用茴香油调味。

毒杀法：士的宁。目前所知的消灭草原犬鼠效果最好、最令人满意的毒药。随处可得。方法简单。一蒲式耳[②]小麦中掺入

① 1 英亩≈ 0.004 平方千米

② 蒲式耳，是一个计量单位。在英国，一蒲式耳约为 36.37 升；在美国，一蒲式耳约为 35.24 升。该单位只用于固体物质的体积测量。

3盎司[①]士的宁。可以洒在黄油面包上，涂上一些糖浆，然后将面包切成小块儿，放在洞穴周围。一蒲式耳谷物可以对40英亩土地的草原犬鼠进行毒杀，折合成本每英亩12.5美分。一个人一天播撒有毒谷物的面积可达50英亩以上。

烟熏法：二硫化碳。通过被扔进洞穴的物质所产生的烟雾摧毁动物。挥发性液体，易燃，极具爆炸性。对草原犬鼠的通常用量：一盎司（一茶匙）。使用方法极其简单：倒在吸水性强的东西如大块儿的马粪、玉米芯，甚至是土块儿上，丢进洞穴，封住洞口。费用：每磅10美分。花费1美元可以毒杀100个洞穴。

任何动物群落如果消耗资源的速度大于资源再生的速度，必然会面临最终的灾难。草原犬鼠已经在草原上生存了至少100万年了，很可能曾经数量巨大，如果草原犬鼠真的有害，那么它们应该在很久以前就已经将它们所属的动物群落破坏殆尽了。

——蒂姆 · W. 克拉克，

《草原犬鼠的生态学角色》[28]

（《怀俄明牧场管理》，1968年，第261期）

在20世纪20年代，犹他草原犬鼠数目超过9.5万只。到了20世纪60年代，由于农业部所实施的高强度毒控运动、任意射杀、疾病以及栖息地的减少，犹他草原犬鼠的分布大为减少。

① 盎司，此处为重量单位，一盎司为28.35克。

根据当时的估计，仅有37个独立群落、3300只犹他草原犬鼠幸存，该物种将于2000年灭绝。

由于数量和分布急剧下降，犹他草原犬鼠于1973年6月4日被列为濒危物种。[29]《美国濒危物种保护法》于1973年12月28日被签署成为法律，草原犬鼠是最初被列入目录的物种之一。

2000年，犹他草原犬鼠并未灭绝。

根据2007春季统计数据，犹他草原犬鼠数量约为10000只。不过，这个数字具有误导性。从个体数量的角度去考量草原犬鼠还不够，它们是群居动物，必须从群落角度来看待。它们作为一个物种的健康和存活状况必须从聚居密度或社群的角度来考量。美国鱼类及野生动物管理局提出，小种群是指数量少于200只的群落。按照这个标准，只有9个犹他草原犬鼠群落不属于小种群，从而有可能长期生存下去。而在这9个群落中，有6个群落生活在私有土地上，这使它们更有可能由于搬迁（被搬迁的草原犬鼠充其量仅10%能够存活）以及栖息地遭毁坏而灭绝。

鉴于犹他草原犬鼠不确定的未来，它们理应和美国最濒于灭绝的物种，如加利福尼亚神鹰、美洲鹤、黑足鼬一同受到保护。

如今西部内陆的草原犬鼠处于什么状态？

来自洞穴的成绩报告单：草原犬鼠的预测[30]

这份成绩报告单依据最准确、最新的科学数据为负责管理草原犬鼠的各联邦机构及各州打分。评分系统采用类似于美国高中、大学和学院所采用的标准的4分制。考察数量、生态环境、毒杀政策、射杀政策、监测和保护活动等各方面表现，计算出综合成绩。

美国鱼类及野生动物管理局：D-

2003至2007年，管理局驳回公民关于将甘尼森和白尾草原犬鼠列入濒危物种的申请。在发布一份“未经证实的”调查结果之后，管理局将黑尾草原犬鼠从《美国濒危物种保护法》候选动物目录中删除，并驳回将犹他草原犬鼠从“受威胁”物种升级至“濒危”物种的申请。管理局承认，黑尾草原犬鼠已经失去了98%的居住生态环境，甘尼森草原犬鼠为97%，白尾草原犬鼠为至少92%。管理局还注意到，成年犹他草原犬鼠数量已减少到仅10000只。管理局未能对列入目录的犹他草原犬鼠进行保护。管理局按照规定允许每年射杀的犹他草原犬鼠数量多达6000只，但它自己也承认该规定从生物学角度来看是站不住脚的。政府机构发现，在美国鱼类及野生动物管理局所实施的草原犬鼠搬迁项目中，犬鼠的存活率往往只有5%至10%，甚至更低。管理局于2007年承认，布什总统任命的管理局前雇员朱莉·麦克唐纳以不正当的方式篡改了关于白尾草原犬鼠的决定。[31]对此事的公开承认让管理局避免了不及格的下场。按照法院的决议，管理局将在 2008 年 2 月之前重新审查关于甘尼森草原犬鼠申请的决定。此外，管理局顶住了来自各州的反对意见，做出了正确的选择，让黑足鼬重新回到了堪萨斯州的私有土地上。

土地管理局：D-

土地管理局主管大部分联邦土地以及一些州属和私有土地的石油和天然气租赁计划，将数百万英亩活跃着草原犬鼠群落或有可能成为草原犬鼠栖息地的土地进行了出租。

森林管理局：D

森林管理局于 2004 年撤销了禁止毒杀黑尾草原犬鼠[32]的 2000 号禁令。自 2004 年以来，内布拉斯加国家森林管理局和波尼国家草原管理局修订了其管理计划，允许对草原犬鼠进行毒杀。雷霆盆地和达科塔国家草原管理局也做出了类似的修正计划。

亚利桑那州：C+

黑尾草原犬鼠（在亚利桑那州已经灭绝），甘尼森草原犬鼠。

亚利桑那州狩猎捕捞管理署官员已经开始了重新引进黑尾草原犬鼠的计划。尽管实施了在春季禁止射杀甘尼森草原犬鼠的季节性禁令，但该州统计数字表明，2002 至 2006 年草原犬鼠射杀数量仍在上升——至少有 256290 只甘尼森草原犬鼠被射杀。

科罗拉多州：D+

黑尾草原犬鼠，甘尼森草原犬鼠，白尾草原犬鼠。

1997 年，该州实施一项规定，每天可杀死犬鼠数量上限为 5 包，以防止对草原犬鼠进行竞赛性猎杀。野生动物署官员于 2006 年颁布了春季禁止在公共土地上射杀上述 3 个物种的禁令，但同时该署也撤销了全面禁止射杀黑尾草原犬鼠的禁令。科罗拉多州于 2006 年和 2007 年批准使用氯鼠酮和 Kaput-D 这两种灭鼠剂。1999 年，州议会颁布了一项法律（SB-111），使草原犬鼠的搬迁几乎无法实施。州科学家声称，黑尾草原犬鼠的数量在不断增加，但他们拒绝独立科学家所提供的监测援助，而且数据的发布也大大滞后，这让人们对这一声明的准确性提出质疑。

堪萨斯州：D−

黑尾草原犬鼠。

20 世纪早期制定的法律规定，可以由郡县专员酌情决定对草原犬鼠进行毒杀。到目前为止，州议会还没有废除这些过时的法律。专员可以强制要求私有土地所有者遵照他们的意愿铲除草原犬鼠，并且由私人业主承担费用。州野生动物和农业部门已经在消灭草原犬鼠方面助了洛根县一臂之力，例如，批准使用氯鼠酮。美国鱼类及野生动物管理局于 2007 年年底在洛根县的私有土地上投放了黑足鼬，但持续的毒杀行为有可能会妨碍它们的恢复。

蒙大拿州：D+

黑尾草原犬鼠，白尾草原犬鼠。

2007 年，蒙大拿州立法机构投票否决了一项提议，该提议旨在给予野生动物公园对生活其中的黑尾和白尾草原犬鼠拥有永久管理权。这一决议取消了草原犬鼠的受保护地位，废除了一些射杀禁令，并将保护计划无限期搁置。如果没有发生这一情况，蒙大拿州或许可以拿到 B。

新墨西哥州：D

甘尼森草原犬鼠，黑尾草原犬鼠。

石油和天然气钻探正严重危害着仅剩的几个草原犬鼠群落的栖息地，联邦土地上尤其如此，私有土地、州属和部落土地也一样。新墨西哥州不允许在州信托土地上对犬鼠进行射杀，对在其他性质的土地上所进行的射杀有所限制。

北达科他州：D−

黑尾草原犬鼠。

该州所发生的合法和非法毒杀数量可观。北达科他州的狩猎捕捞部并没有把草原犬鼠的保护作为当务之急。

俄克拉荷马州：C

黑尾草原犬鼠。

该州不允许在草原犬鼠活动总面积有可能减少到1000英亩以下的县里对草原犬鼠进行毒杀。俄克拉荷马州对射杀没有限制。

南达科他州：F

黑尾草原犬鼠。

南达科他州向美国鱼类及野生动物管理局施压，将黑尾草原犬鼠从《美国濒危物种保护法》候选目录中删除。2004年，州长颁布了他的“紧急”草原犬鼠控制计划。该州花纳税人的钱在私有土地上对草原犬鼠进行毒杀。该州还迫使森林管理局在位于布法罗国家草原的科纳塔盆地这一现存最成功的黑足鼬恢复区里对草原犬鼠进行毒杀。

得克萨斯州：D+

黑尾草原犬鼠。

州农业部播撒毒饵，并于最近批准使用氯鼠酮和Kaput-D这两种毒药毒杀草原犬鼠。该州于2003年颁布禁令，禁止收集和运输草原犬鼠，将它们作为宠物进行交易。

犹他州：D+

甘尼森草原犬鼠，犹他草原犬鼠，白尾草原犬鼠。

美国鱼类及野生动物管理局将大部分犹他草原犬鼠管理权委托给犹他州野生动物资源司，但该部门未能对这一濒危物种的射杀进行管控，并对此类行为加以容忍。该州对甘尼森草原犬鼠实行了春季禁止射杀的禁令，但除了在郊狼谷盆地的黑足鼬恢复区里实行了射杀禁令之外，并没有限制射杀白尾草原犬鼠。

怀俄明州：D

黑尾草原犬鼠，白尾草原犬鼠。

石油和天然气的迅猛发展正在摧毁该州各个草原犬鼠栖息地。州农业部最近批准使用氯鼠酮毒杀草原犬鼠。1973年生效的《怀俄明州杂草和虫害控制法案》规定，如果犬鼠所造成的破坏已经记录并向邻近土地所有者进行了通报，将允许各县在私有土地上控制草原犬鼠。

犹他州南部牧场主、期望从这些土地的价值中获利的开发商、致力于保护犹他草原犬鼠的环保主义者，以及负责实施《美国濒危物种保护法》的联邦机构在犹他草原犬鼠镇问题上产生了极大的分歧。由于该地区是美国规模大、发展速度快的地区，这种敌对的状况更是火上浇油。超过 85% 的犹他草原犬鼠生活在私有土地上。有 65% 的草原犬鼠种群生活在艾恩县。艾恩县专员吉恩·朗迪曾说过："我认为如果草原犬鼠在你家前院安家，而你却无权处置它，这是一种反社会的罪行。"

谁的社会？

我的办公桌上摆着我弟弟给我的草原犬鼠头骨。现在，那巨大的眼窝非常显眼。它们能看到什么，它们多快能看到，决定了它们生存的前景。

草原犬鼠是群体的眼睛。

我还有其他被太阳晒得褪了色的骨头。有些经过了风吹日晒，易碎，看上去呈蜂窝状。有两根股骨，大概和我的小指一样长，还有两根胫骨，其中一根断成了两截儿。细小的孔里还能抖出红色的沙子来。两块不相连的下颚骨上留有漂亮的前门牙和下切牙。前门牙和后面的磨牙之间有一个豁口。臼齿看起来像小小的希腊柱，一个挨着一个。

这些骨头属于白尾草原犬鼠。我是在 70 号州际公路旁、离家 20 英里[①] 西思科幽灵镇附近的沙漠砾石滩上找到这些骨头的。这些草原犬鼠极有可能死于瘟疫，就是终结黑暗时代的那种疾病。

① 1 英里 ≈ 1.61 千米

骨头在传达什么？鸟的骨头变成了哨子。骨头可以刻成锥或刀柄这样的工具。我有一条用牛骨雕刻而成的青蛙项链，每只青蛙的背部都有一圈青绿色。在沙漠里，我戴着这串项链祈盼下雨。骨头是它们曾经所承载过的生命的精华。

草原犬鼠的声音在传达着什么？

在西思科周围的沙漠砾石表层上，草原犬鼠的叫声成了稳定的警报脉冲信号，在风中传递。由一只草原犬鼠发送给另一只的警报声创建了一个音频式速记，一个依靠敏锐的意识和物种分化而快速传输的信号。一种警报声可能是在告诉其他犬鼠，在它们镇的外围有一只郊狼。另外一种有着些许变调的叫声或许表示来的是一条狗。这些叫声也能区分鹿、叉角羚以及牛等动物。

生物学家康斯坦丁·斯洛多契科夫[33]在20年的草原犬鼠交流模式研究中证实，在目前被破译的动物语言中，草原犬鼠的语言是最复杂的。放哨的草原犬鼠不仅可以警告同伴有捕食者即将到来，而且能就不同的捕食者，如獾、红尾鹰或老鹰，发出不同的叫声。它们的叫声中还包含关于捕食者的描述性信息，如大小、颜色和行进速度等。

斯洛多契科夫博士重点研究的是亚利桑那州弗拉格斯塔夫附近的甘尼森草原犬鼠，他还发现，不同地区的草原犬鼠所用的语言各有不同——可以称之为方言。不过研究也表明，来自不同地区的草原犬鼠能听懂对方。它们不仅会用名词、修饰词，还有创造新词的能力。到目前为止，甘尼森草原犬鼠的语言中有100个单词已经被识别。斯洛多契科夫博士正在运用先进的技术来解构草原犬鼠的语法。“短短一声，仅十分之一秒长，就类似于一个句子或段落……如果我们把叫声分解成不同的时间片段，每个时间片段都包含着特定的信息。”

时间片段成为单词，意义便由此组合而成。

然而，最值得注意的是，斯洛多契科夫博士见证了一些他可能永远无法解释的事情。他对来自不同群落、彼此相隔甚远的甘尼森草原犬鼠进行了一系列观察：在每个犬鼠村放一只欧洲鼬，这是一种它们从未见过的动物，这些相互隔绝的草原犬鼠居然用了同一个单词。

斯洛多契科夫博士自己会说四种语言。我向他请教，他从甘尼森草原犬鼠身上所了解到的信息是否也适用于犹他草原犬鼠。

亲爱的威廉斯女士：

我认为犹他草原犬鼠的交流体系很可能和我们已发现的甘尼森草原犬鼠的交流体系大致相同。我的一个博士生对所有五种草原犬鼠看到她身穿黄色衬衫或绿色衬衫时发出的警报声进行过比较研究。所有五种草原犬鼠都对两种颜色的衬衫发出了明显不同的叫声。另外，每个物种对每一种颜色都有不同的发声方式，这表明每个物种都有自己的语言，但是语言各不相同，就像德语、法语和英语各不相同一样。

我们刚刚发表了一项关于黑尾草原犬鼠的研究。研究表明，它们和甘尼森犬鼠一样，警报声中带有描述性的元素，可以描述不同的人衣服的颜色、身高、体型等。研究还表明，如果有人开了枪，它们能记得，并能将这些信息包含到它们的警报声中，所发出的叫声和它们在同一个人开枪之前所发出的警报声有显著不同。所以我猜想每个物种都有非常复杂的语言，有能力识别捕食者之间微妙的差异，并将这些差异性信息包含到警报声中。

我希望这项研究有助于证明草原犬鼠以及所有的动物，并非只是没有思想的机器，可以被当作害虫或财产任意处置，相反，它们都是有知觉的个体，理应得到同情和尊重。

此致

康斯坦丁·斯洛多契科夫

地面以上　　地面之上　　地面之上

地面之下　　地面之下

地面之下

在种群内部，草原犬鼠以地域性家庭群为单位生活，被称为“小团体”，或者“帮”。典型的小团体包括一只成年雄鼠和3至4只成年雌鼠，一个典型的小团体生活范围大约为1/3英亩。

草原犬鼠之吻。

“吻”被用来区分不同“帮”的成员。认出对方后，它们会精心地梳理皮毛。如果有入侵者，即来自其他镇或其他小团体的动物，它们则会露出牙齿，为领地而战——占主导地位的雄鼠会争夺或收回领地——在大多数情况下，外来者会落荒而逃。

草原犬鼠懂得黑暗和光明。在复杂的洞穴体系内，草原犬鼠筑巢，在睡觉的地方铺上草。甘尼森草原犬鼠、犹他草原犬鼠和白尾草原犬鼠会冬眠，但黑尾草原犬鼠和墨西哥草原犬鼠则不会冬眠。在北部，天气恶劣时，黑尾草原犬鼠有时会在地下待几天甚至几周时间，但和其他种类的草原犬鼠不同，它们不是真正的冬眠动物。

夏季，当地土生牧草是草原犬鼠 70%~90% 的食物来源。一只草原犬鼠每周消耗的草料多达两磅。在胃口的驱使下，草原犬鼠真的是在用门牙修剪着草原。它们更喜欢啃矮草而非高的草，因为这样便于它们看到捕食者。

草原犬鼠洞穴周围通常都有成片的裸露地面，这样的栖息地工事对其他生物会有影响。以拟步甲为例，它们在裸露的地面上行进时更多是直线运动，而非曲线运动，移动速度也更快。

不过，草原犬鼠对食物的需求也大大地刺激了土地的生产力。它们的挖掘和抓刨对土壤有促进作用，让种子更有机会发芽。它们挖的隧道增加了土地的排水能力，有利于植物生长。随之而来的是植物的多样性，由此产生了动物的多样性。蚱蜢啃草叶，随之会出现吃蚱蜢的草地鹨。大量的种子吸引草蜢沙鹀的出现。空置或废弃的草原犬鼠洞穴会成为白尾灰兔、更格卢鼠和鹿鼠的家园。穴鸮腿脚细长，站在草原犬鼠洞口的土堆上寻找数量日渐增多的老鼠，喂养地下洞穴里的雏鸟。王鵟掠过草原犬鼠镇，目光如炬地向下扫视，投下的身影让犬鼠们在草丛中四下逃窜。一阵向下的劲风，利爪刺穿毛皮，王鵟一次漂亮的绝杀，将一只草原犬鼠凌空抓起。响尾蛇发出嘶嘶声。黑寡妇蜘蛛的网颤动着。郊狼密切观察。獾伺机而动。一种成功的生物会催生另一种生物，创建出强大的草原群落。

就像一个自下往上推的拳头——草原犬鼠的土堆就像是矿山，为其他物种的居住、捕猎和藏身提供机会。

有假设认为，草原犬鼠对于草原体系的生物多样性有着明显的作用，因此草原犬鼠被标记为一个关键物种……有人指出，在草原生态系统中，草原物种在减少，而这些草原物种的生存依赖于草原犬鼠。如果我们保护了草原犬鼠，就等于保了草原生态系统中一个关键的组成部分。

……我们的研究表明，如果草原犬鼠被消灭，有九种脊椎动物可能会在局部范围内衰落或者消失，在有些情况下，甚至会波及整个地区。黑足鼬专门以草原犬鼠为食，在草原犬鼠被消灭的地区，黑足鼬也难以为继。此外，草原犬鼠种群的持续减少有可能会加速岩鸻和穴鸮的死亡，减少王鵟、金雕、草原狐、角百灵、食蝗鼠和鹿鼠的数量，并影响其分布，减少整个草原地区的生物多样性。

——娜塔莎 · B. 科特利亚尔，
布鲁斯 · W. 贝克，
阿普丽尔 · D. 威克，格伦 · 普拉姆，
《草原犬鼠作为关键物种假设的文献综述》[34]
（《环境管理 24》，1999 年 9 月第 2 期，
第 177~192 页。）

草原犬鼠是草原马赛克的一部分。“马赛克”作为一个词、一个概念，已经在生态学原理中找到了它的位置。

最早提到“马赛克”一词的，是威廉 · S. 库珀，他于 1913 年 1 月 13 日发表在《植物地理学》上的论文《苏必利尔湖罗亚尔岛的顶级林及其发展》[35]中提及这一概念。

库珀写道：“顶级林是由年代不同、意外形成的区域所构成的复合体，最年轻的区域由茂密的小树丛组成，而最古老的区域里则生长着一些成熟的树木，树下很少或几乎没有年轻的植株，同一群落中树木的树龄相仿。从长远来看，这一马赛克或者说是拼缀以一种几乎可以被称为万花筒式的方式不断变化。然而，森林作为一个整体保持不变，各部分之间的变化相互平衡……”

到了 20 世纪 80 年代，“马赛克”这个术语已被广泛用于描述某一特定群落内不同类型的植物。1986 年，哈佛大学的理查德 · T. T. 弗尔曼在他的教科书《景观生态学》[36]中运用了“转换中的马赛克”（shifting mosaic）这一概念。他写道：“在一个生态系统中，拼缀是演替过程中的不同阶段，其中的马赛克变化已经得到了研究。尽管在拼缀中存在着紊乱和渐进式转变，但整个生态系统有可能处于稳定的状态……”

一幅由各种深浅、色调和质地构成的绿色马赛克图画，一片由多年代、多层次的树木、灌木、野花和草所拼缀而成的森林。

最常使用“马赛克”这一比喻的是火灾生态学。马赛克成为通过紊乱产生蜕变的形象。火在森林或草原上燃烧，激活不同区域的新植被。E. A. 约翰逊 1998 年发表在《植物科学》杂志上的文章《加拿大西部的北方针叶林山火：地貌模式和生态系统管理》[37] 中写道："由山火所制造的地貌马赛克一般都是置身在一个年代更为久远的森林体系之中的范围小、年代新的植物群。"

M. G. 特纳和 D. B. 廷克在《怀俄明州黄石国家公园内由火灾创造的地貌马赛克对生态系统过程的影响》[38] 这篇论文中指出："1988 年黄石国家公园所发生的火灾产生了由初期演替植物丛所构成的复杂的马赛克地貌，与该区域火灾程度以及火灾前美国黑松的生长状况相对应。"

植物种类和树龄的多样性、火灾所造成的紊乱，在自然界中造就了一个变化的马赛克。从渡鸦的视角来看，马赛克是一个在地面上通过颜色、图案和形式讲述的故事。

光影变化是马赛克的第一原则，也是最后一条规则。

隐喻的可能性正在消失。

——让·鲍德里亚,《邪恶的透明性》[39]

今天早上《落基山新闻》头版头条的标题是“草原犬鼠的无助”。在科罗拉多州，随着丹佛的前山开发从博尔德延伸到科罗拉多泉，98%的草原犬鼠种群已经消失。美国鱼类及野生动物管理局希望将黑尾草原犬鼠列入受威胁目录，但他们说他们没有经费对此加以实施。环保主义者认为，从候选目录中删除黑尾草原犬鼠所需要的时间和金钱和将它列入目录所需的成本是一样的。

同时，住宅和购物中心开发商正在迅速、稳步地以最快的速度购买草原犬鼠镇所在的土地——赶在草原犬鼠保护措施到位之前开工,因为这些措施一旦实施会使进一步的开发成为违法行为。

开发商雇用“消失犬鼠”这一类公司从他们的地皮上迁走草原犬鼠。这些公司被称为“犬鼠吸盘”。他们的员工来到草原犬鼠镇，将高功率抽吸软管伸进洞穴，把草原犬鼠抽吸到封闭的、四壁铺设垫子的卡车后部车厢里，然后到犬鼠镇外把它们放掉，或者在多半情况下，把它们卖去喂养黑足鼬。而人们圈养、繁殖这些黑足鼬，就是想把它们重新放回大自然成为野生动物，这实在很讽刺。

《华尔街日报》，2003 年 4 月 17 日，星期四

萨德斯 · 赫里克 弗雷德 · 德沃拉克报道

得克萨斯州，卢伯克。琳达·沃森将手伸进土里的一个洞中，把一只 6 周大的黑尾草原犬鼠拽了出来，赋予它一个新的角色：宠物。

整整 6 个月的时间里，这只草原犬鼠靠奶瓶喂养，可以在它的捕获者——沃森女士家里四处溜达。接着，由当地的兽医做了绝育手术后，它被卖给了一个日本中间商，售价 50 美元。中间商把这只啮齿类动物装在套了罩子的手提箱里，放在她达美航空公司航班经济舱的座位底下，横跨太平洋。

现在西瓦——对它的爱称——蹲在日本横滨，34 岁的日本文员田代沙由美公寓床边的笼子里。田代女士花了 250 美元买下了西瓦，一天的工作结束回家后，她会给它喂专给草原犬鼠食用的丸子当晚餐，给它关怀。它很享受这种关怀。“它喜欢被宠爱。”田代女士说。西瓦直起身子，然后仰躺下来，等着主人揉它可爱的小肚子。

作为松鼠家族最喜欢群居的成员，草原犬鼠正成为日益流行的宠物。在美国，每年有上千只草原犬鼠被当作宠物进行交易，虽然这种交易在 18 个州都属于违法行为。每年草原犬鼠出口数量大约为 15000 只，市场从曼谷延伸到布鲁塞尔。其中，大部分草原犬鼠被卖到了日本，售价高达 300 美元，三倍于它们在美国的价格……

《今日美国》，2003 年 6 月 9 日，星期一

安妮塔 · 曼宁报道

宠物草原犬鼠疑似传播外源性病毒

整个中西部地区卫生署官员正在试图遏制一种罕见病毒的暴发，这种病毒和天花同属一类，在 3 个州已经发生从宠物草原犬鼠传染给人类的情况。

西半球从未发现过的猴痘，疑似由外来动物携带到美国。调查发现，被感染的草原犬鼠由密尔沃基一个动物经销商从北伊利诺伊州一名动物贩子处购得，一同购入的还有一只冈比亚大鼠，购买时已经发病。官员们指出，冈比亚鼠可能是病毒的源头……

周日，美国疾病控制和预防中心（CDC）证实该病毒确实是猴痘，在西非和中非雨林地区偶有发生……

疾病控制和预防中心的斯蒂芬 · 奥斯特洛夫指出，在找到所有动物的下落之前，“与这些草原犬鼠有过接触的人都存在风险”。

卫生署官员不知道草原犬鼠被送往何处，部分原因是因为它们的转移并不要求有文件记录。宠物商店留有销售记录，但有些交易是在物品交换会上进行的，并且它们很可能被运送到“很远、范围很广”的地方。

落基山动物防御协会是一个反对草原犬鼠买卖的动物关爱组织，协会的大卫 · 克劳福德指出，去年得克萨斯州约有 10000 只野生草原犬鼠被捕捉，作为宠物出售，主要销往日本。

有一头狮子张大嘴巴。我穿过去，进入 TOTE-EM-IN 动物园。这是一个位于北卡罗来纳州威尔明顿卡罗来纳海滨路旁的景点。该州际动物园号称拥有“100 多种外来动物，提供杜利特尔博士式的氛围，让你‘可以和动物交谈’”。

动物目录令人印象深刻：鳄鱼、啮龟、锦龟、箱龟、棉口蛇、王蛇、玉米锦蛇、绿鼠蛇、铜头蛇、希腊陆龟、松鼠猴、黑带卷尾猴、山魈、美洲虎、熊狸、西貒、椰子狸、卷尾浣熊、蟒蛇、黑豹、金蜘蛛猴、黑蜘蛛猴、喜马拉雅棕熊、西伯利亚虎，班纳特小袋鼠、锡特卡鹿、巴塔哥尼亚豚鼠、斑马、骆驼、鬣羊、草原犬鼠……我的目光停在来自故乡的物种上。

“你们的草原犬鼠在哪儿？”我问在礼品店柜台后面的女子。

“在后面，”她说，“我们自己有两只草原犬鼠，又收留了另外两只原本属于别人的草原犬鼠。我们试着慢慢把它们介绍给彼此，但没有成功。”

“什么意思？”我问。

“我的意思是，有很多人喜欢草原犬鼠，但他们搞不定这种动物，它们毕竟是野生的。一些大学生在公寓里养草原犬鼠，它们跑了出来，从公寓的暖气管道跑掉了。最后他们找到了这些草原犬鼠，把它们送到我们这里，但它们和我们的草原犬鼠处不来。”她停顿了一下，“行不通——有两只草原犬鼠死了。”

这位女子叫谢丽 · 布鲁尔，她和丈夫杰瑞 · 布鲁尔一起经营着 TOTE-EM-IN 动物园。乔治 · 特里根博 1952 年创办了这个动物园，几年前他们从他手里买下了它。谢丽目光友善，她手里拎着个桶，正准备去给动物喂食。“来吧，”她说，“我带你到草原犬鼠那里去。”

她头戴橙色针织帽，身穿迷彩夹克，把桶里的东西倒进一辆黄色手推车，然后推起手推车，沿着卵石过道往前走，过道两边都是笼子。

我们经过松鼠猴和两只来回踱步的黑豹。

谢丽在一个铺着干草、带轮子的笼子边停下，笼子有 6 英尺高，大概 4 英尺宽。谢丽用嘴唇发出亲吻声。

“你在哪儿，小家伙？你躲得可真好，是不是？”

我们等待着。

“我们人类扩张得太厉害，已经破坏了它们的自然栖息地，结果它们只能被迫来到这里。这对我们人类来说实在不是什么光彩的事儿，不是吗？”谢丽加上一句。

雌珍珠鸡咯咯地叫着，想多要些食物。后面孔雀在叫唤：“哈噗！哈噗！”

“它在那儿，”她说，“嗨，小家伙。”

我们弯下腰，我看见一只草原犬鼠从一个横倒在地、上面盖着稻草的垃圾桶里朝外面偷看。它急忙缩了回去。

“你觉得它有多大了？”

“大概两岁。”

我们又等了几分钟。

它又出动了，向我走来，嗅嗅，站直，抽着鼻子，尾巴像一个快速节拍器一样滴答作响。一辆拖拉机朝着手推车方向开过来。草原犬鼠溜回垃圾桶里，背过身去。

“我走了，你们单独待会儿吧。如果你有什么需要，我在猫那边。”谢丽走到拖拉机驾驶员那里，又侃了起来。

过了一会儿，草原犬鼠回来了，爬到笼子的一侧，爪子抓着链环，黑指甲很长。我靠近它，蹲下来，和它四目相望。这是我和草原犬鼠距离最近的一次接触，这也是我所见过的唯一一只被圈养的草原犬鼠。

我首先的冲动是想给它些什么，什么都行。不假思索地，我的嘴巴发出啧啧声，向它伸出手指，它抓住了我的手指。它一直盯着我看。眼睛。它的眼睛。黑色的、毫不游移的眼睛。

它的脸颇具特征，毛有点褪色了，米色中略带些棕色。它黑色的尾巴尖儿暴露了这一物种的真实身份。这不是一只犹他草原犬鼠，而是一只黑尾草原犬鼠，是大平原地区土生的物种。

突然，它跳了下来，两手各捧起一把干草开始大嚼起来。它的颜色很像草原上干草的颜色，即使在干草堆里也完美的保护色。

又来了一位游客：“我的小家伙好吗？我的小宝贝，我的小草原犬鼠宝贝过得怎么样？”

草原犬鼠重新爬回笼子里，那个男子显然是个常客，开始挠它的肚子：“是的，感觉很棒，不是吗！真是个好孩子，多么可爱的孩子。嗯，嗯。并不是每天都有人揉你的小肚肚，对吧？哦，哦，这才是我的草原犬鼠小乖乖呢！”

这个男子不停地揉着草原犬鼠的肚子，它把脸贴在链环上，闭着眼睛。

“我经常来这里。” 那人告诉我。

草原犬鼠什么时候变成了害兽[40]？

Varment, Varmint：*var'ment*（1825 年之前的罕见用法）

1. 有害的或令人反感的动物，统称：vermin，意为害兽、害鸟、害虫；2. 令人反感或讨厌的人。

害兽驱赶队成立于 20 世纪 90 年代，以“保护农民抵御真正的入侵者——草原犬鼠”为己任。科罗拉多州记者朱莉·加根亲眼所见[41]：

其中一名枪手身穿迷彩服，佩戴着害兽猎手协会（致力于小动物狩猎运动）以及全国步枪协会的徽章。

科罗拉多州一个牧场主请害兽驱赶队上门服务，杀死他土地上的草原犬鼠。

枪手支起板凳，拿出大功率步枪，这次用的是萨维奇步枪，子弹口径 0. 22，子弹上膛，架好枪，透过瞄准镜扫视远处，寻找草原犬鼠的踪迹，屏住呼吸以保持枪支稳定，然后扣下扳机。砰！只见大约 200 码[①]开外扬起一片灰尘。他放下枪，透过望远

① 1 码≈ 0.91 米

镜看了一眼。

“打中了头，”他说，“如果打中的是头部，它们的腿会乱蹬，你一下就能知道。”

牧场主很高兴。

枪手走过去，从架在牧场和邻家土地之间的铁丝网栅栏下穿过，找到了他的战利品。他俯下身去，碰了碰死去的草原犬鼠。是只怀孕的雌草原犬鼠，她的肚子在轻微地蠕动，一半脸被子弹打飞了，鲜血在午后的阳光下亮闪闪的。枪手站起身来环顾四周，没有任何草原犬鼠的动静。

“我们就守株待兔好了。它们好奇心很强的。”

犹他州的另一名枪手喜欢在星期天练习打靶。他称他的射击活动小团体为“当代小犬的第一联合教会”。

西部内陆各地区都组织正式的草原犬鼠射击活动，那些想测试远程步枪枪法的猎人都可以自由参加竞赛。[42] 200 到 250 码范围之内的成功射杀备受推崇。这一类射击活动有“狂热的爱好者”，他们把自己视为“红雾协会”的一分子。草原犬鼠是完美的移动靶。在这个群体中它们被亲切地称为“爆裂的肚子”，因为当它们被子弹击中时肚子会爆裂，身体炸成一团血雾。

其中最臭名昭著的草原犬鼠猎杀比赛现场设在纽克拉，这是一个萧条的矿业小镇，位于科罗拉多西岸的坡上。第一次集会由“十环枪支俱乐部”赞助，命名为“1990 年度纽克拉顶级犬鼠世界锦标赛”。

参赛的猎人有100多位，参赛费用为每人100美元。每个猎人一天可以射50发子弹。气氛很热烈，就像狂欢节一般，“大量的啤酒、丰盛的食物、很多的狗……我们都过得很开心”。

那个周末结束时，遭到杀戮的草原犬鼠达3000多只，陈尸野外。

事实上，我之所以不会去伤害我的同胞们，并非因为他们具有理性，更多是由于他们具有感知能力。这种特质是人类和动物所共有的，理应赋予动物免遭人类肆意虐待的权利。

—— J. J. 卢梭[43]

什么是灭鼠器?

科罗拉多州野生动物委员会批准使用一种被称为“灭鼠器”的爆炸装置来摧毁草原犬鼠的地洞。这种“地堡克星”点燃丙烷和氧气混合物，随之发生的爆炸威力足以粉碎动物的骨骼，烧伤它们的身体，震碎它们的内脏，引起窒息。尽管这种方法本身很残酷，但目前在科罗拉多州任何人都可以合法地使用这种可怕的工具来重创、杀死草原犬鼠洞里那些倒霉的动物，其中包括狐狸和兔子。这种装置对使用者来说会带来危险，在被用于摧毁地洞时，这种装置非常残忍，动物们无一能幸免。

——《草原犬鼠联盟、
草原犬鼠保护联盟和落基山动物防御署备忘录》，
2006 年

从生态角度来看，伦理是生存斗争中对行动自由的限制。从哲学意义上来说，伦理对社会行为与反社会行为加以区别。这其实是对同一事物的两种不同定义。这一事物之所以产生，是因为相互依存的个体或群体都有改进合作方式的意愿。生态学家称之为共生。政治和经济是高级的共生形态，在这种形态下，原先的自由竞争已经部分被带有伦理内容的合作机制所替代。

随着人口密度的增加以及工具所带来的高效，合作机制也愈加复杂。例如，在乳齿象年代，很容易将使用棍棒和石块儿界定为反社会行为；而相比之下，在汽车时代，将使用子弹和广告牌界定为反社会行为却没那么容易。

最初的伦理处理的是个体之间的关系，马赛克十诫就是个例子。后来的扩充版伦理处理的是个人与社会的关系。黄金法则试图让个体融入社会，民主则试图将社会机构与个人相结合。

然而，目前还没有任何伦理可以处理人类与土地以及土地上所生长的动植物之间的关系。土地，就像奥德修斯的“奴隶女孩儿”一样，依旧只是财产。和土地的关系仍然是严格的经济关系，能带来特权，但无须承担义务。

——奥尔多·利奥波利，

《沙郡年鉴》[44]，1949 年

有一天，铲子挖掘出了它自己的一天。[45] 可怕的美诞生了。[46]

发生在我们身上的一切，[47] 我们的所说所闻，我们亲眼所见、亲口所说的一切，进入我们耳朵的一切，我们所见证的一切（我们也因而对这一切负有部分责任），必须找到我们之外的受者……所有的一切，必须告诉某个人。

晚上，如果把耳朵贴在地上，[48] 有时你可能会听到门“砰”的一声响。

为了腾出地皮，有几百万的生命失去了家园？[49]

多少无家可归的生命
四处流浪，随遇而安 [50]
新的沙漠在不断迫近
如此景象，让我们无言以对 [51]

因此，我们必须和种子一样，转战地下。[52] 如此，才会有新的、不同的东西出现。所需要的不是时间，而是看待事物的新方式。

夜的季节。我想那是一个可爱的词语。[53]

“我们正生活在第六次大灭绝之中。”美国自然历史博物馆馆长尼勒斯·埃尔德雷奇写道，“按照哈佛生物学家 E. O. 威尔逊[①]的观点，这次灭绝正让地球一年失去 3 万种生物。生物学家估计现在地球上至少有一千万个物种。以这样的速度，如今地球上的绝大多数物种将在下一个千年销声匿迹。”[54]

谁在乎呢？

只有懂得，我们才会在乎。只有在乎，我们才会施以援手。只有我们施以援手，它们才能得救。[55]

——珍·古道尔[②]

① E. O. 威尔逊（E. O. Willson，1929— ）：美国生物学家、理论家、自然学家、作家，致力于蚁类研究。

② 珍·古道尔（Jane Goodall，1934— ）：英国灵长类动物学家、人类学家，致力于野生动物的研究和保护。她 20 多岁时前往非洲的原始森林，为了观察黑猩猩，度过了 38 年的野外生涯。她奔走于世界各地，呼吁人们保护野生动物，保护地球的环境。

和灰熊、狼或鲸不同，草原犬鼠不是一个自带魅力光环的物种。它是啮齿动物，害兽，爆裂的肚子。草原犬鼠是农业部的头号公敌。用该机构的话说："草原犬鼠成倍地增长，已经成为对农业最具危害的敌人之一。"有害的草原犬鼠。我们用毒气、毒饵对付它们，把它们当作靶子。它们是动物中无足轻重、备受嫌弃、地位卑微的阶层——请叫它们"贱民"。

与犹他草原犬鼠相关的问题跟影响美国西部政治和文化的问题如出一辙。

我们如何看待进步？我们如何定义发展？什么是可持续发展？我们想要创造什么样的世界？我们正在创造什么样的世界？

经济是衡量社会价值的唯一标准吗？有没有可能采用另一种伦理架构，拓宽我们的社区观念，把对其他物种的同情心也包含进来？

我们希望如何生活，和谁一起生活？

亲爱的雅各布[56]:

在这个周末，咱们在短草草原散步时，你问我，为什么斯坦贝克对我很重要，为什么他的《致一位未知的神》（*To a God Unknown*）对我的思想以及我的写作有如此深远的影响。当时我说我会写信跟你解释。

我 1980 年第一次偶然读到这部不长的小说。一位来自海德巴德的印度学者把它放在我手中，他名叫夏尔马，是一名教授，正在研究美国文学。当我请他根据他的研究选一本最能代表美国文学的作品时，他毫不犹豫地说是约翰·斯坦贝克的《致一位未知的神》[57]。我从未听说过斯坦贝克的这部作品，我原以为自己知道他所有的作品，并且读过其中的大部分作品。

《致一位未知的神》创作于 1933 年。同年，富兰克林·德拉诺·罗斯福就任美国第 32 任总统，总统下令关闭美国的多家银行；阿道夫·希特勒被任命为德国总理，纳粹在德国建立首个集中营；费德里科·加西亚·洛尔卡发表《血色婚礼》（*Blood Wedding*）；卡尔·荣格刚发表了《寻找灵魂的现代人》（*Modern Man in Search of a Soul*）；在犹他州，菲洛·法恩斯沃思正在研发电视，美国深陷大萧条。

在这充斥着尘暴和民族主义的年代，约翰·斯坦贝克创作了一个寓言，一个神话，讲述我们与美国土地的关系，探讨寻找家园到底意味着什么。我很喜爱这部小说，因为它讲述的是一个家庭和地方的关系，以及一个男人如何执着于表达对一棵树的敬意。

我们用祭品供奉的神是谁?

——《吠陀赞美诗》

在故事的一开始，约瑟夫去佛蒙特州皮茨福德探望他不久于人世的父亲约翰·韦恩。约瑟夫面临着痛苦的抉择。他是该在父亲临终前一直陪伴父亲，还是该动身去西部？土地在加利福尼亚等待着他，让他魂牵梦萦。他向父亲坦陈了他的纠结。“约翰·韦恩频频点头，拽拽披肩裹住肩膀。‘我明白了，’他若有所思地说，‘这不只是些许的躁动。或许以后我可以找到你。’随后，他果断地说：‘过来，约瑟夫，把手放在这里——不，放这儿……’他低下了满是白发的脑袋，说：‘愿上帝的庇佑和我的祝福常在这孩子身边。愿他沐浴在祂脸的光芒中。愿他爱他的生活。’他停顿了片刻：‘好了，约瑟夫，你可以去西部了。你不用再待在我这里了。’”

约瑟夫知道当他找到属于他的土地时，他会感觉到他父亲的精神。最后他来到了北加利福尼亚，靠近蒙特雷。目光转向西边，越过长满草的金色山丘，他看到一棵巨大的橡树。他看到了他父亲的存在。“我的父亲就是那棵树！”他找到了家园，

“因为他的父亲和这片新的土地融为一体了。”

后来，他的3个兄弟和他会合。韦恩家族与农场一起不断壮大。娶妻。生子。但约瑟夫从来没有忘记他对父亲和土地的承诺。于是，每晚入睡前，他会和树谈心，称它为“先生”，供上刚刚挤好的新鲜牛奶，挨着树干放上猪耳朵，或者将初生幼崽的血倒在树根周围。他经常坐在这棵树的怀抱里，倾听着。

约瑟夫的哥哥伯顿是个基督徒，躲在一边暗中观察。有一天晚上，伯顿向他摊牌了。

“‘你觉得你做的事没人知道，但我一直看着呢。我看见你给这棵树奉上贡品。我发现你身上的异教思想在不断滋生。我是来警告你的……你远离了上帝，祂的怒火会将你击垮。’他停顿了一下……‘约瑟夫，’他恳求道，‘到谷仓来和我一起祈祷吧。耶稣会重新接纳你的。让我们把这棵树砍了。’”

约瑟夫告诉伯顿：“拯救你自己……不要干涉……管好自己的事。”

那天晚上，在夜色的掩护下，约瑟夫的哥哥沿树根剥去树皮，然后用泥土盖上。树死了。约瑟夫的心灵备受煎熬，因为他意识到他与土地的纽带被切断了。

我听到了D. H. 劳伦斯的话：“这就是我们的问题所在，我们的根部在流血。”

约瑟夫回到他农场边上那神圣的树林里，躺在黑色的岩石上，这块儿岩石已成为他的祭坛。他用刀子割开手腕上的血管。他看着“鲜血流过苔藓，他听到风在林边咆哮……他侧卧着……低头看着他的身体，长长的、黑黑的，如同山脉一般。他的身体变得大而轻盈。它升上天空，从身体中落下连绵的雨水。‘我本该知道，’他低声说，‘我就是雨……’他感受着这瓢泼的大雨，听着雨点啪啪地敲打着地面。他看到山丘因为雾气而变暗。接着，一阵刀割般的剧痛击穿了世界的心脏。‘我就是这片土地，’他说，‘过不了多久我身上就会长出草来。’”。

就是这个故事，一直留在我的内心，并驱使我自己用笔在纸上纵横。流血的不是我的手腕，而是我的文字。血。血的作品。或许这就是写作行为，保护行为，试图接受我们自身矛盾的本性。我们爱这片土地。我们正在摧毁这片土地。我们日益衰弱，我们不断进化，两者同时进行。

约翰·斯坦贝克在 1932 年的日记中写道：“从我开始着手写作，这个故事就一直在不断发展。一开始是一部关于人的小说，现在已成为一部关于世界的小说了……在这里，在西部，新的眼睛正在睁开——新的目光。”

我们与地球的纽带不能割舍，否则，我们会发现我们自己被困在铺设的灵魂中心，无路可逃。

我不禁想起上周我们在苍穹之下所看到的草原犬鼠。我不停地思考它们所属的群落：郊狼、獾、响尾蛇、红尾鹰、王鵟、秃鹰，是草原犬鼠激发了这个群落，尽管这会让它们自己面临危险。随着人类这个物种开发一个又一个购物中心和住宅项目，用他们所摧毁的东西来命名这个开发项目："科曼奇乐园公寓"，推土机一个接一个地将它们的城镇夷为平地，它们的家园一英亩一英亩地在减少，而这些草原犬鼠在坚持着自己的立场，当我看到它们的这种坚定时，我不禁满怀希望。

一小群朋友[58]在科罗拉多州的巴卡县一起买了块土地，为流离失所的草原犬鼠提供庇护，妮可·罗斯马里诺是其中之一。对此，我满心欢喜。

我永远不会忘记那些草原犬鼠，数以千计的草原犬鼠，直立着，科罗拉多东南部平原的落日映衬出它们的身影，它们就像是一群僧侣，双手合十，在向一位我们所未知的神祈祷。

爱你的，

特丽

2002 年 2 月 7 日

我们家族的男人们都穿靴子，白天穿工作靴，晚上穿牛仔靴。他们首选的工具是铲子。正如我哥哥丹所说：“铲子是我手臂的一部分。”在管道建设行业中，铲子用得好不好很重要。这是我们家族的生计。坦佩斯特公司到现在已经是第四代了。当年老约翰 · 亨利 · 坦佩斯特走在盐湖城的街上，很清楚地下都有些什么。他把这项业务交给了他的儿子小约翰 · 亨利 · 坦佩斯特，小约翰 · 亨利 · 坦佩斯特又把它传给了自己的儿子约翰 · 亨利 · 坦佩斯特三世和理查德 · 布莱克特 · 坦佩斯特，他们把它卖给了他们的儿子斯蒂夫 · 迪克森 · 坦佩斯特和罗伯特 · 劳伦斯 · 坦佩斯特。现在公司由罗伯特和他的兄弟大卫 · 克利夫顿 · 坦佩斯特经营。坦佩斯特家族的男人们是用靴子和铲子与土地打交道的。

铲子是到达某个地方或者找寻某个东西的一种方式。乔 · 雷索是名体力劳动者，他设立了标杆。他左手和右手都会用铲子，这是一项众所周知的才能。我父亲常说："如果你能和雷索铲得一样快，就可以在坦佩斯特公司工作了。"许多人都知难而退。

我的兄弟们说铲子用得好是一种艺术，是脚、手、眼之间的配合。作为一个女孩子，我从来没有学会过这门艺术，我选择的工具是笔。我争辩说，笔和铲子一样，也是一种到达某个地方或找寻某个东西的方式。铲子挖开地面，为的是筑渠挖壕；而笔打开一页纸，是为了一个故事。

我记得看过两个兄弟斯蒂夫和汉克帮父亲安装一个小排水系统，这样当屋顶有水流下时花园不至于积水。斯蒂夫为此制订了一个计划，购买了塑料管子，大致规划了一下系统将如何工作。汉克开始挖条小沟，用来埋管子。父亲跟在汉克后面，把管子埋进地里。斯蒂夫跟在父亲后面，把沟重新填上。

我看着我哥哥将泥土铲起，扔过肩头，多么轻松而敏捷。背部挺直，腰部弯曲，紧握手柄，脚踩铲边，铲子装满土，挖，抬，扔过肩头。他的身体成了一个杠杆，一台强有力、高效的机器，他的右臂撑在右腿上，以提供最大的稳定性、力量和动作幅度。短短几个小时，他们就挖好了沟，铺好了管子，把沟填好并把草坪复原。要不是亲眼看到，你永远不会知道后院里曾发生过这样的机械手术。

"人们看不起我们。"我在加利福尼亚的哥哥丹说，"不知道有多少次，我听到人们说：'我真高兴用铲子的人不是我。'"他停顿了一下，"但是，他们从来没有意识到，懂一门手艺，身体实实在在地知道怎么去做成一件事，会让人感到多么满足。"

我记得斯蒂夫说过："我之所以喜欢这个工作，是因为我能看到几个好男人齐心协力一起完成一个活儿。"

工具。手里的一把铲子。我看过我们家族的男人们给大地做手术。管道。煤气管道。水管。下水道。我们家族的男人们负责确保我们社区的循环系统正常运作。承包商和医生一样需要学习技艺。铲子就是手术刀。大地不会流血，但它会坍塌、下陷、渗水。在土地上作业取决于手头的工具和训练有素的眼睛，知道如何行事。

我们家族的男人们都穿靴子，白天穿工作靴，晚上穿牛仔靴。除了李维斯牛仔裤和长袖衬衫，我很少看他们穿其他衣服。他们偶尔会穿上白色无领衬衫和运动外套，但这只是偶尔为之。领带，只有星期日做礼拜时才戴。我们家族的男人们在户外干活儿时最自在，巡视管道线，想象地下会是什么状况。我们家族的男人们在室内寡言、沉思、紧张。

我的兄弟们懂的一切都蕴藏在他们的身体里，他们那优美、矫健的身体里，但现在他们的身体已经劳损了，垮了：接受过融合手术的颈部，或是需要忍受长期疼痛的背部。他们的脑袋里装着地下迷宫的地形图，指引着石油和天然气、下水道和水这些我们人类建设的生命线。

下雪了。我父亲和我把车停在美国燃气公司后面，就在高速公路旁的雪松市。坦佩斯特公司在这里有业务，大家都知道我对草原犬鼠感兴趣。斯蒂夫·哈克曾告诉爸爸草原犬鼠在这里，它们的确在。我们摇下车窗。我们默不作声。

这些草原犬鼠是红黄色的，比我们在潘圭其看到的草原犬鼠颜色更红一些。这情有可原，因为这里的土壤是粉红色的。它们只想和环境融为一体。

草地鹨在歌唱。渡鸦在头顶上盘旋。放哨的草原犬鼠发出唧唧声。我看到土堆上方只露出眼睛。它们很谨慎。它们当然得谨慎。这个草原犬鼠镇所处的不是一个未经开发的乡村。西边是畜栏，北边是高速公路，高速公路外围还有铁路，而草原犬鼠村本身就在美国燃气公司的建筑群中间，货运仓库外面围着铁丝网。

父亲告诉我，他们上次在潘圭其的业务是 89 号公路上的一条高压天然气管线，用的是 8 英寸粗的焊接钢管，压力为 500 至 700 磅，为这个镇提供天然气。在那之前，潘圭其只能用丙烷。

他们刚刚完成的另一项工程是输配管线，为镇上 1600 个家庭输送天然气。

“美国西南部正在飞速发展，”爸爸说，“我们是这繁荣的一分子。”

草原犬鼠镇左边停着卡特 563C，这是一辆履带式装载机。附近停了很多卡车，到处都是车轮印子。

在这个被过度利用的地方，我们很难将这里的工业生产残留物一一罗列，更不用说是沙漠里到处散落的亮闪闪的碎玻璃了，就在这样一个地方，3 只犹他草原犬鼠出现了。

荒地变成农田。农田被拍卖，开发为工业园区，毗邻着高速公路、铁路以及雪松市机场。在这个草原犬鼠镇里，没有安宁，只有持续的噪声、车流以及头顶掠过的飞机。

向东几英里处，还有一个草原犬鼠镇，位于离15号州际公路第59号出口不远处的中央隔离带。一个大大的牌子上写着“单行道”。草原犬鼠快速横穿高速公路，勉强躲过超速行驶的汽车，返回它们的家园。隔离带两侧各有3个加油站：埃克森、标准、辛克莱。如果你从第59号出口下高速，迎面而来的是汉堡王、麦当劳、温迪快餐、雪佛龙、德士古、菲利普斯、阿尔比快餐、伊克诺客栈、凯富酒店以及彩色乡村柴油。一块广告牌宣称，“犹他州南部最大的娱乐中心”。在那里你可以看到更多的餐馆，更多的加油站，以及沃尔玛购物广场和邻近的电影院。

我们都是共犯。土地变得光秃秃的，越来越多的草原犬鼠在小面积的地方安顿下来。可悲、可叹的居住状态。草原犬鼠镇和村庄正在被迫迁徙。它们像囚犯一样被困在自己的保留地上。

一只双领鸻假装翅膀受伤，试图把我们的注意力转移到泥土路上。奶牛哞哞地叫。火车驶过。飞机从头上飞过。我不知道它是在试图分散谁的注意力，在它的世界里威胁如此之多。筋疲力尽，它最后坐在了车轮印子的中间。

我们在土路上往南行驶，沿途经过很多废弃的草原犬鼠镇。原先的洞穴入口现在被风滚草挡住了。鬼镇。我们继续行驶着。爸爸向我介绍这个峡谷周边所规划的新的开发项目。我向窗外望去，看到更多的风滚草堆积在拦着铁丝网的栅栏跟前。

我们下了车，沿着栅栏往前走。身为博物馆馆长的我习惯性地开始对我所看到的东西进行编目：星巴克咖啡杯、“食品农场”玉米热狗包装纸、给鹿吃的颗粒饲料、骨头、泡沫塑料杯、地下电话电缆、碎玻璃、橙色细绳、塑料管、印着“牧师布道后有免费比萨和电影”字样的教堂宣传单。

“你还记得伊瓦尔德 · 埃里克森吗？”父亲问我，“为了摆脱他的妻子，伊瓦尔德 · 埃里克森在他的后院埋了一辆拖车。他用坦佩斯特公司反铲挖土机挖了一个很深的洞，把拖车放在里面。然后他把洞填上，动手挖了一个通往拖车的入口，看上去就像一个长长的、黑暗的地洞。”

我们每天吃晚饭时都会听到这些故事。这些男人成了传奇，他们嘴里咬着绳子，横穿汹涌的河流，将管子从河的此岸托送到对岸，他们跳进不够坚固的沟里把管子焊接起来，以防泄露的天然气引发爆炸。我们家族的准则是：“干我们这一行，你可以不聪明，但一定要有闯劲儿。”

我父亲有个标要投。我们走在矮松林间的小路上。我被两头郊狼的尸体绊了一下。它们的头骨上还残留了部分毛皮，脸部表情僵硬。春天鼠尾草的气味儿掩盖了尸体的恶臭。它们是被射杀的。弹壳四落。我还发现了 15 枚红白相间的弹壳，装在蓝色的塑料袋里，显然是被从快速行驶的车内扔出来的。

我们在警告标志前停下，标志上写着“这里在铺设煤气管道。奎斯塔煤气公司”。这是雇佣坦佩斯特公司服务的煤气公司。

“这是工程的起点，”父亲说，“从这里开始，往南 10 英里。”他看了看文件，做了一些笔记，“挖起来不难。”我父亲的大脑训练有素，可以给地下的情形绘图。草原犬鼠的大脑也是如此。

我的目光顺着地平线，寻找草原犬鼠的反抗，那些像拳头一样举向天空的土堆。

如果一个人用某种动物来绘制自己在自然界的自传，那么我的同伴物种会是草原犬鼠。我们都与群体息息相关。我们都在地上和地下找寻时间。我们都在挣扎着，试图在一个我们几乎不认识的世界里生存。

当我还是个孩子的时候，我从来没有忘记草原犬鼠那警觉的眼睛，它们躲在土堆里几乎让人看不到。现在，我在寻找它们。

父亲的房子位于犹他州圣乔治，他和我正坐在他家的门廊上，俯瞰恩特拉达高尔夫球场，南面是散落着黑色火山岩的丘陵。我们在看报。雪峡谷在我们身后，被阳光照得通红。气温接近 100 华氏度。

《今日美国》

犹他州，雪松市。环保团体正在提出诉讼，试图阻止联邦政府在这里的高尔夫球场上捕捉、迁移数以百计的草原犬鼠。这些团体认为，压力正在杀死 90% 被迁往别处的草原犬鼠。高尔夫球手和当地官员则抱怨草原犬鼠在球场上到处挖洞，还把球偷走。

他从报纸上抬起头："我对高尔夫球场主人深表同情。"他表达出对政府官僚作风的不满，坦佩斯特公司在草原犬鼠镇进行作业时不得不面对这些官僚作风。"要在地方、州和联邦的利益和法规之间理顺各种司法权几乎是不可能的事。"

"怎么会？"我问。

"比如说，在潘圭其镇，公司的主管告诉我他遇到了草原犬鼠群落。我打电话给市长，问他我们该怎么做。他说：'管它呢——直接挖过去。'"

"在向北几英里处，犹他州正在89号公路沿线用毒气对付草原犬鼠。"他看着我说道，"这是真事。犹他州交通部门收到了开车民众的投诉，说他们只听到车撞上草原犬鼠时'啪啪啪'的响声，路面很滑，血糊糊的一团糟。犹他州交通部门的员工运来丙烷，注入草原犬鼠洞里，点燃丙烷，解决了这个问题。你可以去问问我们公司的人。他们向我报告说，犹他州交通部门将整个草原犬鼠村付之一炬，杀死了整个群落。这些不能让别人知道。"

"我们在谈论的是犹他草原犬鼠，对不对？"

"对。然后就是联邦政府，土地管理署及美国鱼类及野生动物管理局都规定，我们可以'杀死'8只草原犬鼠，但要是杀死了第9只，我们的代价是20万美元。这是怎么回事？它们要么濒临绝种，要么就不是。这表明政府是多么愚蠢——有机构在故意杀死它们，而另一个机构却对不小心杀死一只草原犬鼠的个人进行罚款，而地方官员则说：'管它呢！'"

他站起身，踱过门廊，在花园里弯下腰，拔了几根杂草。

“在这之中，问题的重点不在于罚款，而是拖延。我们的合同包括铺设20英里8英寸粗的传输钢管，加上将天然气输送到潘圭其的输配管线，奎斯塔煤气公司给我们的标的有效期为60天。由于最初11英里是高山地形，我们迫不及待想早点开工，天气转冷就不能施工了。在此之前，我们大概有4个月的时间窗口。潘圭其的老人们告诉我，到10月第三周的猎鹿季，管道施工地会有1英尺深的积雪。我们整个项目在7月和8月都被耽搁了，因为土地管理局不愿给我们发放铺设管道的许可证，理由是‘他们必须研究一个问题’，而这个问题就是施工现场有没有草原犬鼠。”

我看着父亲变得越来越激动。

“时间流逝，我非常担心时间问题。最后，60天有效期结束之前，我给奎斯塔煤气公司发出了最后通牒，如果不能尽快开工，我会撤回我的报价。由于坦佩斯特公司报价低，解决目前的问题对他们有利，接着便召开了紧急会议，土地管理局派人到盐湖城签发我们开工所需要的许可证。结果是，除了在高山地区铺设管道会遇到的常规风险之外，我们还错失了两个月的好天气。”

他摇了摇头。

“当我们最后总算能开工的时候，工人们听说了关于草原犬鼠的规定。每当斯蒂夫和我在管道线上巡视时，我们的工人经常会跟我们开玩笑：‘嘿，老大，第9只草原犬鼠可在我手上捏着呢。给我加工资，或者下周末让我休息，怎么样？’”

“问题的关键是我们没有领导力，”父亲说，“一点儿都没有。”

“你所指的是什么领导力？”我问道。

“政府没有领导力。在大多数情况下，他们只是一群笨蛋。只是一个没人负责的官僚机构。”他停顿了一下，“每个人都有一种竞争本能。想要挖掘员工身上的这种精神，说到底，这跟老板无关，但跟员工相关。在我们这个行业里，员工们考虑的不是钱，他们考虑的是长度。我们的员工知道一天所铺设的最长纪录。没有用白纸黑字写下来，但工头、焊工和操作工们相互之间都知道。比如，他们知道比尔·耶茨在戴尔山水库焊接了 2200 英尺 2 英寸规格的管道。他们知道乔治·奥珀勒斯焊接了通向泰勒斯维尔 3200 英尺 6 英寸规格的钢管。他们知道罗恩·坦纳一天时间内在犹他州的桑迪用约翰·迪尔[①] 690D 反铲挖土机挖了 4000 英尺的沟。一队人马加快步伐，在管道焊接点之间奔忙，竭尽全力打破纪录。创造管道焊接速度和长度的最佳纪录成为公司的传统。员工们也都清楚，这些记录都在我的脑袋里装着呢！”

我父亲转过身来看着我，他不能确定他是否把想要表达的意思说清楚了：“你是个作家，读一读陀思妥耶夫斯基。”

“嗯，什么？”

① 约翰·迪尔(John Deere)：一家 1837 年成立于美国的公司，是全球著名的农机巨头。

“《卡拉马佐夫兄弟》（*The Brothers Karamazov*）里有一章是关于劳动的，关于男人如何维护自己的自尊，展现了男人们在动力十足时的所做所能。

“男人们生来就想工作，成为某个比他们更大的事物的一部分。这就是跨国公司从人们那里所夺走的东西。这种对劳动力的分割，他们夺走的是全局观。如今人们只看到事物的碎片。他们觉得自己微不足道，无人注意，不属于任何团队。他们感觉不到自己在完成什么实实在在的东西。

“我还记得我们在怀俄明州石泉的工程。前后持续了3个月，非常艰难。石头很多。我们的管线得横跨80号州际公路。我们不可能在高速公路上钻孔，因为岩石太多，车流量太大。怀俄明州政府也不会同意让我们开挖公路。我们必须在公路下面钻孔。限制这么多，地面这么难处理，工人们无法完成这项工作。接下来我听到的就是菲尔·乔汉森半夜挖开了公路。怀俄明州的官员们很愤怒。这是非法的。

“我后来发现事情的真实版本是：在巨大的压力之下，乔汉森喝醉了，在旅馆里不省人事。他的手下实在爱戴他，虽然他们清楚会面临什么样的风险，还是连夜完成了工程。”

父亲情绪变得十分激动，好不容易才把这件事讲完。

“他的手下完成了任务，尽管很危险，很愚蠢，不合法，但我很钦佩。

“于是就有了一个关于公司的神话——‘哦，你们就是那个半夜开挖80号州际公路的公司啊。’

“我喜欢这个工作。我喜欢待在外面。总是令人兴奋。修建管道有着某种节奏——效率的重复。你在前面挖沟，后面的人再辛辛苦苦把沟填上。”

他站起身来。

“我可能聊得太久了，但有关我们公司的这些男人们，我可以一直聊下去，比如当年我们在犹他州斯托克顿挖沟时发生的事。保罗 · 埃尔金顿是负责人，跟我认识的很多人一样性格坚毅。他曾在摩押的铀矿场工作过。斯托克顿地形崎岖——由灰色页岩构成——必须沿狭窄的峡谷由人工进行挖掘。工人们真的是把管子扛在背上。铁管子——直径 8 英寸，太重了，他们得沿着山的一侧用绳子把管子抬起来。1920 年用的是这种方法，1970 年用的也是这种方法。没有一个工人抱怨。不管天气状况如何，这些工人都在为这项工程辛勤劳作。他们不抱怨，不放弃。这下你应该能明白，当得知我们不得不因为几只小小的、微不足道的草原犬鼠而停下工作时，我们有多沮丧了吧！”

如果草原犬鼠从北美洲消失，我们会失去什么？

1950 年，政府官员们建议在纳瓦霍保护区的一些区域铲除草原犬鼠，以保护原本就稀少的沙漠草的根，从而维持羊群的边际放牧①。

纳瓦霍的老人们不同意，他们坚持说："如果把所有的草原犬鼠都杀了，就没有动物能唤雨了。"[59]

官员们觉得好笑，向纳瓦霍人保证雨和草原犬鼠之间没有关联，并实施了他们的计划。除了联邦政府的官员们，其他人对结果都不感到惊讶。亚利桑那州奇尔钦比托附近的沙漠几乎变成了荒野。没有了那些挖洞动物翻地，土壤结块儿，无法盛留雨水，像锅底一样坚硬。结果就是：一下雨就会形成严重的径流，仅存的些许植被也被山洪带走了。

① 边际放牧，使用了经济学中的边际分析法，此处指每增加一个单位的沙漠草所带来的羊的数量的增量。

如果把所有的草原犬鼠都杀了，就没有动物能唤雨了。

环保团体、森林守护者、地方生态系统中心、南犹他荒野联盟、埃斯卡兰特荒野项目（Escalante Wilderness Project）以及有关个人正联合起来，向美国鱼类及野生动物管理局提出申请，在《美国濒危物种保护法》中将犹他草原犬鼠从“受威胁物种”重新列入“濒危物种”目录。

2003年的土拨鼠节，就在我们入侵伊拉克的几周前，我在《纽约时报》上发表了自己的观点[60]：

……草原犬鼠被很多人看作害兽，几乎在大家的视野之外，一生中有一半时间都藏匿在这个国家西部草原的地下。正处在与伊拉克开战前夕的我们，为什么要去关心这种啮齿动物的命运？作为美利坚合众国公民的我们，面对恐怖主义、大规模杀伤性武器、种族主义和摇摇欲坠的经济等诸多重大问题，为什么还要去关心这种动物的现状和福祉呢？

原因很简单，因为犹他草原犬鼠的故事是我们的悲悯之心所能惠及的范围。如果我们能拓宽我们的社群观念，把最底层的生物包括进来，让它们成为“禁止触犯”的物种，那么我们就能真正地走上和平、宽容之路。如果我们不能容纳“他者”，我们在自己家乡所见到的阴影预示着人类这一物种的心灵将经历漫长的寒冬。

J. M. 库切在他的作品《动物的生命》[61]（*The Lives of Animals*）一书中塑造了一个名叫伊丽莎白·科斯特洛的人物。她是个小说家，在一群持怀疑态度的大学师生面前捍卫动物的权利。她认为："我们把自己想象成另一种存在的能力是无限的。"

对于她的这一观点，哲学教授托马斯·奥赫尔尼回应道："我们当然可以希望和动物建立关联，但这跟和它们生活在同一个群落中是两码事。这不过是一种天真的怅惘而已。"

大多数人都不乐意把种族歧视和物种歧视，[62]或者把虐待人类和虐待动物联系起来。我们想要保持清晰的界限，对两者加以区分。但区分、隔离、歧视，这不正是关键所在吗？我们建立等级制度，由上而下地评判生命，顶端当然是上帝，接着是人类种族等级，就这样，我们的判断顺着"伟大的存在链"往下，直至触底。这是权力的态度，取决于由谁掌控。谁对谁拥有权力？这种行为如何渗入一个社会的心智？自然的阶梯[63]会带来什么后果？

傲慢就是傲慢，残忍就是残忍，不管对象是人还是动物。对那些受优待群体之外的人和动物做了什么？这是我们不愿多想的问题。但我认为，我们的想象力发展至今，有充分的理由将我们的同理心拓展到他者身上。

还是伊丽莎白·科斯特洛的话："如果有人认为生命对于动物来说不如对人类意义重大，那他的双手肯定从来就没有捧过为生存顽强挣扎的动物。为了能活下去，动物们会竭尽全力，毫无保留。"[64]

在仅存的最后几个野生犹他草原犬鼠镇中，有一个位于布莱斯峡谷国家公园。

布莱斯峡谷国家公园园长拒绝了我的参观请求。我被禁止进入犹他草原犬鼠镇，因为我在一份起诉美国鱼类及野生动物管理局的诉讼书上签了名。我和由当地生态系统中心、森林守护者组织、南犹他荒野同盟、美国土地联盟、生物多样性保护联盟、生态中心和西纳普等所领导的联盟一起，要求我们的政府对白尾草原犬鼠和犹他草原犬鼠数量减少的问题采取措施，将它们从“受到威胁状态”转移到“濒危物种”目录中去。

公园管理处认为，由于我是一名对美国政府提起诉讼的公民，他们不能准许我去观察犹他草原犬鼠，怕我的所作所为会给这些动物带来危险。

他们指出，我在《纽约时报》上所发表的对草原犬鼠的看法，给了他们不信任我的理由。

我说，我原本以为我们有着同样的诉求。

游客中心柜台后的公园管理员递给我一张公园游览图，问我是否还有别的问题。

我说我会想办法和草原犬鼠待在一起的。

特丽·坦佩斯特·威廉斯：

你好！

很高兴你能和我一起参加2004年度犹他草原犬鼠田野调查。下面是一些重要的信息。

1）我的家人（我妻子和一个儿子）以及一名研究助理已于2004年3月8日来到布莱斯峡谷，我们将于2004年7月15日离开。很高兴你很快将加入我们。

2）我建议你至少准备以下衣物和装备：

a）十天的衣物。虽然布莱斯峡谷国家公园附近有一个洗衣店，但去那里洗衣服真的很麻烦。所以请多备几套袜子、衬衣、内衣等。

b）餐具和厨具。

c）适合长时间在雨中工作使用的雨具。

d）马靴或登山靴，适用于泥地、寒冷天气、雪地等。

e）可以坐的枕头或泡沫垫。

f）用电池的晶体管收音机。收音机真的可以帮助你度过

4 月和 5 月那些漫长的日子。

g）宽檐帽或遮阳板。布莱斯峡谷海拔约 8100 英尺，日照强烈。

h）一副高质量双筒望远镜，至少 7 倍放大功率。有很多天你需要每天 10 至 12 小时连续使用望远镜。如果你还没有好的望远镜，去买或借。质量可靠、价格合理的品牌包括布什内尔、博士伦和卡贝拉。望远镜很关键，如果对此你需要更多的帮助和建议，可以打电话给我。如果你最近中了彩票，或许可以考虑购买莱卡和蔡司的望远镜。

i）至少两条质地良好的秋裤。

j）几件毛衣和一件暖和的外套。

k）一双好一点儿的露指或带指手套（可以戴着写字）。

l）走时精确的手表。

m）可靠的闹钟。

n）在炎热的 5 月和 6 月里工作时穿的短裤、T 恤衫等。

o）一双服帖的皮手套，设捕鼠笼的时候可以戴。

p）激情和很强的幽默感。

3）为了便于从远处识别草原犬鼠，我们用一种黑色的毛皮染料对它们做标记，这种染料有个令人讨厌的习性：它不仅能给草原犬鼠染色，也很容易让衣服染上色。因此，不要带时髦的衣服，除非你不介意到时候衣服染上星星点点的黑色。

4）有几天，我们会在天亮后不久就进入观测塔，在那里一直待到黄昏，直到最后一只草原犬鼠睡觉为止。中间我们会去检查一下捕鼠笼，用毛绒獾作为道具做些实验。不过，在草原犬鼠杀幼期间，我们只能整天观察、观察、观察。

5）和草原犬鼠一起的这段时间内，要做好每天工作、一周工作七天的准备，至少在繁殖期和给幼鼠做标记等关键时期是这样。在不那么关键的时期，我会尽可能让你偶尔休息一天。

6）为和草原犬鼠共处做准备，最好读一读我的书《黑尾草原犬鼠：一种穴居哺乳动物的社会生活》（芝加哥大学出版社，1995 年）。方法、抵御捕食者的警报声、杀幼以及共同哺乳这几章对你应该尤其有用。来犹他州时请带上这本书，当你亲眼看到书里所描述的草原犬鼠的行为时，许多章节读来会更有意义。

7）我们 2004 年度田野调查有 5 个关注的焦点：

①繁殖季节期间，我们将试着确定每只发情的雌性犬鼠和哪些雄性犬鼠交配。捕捉一些，以便详细观察——这是本年度田野调查中你唯一错过的部分。

②杀幼：成年雄鼠和雌鼠企图杀死尚未断奶的幼鼠。捕捉一些草原犬鼠，以便验证与密切观察分娩情况，这真是个可怕的发现。

③一窝一窝给幼鼠做标记：全力捕捉并进行观察。为了验证亲子关系，我们将收集所有幼鼠的血液样本。这些幼鼠是世界上最可爱的动物。

④共同哺乳：如果我们的间接数据准确，那么可以得出结论：幼崽在洞穴中出生之后，雌鼠有时会给和自己有血缘关系的雌鼠的后代哺乳。捕捉，仔细观察。

⑤警报声：在6月，雄鼠和雌鼠周围都有与自己有血缘关系的幼鼠，但只有雌鼠会发出警报声。为什么？用毛绒獾进行多个实验，将有助于我们解开沉默的雄鼠这个谜。

请注意，上述一系列装备足以让你在北极和赤道生活，也理应如此。三四月的布莱斯峡谷国家公园天气很寒冷，很恶劣。但6月的布莱斯峡谷则十分炎热、干燥。我们不止一次经历过六月飘雪。1996年6月18日，这里下了6英寸的雪！

很多人都曾在寒冷的天气里外出过，但很少有人曾在寒冷的天气里长时间坐着不动。我们将会在4米高的塔上连续坐上14个小时，力求发现、了解草原犬鼠的杀幼行为。因此，除了上面所列物品之外，带上任何你能想得到的有助于保暖的物品。

如果你来犹他州时能照我上面的建议武装到牙齿，那么你在这里的生活将会精彩纷呈。我向你保证，你将不虚此行。

以此邮件为证，我正式为你在2004年度草原犬鼠考察组里留个空缺。如果你情况有变，不能参加，请立即通知我，以便我把这个一生难得的机会提供给其他人。

真诚的，

约翰·L. 胡格兰德

备注：草原犬鼠研究，这不是一份工作，而是一次探险。

2004年5月19日[65]

2004年5月31日

6：30

约翰·胡格兰德开着一辆金色的1983款普利茅斯莱恩特车，后车门上画了一只草原犬鼠，写着“草原犬鼠考察组”。车牌是“CYNOMYS”[①]。和他一起的还有3名研究生。

“早！”他跟我打了声招呼，从驾驶座跳下车，打开后备厢，“欢迎来到布莱斯峡谷。”

和他握过手，我把包放进后备厢，钻进汽车后座。

约翰把我介绍给其他研究员：萨拉、艾莉莎和西奥。初次见面，我还记不住他们的全名。天很冷。我们开车到草原犬鼠镇，约翰给我们分派了各自的任务。

7：45

一直在发抖。帮约翰一起设捕鼠笼。我什么忙都帮不上。他告诉我不用太在意，我很快就可以熟悉常规工作。

他让我去远处的那座塔，我得爬上去。我觉得我肯定会摔下来。试了两次，我终于背着包成功地爬了上去，感觉就像一只海龟爬上20英尺高的树。

我的任务很简单：观察草原犬鼠的行为。

我们早上的第一项任务是记录草原犬鼠醒来的顺序。我要记录每只草原犬鼠起床的时间、它的编号以及它从哪个洞里出来。

① CYNOMYS，草原犬鼠的学名。

我负责观察35号、24号、R31号、HWA、70号和RR6号草原犬鼠。约翰告诉我每只草原犬鼠都有记号。我不必为数字或字母的含义而操心，这是约翰自己独特的体系。这已经是他在布莱斯峡谷国家公园这个点进行研究的第十个年头了。

这是世界上最后几个“受保护的”犹他草原犬鼠群落之一。这里大约生活着125只草原犬鼠，预计下周会有一群活泼的幼鼠出生。我坐在这摇摇欲坠的塔上，离地大约20英尺高，手里拿着望远镜，随时准备用笔记本和笔进行记录。

瞭望塔墙上挖了个窗，窗边有一张胶合板做的临时办公桌。事实上，这所谓的塔，整个就是由几根金属管子支撑着、由胶合板搭成的小盒子——墙、天花板和地板都是胶合板做的。

在接下来的十四天里，我将栖身在这个盒子里，盒子4英尺宽，6英尺长，前后左右都挖了窗户，地板的一角有个小洞。我猜这个洞让人不用爬下塔就可以解决小便问题，很好、很实用的做法。

放眼望去，我负责观察的草原犬鼠群落并没有什么动静，只有知更鸟在叫个不停。

以下是犹他草原犬鼠的基本信息：

身长：12~14英寸

体重：24~38盎司

牙齿：22颗牙齿（不断生长的两对门牙，这是啮齿动物的特点；门牙和里面的小白齿之间有间隙。）

栖息地：山艾草原

海拔：5000~9000 英尺

地域：犹他州中南至西南地区

行为：昼行动物；每年冬眠数月；雌鼠一年之内性成熟，但雄鼠的性成熟通常会推迟至出生后的第二年；在布莱斯峡谷国家公园，交配期发生在 3 月末 4 月初；妊娠期为 28~32 天；幼鼠出生于 4 月末或 5 月初；幼鼠第一次出洞是在 5 月末 6 月初，这时它们大约五周半大；犹他草原犬鼠所生活的群落比黑尾草原犬鼠群落规模小。

适应性特征：长长的黑色指甲，便于挖洞；前脚掌上有块儿厚厚的胼；不同的发声方式，是其复杂的交流体系的一部分。

7：50

我观测到的第一只草原犬鼠：草原犬鼠 HWA。约翰向我简单介绍过她的情况。她的标记如下：黑色的脑袋，身上两条间距很大的黑色条纹。（她名字由此而来：Head Wide Apart——脑袋分得很开）。

HWA 从 NX 地洞里钻出来。观测到的第二只：一只未标记的犬鼠从 9J 洞穴里钻出。观测到的第三只：24 号犬鼠从 9J 洞穴钻出。

地上有只褐斑翅雀鹀。花栗鼠在觅食。太阳透过黄松的树枝。阳光洒落在草原犬鼠镇上。

HWA 和 24 号在觅食，享用着柔嫩的春草。

8：10

RR6号站在6号洞穴前。（RR6的意思是尾部周围有一圈黑色——Black Ring Around Rear）。约翰用尼唑唑毛皮染料对群落中的每一只犬鼠都进行标记。

金黄背鼠和一只黑眼灯草雀闪亮登场。

8：17

4号从S22洞穴钻出。你绝对想象不到，受保护的犹他草原犬鼠群落的栖息地是这个样子的——在我的左边是一个马畜栏，养着供公园租赁的马匹。马粪和马饲料的气味儿让人难以集中注意力。畜栏后面是一条公路，路的另一侧是公园的车辆维修厂。维修车辆和车库的旁边有一个砾石坑，用于道路建设和维修。难怪公园生物学家把这个草原犬鼠镇称为“混合圈聚居地”。

“这个地方看起来像核灾难现场。”约翰说。太阳照在24号身上，它一身美丽的金橙色毛很显眼。这些草原犬鼠十分警觉。24号待在洞穴里，一动不动，密切地观察着我。一只知更鸟把一侧耳朵贴着地面，倾听着什么。

风在吹，天空蔚蓝纯净。

黄松树随风摇曳。

塔也在随风摇曳。

这群草原犬鼠的主要食物是山艾，还有一些我不认识的草。我怀疑这些草并非本地植物，因为马畜栏离得实在太近。

HWA 在吃着蓝亚麻的花。另一只从 NZ 洞穴中钻了出来。我看不到它的记号。它站在土墩外面，像灯塔，像哨兵，爪子垂在身体两侧，长长的黑指甲露在外面。森林边上还站着另一只草原犬鼠，面向太阳，一动不动。

这个聚居地所有的草原犬鼠都站着，面向太阳，一动不动。

我的眼睛捕捉到地面上有青金色的东西在动。借助望远镜，我认出这是一只山蓝鸲，它也在觅食。

草原犬鼠的颜色是黏土色的，和土地的颜色一模一样。

8：45

21 号草原犬鼠出现在 S24 洞穴附近。我因为花栗鼠而走了神，错过了确切的时间。未标记：草原犬鼠待在 NW 洞穴前，纹丝不动。一个小时过去了，它就站在那儿，望着太阳。我甚至看不出它在呼吸。

24 号草原犬鼠在跑动，嘴里塞满了干草和其他植物。35 号也很活跃。24 号在 9J 洞穴口放下草料。现在是上午 8:55。

一只渡鸦从头顶飞过。

9：05

未标记草原犬鼠仍然站在 NW 洞穴前。24 号往 9J 洞穴运送第三批草料。

哀鸽飞过。

海绿树燕在我的窗外腾空而起，掠过草原犬鼠镇。

未标记草原犬鼠仍然在 NW 洞穴外放哨。

风呼啸着穿过瞭望塔。瞭望塔咯吱作响。

约翰和萨拉通过无线电宣布看到了幼鼠。西奥捕到了 7 只幼鼠。

9：14

24 号草原犬鼠在搬运第五批草料。HWA 在草原犬鼠村的右上角部位出没。未标记草原犬鼠还在站岗，纹丝不动。

9：20

24 号从 9J 洞穴跑到 6 号洞穴。未标记草原犬鼠仍然站着放哨，一动不动。

9：27

24 号将第七批草料运回 9J 洞穴。

9：30

HWA 回到 NZ 洞穴。

9：50

HWA 在一只褐斑翅雀鹀身边觅食。

10：00

RR6 号草原犬鼠出现在 NZ 洞穴中。

10：05

第一次看到 35 号草原犬鼠：雄性，身形很大。它笔直地站在 9X 洞穴前。它的背上标记着黑色条纹。

有新的草原犬鼠出现在草原犬鼠镇南侧：

Collar O

29 号草原犬鼠

87 号草原犬鼠

风在吼，塔在抖。

35 号草原犬鼠外出觅食。

10：17

目力所及之处没有看到草原犬鼠。它们都钻进了地下。

4 个小时过去了。还有 11 个小时。

问题：这样的日子有两个星期，可让我怎么挨呀？时间过得如此如此缓慢。

牛仔们带着一队马回到了畜栏。

31 号草原犬鼠刚刚露面。

46 号草原犬鼠我也是第一次观测到。

10：45

24号又搬运了一趟草料到9J洞穴。

我能听到约翰在试着发动汽车，但引擎启动不了。

我看到几只草原犬鼠跑到马畜栏里。有一个牛仔在发牢骚，声音传得很远。

汽车发动了。

约翰跟我说过，公园方不好合作。据我跟他们有过的短暂接触，这不难想象。我就不明白，为什么国家公园的官僚作风会妨碍他们对野生动物进行保护？

对于6月来说，今天很冷。我们在庞沙冈特高原上，海拔将近8100英尺。高原是东北朝西南走向，长约30英里，宽约12英里，海拔从南缘的9200英尺到东北部的7800英尺不等。

这里也生长着地球上最古老的生物之一——狐尾松，有5000年的历史了。极端环境中的美，这些树木有时被称为“风木”，因为它们的身姿由于时间的雕琢而变得粗糙、扭曲。忍受过风，经历过旱，狐尾松生长、繁荣、生存了数千年。

我曾经坐在它们中间。它们在露天的神殿里交谈。

只有沉默值得倾听。

——亨利·大卫·梭罗

1853年1月21日

从栖身的瞭望塔，我可以看到粉崖的边缘。它看上去就像是森林血肉之躯上的一道伤口。这些台地会给人以错觉。地面看着很平坦，却会突然下沉，成了陡峭的悬崖。悬崖下面的砂岩柱，是侵蚀而成的仙境。成千支蜡烛被点亮，呈现出柔和的粉红色、橙色和黄色。尽管我来过布莱斯峡谷多次，但每次都会为它神奇的地貌感到震撼。

粉崖外，大阶梯一路向下，可以到达犹他州布满红色岩石的沙漠。这是一片广阔而破碎的土地，由断层、斜坡、逆断层和长期的风化所造就。尽管寂静、广袤，但这片土地备受折磨。

我正在阅读约翰写的一篇文章，题为“黑尾、甘尼森和犹他草原犬鼠繁殖缓慢”。它2001年发表在《哺乳动物学》期刊上。

文章指出，对被标记个体所进行的长期研究表明，这三种草原犬鼠繁殖缓慢，原因有以下五点：

1. 幼鼠第一年生存率低，不到60%。

2. 在这3个物种中，雌鼠每年都只繁殖一窝幼鼠。

3. 在这3个物种中，一周岁前可以交配的雄鼠比例很小。

4. 每年养育一窝幼崽的概率：黑尾草原犬鼠只有43%，甘尼森草原犬鼠为82%，犹他草原犬鼠为67%。

5. 对于这3个物种中每年养育一窝幼崽的雌鼠来说，一窝幼崽的平均数量约为3.5只。

警报声。下面草原犬鼠村里的所有草原犬鼠都处于高度戒备状态，发出咔嗒声、啁啾声，直立着，朝着同一个方向，背部拱起，发出叫声。

我看了看外面，什么也没有。

两分钟过去了——一只叉角羚从镇子外围走过。

12：00

我注意到胶合板墙上涂写着“还有两天！”“叹息——”。我会加上我自己的词“耐心”。

临近正午，草原犬鼠镇非常安静。很冷。我还穿着羽绒服，戴着羊毛手套。两只坦氏孤鸫飞过。我得查一下野外指南，看看我所看到的到底是褐斑翅雀鹀还是树雀。风又大了起来，塔吱吱作响。

草原犬鼠直立时和贴着地面蹒跚爬行时很不一样。山艾丛里几乎看不到 35 号草原犬鼠的脑袋。

更多的警报声。

灯草雀和金黄背鼠在村里觅食，啄食着种子。

12：27

畜栏上有一只蓝知更鸟。当我闭上眼睛，草原犬鼠听起来就像加州星鸦或松鸦。

除了马畜栏、公园车辆维修厂、砾石坑，这个草原犬鼠镇旁边还有一个垃圾场。

在畜栏里，牛鹂在马背上啄食着飞虫。

我在观察未标记草原犬鼠。它右爪触地，左爪张开，朝向天空，很容易让人觉得它在给地球把脉。

13：15

RR6号和24号草原犬鼠在松树林中觅食。35号和HWA草原犬鼠站在外围发出警报声。

约翰和西奥通过无线电在谈论幼鼠。约翰叫我观察HWA在NZ洞穴的情况，今天早上9：30她就在这个洞穴边。

“她应该在那里有一窝幼崽。”他说。

在刚刚过去的4分钟里，约翰和西奥看到了4窝新生幼鼠。

我观察着——突然，RR6号草原犬鼠经常出没的9W洞穴里冒出3只幼崽！它们又下去了。我看到了三双眼睛。在我的望远镜里，这些眼睛看起来就像小小的、深深的池水。

13：20

RR6号草原犬鼠快速穿过村子。现在我能看出这是只雌鼠。她直立时，我看到了小小的黑色乳头。

13：27

24号草原犬鼠又搬了一趟干草。知更鸟在歌唱。未标记草原犬鼠回到NW洞穴。HWA在仰天长啸。9W洞穴里有两只5周大的小鼠，似乎是RR6号草原犬鼠的孩子，她正在围着它们转圈呢。

3只草原犬鼠幼崽正在吃洞穴周围的蓝亚麻花。它们直立时大约6英寸高，伸手去够蓝色的花，用小爪子把茎拽下来，一点点儿啃食着。

35 号和 24 号草原犬鼠在 NW 洞穴里碰着鼻子。

据约翰说，这些幼崽有 37 至 38 天大，差不多五周。在 9W 洞穴附近，有 4 只小鼠站在灌木丛中，被掩护得很好。我认为这是一丛金花矮灌木。RR6 号草原犬鼠回到 9W 洞穴的土堆上，与此同时，4 只幼崽消失在地下。

13：30—15：00

在这一个半小时里，我帮着约翰给草原犬鼠做标记。

步骤如下：

1. 让草原犬鼠在阳光下暖和暖和，这样它们更容易“流血”。

2. 把捕鼠笼放进面包车里，关上门。

3. 打开捕鼠笼，让草原犬鼠爬进约翰所说的“标记袋”。

4. 给它们称重（幼崽放进塑料三明治袋里称重）。

5. 让草原犬鼠爬到袋子的锥尖部分。

6. 一个人抓住它们下颌的后部，让它们无法动弹。

7. 另外那个人抓住草原犬鼠之后，约翰打开标记袋。

8. 约翰剪草原犬鼠后爪的指甲。指甲里的动脉会出血。他用小玻璃管给草原犬鼠“放血”，其实就是把草原犬鼠的血吸进玻璃管，然后他把血吹进小瓶子里。

9. 约翰用毛巾给草原犬鼠止血。

10. 他把套筒撸上去，露出草原犬鼠的背部。

11. 他给草原犬鼠梳毛，数它们身上的跳蚤。

12. 他用染料（尼唑唑）给草原犬鼠做上合适的数字或字母标志。

13. 把草原犬鼠送回笼子 / 捕鼠笼里。

14. 放回阴凉处。

15. 小心地将动物送回聚居地。

对于幼崽，方法会略有不同，因为幼崽都很娇弱，不能用套筒袋。把它们放在透明的袋子里称重，袋子上有孔，便于它们呼吸。我们给它们戴上两个小小的耳标，梳过跳蚤后，在它们的背部画上一个小小的数字。

我们必须戴上厚实的帆布手套。草原犬鼠的下颌有力得令人难以置信，咬起人来可一点儿都不含糊。

和草原犬鼠待在一起，我发现有些草原犬鼠很活泼，其他的则很温顺。约翰会跟它们说话，这似乎能使它们平静下来。他对这项工作充满了热情。这是他的第二天性。

人们的行为往往是情感的投射。我跟约翰说起过这个观点。

他笑着说："你的意思是说，人们很难拒绝承认草原犬鼠可爱，是吗？"他在给一只草原犬鼠梳毛："3 只跳蚤。"我在表格上写下数字"3"，他用镊子把每只跳蚤放进一个小玻璃瓶里。"是很难，"他说道，"因为它们确实可爱。"

我们就这样在封闭的面包车上给草原犬鼠做标记，大约一个小时后，约翰告诉我，布莱斯国家公园管理处的首席生物学家跟他说，无论在什么情况下，他都不可以让我踏上这个聚居地，这是主管的命令。或许我该考虑用个不具有威胁性的名字，比如贝茜·罗斯之类的。

16：20

风越来越大，温度又降了。塔吱吱作响。云就像巨大的帆船，漂浮在高原之上。

抱起一只动物，看着它的眼睛，它也和你对视；试图平复它内心的恐慌；以科学的名义——最终或许可以挽救它生命的科学——尽量少让这个小小的生命承受痛苦，或许就等于打开同情之门，跨越共同存在的新门槛。

我们离野生动物的生命是多么遥远。

警报声。我从笔记本上抬起头。草原犬鼠已四下散去，钻进了地下。一只渡鸦从头顶飞过。

16：33

35 号、70 号和 24 号草原犬鼠都回到了地面上，在觅食。

17：00

草原犬鼠们很活跃，在地面上四下走动。影子在拉长。

举起望远镜，我发现了一只雄西蓝鸲，旁边飞着一只山蓝鸲，也是雄性。这是我第一次看到，我以前从来没有见过这两种鸟在一起。西蓝鸲胸部羽毛呈铁锈红，一身蓝色羽毛更接近于青金石色；而山蓝鸲的羽毛则更接近绿松石色，胸部羽毛是天蓝色的。20 世纪 60 年代和 70 年代，由于 DDT 作为杀虫剂被广泛使用，这两个物种和知更鸟一样，都深受其害。

我看了一眼手表——还有 4 个小时。

17：20

70 号草原犬鼠向西跑去——知更鸟在黄松树上歌唱。未标记草原犬鼠站在 NW 洞穴上。

17：30

白胸鸸围着塔右边的老树桩盘旋。光线越来越暗，黑顶山雀出现在森林边上，也在鸣叫。

草原犬鼠动静不大——有些在地下，有些不在村子里。

18：30

约翰提醒我们，我们现在是在进行“夜间观察”，这意味着我们需要观察每只草原犬鼠回到哪个洞穴过夜。

有人告诉我们昨晚有一只獾从砾石坑出来，在横穿马路时被撞死了。

18：35

HWA 回来了。今天一整天它都不在。东边有只叉角羚。哀鸽咕咕地叫着，从村子上空飞过。53 号、RR6 号、HWA 和未标记草原犬鼠都在。24 号去了哪里？

18：50

未标记草原犬鼠消失在 NW 洞穴里，这并不让人感到意外。它显然对这个洞穴很有感情，一整天都待在附近。HWA 回到

NR 洞穴。RR6 号返回 NZ 洞穴。53 号草原犬鼠先是在 9X 洞穴附近，接着朝 NZ 走去，后来又去了 8Z 洞穴那边。

要看清并且记录下每只草原犬鼠去哪里“上床睡觉”，这颇具挑战性。你在观察其中一只时，另一只消失了，你就错过了它。我试图让视野范围广一些，而不只盯着一处。

RR6 号正站在 NZ 洞穴的土堆前，扫视着整个村子。

18：55

5 只草原犬鼠出来了：

未标记草原犬鼠

RR6 号

HWA

24 号

35 号

黑颏北蜂鸟落在我的窗口，那么近，它小小的翅膀扇着我的脸。我屏住呼吸。

19：05

光线越来越强。高原边的粉崖呈血色。我可以想象出下面的砂岩柱就如火焰一般。

RR6 号草原犬鼠以冥想的姿态站在 9W 洞穴附近。HWA 在 NX 洞穴附近，它在觅食。未标记草原犬鼠站在 NW 洞穴的土堆上。24 号草原犬鼠在 9J 洞穴附近嚎叫。53 号草原犬鼠在村子中间觅食。看不到幼崽。

19：22

RR6号草原犬鼠去9W洞穴就寝。

19：25

24号草原犬鼠去9J洞穴就寝。

19：26

未标记草原犬鼠去NW洞穴就寝。

19：27

HWA消失在NX洞穴里。

19：28

35号草原犬鼠去NZ洞穴就寝。就这样，2004年5月31日，我作为草原犬鼠见证者的第一天结束了。

2004年6月1日

7：20

到达观测塔。在这之前给RR6号和她的幼崽们设了12个捕鼠笼，以便给它们做标记。

7：28

24号草原犬鼠醒了，从NW洞穴出来。它坐下，它伸着懒腰，它打量着这片土地。

7：33

早上好，草原犬鼠们——同时出现的有：

35号草原犬鼠——NZ洞穴

HWA——NX洞穴

RR6号——9W洞穴

我看着这些草原犬鼠迎着朝阳站了起来，椎骨一节一节地竖起来，就好像它们的脊椎是个液压千斤顶似的。

约翰谈到1998年和2001年出现瘟疫的情形。美国疾病控制与预防中心（CDC）鉴定出有两只草原犬鼠尸体该疾病呈阳性。

布莱斯峡谷国家公园批准约翰在洞穴里撒上杀跳蚤的粉末，幸运的是瘟疫没有继续。

但是，当约翰·胡格兰德不在布莱斯做研究时会发生什么？谁会留意？谁会保持警惕、观察、守护这个犹他草原犬鼠村免受瘟疫之灾？

一对蓝色山鸫正从草原犬鼠洞里啄食昆虫。它们把山艾丛顶作为栖息之地，天蓝色羽毛闪闪发光。

从国家公园管理处维修厂传来铲车和卡车的轰鸣声。腾起的烟雾和机器尾气使空气变得污浊。

畜栏里，牛仔们赶着他们的马鱼贯而出，马炮起很多灰尘。村子里的草原犬鼠在观望。

头顶有喷气式飞机飞过。

在《等待上帝》（*Waiting for God*）一书中，西蒙妮·韦尔写道："世界之美在于迷宫的入口。"

精巧复杂的草原犬鼠洞体系就是一个地下迷宫。

我的弟弟斯蒂夫有一个梦想，想为盐湖城修建一个迷道[66]，作为新的山间医疗中心的一部分。自从去年被诊断出患淋巴癌后，他发现走迷道是一种步行冥想的方式。他曾在雷伊斯角国家海滨①附近一个叫作共富的疗养中心体验过这种内心的宁静。他相信迷道可以给癌症患者和他们的家人带来安慰，既能锻炼身体，又能让心灵平静。

迷道与迷宫不同，进出没有什么窍门，没有死路。迷道有非常清晰的路径。走迷道让他学会去接受他所面临的变化。

当我思考关于时间的问题时，我想起了他。多少时间？我有很多的时间，很多观察草原犬鼠的时间。

① 雷伊斯角国家海滨：位于旧金山西北约 30 千米，是向太平洋延伸出的锤形半岛，以优美的环境和种类繁多的野生动物而著名。

我最亲爱的斯蒂夫：

谢谢你在电话里把放射科医生的报告读给我听。你和放射科医生面对面的交流情真意切，相比之下，科学的语言显得生硬冷酷得多，这让我深受触动。后者是临床报告的声音，而前者是同情和关心的声音。这给我带来了希望，斯蒂夫，这一希望不是拒绝承认现实，而是玛格丽特·惠特利所说的希望："心的方向。"

我在阅读保罗·洛布写的《不可能之事需要些许时间》。他说："最削弱人意志的是孤独。"你定然时不时会感到孤独，因为没有人能扶持着你度过这苦痛和折磨，这种孤独我难以想象。我们只能用爱包围着你。

你会喜欢上这里，喜欢和草原犬鼠在一起。每天晚上，鹿或叉角羚走过草原犬鼠镇，迎接它们的是惊慌的叫声。生物学家说，草原犬鼠可以用不同的叫声对两者加以区别。布莱斯很美，我已经慢慢爱上了扎根在红沙土里的黄松树。我的工作是记录我在这个山艾丛中的草原犬鼠镇所见到的一切。老实说，有时候日子真的很长，但那是我的问题。我想起你在公共福利疗养中心写给我的信："静静地坐着，寻找正在找寻你的东西。"

你觉得如何，你感受到了什么，能和我分享一下吗？这是种什么样的体验，斯蒂夫？当然，我们曾经和母亲一起经历过这些，但现在的感觉是如此不同。我的好弟弟，我的同胞伙伴，我生命的记忆里一直都有你。给我以启迪吧。这样，作为爱你的姐姐，我才可能更为谦逊地常伴你身边。

特丽

8：30

今天早上只有两只草原犬鼠出现——35 号和 24 号。

不知道 HWA、RR6 号和 70 号还有未标记草原犬鼠都在哪里？

两只骡鹿——一只年幼的公鹿和一只母鹿——出现在东边树林的外围。它们穿过草地，接近草原犬鼠聚居地北部区域。没有警报声。

啊，早上好，HWA！她从 8Z 洞穴里冒了出来。HWA 有着十分温柔的气质。和其他犬鼠在一起时，它似乎有点卓尔不群。

另一只毛茸茸的小鹿加入了草地上的骡鹿。我听到“啪”的一声响，转身看到 35 号草原犬鼠被关进了一个捕鼠笼。花栗鼠在附近叫着，每叫一声，尾巴都划个圈。蜂鸟在我的窗口嗡嗡作响。

我从塔上爬下来，打开捕鼠笼放走了 35 号。约翰想抓的是 RR6 号和她的幼崽。

8：45

35 号平躺在地上，双臂前伸。它坐了起来，慢慢地，像用千斤顶似的把自己顶起来，面向太阳。花栗鼠在附近觅食。35 号吃着蓝亚麻的花。两只雄褐斑翅雀鹀在 35 号草原犬鼠身边觅食。

35 号站直身子，发出警报声。渡鸦从上面飞过。35 号和 24 号在互相亲吻。

35 号草原犬鼠又吃起了蓝亚麻的花，整个聚居地到处都是紫色的花瓣。

从这个观测塔上，很容易看到金黄背鼠比花栗鼠大一倍。花栗鼠不仅体型更小，而且身上的条纹更多，这些条纹在它们尖尖的小脸上横贯眼部。这些是小花鼠，身形很小，可以安然穿过为草原犬鼠而设的捕鼠笼。

花栗鼠精力充沛，很是活跃，它们跑动的时候尾巴上翘。金黄背鼠的肩膀是红色的，脑袋上没有条纹。和花栗鼠相比，它们更为温和，没那么好动。

35 号已经在 3 个捕鼠笼里爬进爬出，吃了所有的燕麦诱饵，却没有触发机关。

8：55

在我放了 35 号草原犬鼠后，它一溜烟跑了，很快消失在一个未被标记的洞穴里。

HWA 终于离开了她的土墩。当草原犬鼠端坐时，它们看上去就像被固定住了，生了根似的，一动不动。

我看到北端有动静，北端是约翰给聚居地最远端所起的名字。两只未被标记的草原犬鼠出现在我的望远镜里。

9：05

又传来“啪”的一声响。一只金黄背鼠被关进了笼子。又一次爬下塔，迅速放走金黄背鼠。

9：10

4只幼鼠从9W洞穴出来，吃着蓝亚麻紫蓝色的花瓣。花朵在清晨的阳光下盛开。它们在傍晚时分收起花瓣，直到天色大亮之后才重新开放。

看着这些动物被关进笼子，让人很难受。我必须记住，对于这些犹他草原犬鼠而言，这项研究是在拯救它们的生命。约翰说，当他从疾控中心得到反馈报告，说草原犬鼠确实遭受了瘟疫时，他觉得肚子仿佛被人踢了一脚。

他感到“极为震惊”，立即联系公园管理处，要求他们批准他喷洒药物。幸运的是，公园管理处同意了，这拯救了整个群落。

RR6号对捕鼠笼不是很感兴趣。她走动的时候总是绕开笼子，就好像它们不存在。

今天早上未标记草原犬鼠不见踪影。昨晚它是最后一个“就寝”的，去了NW洞穴。

我听见约翰在无线电上跟萨拉说：“草原犬鼠去了畜栏那边，畜栏里山猫推土机在不停地推着马粪。”

我扭过头往后看，有一台小型推土机正在清理马粪，一群草原犬鼠在扬尘里紧跟其后。

10：05

捕捉幼鼠的基本规则：在将捕鼠笼送去给约翰或者在采取任何行动之前，用黄色胶带给捕鼠笼做上标记，记录幼崽是从哪个洞穴里出来的，否则，幼崽被放回洞穴时可能会弄错。这很关键。

捕捉幼鼠是我工作中最困难的部分。它们得经历一系列的折磨：称体重，从脚上抽血、戳耳标时的疼痛，还要忍受被摆弄、在身上涂色这样的痛苦经历。这一切都是动物研究的常规程序。

我开始思考给野生动物带上标签和项圈是否道德！黄石公园里的灰熊和狼；我所看到的那些喙上钉着标签的丑鸭；我在爱达荷州的格雷湖上亲眼看到的美洲鹤，细长的脖子上挂着无线电项圈，不堪重负；在大提顿国家公园甚至还可以看到有一只渡鸦，腿上拴着银色的链子。在美利坚合众国有成千上万的动物被编号、扫描，然后通过生物监测进行跟踪。

我们从中学到了什么我们原先不知道的东西了吗？那些仅仅通过观察获取不到的信息？如果野生动物被标记、涂色、戴上发射器，这些动物是否就变得不那么野生了？山猫挖土机（一种小型的前端装载机）在畜栏里堆肥，公园管理处在挖掘道路，这些背景噪声让人觉得这里是工业区，而不是野生动物保护区。我们国家公园的任务是什么？道路的维护和特许经营人员的配备难道比为濒危物种保留安全的栖身之地更重要吗？

既然这是一个"受保护的"犹他草原犬鼠聚居地，在全世界也屈指可数，为什么公园管理处就不能把维修设施、砾石坑和马畜栏转移到别的地方呢？

如果我们无法保护草原犬鼠所剩无几的栖息地，我们又如何能够保护它们？

10：45

村里没有动静，非常安静。

能在户外，能融入这个地方的节奏，真是一种馈赠。我们何曾有机会在两周时间内只需要观察一英亩的大自然，而不受任何干扰？在户外，融入当地的节奏，就是在见证时空的统一。

我所栖身的那座观测塔离公路最远。

我面前所看到的是一片山艾草地，周围连接、环绕着黄松。蓝头黑鹂咕咕的叫声和潺潺的流水声响彻草地，间或从南边传来知更鸟的叫声和草原犬鼠的吱吱声。

这里有山艾、金花矮灌木、美洲苦树、蓝亚麻、黄色桂竹香和印度画笔草，还有蓍草。这里长着许多我无法辨认的草，大多数都是外来物种，比如雀麦草，这是长期放牧的结果。

是谁夜间栖息在这片草地上？猫头鹰。獾。郊狼。我很想知道地下都发生着什么，迷宫般曲折的草原犬鼠地道是什么样子，在它们隐秘的地下世界都进行着什么样的活动。

约翰告诉我们，洞穴和地道深达 10 英尺，长达 50 英尺，通常约 6 英寸宽。在有些地方，地道会宽一些，便于草原犬鼠转身。通常来说，每个洞穴有两个入口。约翰一再强调："这些地道是相通的。"入口处的土堆 3 至 6 英尺宽，1 英尺高，对这些动物来说是完美的瞭望台。同时，土堆也构成了一道挡风的屏障，有助于调节洞穴中的气流。空气吹过土堆时，洞穴内的气压会下降，从而产生一股力，可以从另一个入口吸入空气，这样就形成了整个洞穴内的通风。

我担心。我担心看不到所有的捕鼠笼。我需要知道哪些捕鼠笼里抓到了草原犬鼠，哪些笼子里没有，以免有动物在午后炎热的阳光下被困在捕鼠笼里而中暑。一旦有草原犬鼠被关进捕鼠笼，如果不是我们想要的草原犬鼠，我们得立刻释放它们，如果是我们想抓的，我们必须立即把它们带到阴凉处，以便让约翰获取他所需要的信息，然后尽快把它们放回自己的生活环境中去。

不能失去任何一只草原犬鼠。一只都不行。

我在学习。我逐渐了解到，一些基本的东西能传达极为丰富的个体信息，比如草原犬鼠早晨从哪里出现，黄昏的时候去哪里休息。

许多其他生物与草原犬鼠群落息息相关。这是一个完整的生命共同体，而不仅仅是一个特定物种的聚居地。

我逐渐了解到，中午时分生活会慢下来。动物们会休息，在午间小睡一会儿。我也可以这样做，即使是在这座瞭望塔上。

RR6 号草原犬鼠现身了。现在是上午 11：00。幼崽们不见踪影。

HWA 出现了。她的起床时间：上午 11：09。RR6 号试图进入 9W 洞穴。她朝捕鼠笼里张望，站起来，前肢搭在笼子上，接着跑到第二个被堵住的洞口。现在，她又跑到第三个被堵住的洞口。约翰的捕鼠笼放得很巧妙。她围着这些笼子跑，想要回到 9W 洞穴。

RR6 号跑到第四个没有被堵住的洞口，消失了。

11：17

RR6号从消失的洞穴里回到地面。她在地下待了大约10分钟，很可能是和她的幼崽们在一起。

11：19

24号草原犬鼠发出警报声。叉角羚从村庄外围走过，所有草原犬鼠都消失了。我不明白，为什么鹿出现时它们不发出警报声？

现在RR6号在9T和8Z洞穴前。我几乎可以确定，她很焦虑，她一定是察觉出有什么不对劲儿的地方。她站起来。坐下。又站了起来，转过身。我们怎么能否认动物们也具有意识呢？

和珍·古道尔一起创办善待动物行为学家协会的马克·贝柯夫通过使用“会思考的动物”这个词来表达他对其他物种的尊重。他尊重这些物种本身，尊重它们的世界观，或者说是它们的客观环境。作为一个生物学家，马克致力于研究、了解动物的认知能力和意识，他会问：“它们有什么感受？为什么？”

我们真的相信我们是地球上唯一有着深层情感生活的动物吗？

“会思考的草原犬鼠。”

11：24

RR6 号草原犬鼠又一次消失在地下——8Z 洞穴。云朵从头顶飘过，村子暗了下来。RR6 号看上去就像穿了一件长大衣，两边两排黑色扣子——两排长长的、黑色的乳头垂了下来。

11：25

RR6 号重新回到地面，和 HWA 一起觅食。幼崽们依旧不见踪影。

瞭望塔里有一只大的黑黄蜂。维修设施旁的垃圾场上，庞大的机器在喷着黑烟。我的兄弟们会告诉我这是一台装载机。作为管道承包商的女儿，我应该知道这些东西。

11：35

RR6 号被关进了捕鼠笼。HWA 直起身子，抬头看着我。我离开瞭望塔，把 RR6 号草原犬鼠送到测量车上交给约翰。

12：00

西奥在无线电上和约翰通话，说从他所在的观测塔（离公园的砾石坑最近的那座塔），可以看到国家公园管理处正在伐木。约翰和艾莉莎过来把 RR6 号送回洞穴中。约翰说，RR6 号出生在那棵孤松下，去年在南面生了一窝幼崽，但今年它们向北迁移了，这是由于对苍鹰和红狐的捕食活动让该地区变得适合居住了。

"当一个小生境开创出来，很快就会有动物迁徙过来。"他说。

"去年，2003年，6月之前，我们所研究的动物栖息地的北部区域几乎没有犹他草原犬鼠。红狐、苍鹰和金雕将生活在那里的成年和幼年草原犬鼠几乎捕捉殆尽，它们几乎彻底消灭了这个聚居群落。"

西奥说他上周看见一只渡鸦在他的观测塔后面抓走了一只草原犬鼠幼崽。

"你永远无法预知你将会看到什么。"约翰说道。

12：05

HWA进入9T洞穴。

你好啊，24号草原犬鼠。它朝着一个用来堵洞穴的橙色塑料锥筒爬了过去。它环顾四周，退后。可别跟我说，它们对变化和该引起警惕的东西视而不见。幼鼠们还是不见踪影。HWA站在8Z洞穴的土堆上。

约翰在无线电上跟西奥和艾莉莎讨论杀幼现象。这通常发生在草原犬鼠幼崽很小、还不到两周大的时候。21号草原犬鼠（现在它被称为杰弗里，用的是在1978—1991年害了17人的连环杀手、食人者杰弗里·达默的名字），今年春天杀死了5只幼鼠。雄性草原犬鼠把幼鼠的尸体拖到地面上，运到艾莉莎负责的研究区域（在约翰的观测塔和我的观测塔之间）中央，吃掉了这些尸体。

现在，草原犬鼠幼崽已经有五六周了，长大了，因此不再那么容易成为雄性草原犬鼠捕食的对象。

13：55

红尾鹰发出叫声。村子里响起了警报声，所有的草原犬鼠都躲进了地下。

鹰的影子扫过草地。

14：00

24号草原犬鼠出来走动了。约翰把RR6号带了回来，放回阴凉处。

14：07

红尾鹰再次掠过村子。又一次，所有的草原犬鼠都躲进地下。

14：35

第一只幼崽出现在9W洞穴旁，这个洞穴本来应该是被橙色塑料锥筒堵住的。

约翰跟我说，他死后想成为一个幽灵，这样“我就可以进到草原犬鼠洞穴，看看洞穴通往哪里，里面都在发生着什么”。

提问：“这些是小团体还是区（wards）?”

回答：“约翰不用‘小团体’这个词来描述犹他草原犬鼠。他把这些家庭团体称为‘氏族’。我所观察的‘氏族’是‘北部氏族’。”

我向约翰讨教发生在草原犬鼠中的杀幼现象。他告诉我，在黑尾草原犬鼠群落中，雄性和雌性成鼠都会杀死幼鼠。而在犹他草原犬鼠群落中，只有雄性成鼠会杀死幼鼠。

“我认为这跟食物有关。”他说，“我杀了你的幼鼠，这样我的幼鼠会有更多的食物。哺乳期的雌鼠体重会下降。这对她们来说很困难，是个很现实的问题。她们需要蛋白质才能保持健壮。”他停顿了一下，“有太多的事情我们不明白。”

14：40

一只黄腹比蓝雀栖息在老树桩上。红色的脑袋，黄色的身体，黑色的翅膀。

约翰和我正在第二个洞穴周围布设捕鼠笼。在放置橙色塑料锥筒时，他给我讲了个关于金雕的事。这只金雕喜欢盘踞在老树桩顶上，它会非常耐心地观察草原犬鼠镇，然后就像一块儿重物一样下坠，趁大家还没反应过来，扑向一只草原犬鼠。

他说，大约五六年前，有那么一只老鹰，大家都叫它“黄油爪子”，因为这只老鹰总是抓起一只草原犬鼠，然后草原犬鼠又掉了下来。这样的情况一再发生，这只老鹰的爪子就是抓不牢草原犬鼠。

15：25

一只草原犬鼠幼崽被关进了捕鼠笼，这是它第一次经历恐惧和背叛。另一只幼鼠就在捕鼠笼外面。笼子内外的两只幼鼠互相碰着鼻子。一只惊慌失措，另一只则十分困惑。它们是有感知力的生物，生活在一个充满危险的世界里。

我爬下塔，带走幼崽，把它送到约翰的面包车上进行测量。

15：29

风很大——我回到塔上——颤动，咯吱作响，左摇右晃！

15：40

我看了一眼临时办公桌上的手表：还要在塔上待 5 个小时。艾莉莎 · 泰勒、萨拉 · 德鲁伊以及西奥 · 曼诺是我的同事。我总算记住了他们的全名。

15：45

知更鸟在歌唱。

从我的栖身之处，我看到了：叉角羚、骡鹿、金黄背鼠、小花鼠、红尾鹰、渡鸦、树燕、海绿树燕、知更鸟、山蓝鸲、西蓝鸲、褐斑翅雀鹀、棕头牛鹂、哀鸽、灰蓝色灯草雀、白胸鳾、黄腹比蓝雀、黑顶山雀、坦氏孤鸫。艾莉莎、西奥、萨拉和约翰用汤默霍克捕鼠笼来来回回地运送着草原犬鼠幼崽。

云帆又一次从高原上飘过。

一片云彩遮住了太阳——光线变化，温度骤降。这是个值得注意的变化，标志着草原犬鼠一天生活中的自然节奏。

人类就像是龟，背上驮着自我，作为家的自我。我的家在这座塔里。到了塔里，我把背包扔在地板上，自己爬上这个栖身之处，低下头，以便能钻进方形的门，然后直起身。每天都是一种自我约束。专注于手头的任务——北部氏族草原犬鼠的活动。

我观察、记录、写作、琢磨、提问、思考、阅读、胡想、推测，从高处观察一个群体为生存而做的挣扎，这是一种很有价值的工作。

16：00

2号草原犬鼠幼崽被关进捕鼠笼。已经抓住了两只，还有两只。爬下观测塔，取回这个小家伙，比1号幼崽小多了，我把它送到约翰那里接受它的第一次“体检”——现在我把称重和测量程序看作幼崽的体检。

17：10

HWA回来了。她直直地站在NZ洞穴的土堆上，发出警报声。我四下张望，没看到什么情况。她先消失在9T洞穴里，又重新出现，显得警觉、小心翼翼。

17：15

一个松果掉了下来，我在观察一对燕子飞过时碰巧看到。

17：20

3号草原犬鼠幼崽被关进了9W洞穴对面那个洞穴的捕鼠笼里。我爬下塔，取回幼崽、运送。困难在于，从树林边到约翰那里有半英里路，我走过去时如何让关着草原犬鼠幼崽的汤默霍克笼保持水平。我还发现，如果我用低沉、平静的声音跟草原犬鼠说话，有助于让他/她放松下来。

18：30

雨云越来越近。在称重、抽血、测量、标记之后，1号、2号和3号幼崽都被送回到9W洞穴。RR6号草原犬鼠回到NZ洞穴区域。毫无疑问，她想念她的孩子们了。25号草原犬鼠回到NZ洞穴区域。捕鼠笼和锥筒被收了起来。今天地面上的工作结束了。

19：06

HWA和24号草原犬鼠面向太阳，前爪紧握。RR6号消失在未被标记的洞穴里。35号和24号草原犬鼠先是互相亲吻，随后又打了起来。35号草原犬鼠和HWA亲吻。

HWA在19:11跑进NZ洞穴，又在19：12跑回地面。

风呼呼地穿过观测塔，带着松树的清香。温度在下降。影子变得越来越长。

19：17

所有的草原犬鼠都直立起来——警报声响起。雄鹿和雌鹿从东边的树林跑过草地，横穿村子。

所有的草原犬鼠都站立着——警报声还在继续。鹿已经穿过村子，跑进了西边树林。

19：21

有一只雄鹿穿过村子，随后又有两只雌鹿。没有警报声。

19：30

所有的草原犬鼠都还在地面上，觅食，吃着蓝亚麻的花。

RR6号站在9W洞穴的土堆上。她前爪紧握着，缓缓地转向四个方向。停下。站立着，面向落日。等待。太阳消失在黄松林后面。她于19：32消失在9W洞穴。

19：53

郊狼在西边树林里嚎叫。所有的草原犬鼠都一下子呆住了。郊狼发出一阵狂叫，毫无疑问，郊狼幼崽的声音尖利、兴奋，它们刚学会如何发出声音，现在正在练习。

20：00

35号草原犬鼠去了NZ洞穴就寝。我把HWA给跟丢了——没看到她的踪迹。晚安，HWA。我想她了。

2004年6月2日

7：10

今天早上更冷。戴上手套。被冻僵了。

渡鸦拍打翅膀的声音——有4只渡鸦——像圣歌，吹向沉寂的高原沙漠。

今天是我们的结婚纪念日。布鲁克和我结婚已经29年了。他在布莱斯国家公园北面的大阶梯－埃斯卡兰特国家纪念碑一带，想看看加菲尔德县的牧场主是否愿意把当地饲养的牛卖给盐湖城的餐馆。这是他在12号公路沿线可持续发展工作项目的一部分。我想他。

7：45——早安，9W 洞穴的 RR6。

7：46——早安，NX 洞穴的 HWA。

7：51——早安，NR 洞穴的未标记草原犬鼠。

7：53——早安，NZ 洞穴的 35 号。

24 号，你在哪儿？

小花鼠在村子里四处乱窜。山雀在树林里唱着晨曲。褐斑翅雀鹀在村子里觅食。

即使是从我这里，也能看到金黄背鼠的颊袋里塞满了种子，看上去就像是得了腮腺炎。

警报声。RR6 号和 HWA 在站岗，传递着消息。两头叉角羚穿过村子，四蹄扬起，十分优雅。RR6 号不停地发出警报声。叉角羚停了下来，臀部露出白毛，鬃毛竖起。

昨天约翰说起过，草原犬鼠发出的警报声可以威慑不受欢迎的客人。

这些草原犬鼠对叉角羚的态度比对骡鹿更加具有攻击性，更为警觉。我经常看到这一幕。为什么会这样？

今天 24 号草原犬鼠不见踪影。昨天未标记草原犬鼠没有现身。蓝亚麻继续绽放，盛开。

8：50

HWA 站在土堆上——发出警报声。我也听到橄榄胁绿霸鹟的叫声："酷——嘶哩——哔呦！"这叫声在杨树群里听得一清二楚。

9：00

还没有幼崽现身。

蜂鸟拍动翅膀的声音，我听到了，却没看到它们，很可能是宽尾煌蜂鸟。

马踢着畜栏的金属挡板，令人生烦，赋予"混蛋"（ass）这个词或者说"kick ass"这个词组一个新的意义[①]。

9：07

一只骡鹿，雌的，穿过村子。没有警报声。

35 号草原犬鼠和 HWA 都从 NZ 号洞穴里出来。

9：09

幼鼠们出现了。今天我们要捉 4 号幼鼠。RR6 号草原犬鼠从 97 号洞穴里出来……一个新的入口。35 号草原犬鼠、HWA 和 RR6 号都出来了，很活跃。24 号和未标记草原犬鼠不见踪影。

哎呀，24 号已经出来了——从哪里出来的？我没看清楚。它在发出咔嗒声，和 HWA 一起在土堆上直叫。

① kick ass 本来有"了不起，很厉害"的意思，但在这里可以理解为"在踢的混蛋"。因此，作者说这个情形给"kick ass"赋予了一个新的意义。

叉角羚从北面向村子靠近。

穿着皮套裤的牛仔们在用长柄刷推着马粪。我在微风中闻到了马粪的气味儿。牛仔们穿着天蓝色或红色衬衫，脖子上扎着白丝巾。他们穿的皮套裤使胯部很显眼。黑色帽子，威格仔裤，当然还有靴子。这些是参加公园演出的牛仔，同时也要干活儿，陪同游客骑马游玩。

在骡畜栏的那一边，翻斗车沿着石子儿路开了过来，又在冒黑烟，发出的声音震耳欲聋。为了什么呢？如果草原犬鼠在相互警告，你是听不到的。

9：40

大多数草原犬鼠都到地面上来了——35号、HWA、RR6号、24号。未标记草原犬鼠不见踪影。幼鼠们回到了地下。

“咔嗒，咔嗒，咔嗒，咔嗒，咔嗒，咔嗒”——它们的叫声听起来就像是笔在敲打木头。它们不停地发出声音时，我可以看到它们粉红色的嘴巴。

35号正在专心致志地吃着蓝亚麻的蓝紫色花朵。它屁股着地，稳稳地坐着，用两只爪子按住亚麻，把花塞进嘴巴，剥去茎的外皮，然后继续对付下一朵娇嫩的五瓣蓝花。想象一下以花为食的生活。

直到今天早上，我才注意到草原犬鼠的黑眉毛。在侧光的照耀下，眉毛看上去就像是一个面具。

24号草原犬鼠和HWA在9J土堆上不停地交换着位置。

10：15

幼鼠从NX洞穴里出来。1号和2号幼鼠互相亲吻。约翰通过无线电提醒我们今天又有5窝新的幼崽。哎呀呀，2号幼崽被关进了捕鼠笼——我爬下塔去放它出来。

10：20

我在洞穴周围走动，觉得自己听到NR洞穴里传来呼噜声。会不会又是一窝幼崽，还没有从洞穴里出来过？昨天我们“拥有”了14只幼崽，其中包括“我的”3只来自北部氏族的幼崽。“迄今为止，一共是9窝幼崽。”约翰在无线电上向我们通报。

通过望远镜，我在重点观察HWA的眼睛。乍一看，草原犬鼠的眼睛似乎是黑色的，但事实上，如果你观察的时间足够长，并且光线也正合适，你会发现草原犬鼠的眼睛是棕色的，深琥珀色，黑色的瞳孔，眼睛的形状像南瓜子。HWA眨了眨眼。她的注意力在前方。她长着黑色的眉毛，眼睛下面隐隐约约有一道条纹，像是深色的泪痕。

11：13

幼崽从NX洞穴里出现。它们是多么可爱——就连约翰都这么说……

我用“可爱”这个词想表达的意思是，它们惹人怜爱，只有一点点儿大，弱不禁风，却顽强而又骄傲。就它们那小小的身躯而言，它们本不该在这个危险的世界里如此自信。草原犬鼠幼崽玩耍时偶尔会翻筋斗似的从对方的身上滚过，受惊时会突然跳起，这些都让人忍俊不禁。它们亲吻，打架，摔倒，挖土，进食，相拥而眠，眼睛半睁着保持警觉。它们是有性格的食物包，没有意识到自己对于饥饿的捕食者来说是多么有吸引力。

这些幼崽从黑暗进入光的世界。蓝亚麻的茎拂过它们的脑袋。它们抬起头看着帮它们遮蔽阳光的花瓣。

RR6 号又开始收集草料，消失在 NZ 洞穴里。

金黄背鼠又一次在它的颊袋里塞满种子。

苍鹰飞过。所有的草原犬鼠都躲进地下。鹰的影子让整个村子一下子噤声。从望远镜里，我看到了它那石榴石般冷酷无情的眼睛。

草原犬鼠回到地面。35 号草原犬鼠按照自己的节奏在 8Z 洞穴旁挖着一个新的土堆。

前爪一下、两下、三下、四下。

后爪一下、两下、三下、四下。

当它肚子着地趴在土上，或者像现在这样趴在土堆的斜坡上时，会重复这一挖掘顺序。

RR6 号从 NZ 洞穴出来，她已经把草料运进洞里给幼崽们铺好了。

“10 窝幼鼠。”约翰在无线电上说。

约翰在路边的塔上。他戴着一顶白色的阿拉伯的劳伦斯式帽子，背后垂着一块白布，外加一副大大的黑色环绕式太阳镜，用来抵御阳光。他的藏蓝色长袖运动衫和李维斯牛仔裤，被用来给草原犬鼠做标记的黑色染料染得横一道、竖一道的。他的指甲也被染黑了。他的手看着不像是一位一流科学家的手，倒更像是重金属吉他手的手。他的工作靴，和他那孩子气的金发一样，都是沙土的颜色。

11：30

我在观察HWA。她身上有某种东西深深地打动着我。她小小的脑袋为了区分起见被染上了色，黑条纹之间距离很宽。她体型娇小，正处于哺乳期。她很镇定，同时也很周到。她的幼崽今天才出洞，目前出来了两只。她直直地看着我，并不躲开。晚上，在她进洞就寝之前，她会站在塔下抬头向上看，然后才把注意力转向落日。

把我自己的想法投射到她身上并不难，但是我敢打赌，如果你在这个塔里坐上两星期，每天14个小时，观察它们每天早晨醒来、觅食、亲吻、巡视、挖土、玩耍、打架、交配、继续觅食、亲吻、发出叫声，然后消失去地下就寝，你一定会被它们充满好奇、充满活力的性格所打动。

那些对草原犬鼠下毒、用水淹、使用毒气、把它们作为射击靶子的人，如果他们能把草原犬鼠当作有独立主权的生物，有自己不断进化的意识和智力的生物，这些人的所作所为是否会有所不同?

认为动物低我们一等，无法和我们自己的生命力和适应力相提并论，这就相当于开启了一种致命的堕落，掉进了傲慢的深渊，在这个自以为是的地方，角角落落里都滋生着残忍。之所以每天都会有毁灭和残暴的行为发生，就是因为我们没能看到他者的尊严。

HWA夫人正在教我认识他者的尊严。她的孩子们在NX洞穴前，她用前爪使劲儿地挖土，身后扬起一片尘土，她在修筑一个像堡垒一样的土堆，保护她的孩子们。现在我几乎看不到这些幼崽了。

35号草原犬鼠消失在NX洞穴里，HWA夫人还在洞口继续挖着。

11：45

35号草原犬鼠跟着HWA夫人从洞穴里出来，后者一边觅食，一边留意着她的幼崽。她站起身来四下张望。她和幼崽们一起进入地下。我听到叫喊声和呜咽声。她从洞里出来，回到地面上；它们跟在她身后，就像一列毛茸茸的火车。

这些幼崽在接下来的一两天会被染色、戴上头罩、在背上画上条纹、编号、针刺、抽血。而现在，它们是如此单纯，有着很好的保护色，红土的颜色。

3只幼崽从洞里出来，拽着草根。HWA夫人把它们赶回洞穴。她跑到塔下，停下脚步，朝上看，然后又开始在阴凉处吃起蓝亚麻花来，用她小小的爪子把细长的茎往下拽。

11：50

3只幼崽都回到地面上，互相磕绊，嬉戏时从土堆上滚下。它们几乎还不会走路呢。它们不断地打着滚，因为它们还不太会坐。这些幼崽跟人的手指一样长。

RR6号坐在9W洞穴的土堆上，她的4个孩子围在她身边。她的幼崽周龄更大，体型也更大，显得更老练一些。

RR6 号刚刚走进了一个捕鼠笼。我从塔上下去，把她放了。她喜欢吃燕麦。

12：00

RR6 号又被关进了捕鼠笼。我从塔上下去把她放掉。

13：30

HWA 夫人可真是个挖掘机——前前后后挖个不停。她在挖一道壕沟，以此拓宽洞口。她那些住在 NX 洞穴里的幼鼠们现在出来了——我刚刚看到其中一只第一次直立起来，随后便摔倒在地。

13：35

HWA 夫人在 NX 洞穴的土堆旁不停地挖，她的孩子们就在附近。幼崽们在相互摔跤，看着就像一个个毛球从土堆上滚下。她保持警戒，站在一只好斗的知更鸟旁边，毫不退缩。

NJ 洞穴里又发现了两只幼崽。现在是 13：45。这两只幼崽应该是 70 号草原犬鼠的孩子。70 号草原犬鼠是一只体型很大的雌鼠，属于南部氏族。

来了一只灯草雀，NX 洞穴的 4 只幼崽躲进了地下。这成了一种游戏。

从 NJ 洞穴里出来的幼崽体型可真大呀，简直可以说是魁梧。70 号草原犬鼠就在附近。

NX 洞穴的幼崽们在互相亲吻，一只幼崽把脑袋搁在另一只的腿上。现在它们开始嬉戏打闹，就像动物世界里其他的兄弟姐妹一样。仰躺时，它们会稍事停顿，因为太阳光太刺眼。

14：00

NX 洞穴的 4 只幼崽学习屁股着地蹲坐，它们伸出前爪，以便让自己在风里稳住不晃。

从我的栖身之处看去，这些幼崽的保护色堪称完美，毛色中带着一抹橙色，和布莱斯峡谷的砂石岩一模一样。

14：15

逮住了 9W 洞穴里一只未被标记的幼崽。这下 RR6 号草原犬鼠的一窝 4 只幼崽的标记工作就完成了。

我爬下观测塔，给汤默霍克捕鼠笼贴上标签，送到约翰的车上。

15：00

在回观测塔的路上，我看到一个司机将口水吐在路边站立着的一只草原犬鼠身上，他开的车，上书“布莱斯峡谷国家公园维护专车”。

15：15

萨拉和我检查了整片树林里的捕鼠笼，看看有没有抓到草原犬鼠，都是空的。我们碰到了一个牛仔。

“约翰那家伙可真会使唤人，是吧？”

我离得太远，没有回答他。他继续说道：“你们是不是没有假期？”

“没有。”萨拉边回答，边飞快地检查着捕鼠笼。

15：35

累坏了。把4号幼崽送回9W洞穴。RR6号草原犬鼠似乎松了口气。

现在，当我将这些幼崽送往测量车时，我把这看作它们的第一次体检，这样就不那么令人难受了。我们都经历过这个。

还要5个小时。可恶！

云朵看上去就像收起翅膀向前冲的猎鹰。

我原先不知道马是多么能叫唤，多么容易紧张。不可能有比马发出的叫声更难听的声音了。

今天我们挂标牌、染色的幼崽超过了24只，共12窝，也许更多。

明天该轮到我和约翰一起在车上给草原犬鼠做标记了，极端高温下窝在这样狭小的空间里，是一种高强度而又幽闭的经历。好处是可以和草原犬鼠在一起，抱着它们，和它们说话，试着让它们保持平静，与此同时，可以在约翰测量、标记、识别草原犬鼠时向他学习。他不断地在教我们知识，那些他知道的、了解的和每天还在继续学习的东西。

15：45

HWA 夫人和 RR6 号在互相亲吻。

9W 洞穴里的幼崽由于背上都做了标记，看上去要么像烧焦的木块儿，要么像小囚犯，科学的囚犯。

不过，要是没有这些记号，几乎无法辨别它们。

RR6 号和她的同伴 HWA 夫人一样，也在 9W 洞穴外面挖土，拓宽洞穴。

17：05

在观测塔的地板上小憩了一会儿。

在入睡之前，我听的是肖斯塔科维奇的《第十交响曲》，这首曲子创作于 1953 年。在我听来，它就像是举起的反抗压迫的拳头。弦乐器的奏鸣表达的是喷涌而出的情感。孤独的单簧管、双簧管在悲泣，巴松管遥相呼应，接着便是长笛的声音，悲怆之中浮现出旋律，战斗的节奏还在继续。

长笛的声音让我想起了草原犬鼠，抑或是草原犬鼠的声音占据了长笛的位置。生态圈里一直有管弦乐篇章在奏响，不同声音构成的交响曲，有时候刺耳，有时候和谐，总是充满活力。

70 号草原犬鼠回到 NJ 洞穴。它的幼崽还在外面。

17：15

35 号、21 号和 70 号草原犬鼠站在东边树林，站得笔直，保持警戒。

和昨天一样，又有一个松果从同一棵黄松树上掉了下来，几乎在同一时刻。

一阵尘暴驱散了马。

17：30

9W 洞穴的一只草原犬鼠幼崽站在金花矮灌木后面，看上去就像是穿了条黑色的拳击短裤。我这是神经错乱了吗？

NJ 洞穴的幼崽从南部氏族一路闲逛，来到北部氏族。它看上去弱不禁风。从我的栖身之处望去，目力所及之处没有猛禽。

17：40

一只来自南部氏族的未标记幼崽发出警报声。约翰曾关照我不仅要注意塔的前方，也要留意塔的后面。我的关注点一直在北方，而不是南方。还有更多的地方要观察。

海绿树燕在老树桩的一个枝丫上整理着羽毛。它们在这棵枯树的树洞里筑了巢。

19：00

把另一只草原犬鼠送到测量车之后，我回到观测塔。今天送了 6 只草原犬鼠到西奥那里。拆除围栏，收起锥筒，又从捕鼠笼放走了几只草原犬鼠。

啄木鸟停在老树桩上。什么品种？是刘易氏啄木鸟。这个品种是第一次观测到。

19：21

HWA夫人、35号、24号和未标记草原犬鼠都不见踪影。BB4号、21号和南部氏族的10号草原犬鼠都站着。北美山雀在西边树林里轻快地飞来飞去。日子是多么漫长，多么让人备受煎熬啊！呼啸的翅膀——哀鸽飞过——夜幕降临时的常客，在道晚安。

2004年6月3日

7：00

天气晴朗，暖和了些，有卷云。昨天抓了30只草原犬鼠，给它们做标牌、称重、抽血、做标记。约翰把这称作一次数量上的激增！就犹他草原犬鼠而言，在近十年的研究中创了新高。

今天早上在开车去布莱斯的路上，他告诉我们他是第一个确定草原犬鼠“杀幼行为”的生物学家。当时他深感震惊，等了7年才公布他的这一发现。

塞氏菲比霸鹟栖在NR洞穴旁的捕鼠笼顶上。

早安，RR6号——W9洞穴，7：38。

早安，35号——NZ洞穴，7：39。

早安，HWA——NX洞穴，7：41。

8：07

所有的草原犬鼠都站立着，两只前爪握在一起，面向太阳。

8：43

警报声。4 只鹿穿过草地。

24 号和未标记草原犬鼠不见踪影——哎呀，我收回刚才的话，未标记草原犬鼠正在 8N 洞穴旁觅食。没有约翰的标记，那些未被标记的草原犬鼠的保护色效果确实很好。

8：50

24 号草原犬鼠起床了。

9：02

9W 洞穴里的幼崽出来了。

9：13

HWA 夫人被关进了捕鼠笼。她跟 RR6 号一样，也酷爱燕麦。爬下塔去放她走。村子里飞来了蓝头黑鹂。

9：30

我低声地，安静地劝诫 HWA 夫人为了自身的安全不要再进捕鼠笼了。她在笼子里分外镇定，自顾自享用着燕麦。这已经是她和研究者一起的第二个季节了。我打开捕鼠笼的门，她立即跑了出来，回到 NX 洞穴。约翰和我在她的洞穴周围布置了 8 个捕鼠笼，想要抓住幼崽，进行标记。汤默霍克[67]捕鼠笼都张大了嘴巴。幼崽们肯定会觉得好奇，踏入笼子，触发机关，门会被关上。

10：29

NX 洞穴的捕鼠笼捉住了 1 号幼崽。（我已经看到 4 只幼崽进进出出。）我目光转向别处，忽然间，1 号幼崽跳出了笼子，跑到了笼子上。怎么会发生这样的事？门是关着的。幼崽刚才明明在里面……这是胡迪尼[①] 转世啊。

10：45

2 号幼崽被关进了 NX 洞穴的捕鼠笼中。1 号幼崽完全不见了踪影。

11：50

NJ 洞穴的幼崽出来了。再设一圈“包围”，以便抓住它们。我注意到，当草原犬鼠遇到危险，或者突然面对一圈“包围”——洞口围着的一圈捕鼠笼——时，它会嗅一下，用各种感觉方式（啾啾、嚎叫、触摸、闻味儿）进行查看，并不会靠得很近，然后便跑到地下去了。

地下——藏着什么我们不知道的东西？

很容易注意到，北部氏族内部草原犬鼠各自有着鲜明的性格和特点。35 号草原犬鼠让大家凝聚在一起，总是在亲吻；HWA 夫人非常温柔，非常贴心，行事特别，比如常常站在塔下仰着头向上看；RR6 号是个探险家，在树林里四处溜达，看来是这群草原犬鼠里最独立的那只；24 号草原犬鼠有点不合群，

① 哈里·胡迪尼（Harry Houdini，1874—1926）：美国魔术师、特技演员，擅长逃脱术。

跟35号以及未标记草原犬鼠关系最为密切；未标记草原犬鼠难以捉摸，一直抓不到，无法确定是哪个洞穴的，也看不出其行为模式，是个特立独行者。

12：45

哀鸽在老树桩上咕咕地叫。

13：00—17：00

给幼崽做标牌、称重、抽血、梳跳蚤、染色。从塔上下来，去约翰的车上，草原犬鼠的临时营地。

填表格必须一丝不苟。数据的类别包括：

地点/洞穴

右耳标

左耳标

性别

体重

标记

跳蚤

虱子

伤疤（小 中 大）

血样毛细管编号

时间

换毛（%）

断奶时体重——如果测的断奶时母亲的体重，请勾此处。

18：37

我把 HWA 夫人和她的 3 个孩子送回 NX 洞穴。哺乳期的犬鼠妈妈们也要称体重、抽血。HWA 夫人的举止着实令人怜爱。我无法用语言描述。是对人充满信任？她的孩子们也有着同样的性格。每天她都站在我的观测塔下面，站在我从门口能看得到她的地方，直立着，抬眼看着我。每天都这样。

她身体瘦小，留下细长的影子。她体重大约 700 克。她的孩子们体重约在 100 克左右。4 只幼崽，其中 3 只是雄的。我们还没有抓住第四只。会是只雌鼠吗？

19：10

RR6 号站在她的土堆上，4 只幼崽在洞穴里。她面向落日，像个待产的妈妈一样把双手搁在肚子上方，这是个她没有改掉的习惯。

19：25

RR6 号在 9W 土堆上——下去了。晚安，RR6 夫人。

HWA 在 NX 洞穴旁觅食——还不想进洞就寝。

35 号草原犬鼠——下去了——NZ 洞穴。晚安，先生。

24 号草原犬鼠、未标记草原犬鼠、70 号夫人不见踪影。

我喜欢这夜的时刻，尤其是那穿过松树林呼啸而来的风。

每一天的结束都是光的赐福仪式。

19：30

我的背很痛。一下午都在做标记，今晚我几乎无法爬上检测塔，回到自己的栖身之处。下午在又暗又热的车厢里盘腿坐了四个多小时，侍弄草原犬鼠时得十分小心，不能伤到它们，这让我腰酸背痛。

但这是值得的。能和这些动物们一起工作，逐渐了解每一只草原犬鼠的不同性格，是一种荣幸。有几只幼崽用尖尖的牙齿死死地咬住我的手指不放时，力气可真大！

回到我的栖身之处，希望NX洞穴的4号幼崽和70号草原犬鼠的幼崽能找到回洞的路。

所有的草原犬鼠都不见了。它们一定都回到地下了。我错过了它们离场就寝的时间。

约翰太了不起了。对待每一只动物，他都如此热忱。雷内·杜博斯[①]将热忱定义为“内心的上帝”（god within）。

HWA夫人出现了，从远远的北面跑过来。我原以为她是跑过来觅食的，但显然不是这么回事。

粉红色的光。老树桩是座公寓，不同的树枝上分别栖息着一对西蓝鸲、海绿树燕以及（肩并肩坐着的）5只花栗鼠。

31号草原犬鼠刚刚消失在NN洞穴里。

---

① 勒内·杜博斯（René Dubos，1901—1982）：法裔美籍微生物学家、实验病理学家、环境学家、人道主义者，曾获普利策奖，提出了著名的环保理念：放眼世界，立足本土。

20：00

警报声。两只鹿返程，穿过村子。

70 号退回东边树林。晚安。

HWA 在我的塔下抬头向上看。你好啊，HWA 夫人。

知更鸟唱起了暮色赞美诗。

20：05

约翰决定研究聚居的哺乳动物，而不是去研究鸟类。草原犬鼠符合他的想象和研究计划。

他在密西根大学读书时遇到了他的妻子朱迪，当时他们都是二年级学生。他们的儿子亚历克斯生于 1988 年的土拨鼠节。约翰微笑着跟我讲了这件事。“这是真事儿。”他说。

关于草原犬鼠的研究并不多，因为要研究它们很困难。2 月至 4 月是繁殖季节，草原上非常寒冷。很难抓到它们，因为个体繁多，草原犬鼠镇内小圈子和相邻氏族之间的关系复杂。除此之外，还有一个很显而易见的理由，它们大部分时间都待在地下，在视野之外，看不见。

20：17

HWA 夫人回到 NX 洞穴，很快就不见了。晚安。

21：00

我一直想着我今天所遇到、抱过、说过话的草原犬鼠。我注意到，约翰在给它们抽血时，如果我用手指轻轻地握住它们的小爪子，它们会平静下来。或者，如果我让它们咬住手套的一个角，它们的不安似乎也会减轻。

草原犬鼠和我们家族从事的是同样的事业——在地下挖掘隧道和壕沟，为各自的社区进行基础建设。

被掩盖的工作——被别人称作“挖沟人”时，我父亲从来不皱眉，他为此感到骄傲。“这是光荣的工作。”他总是说，“只有那些无知、傲慢的人才会把这极其重要的工作看作低贱的职业。”

我的兄弟们当场就能知道他们的活儿干得好不好。如果天然气通过管道，人们的家里就可以供暖；如果污水系统正常，或者有水从龙头流进水槽，那么他们的活儿就干好了，完工了。约翰·格利高里·邓恩曾说过：“写作是大脑的手工劳作：是一份工作，就像埋管子。”真是这样吗？作为一个作家，你永远不知道你的作品在这个世界上能否立足，是否有实际价值。

21：30

刚才约翰在无线电上通知大家：“还有15分钟。”天已经很黑了，我都没有注意到……

我不停地想着RR6号，她是如何在黄昏时蹲坐着，面向落日，前爪相握的——怎能不把这看作一种敬奉之举？这是在向太阳致敬。

我们所观察到的很多动作都是可预见、意料之中的，但是也有很多不可预料的行为。意外是每天的组成部分。否则我怎么会坐在这个由桩子支撑着的、4英尺宽6英尺高的胶合板盒子里，如此全神贯注，如此着迷呢?

我原先根本毫无概念。我不了解草原犬鼠的能量，它们性格的力量，它们对这个位于布莱斯峡谷国家公园高原上黄松林边的草原－山艾群落的影响。

我原先并不知道，生活在一片被破坏殆尽的土地上——马、维修人员、机器，还有最具毁灭性的那条公路——它们是多么顽强。

它们的警觉激励着我。

从它们身上，我懂得了群落生活意味着什么。

2004年6月4日

7：45

HWA夫人站在NX洞穴外面四下张望。晴朗的早晨。暖和。会是炎热的一天。为了抓住未标记草原犬鼠，西奥和我设下了12个捕鼠笼。西奥来自新泽西州，自信、强壮，喜欢把他的工作分派给别人。

昨晚，他在无线电上向约翰抱怨，说有一只幼崽一直都抓不到。

约翰回答道："这不正是你所需要的吗——能钻上爬下、不肯束手就擒的幼鼠。"

7：57

RR6号出现在9X洞穴的另一边，而不是她常待的9W洞穴。或许这两个洞穴是相通的。应该是。这就是为什么一定要记录起床情况的原因。

我在观察RR6号。她身上的某些东西让我想起了米米（Mimi）。草原犬鼠怎么会让我想起自己的奶奶？是她站着的时候头微微扬起的姿态，还有她嘴巴的样子，很威严，遇到麻烦时嘴唇会撅起。

又或许，是她爪子朝下把胳膊搁在肚子上的样子。她长久地保持着这种姿势，从不摇摆。在放哨，还是在摆造型？她如此热爱光明，是不是出于对地下的了解？

在《动物及其重要性》（*Animals and Why They Matter*）一书中，玛丽·米奇利指出，从实质上来说，拟人化[①]认为动物没有思想，没有情感。[68]她相信他者具有感知能力。想当然地断定只有人类具有意识，这是唯我论的终极表现。

8：12

蜂鸟、知更鸟、草地上的鹿。警报声。是HWA夫人在踮着脚发出叫声。暗冠蓝鸦也发出了叫声。集合体（ensemble）这一理念在自然界无处不在。蓝亚麻开花了，遮住了幼鼠。

① 拟人化：认为动物、神和物体都具有人类的情感或特征。

8：40

为了抓住HWA夫人的第四个孩子，我们在NX号洞穴布下包围。其他草原犬鼠会被误抓，这在所难免。未标记草原犬鼠不见踪影，它很警觉，很精明。

最北端的草原犬鼠没有被标记和研究过——野生的。它们在满是黄松和山艾的山间是一道美丽的风景。

一说起布莱斯峡谷，大家自然而然会联想到橙色、红色的砂岩尖顶，但布莱斯峡谷可远不止这些。这里有晴朗、纯净的天空，就连在夏天，温度都可能到零度以下。这里有静谧的黄松林和优雅的狐尾松。这里每天都有叉角羚从森林边走过，日复一日。清晨和日暮，这里有鹿的陪伴。

还有，在这里，"祈祷犬"站直身子，目送最后一道阳光。

9：05

金黄背鼠被关进了捕鼠笼。它的腮帮子里塞了不下100颗燕麦粒。我打开笼子，由于害怕，它在逃跑时起码掉了50颗（我数了一下）。

我们一直想抓住未标记草原犬鼠，今天已经是第三天了。它似乎对我们的行动有所察觉。我们已经有两天没见到它了。

又来了一只鹿，是只雌鹿，穿过草地。十几只海绿树燕腾空而起，在村子上空盘旋。

9：10

RR6 号草原犬鼠的幼崽们起床了。听到警报声时，它们会站起来，看上去很惊慌，然后跑进洞里。

HWA 夫人和她的孩子们一起待在洞穴里。现在她站在我们设的包围圈边上，发出一声鸣叫。在打量这一圈捕鼠笼时，她看上去很紧张。她的紧张不无道理。

在观察着这一个个草原犬鼠家庭时，我在考虑它们所激起的憎恨以及由此而产生的残酷行为。

丰饶的被抛弃。

渺小的被轻视。

无助的被侵犯。

失语者被代言。

9：50

取下为抓未标记草原犬鼠而布置的 24 个捕鼠笼。HWA 夫人又被关进了捕鼠笼。试着把她转移到关成年犬鼠的笼子里。她走进 NX 洞穴附近的小鼠笼，但是跳了出来——这是一种非暴力抵抗，反对用捕鼠笼抓她的孩子。

红翼啄木鸟沿着洞穴入口觅食，啄食蚂蚁。

每当我看到红翼啄木鸟时，都会想起在我心怀疑虑之时飞进我家的那只。当时我非常挣扎，不知道自己是否敢于写下内心的东西，写下自己所经历的和动物的关系。我是否该袒露心迹，说我相信动物可以是信使？我是否会因此而失去他人的信任，显得反复无常，失去理智？[69]我凝望着窗外。突然间，一只红翼啄木鸟从敞开的门飞进屋子，在房间里盘旋。我又惊，又喜，又担忧。我明白我得让这只鸟安然离开。我站起来，小声地说："你好！欢迎。咱得让你回外面去。"它飞过门廊，停在罗伯特·劳森伯格[70] 1992年为里约地球峰会所创作的海报的画框上。海报是一幅拼贴画，摘自威廉·S.巴勒斯①描述自己的一个梦境时所说的话："他们并未全然明白，这一技术在短短的时间内几乎毁灭了星球。"

红翼啄木鸟在画框上停留了一会儿，它的喙朝下。我走进隔壁房间，打开阳台门。红翼啄木鸟飞进房间，找到了出去的路，两根尾羽掉落在地毯上。我把这两根尾羽当作证据。

"已经很热了。"约翰在无线电上说，"做好准备，会是很长、很艰难的危险区域。"在这样的天气，草原犬鼠被关进捕鼠笼后如果得不到恰当的照顾，有可能会中暑、脱水而死。"我们所有人都必须保持警惕。"他说。

"收到。"萨拉、西奥和艾莉莎回答道。

"你在吗，特丽？"

"收到。"我回答。

① 威廉·巴勒斯（William Burroughs，1914—1997）：美国作家，"垮掉的一代"文学运动的重要人物之一，也是后现代主义视觉艺术家。著有18部小说，6部短篇小说集以及4部随笔集。他在作品《我的教育：梦之书》（*My Education: A Book of Dreams*）中，详细地记录了自己的许多梦境，下文引用即出自本书。

10：10

抓住了HWA夫人，成功地将她转移到成鼠笼，送到艾莉莎的小屋去纳凉。她把鼻子划伤了。我们给她涂上三联抗生素软膏。

我们抓住了3只做过标记的幼崽，现在就等着抓住最后那一只了。

10：40

我很想知道，HWA夫人的一窝幼崽里那只还没有被标记的幼崽是否意识到孤零零一个人意味着什么，是否意识到它的妈妈和3个同胞兄弟不见了。这只幼崽有没有发觉，昨天它的兄弟们回来时和它们的妈妈一样，脑袋变成了黑色，背上多了两道横纹？

我很想知道。

10：45

一场令人吃惊的尘暴——更像是一场小龙卷风——在畜栏里形成，蓄势，旋转，越来越快，越来越高，直到后来土和垃圾在我们上方旋转。一个白色的美国邮政信箱被旋风卷起，然后突然一声炸裂声！我们看着畜栏顶上的油布被风掀掉，也被卷进这离心力中，就像魔毯一样旋转了大约100码后，朝着萨拉的观测塔飞了过去。

然后风停了，一切都落回大地。我的塔摇摇欲坠。萨拉的塔有一面墙缺了一块，有块胶合板脱落、飞走了。

11：22

HWA 夫人那只未标记幼崽被抓住了。我爬下塔，给捕鼠笼做上标签，送到艾莉莎阴凉的小屋。

我把 HWA 夫人和她的 3 只幼崽带了回来，放进 NX 洞穴。

艾莉莎想给 HWA 划伤的鼻子上涂抗生素软膏。我们不知道这管不管用，也不知道她会不会让我们给她涂药膏。谁知 HWA 夫人把她的鼻子就靠在笼子边，乖乖地让艾莉莎给她用药。

11：26

警报声。急促，密集。我抬起头。红尾鹰从村子上空飞过。

观察 NX 洞穴的幼鼠们挖土——它们完全被土盖住了，几乎看不到黑色的标记。

西奥和萨拉试着把落在他们区域的油布搬走，但是他们在无线电上说他们连抬都抬不起来。这让我们对风的力量和能量有了新的认识。

约翰说他会请几个牛仔来帮忙。

在结束通话前，西奥告诉约翰，他所观察的那些幼鼠“很会玩交往游戏”。

“你看到过吗，特丽？”约翰问我。

“还没有，约翰，但是我很期待。”

约翰叫我留意 NX 洞穴和 9W 洞穴的幼鼠们开始互相交往的时间，并观察 HWA 夫人和 RR6 夫人共同哺乳幼崽的行为。“随时都有可能。”

红尾鹰又一次飞过。影子扫过村子，所有的草原犬鼠都跑进洞穴，随即钻入地下。

12：50

约翰在外面检查所有的捕鼠笼，他每隔20至30分钟就会去巡视一遍。他戴着大大的太阳眼镜、白色阿拉伯帽子，身着蓝色运动衫，李维斯牛仔裤上到处都是黑色染料。他穿着白色塑料护膝，足蹬靴子，戴着手套，看上去不像个生物学家，倒更像个摩托车越野赛选手。他以闪电般的速度从一个捕鼠笼走到另一个捕鼠笼。

12：53

暗冠蓝鸦。

HWA夫人的幼崽站在8Z土堆上，对于这么个小小的家伙来说，这可算是逛了大大的一圈了。

12：54

正如约翰所说——RR6号的幼崽和HWA夫人的幼崽开始一起玩耍。

我在无线电上呼叫约翰，让他知道此事。

幼崽们开始变得非常大胆。每一天它们的生长和行为都会有显著的变化。

我在N1洞穴只看到了一只幼崽，两天前有3只。已经有三天不见70号草原犬鼠的踪影了。这是我所关注的在我身后南部氏族的一窝幼鼠。

约翰在无线电上向我们发出他自己的警报声。他告诉我们，如果草原犬鼠嘴边有水或泥，说明它中暑了。

他发现了一只中暑的草原犬鼠：“如果你们看到这种情况，要往它们的嘴巴上慢慢地浇水。”

13：40

约翰正跪在地上给两只幼鼠做标牌。早些时候我看到他手里拎着捕鼠笼在跑，随后又跪下去，端起水来给另一只中暑的草原犬鼠浇水。

13：45

好消息。我看到 70 号草原犬鼠了，三天以来这是第一次，但身边只有一只幼崽。

17：00

15：15，我们在 NJ、J8 和 N1 洞穴周围设下了捕鼠笼。16：45，我们围着 N1 洞穴用不同的布局又设下了一组捕鼠笼。我们在想办法抓到 70 号草原犬鼠的孩子，以便给它们做标记、测量、称重。

回到我的栖身之处，观察 HWA 夫人的孩子们。体型最大的那只站在土堆上，站得尽可能高。RR6 号的一只幼崽向它走近，站了起来。它们像拳击手一样面对面，举起爪子，开始打架，摔倒，抓住对方，滚成一个球，直接掉进洞穴，消失了。它们让我忍俊不禁。

今天北部氏族的草原犬鼠很活跃——亲吻、挖土、交配、游戏、打架、闲逛、叫喊、觅食以及放哨。

这个“街区”有 8 个新生儿出来走动。

今天我从塔边爬上爬下 20 多趟，设了 5 个包围圈，外加今天早上布置的 24 个捕鼠笼。今天忙忙碌碌，过得很快。

我几乎没有想过时间的问题。

每天都不尽相同，尽管我们的任务差不多。

17：18

抓住了南部氏族的一只幼崽，很有可能是 70 号夫人的一个孩子。从我的栖身之处，透过望远镜，看着很像是那个从一个笼子顶跳到另一个笼子顶的杂技演员。

我从塔上爬下。

18：00

把幼鼠送到约翰那里。拆除所有的包围，把捕鼠笼呈金字塔状堆在松树下。

18：50

带回 HWA 夫人的最后一只幼崽，把它放进 NX 洞穴。它们看上去都像是穿着条纹囚服的小囚犯。

红玉喉蜂鸟到我的窗前造访。HWA 夫人又在塔下抬着眼目不转睛地看着我。太阳快下山了。长长的影子从西向东。马踢着它们的食槽，打破天色向晚时的宁静。鹿在我身后，在南面。

HWA 夫人在塔下，看上去不像屁股着地蹲坐着，倒像是坐在椅子上一般。

RR6 号站立在 9W 洞穴前，面向太阳。

雄鼠们——35 号、24 号和未标记草原犬鼠——不见踪影。70 号也不知去向。

南部氏族区域的 N1、N1a、NJ 洞穴里的幼崽们没什么动静。太阳光斜斜地洒在草地上，有一道阳光照在 RR6 草原犬鼠的脸上。她的眼睛一眨都不眨。

所有的草原犬鼠几乎同时消失在地下。不出所料，都是原先的洞穴。

晚安。

19：40

意外的发现：未标记草原犬鼠出现了，消失在 8Z 洞穴里。

通过无线电，约翰告诉我 HWA 夫人重 902 克，她最后一只被标记的幼崽重 155 克；70 号那只已经被抓到的幼崽重 233 克，对于幼鼠来说体型很大。

我记得我曾经请教过一个经常给脑外科医生当助手的护士大脑是什么颜色。她看了我一眼，停顿了一下，说道："你知道，太阳落山时云会变成粉红色，然后变成灰色——一个健康的人脑就是这种颜色。”和大脑颜色一样的云从高原上飘过。

在我的脑海中浮现出“信念”这个词。

2004年6月5日

7：15

我似乎每天都是这个时间到达我的栖身之处。

一早开车去草原犬鼠村的路上，约翰会梳理当天要做的工作，制订一个计划，或许他会讲几个故事以便帮我们理解某个问题。晚上，在回去的路上，我们复述白天所发生的事。白天是没有时间交流的，因为我们都忙着设捕鼠笼和包围圈，检查笼子以免有草原犬鼠被关在笼子里而中暑，运送犬鼠，接回并释放它们。我对于约翰草原犬鼠考察组里的其他同事几乎一无所知。我们来这里不是为了彼此，我们来这里是为了照管草原犬鼠。我们的工作是留意并做出回应。

我们下车时，约翰转过头对我们说：“我一直都觉得很惊奇，大脑只有BB弹大小的动物居然能如此复杂。”

我每天所看到、学到、认识到的东西让我对草原犬鼠开始有了不同的看法。我对北部氏族的草原犬鼠很熟悉了：HWA夫人、RR6号、她们的孩子们、70号夫人和她的幼崽、24号、35号和未标记草原犬鼠。

我开始对草原犬鼠村有了真切的感受。我喜欢这些日子里所发生的不同寻常的事，所有那些意外、未知和不确定性。清晨太阳升起时，影子从西边树林延伸过来。美创造着它自身的永恒。

日出是在 7 点之后，过滤后的阳光装扮着黄松树冠。

起床情况：

早安，35 号草原犬鼠，NZ 洞穴，7：25。

早安，HWA，8Z 洞穴，7：35。

早安，RR6 号，9W 洞穴，7：36。

HWA 夫人出现后，她的孩子们也从 8Z 洞穴出来了。那个喜欢站在土堆上的小家伙也在，摆出模特的造型。

又有一只蜂鸟造访，一只宽尾煌蜂鸟。

早安，24 号草原犬鼠，9T 洞穴，8：08。

早安，未标记草原犬鼠，9T 洞穴（在未标记洞穴的右边），8：09。

地上有灯草雀、蓝鸫、花栗鼠，村子的上空聚集了一大群海绿树燕。

金花矮灌木、山艾、蓝亚麻沾着露珠，闪着银光。

黄松林里有淡紫色的钓钟柳、开黄花的月见草以及桂竹香。

8：15

35 号草原犬鼠嘴里衔着干草进了 8Z 洞穴。

花栗鼠在山艾丛顶上四下张望。

一只草原犬鼠从山艾丛里探出了脑袋。

我得问问约翰关于小鼠的社交学习以及亲缘识别问题。他叫我们当天晚些时候留意雌鼠的表现。她们会站在自己的洞穴前，她们的幼崽会过来吃奶；妈妈们也会给其他幼崽喂奶。共同哺乳在黑尾草原犬鼠中比在犹他草原犬鼠中更为常见——前者占39%，后者10%至15%。今年约翰记录了5例。5年前，他记录过16例。去年是1例。为什么共同哺乳率越来越低了呢？

9：25

约翰和我在NJ、J8、N1、N1a洞穴周围布下了4道包围，用白色帆布把它们盖起来，以防止草原犬鼠中暑。

HWA夫人的幼崽们和RR6号夫人的幼崽们打了成一片，在8Z洞穴周围玩耍，嬉戏。

RR6号夫人的3号幼崽溜达到了离9W洞穴很远的地方。它现在在9T洞穴旁。RR6号跑到它那儿，显然是在教训它。她站着。它后腿直立，用爪子捧着她的脸。它们互相亲吻。

通过无线电，约翰告诉我们："犹他草原犬鼠和白尾草原犬鼠之间有很多不同之处，完全可以把它们划分成不同的物种。"目前主要是依据地理位置对两个物种加以区分。两者之间没有发生异种繁殖。

月亮9点之后升起。

10：45

小花鼠被关进捕鼠笼中。我爬下塔，把它放了。

11：00

9T 洞穴和 NW 洞穴是相通的。

未标记草原犬鼠和 HWA 夫人亲吻。

12：15

检查 NJ、J8、N1 和 N1a 洞穴周围的包围圈——一无所获。

迄今为止最炎热的一天。

13：00

检查捕鼠笼和包围圈——一无所获。

在走回观测塔的路上，我突然想到，草原犬鼠的视角会是什么样的？我趴在地上。我把双眼放低，和它们的眼睛保持水平——山艾和大片的天空一样高。你怎么可能不依靠群落里的其他成员呢？世界如此之大，岂能只依靠一双眼睛？世界如此之小，你所见到的一切又岂能忽视？

14：00

检查捕鼠笼——NJ、J8、N1、N1a——一无所获。酷暑难耐！

散步去北端——草原犬鼠很活跃。好多土堆。在过去的一周里，我一直在观察其中两只草原犬鼠，都没有做标记。

15：00

检查捕鼠笼——NJ、J8、N1、N1a——还是一无所获，或许是因为天太热了。有一只幼鼠从 NN 洞穴出来。约翰叫我在相邻的洞口放了10个橙色锥筒。他也觉得，捕鼠笼上盖的白色帆布是干扰草原犬鼠进捕鼠笼的原因。

总算——呼呼地吹起——一阵微风。

15：05

警报声。叉角羚穿过西边树林。

> 见小曰明。
>
> ——《道德经》[71]

斯蒂夫给我寄了份《草原犬鼠备忘录》，是美国鱼类及野生动物管理局给所有参与潘圭其天然气管道施工的员工们的通知，潘圭其在西南边大约100英里处。

我准备等休息的时候看。

15：46

NA洞穴——有一只未标记幼崽钻了出来。我们看到了一只有记号的，一只未标记的。

16：00

检查捕鼠笼——空无一物。在NA洞穴旁又设了一道包围。洞口散落着草原犬鼠的骨头。约翰说这很常见。草原犬鼠会进行大扫除，把骨头从地下清理出来。

16：06

萨拉在无线电上告诉我们她刚刚目睹了一只草原犬鼠杀死了一只幼崽，并把它给吃了。

约翰十分激动："我一直很好奇，如果草原犬鼠需要蛋白质，它们为什么不吃其他动物的幼崽，却要吃自己的孩子——这只草原犬鼠真的这样做了。"

"研究像草原犬鼠这样的动物时需要注意的一点就是，它们总会教给你新的东西。"他说。

16：15

感觉要变天了……

昨天，一只草原犬鼠幼崽死了，很可能是因为中暑。约翰很沮丧。这是9年来他失去的第一只草原犬鼠幼崽。当他检查捕鼠笼时，幼鼠看上去状况就不太好，所以他赶紧跑到小屋，给它浇水，想让这个小家伙恢复过来。当时看起来有用，他把幼崽带到了他的观测塔上。这只幼鼠似乎在恢复。后来，他把幼鼠送到车子上，让它和其他犬鼠一起等着做标记。这只幼鼠四肢摊开趴在地上。萨拉说："这只幼鼠看上去好像死了。"约翰叫萨拉给幼鼠做心肺复苏术，她开始对它进行口对口人工呼吸。萨拉对着它小小的嘴巴吹气，然后用食指按压它的心脏。有那么一会儿，它苏醒了，发出微弱的声音，但随后便死了。

萨拉注意到，在她给幼鼠做心肺复苏术时，笼子里的其他草原犬鼠都挪到笼子口看着，非常非常安静。约翰十分难过，叫我们今天给捕鼠笼全部盖上遮布，以免再次发生这样不幸的事情。

16：30

所有的笼子里都没有抓到幼鼠。

艾莉莎在无线电上说："我觉得我这里所有的草原犬鼠都在地下开会，讨论如何联合抵制这些捕鼠笼。"

吃掉花栗鼠的是R18号草原犬鼠。约翰对于这一观测结果十分激动，但同时他又对自己这种可怕的喜悦感到愧疚。艾莉莎宽慰他说："别为此烦恼，约翰，这都是为了科学。"

16：50

我喜欢看着这些草原犬鼠"一点儿一点儿地"让它们自己直立起来，就好像有个小小的千斤顶在把它们的脊柱一节一节顶起来似的，这样它们的视野会更好。

总算，N1洞穴的包围圈抓住了一只草原犬鼠幼崽，但已经做过标记：70X，雄鼠。约翰让我对它进行观察，它或许会把兄弟姐妹引进笼子。我坐在东边树林的一棵黄松后面，照着约翰的指示做。

17：00

一群牛鹂，有公有母，走过村子，发出汩汩流水一般的叫声。在这样干旱的土地上听到水的声音让人觉得口干舌燥。我每天在塔上至少喝掉一加仑的水。

草原犬鼠镇现在至少有几十只牛鹂。为什么？我很好奇它们在这里寻找什么，以什么为食。

17：40

70 号草原犬鼠去了北部氏族，亲吻其他幼鼠。艾莉莎布置了捕鼠笼，想抓 4 窝新生幼崽，但到目前为止只抓到了一只。塔北面的草原犬鼠很活跃，设有包围圈的南面没什么动静。

所有 8 只草原犬鼠幼崽排成一排——从东到西。南面传来响亮的警报声。R31 号草原犬鼠在不断地叫啊，叫啊，叫啊。

爬下塔。我只想和草原犬鼠一起坐在大地上。HWA 夫人就坐在我附近。她看着我，毫不退缩。我试着和她四目相接。

同情的想象没有止境。[72]

我信仰草原犬鼠。伊丽莎白·科斯特洛的声音在我耳边回响：“我信仰那些不刻意信仰我的东西。”[73]

地下。地面。地面上方。下面。

如果草原犬鼠洞穴是沿着地球的能量通道而建的，会怎么样？

18：15

迄今为止每天所抓到的草原犬鼠幼崽数量：

6 月 2 日：30 只。

6 月 3 日：21 只。

6 月 4 日：15 只。

6 月 5 日：6 只。

拆除所有的包围圈——NJ、J8、N1、N1a。把锥筒留在洞里。

19：00

观察就寝情况。

帮艾莉莎拆下约翰的观测塔后面以及畜栏边的捕鼠笼。我拆掉了我布置的包围圈：NJ、J8、N1和N1a。把新抓到的一只幼鼠送到车上体检。幼鼠十分紧张。我从笼子下面揉揉它小小的肚子，它随即平静了下来。我用手指挠它的肚子时，它就靠在我的手掌上（跟我的手差不多大）。

今天一天我从未想过还剩多少小时。这是快乐的一天，观察、思考、向草原犬鼠学习，多么荣幸，多么快乐。

时间就是亲密。就这么简单。

> 不要推迟感激。缺乏感激之情会让我们失去热忱。
>
> ——阿尔伯特 · 史怀哲[74]

我渐渐喜欢上布莱斯峡谷的两样东西：云，还有不间断地从黄松林间呼啸而来的风的声音。我想我从未听见风停过，从早到晚，从不停息，就像在海边倾听海浪不停地咆哮。难怪峡谷像是被凿出来的。

黄松林下的地上，没有西北部或东北部常见的茂密的林下植被。这里的地上铺满了松针，当中冒出紫色的吊钟柳、黄色的桂竹香，还有天色渐晚时才盛开的娇艳的月见草。有一种白色玻璃苣，银灰色的叶子，毛茸茸的，草原犬鼠吃起来津津有味，还有某一种绉叶菊，一丛丛的，开着黄色五瓣星状花，我不认识。

在长着山艾和金花矮灌木的草地上，草原犬鼠为之疯狂的是一丛丛蓝亚麻。它们整天不停地吃着蓝亚麻的花和茎。而到了第二天，蓝亚麻似乎更多了。这些野花摘下后会立刻枯萎。但如果任其自生自灭，它们会很顽强，极具适应能力，枝繁叶茂。

HWA 夫人坐在 8Z 洞穴附近。她看上去很疲倦，身体弯着撑在膝盖上，爪子下垂。她的样子看着就像是张小小的豆袋椅。

刚才她想用爪子逮住一只蠓。她两脚交叉，在土堆上前后移动时就像个毛球。

你会逐渐注意到一些不合常规的现象。HWA 夫人通常都是站着，尤其是每天的这个时候，她总是会伸着小小的、纤细的身体去张望。她动起来不像是只草原犬鼠，倒更像是一只鼬鼠。她精力非常旺盛，但今天她看上去很疲惫。她怎么没和她的孩子们，哪怕是一两个孩子在一起呢?

RR6 号夫人今天看上去很庄重，蹲坐着，爪子搁在腹部。

雄鼠们都不见踪影。

晚安，RR6 号，9W 洞穴，19：35。

红翼啄木鸟在村子里捕食蚂蚁。它在地上蹦蹦跳跳，是在“掸灰”，防止蠓和其他害虫叮在它的羽毛上。

我今天水喝得不多——有点头疼。

RR6 号又出来了。她和 HWA 夫人不停地钻进地下，又跑出来，各跑了三趟。

金花矮灌木和山艾的光泽暗沉，如同珠宝一样，把普普通通的灌木变成了颜色深浅不一的玉石。

树林里来了鹿——两只鹿跑到了最北端。毛茸茸的小鹿。

RR6 号和 HWA 回到她们平时哺乳的洞穴，20：17。

2004年6月6日

> 言有宗，事有君。
>
> ……
>
> 知我者希，则我者贵，
>
> 是以圣人被褐而怀玉。
>
> ——《道德经》[75]

蜂鸟出动。

HWA夫人起床，早安，7：25。

早安，35号草原犬鼠，昨晚没看到它，7：45。

昨天没有捉到N1、N1a、NJ、J8和NA洞穴的幼鼠。一共只给6只幼鼠称了重，做了记号。很奇怪的一天。村子里很安静。

9：45

布置好了所有的包围，用帆布盖好。

畜栏里传来嘈杂的声音，山猫推土机将畜粪堆起来，好让马进去。

70号草原犬鼠今天早上出现在91号洞穴，又消失在N4洞穴中。

北部氏族所有成员都出来了，很活跃，幼鼠们继续一起玩耍。HWA夫人的孩子们比RR6号夫人的孩子们看上去小得多。

RR6号夫人的一只幼崽就像一个太极高手，站立着，膝盖弯曲，手臂垂在两边，目视前方。它右脚在前，缓缓转身，手臂张开。能看得出来，在这些幼鼠中主导权在逐步形成。RR6号那只体型最大的幼鼠最威风，最强势，其他幼鼠对它毕恭毕敬。

10：20

村子里，塞氏菲比霸鹟停留在山艾丛上。

两只渡鸦从上空飞过，还未看到它们的身影，先听到了它们拍打翅膀的声音。

牛仔们把畜粪堆起来。畜栏里没有一刻安宁。尘土。神经质的马。这些人在卖力地干活儿。

11：00

检查捕鼠笼——一无所获。

12：00

检查捕鼠笼——一无所获。

13：00

检查捕鼠笼——一无所获。

非常安静的一天。

我一直在思考关于词语的问题，那些我们谈论自然时所用的词和语言。我在思考语言如何影响观念的形成。一个名词浮现于我的眼前——hypography 这个词有三层含义：1）为了商业利益、牺牲了公众利益而出让的土地；2）原先未开发，但现在却因放牧、伐木、露天矿、有毒废物垃圾场、油气开发等而遭到破坏的土地；3）官僚主义所引起的极度腐败现象。

13：30

黄松上有一只白胸鸭。

很多幼鼠在交往，互动。

我还没亲眼见到共同哺乳。幼鼠们从出生到现在已有6周，到地面上活动也有约一周了。今天早上8：45，我看见70号草原犬鼠在它自己的地盘上和南部氏族成员在一起。它从91号洞穴出来，几分钟后又从N4洞穴回到地下。我们一直很好奇她啥时候给幼鼠们哺乳。这些幼鼠个子很大，是我所观察的3窝幼鼠中体型最大的。

为了抓它的幼鼠而布置包围圈，这已经是第三天了——在N1、N1a、NJ、J8和NA洞穴周围——我不知道这对它们的觅食和日常活动形成多大的干扰，会不会因此而给它们带来伤害？

约翰十分沮丧。本来他预计今年会有200只幼鼠出生。迄今为止，我们只给50至60只草原犬鼠做了标记，昨天我们没有发现新的幼鼠。昨天艾莉莎连一只未标记的幼崽都没有抓到。我也一样。因此我们只能等待。

13：45

检查捕鼠笼——一无所获。

昆虫低低的嗡嗡声，这让我联想起沙漠的热浪。风不停地吹。北部氏族一只草原犬鼠都不见。

非常安静，非常沉寂，非常炎热，就连马都不出声了。

黄松不停摇摆，在微风中挥舞着柔软的树枝。这是高原的音乐。

无线电脱口秀

西奥：“我觉得咱们抓到‘Tic-Tac-Toe’了。”

萨拉：“耶！”

西奥：“我想他正在往捕鼠笼里去。”

约翰：“等5分钟，看看它的兄妹们会不会跟上。”

西奥：“嗯，我想咱们抓到了两只。我看不到笼子的门，但从它们的举动来看好像是被关在笼子里了。”

约翰：“太棒了。犬鼠妈妈们要把我给逼疯了，它们把盖布拽走，撕开来铺在窝里，发出警报声让幼崽们待在地下——呃！”

目前抓到了4只幼鼠：艾莉莎负责的区域有3只，约翰的区域有一只。现在，或许西奥的区域也抓到了两只。

21号和31号草原犬鼠在南面跑来跑去。

还是能隐隐约约听到低低的风声。

14：00

检查捕鼠笼——一无所获。

我从眼角看到了一些动静。35号草原犬鼠在它的地盘NZ洞穴向外挖土，泥土直飞。

灯草雀在包围圈附近啄食。

雌山蓝鸲栖停在老树桩的一个枝丫上。

14：30

透过观测塔地板上那个方形的洞，我看到24号草原犬鼠在塔下觅食，鹰的视角，爪子落到它的背上。我无法控制自己，我本能地像猎食者一样思考。要不然我的眼睛为什么要长在前面呢？

无线电脱口秀

无线电：“哦，天哪！脱缰的马！”

（一匹背上装着鞍的马自己跑回畜栏去了，没有骑手或牛仔。）

无线电：“萨拉，是你吗？”

约翰：“哇哦，这趟巡视值了。我捉到了4只幼崽，前面6个小时才捉到一只。现在，突然间，45分钟内一下捉到3只。”

西奥：“我的小屋里有3只。”

艾莉莎：“我抓到了一只。”

约翰：“也就是说咱们今天抓到了10只——太好了。特丽，或许你明天可以带支喇叭，吹个起床号。”

北线非常安静。只有黄松摇摆不停，偶尔的几只灯草雀踢起些尘土。

14：30

有风——我今天除了观察、喝水和小便，什么事情都没做。

14：45

检查捕鼠笼——一无所获。

约翰认为一个小时之内它们就会出来。

无线电脱口秀

西奥："马脱缰了。"

萨拉："它们把我的犬鼠吓坏了。"

约翰："在哪儿？"

西奥："完了，又来一匹。"

萨拉："谁在牵着马？"

西奥："一共4匹，这里共有4匹马。"

萨拉："它们是在走吗？"

西奥："不是，它们正穿过聚居地往这里跑呢。"

艾莉莎："刺激的事都让你们这些家伙看到了。"

约翰："我看到了。这4匹马现在正跑着穿过你身后的树林，萨拉。"

萨拉："我看到它们了，我就希望它们不要……"

约翰："这些该死的牛仔，正赶着马群穿过草原犬鼠聚居地，不动脑筋，真是不称职。"

特丽："戴黑帽的牛仔正骑着白马穿过濒危草原犬鼠镇。"

艾莉莎："我知道。他难道就不担心他的马会摔断腿吗？这是他们所抱怨的事。"

特丽："我只能看到，HWA夫人正躲在她的洞穴里，就等着抓住马的脚脖子，放倒它。"

萨拉："是啊，或许咱们可以唆使24号、别号为杰弗里·达默的草原犬鼠去吃掉其中的一匹马。这可以让它肚子饱好几天呢！"

15：20

南部氏族区域有一只幼崽来到地面上，但避开了所有我们设捕鼠笼和包围圈的洞穴。他站在N2洞穴的土堆上。小家伙的眼睛正打量着那些捕鼠笼呢。人们还会觉得草原犬鼠不聪明吗？

我觉得自己好愚蠢——居然还不如一只不到5英寸高、不到200克重的小动物聪明！

15：50

有一只幼崽从NA洞穴出来了。我猜这就是从NZ洞穴出来的那一只。在此处，在大自然中，星期天毫无意义。塞氏菲比霸鹟停留在NA洞穴口捕鼠笼的白色盖布上。

16：10

HWA夫人在我的塔下。今天早晨我们已经进行过每天例行的交流。我在她身边坐了近20分钟，而她则自顾自地忙碌着。

她消失在86号洞穴里。不知道这个洞穴会通往哪个洞穴？

塞氏菲比霸鹟停在了NZ洞穴旁的金花矮灌木上。它把HWA夫人的一个孩子给吓得跑回了地下。RR6号的雌幼鼠出来了。

约翰和艾莉莎离开他们的观测塔，去给那10只幼崽做标记。红纹丽蛱蝶从旁边轻盈地飞过。白胸鸸在NJ洞穴边的黄松旁盘旋。暗冠蓝鸦和白胸鸸停在同一棵松树上。

16：30

检查捕鼠笼——一无所获。

我把橙色锥筒尖头朝下倒过来堵住NZ和N6洞穴。约翰想看看这样会不会有什么改观。现在萨拉在约翰的塔上。西奥在艾莉莎的塔上。他们组队合作，因为那几个区域的草原犬鼠非常活跃。

由于马粪四处乱飞，我们几个都开始过敏了。

17：00

打了个瞌睡——10分钟——恢复了精力。

5只渡鸦飞过，风一直没停，而且越来越大。

约翰说今晚我们18：15收工。

今天给15只幼崽称了重，做了标记。这样，到6月6日为止总数为74只。

19：00

拆除了所有的包围：N1、N1a、NJ、J8、NA。随后，我帮着把艾莉莎设的捕鼠笼也拆掉。35号草原犬鼠刚刚跑到北面去了。圆领圈——艾莉莎负责观察的一只草原犬鼠被放走。

臭鼬的气味儿很重。

长长的影子——我们都累了。

今天我才意识到，洞穴之间的地道是多么长，而且相互贯通，结构复杂，范围极广。从我们试图捕捉70号夫人的幼崽的情况来看，这一特点在南部氏族已经表现得很明显了。我们堵住了很多洞穴，但是它们还是会从我们意想不到的地方出现。这就像是我们和它们玩的一个游戏。

我试着去想象地下的这些地道会是什么样，在这些又长、又黑、又冷的地道里爬过是什么感觉。这就像是一个地下迷宫。我的脑海里浮现的是东京，地上的城市和地下的城市。

我想到了“组合”这个词——草原犬鼠群落或村庄就是个组合——洞穴是地道的组合——书是文章的组合——万物都在和其他物体的关系中发挥着作用。

吉尔·德勒兹[①]和菲力克斯·瓜塔里[②]讨论根茎、根、块茎、球茎，都在地表之下发挥着作用——从中部繁殖，而不是从等级分明、树条向上、向外生长的树干。根茎不断地建立联系。[76]或许草原犬鼠不是核心物种，而是根茎类物种。

人们能否成为根茎类艺术家？人们能否“和世界形成一个根茎”？

谁能绘出地下的地图？

19：16

RR6号夫人朝西边树林跑去。现在没有幼鼠在外面。昨晚幼鼠们在村子里到处乱跑。

约翰在无线电上播放幼鼠的声音，听上去更像是幼鸟，而不像草原犬鼠。

---

① 吉尔·德勒兹（Gilles Deleuze，1925—1995）：法国后现代主义哲学家。

② 菲力克斯·瓜塔里（Felix Guattari，1930—1992）：法国心理治疗师、哲学家、符号学家、活动家。

19：25

周围没有草原犬鼠——今晚除了未标记草原犬鼠，空无一鼠。

19：40

晚安，未标记草原犬鼠。

19：50

HWA 夫人、RR6 号、24 号、35 号、70 号都不见踪影。真是奇怪，就在你以为自己发现了一个模式，它却不复存在了。任何事情都不能想当然。

RR6 号从西边树林跑回北部氏族。HWA 夫人回来了。

晚安，RR6 号，20：00 去到地下。

晚安，HWA 夫人，进了 9J 洞穴，时间是 20：05。

太阳几乎已经下山。风大了些，温度在下降，我穿上羽绒外套。黄松仍在摇摆起舞。

2004 年 6 月 7 日

7：25

RR6 草原犬鼠起床了。这个时间对她来说早了。

太阳刚爬上东边树林。耀眼的阳光，我什么都看不见。天气晴朗。

在草原犬鼠那边，我得把 70 号那几只尚未标记的幼鼠诱进 N1、N1a、NJ、J8 和 NA 号洞穴边的包围圈。有一只幼鼠已经标记过了，还剩两只。过去的两天运气不佳。

我得和草原犬鼠一样思考。

今天下午轮到我给草原犬鼠幼崽做标记了。到目前为止，一共标记了113只幼崽。约翰的预期是180只左右。

HWA夫人出来了，站在她喜欢的8Z土堆边上。7：25，早安。

早安，24号，NR洞穴，7：30。

早安，35号，NZ洞穴，7：31。

今天是我在这个塔上一周的纪念日。

> 孰能浊以静之徐清？孰能安以久动之徐生？
>
> ——《道德经》

7：35

未标记草原犬鼠起床了——我没看到它是从哪个洞穴出来的。所有的草原犬鼠看起来都很健康、强壮。

昨晚，在准备离开时，我注意到那5只小花鼠又排成了一排，还是在老树桩它们喜欢的那根枝丫上，树冠往下三分之一处。

早晨的影子从西向东移动。光线透过植物的枝丫洒下一道道条纹。8：00，我会爬下塔，在南部氏族区域设下包围圈。

好奇怪啊——山艾丛中一株鸢尾有一个花苞。它并非野生鸢尾，高高的，是园艺品种。这或许可以证明这片草地曾经是家宅，而这株鸢尾则是某个女子花园中的“幸存者”。我好想知道这朵花开了会是什么颜色。

没有风——黄松纹丝不动。

8：16

起风了。一切又动了起来。

HWA 夫人的 3 只幼崽在 9T 洞穴前走来走去。晨间的伸展运动和雌雄游戏：四足动物的快乐。

8：50

蓝亚麻花盛开，像只纤细的手，这是我一天中最喜欢的时间。所有的蓝亚麻花都面向太阳。山艾地看上去好像洒满了淡紫色波点。

70 号还在觅食，约翰叫我不要离包围圈太近。正如他所说：“我们知道幼鼠们在 6 个小时内是不会出来的。”要我说，至少在下午 3 点之前不会。

可恶的风。塔在摇晃。

（属于 RR6 号的）两只草原犬鼠幼崽趴得很低，在地上拖着肚子，朝对方爬过去，互相亲吻。

一张快照：草原犬鼠幼崽在享用蓝亚麻花，抓着五瓣花朵狼吞虎咽。一束束浅紫蓝的花直立着，几乎看不见茎。山艾丛中这些花在风中摇曳。幼鼠们坐下时，蓝亚麻花比它们的脑袋高，背景是鲑鱼色的沙地。

幼崽们在玩耍、打架，玩互相爬骑的游戏时尾巴会变粗，我以前从来没有注意过这一点。

知更鸟在歌唱。

北部氏族和南部氏族区域共有 16 只草原犬鼠在地面上，很活跃。

我闭上眼睛。两个情形浮现在眼前：一位男子朝站在路边的草原犬鼠身上吐口水；萨拉用嘴紧贴着濒死的草原犬鼠幼崽的嘴，给它做口对口人工呼吸。

在我们个人以往的经历中，有哪些时刻决定着我们在轻蔑和交流、残忍和关切之间的取舍？

约翰曾多次错过挚友的葬礼、系里的颁奖典礼以及欧洲之行，就是因为他不愿在 3 月至 6 月期间离开草原犬鼠。

“我太钦佩你的执着了。”我跟他说。

“换作是你，也会这么做的。”他回答。

但当时我就知道，如果换作是我，我做不到。只有极少数的人，会全身心投入某个物种的研究或事业中，并且推己及人，以他们奉献的眼光去看待世界。约翰·胡格兰德和草原犬鼠；珍·古道尔和黑猩猩；E. O. 威尔逊和蚂蚁；约翰以及弗兰克·克雷格黑德[①]和黄石国家公园的灰熊。

通过深入了解某种动物，我们能在更为复杂的层面了解我们自己。我们和动物之间并无太多不同。我们同样对周围的世界有所反应。我们是否能够想象其他物种的需求，而不只考虑

① 约翰·克雷格黑德（John Craighead）和弗兰克·克雷格黑德（Frank Craighead）是双胞胎兄弟，美国生态环保主义者。约翰，1916—2016 年；弗兰克，1916—2001 年。

我们自己的需求？我们是否能让我们的想象力对他者做出移情反应？这是否可能成为另一条通往和平的道路？

科学揭示生物学知识，培养了一种生态意识，认识到物种相互依存，不可分割。随之而来的是谦卑和尊重。我们认识到，生命之网不屈不挠，就像交响乐一样奏响。

9：45

70号夫人还在草地上。坐在山猫推土机上的牛仔又在畜栏里推马粪了。这噪声对草原犬鼠的干扰十分严重。

所有的幼崽都出来了，在村子里跑来跑去，交友，玩耍，亲吻。就在一个星期前，它们还都在地下。70号夫人进了7X洞穴，消失不见了。

10：00

布置包围圈：N1、N1a、NJ、J8、NA。把橙色锥筒塞进N2和N6洞穴。我看到已经做过标记的幼鼠在NZ洞穴里。两只知更鸟在一棵黄松上相互绕着圈子，正在交配。

今天风很大——冷得刺骨。

10：31有一群乌鸫飞过。

13：00

检查捕鼠笼——一无所获。

70号、21号和31号草原犬鼠在疯狂地收集干草运到8C和82洞穴里。这是在准备筑窝的材料。

13：30

我在9L洞穴旁布置了一个新的包围圈，拆掉了J8洞穴旁的包围圈。

风力非常猛。说这个并不重复或多余，这事关呼吸。约翰告诉我们草原犬鼠不喜欢风，因为风会伤害它们用来捕捉动静的防御机制。

警报声响彻整个草原犬鼠聚居地。

游客们穿过树林。他们的孩子们走进草原犬鼠村去看犬鼠幼崽。幼鼠们消失在洞穴里。

14：00

西奥在NA洞穴的东面又增设了一个包围圈，刚才它们在那里现身了。这些小淘气！我们抓不到它们。

15：00

检查捕鼠笼——一无所获。

15：45

那些环绕着洞穴、上面被布盖住的捕鼠笼看上去就像是一圈篷车。

风暂时停了下来，但我听到有风从西南面吹过树林——吹过来了——风声很大，风力很猛，塔左右摇晃。

16：15—19：15

轮到我给犬鼠幼崽和成年犬鼠做标记：给两只成年犬鼠重新做上标记，幼鼠有9只（8雄1雌）。

我喜欢这样的时刻：抱着草原犬鼠宝宝，安抚它们，让它们咬咬我的手套，在约翰进行他的工作时抚摸它们的爪子。他给它们梳毛时，梳出的虱子比往常多。

今天我了解到，黑尾、白尾、犹他以及墨西哥草原犬鼠有50条染色体，而甘尼森草原犬鼠有40条。甘尼森草原犬鼠的叫声也不同，有别于白尾和犹他草原犬鼠。居住在西思科幽灵镇的是白尾草原犬鼠。

19：30

蜂鸟不在我的窗外……还没来。

无线电脱口秀

约翰："那个小毛贼！'湿衣'（wetsuit）刚刚偷走了一块盖布，拖进了她的洞穴。"

HWA夫人出现了，19：30又进了9T洞穴。

35号在往回跑，19：31进了NZ洞穴。

RR6号也在19：45进了9W洞穴。

鹿走过村子——聚居地一片安宁。

侏鸸、黄腰柳莺、黑顶山雀。劲风继续吹。塔发出咯吱声。

快到20：00了，HWA夫人回到地面上，稳稳地蹲坐着，凝视着，接着后腿直立，面向最后一缕阳光，前爪相握。

2004年6月8日

今天金星从太阳前面经过，这是自1886年以来第一次。下一次从太阳前面经过将是2012年6月。

> 天地不仁……
>
> 圣人不仁……
>
> 天地之间，其犹橐籥乎？
>
> 虚而不屈，动而愈出。
>
> ——《道德经》[77]

8：00

早安，35号草原犬鼠，NZ洞穴，7：33。

早安，HWA夫人，9T洞穴，7：35。

早安，24号草原犬鼠，NW洞穴，7：42。

早安，草原犬鼠宝贝们，9W洞穴，7：50。

暗冠蓝鸦停在黄松的树梢，羽冠随风而动。

24号草原犬鼠看上去像个老头，眼睛水汪汪的。

鸢尾被吃掉了，毫无疑问一定是被鹿给吃了，我可一直等着看它开花呢。

养护卡车司机又沿着泥路开车过来了，是那个朝草原犬鼠吐口水的人，现在他每次开车经过时，都假装是在朝它们开枪。

今天早上还没见到 RR6 号夫人。35 号草原犬鼠对 RR6 号的孩子们关爱有加，亲吻它们，和它们蹭着鼻子。它消失在 9W 洞穴里。我在想它是不是也在找 RR6 号？

11：45

没有捕鼠笼。没有幼鼠。

难挨的上午。很冷。有风。无所事事。可恶，这风。但愿这塔能挺得住。有点让人担心。

未标记的幼崽——出来啦——12：07，N9 洞穴。70 号夫人那几只还没做标记的幼鼠出现在 NJ、J8、N2、N1a、NA、N2、N7、N9 和 9L 洞穴。

13：15

70 号夫人的两只幼崽还在地面上，在 N9 洞穴附近。

HWA 夫人的幼崽和 RR6 号夫人的幼崽在阴凉处休息。它们有的躺在别的幼崽身上，有的坐着，背蜷曲着，爪子搁在自己小小的肚子上。

我们已经断定，70 号夫人至少从 10 个不同的洞穴口进出。约翰说他已经记录到有 29 个洞穴是相互贯通的。约翰想知道为什么要有这么多连接。

在我看来，原因恰恰就是我们所看到的——它们不想被抓，不管是从字面意思还是喻义来理解。连接越多，草原犬鼠逃跑和撤退的选择就越多。

13：45

我们用橙色锥筒把 NF 洞穴堵住。

14：10

任务完成。

15：00

检查捕鼠笼——一无所获。

无线电脱口秀

约翰：“我可以投降认输吗？所有这些地道都是相通的。”

西奥：“你真的想向草原犬鼠投降认输？”

萨拉：“那个说‘我绝不投降’的总统是谁来着？我想应该是在 1812 年那次战争期间。”

西奥：“乔治·布什。”

萨拉：“很好，西奥。太棒了。”

15：45

黄松上有一只黄腹比蓝雀：红脑袋、黄身子、黑翅膀。

16：00

在 N9 洞穴旁设下包围圈。

今天的风丝毫没有减弱，有很多次我都担心胶合板墙会被风刮走。

风让人精疲力竭。照中国人的说法，它会夺走你的“气”，你的活力。

17：00

检查捕鼠笼——啥都没有。

17：45

红头美洲鹫从村子北端上空飞过。它飞起来就像是喝醉了一般。

今天一共抓到了12只草原犬鼠。

19：00

今天RR6号还是不见踪影。35号草原犬鼠在给RR6号的孩子们一个一个地梳毛。它对这些幼崽们精心照顾，关爱有加。

拆卸NF和N9洞穴旁的包围圈。

风。风。风。我提到过风吗?

在暮光中，有一只雄性山蓝鸲看上去就像一块儿闪亮的绿松石。

19：50

西奥见到了今年第一例共同哺乳。在无线电上通话时他欣喜若狂。“有5只幼鼠在69号草原犬鼠跟前吃奶。”约翰也看着呢。看来幼鼠们要到地面上来十天之后才会开始共同哺乳。西奥负责观察的幼鼠们出生最早。

北部氏族这边非常安静。

20：00

HWA 夫人和 RR6 号都不见踪影。未标记、24 号、70 号、R31 和 21 号也一样。

西奥在无线电上讲得极为详细，或更准确地说是幼崽吸一口奶，他就解释一句地为我们现场直播共同哺乳的情况。

艾莉莎所观察的一只处于哺乳期的雌鼠臭臭身边没有幼鼠。

约翰担心它们被别名杰弗里·达默的 21 号杀死了。他之所以这么猜测，是因为臭臭现在已经不去她产子的洞穴过夜了。

20：05

R31 号草原犬鼠到地下去了，8T 洞穴，20：10。

24 号草原犬鼠衔着草出现，现在也下去了。

20：30

约翰说我们可以早点儿回家。绚烂的阳光洒在高原上。

2004 年 6 月 9 日

西奥和我走到北端，布下 12 个捕鼠笼。我会在 10：00 过来检查这些笼子。

我们希望今天能够把 70 号夫人最后两只未被标记的草原犬鼠幼崽骗进笼子。这是我这周的工作重点，但一直没成功。昨天那些幼鼠从我们没有预料到的 N9 洞穴钻了出来。

太阳爬到了黄松林顶上。我想记录蓝亚麻开花的时间。有些已经在开放了——7：30。

> 故常无欲，以观其妙；常有欲，以观其徼。
>
> ……玄之又玄，众妙之门。
>
> ——《道德经》[78]

草原犬鼠象征着神秘——地上以及地下。我们如何能够开始用它们的眼光去看待它们的世界？

7：45

RR6 号夫人出现了。

RR6 号夫人，9W 洞穴，7：45。

RR6x 号小家伙们，4 只都出来了，9W 洞穴，7：46。

24 号，从 9F 北面的洞穴出来，7：48。

HWA 夫人，974 洞穴，7：50。

35 号，NZ 洞穴，7：50。

风力渐强，海绿树燕在村子上空飞来飞去。

RR6 号几乎一起床就向北面跑去。35 号和她的孩子们待在一起，照看着它们，给它们梳毛，亲吻它们，同时环视着这片土地，担任起放哨的职责。

草原犬鼠站在草地上，很警觉，即使是最细微的变化也能捕捉到，它们确实是“看门狗”。当阳光照在它们金色的毛发上，它们就成了蜡烛，成了这片土地上被点燃、会发光的存在。

我试着想象成千上万只草原犬鼠在大平原上安居乐业，但我无法这样想象。我脑海中所看到的是绵延在中西部草原、种着庄稼的一块块农田。

RR6 号夫人的 4 只幼崽在 35 洞穴附近玩耍。

HWA 夫人的 4 只幼崽在 24 洞穴附近玩耍。

HWA 夫人和 RR6 号夫人这两位妈妈一起床就消失了，向北穿过草地，直到我再也看不见她们的身影。

蓝亚麻在阳光下闪着微光。8：30，所有的花都开了。

北部氏族里所有成员都已经起床，我们已经知道它们的下落。

南部氏族里所有成员都还在睡觉或者还待在地下。

到今天早晨为止，我们一共给 153 只草原犬鼠幼崽做了标记。

约翰问西奥他负责的区域里第一窝幼崽是什么时候出现的。回答：“2004 年 5 月 27 日。”他觉得我们做标记的草原犬鼠幼崽数量可以打破 200 只。

西奥报告说 WA5 号草原犬鼠在共同哺乳，每次 12 至 13 分钟。她稍事休息后，会继续。

“啊，这可真是在认真地哺乳。”约翰说。

我听见树林中有一只西林绿霸鹟。

西奥还向约翰汇报说 BB2 号草原犬鼠的幼崽不见了，很可能已经死了；98 号草原犬鼠的幼崽少了一两只；69 号草原犬鼠的两只幼崽也少了一只。

今天早上草原犬鼠研究组开着1983款金色礼兰车来接我时，约翰谈到了瘟疫。草原犬鼠中的瘟疫是通过跳蚤传播的。这也是我们之所以要数草原犬鼠身上发现的跳蚤并把它们装进瓶子的原因。在咬了被感染的动物后，跳蚤会携带瘟疫：腺鼠疫、鼠疫耶尔森氏菌。他向我们描述有哪些症状，以防万一我们中有人感染上这种瘟疫。

我们都用目光互相询问，不知道他是否是在说真的。他非常认真。我问他的助手中有没有人感染过瘟疫。

"只有两位。"他的一位助手在研究布莱斯东溪群落时感染上瘟疫。当时整个草原犬鼠群落都惨遭灭顶之灾。

他跟我们讲了另外一个助手珍妮·杰克逊的事，她跟着他在亚利桑那州石化林国家公园研究甘尼森草原犬鼠。他们不知道，也没有想到过草原犬鼠中会有瘟疫，但是草原犬鼠开始死去。约翰叫珍妮对死去的犬鼠进行解剖（这很可能是让她染上瘟疫的环节）。接着，有更多的草原犬鼠死去。约翰这才意识到是瘟疫。很快，珍妮病倒了，出现峰热和头疼的症状。她住了五天院，用了大量的抗生素。

"不过我的助手没有人因患瘟疫而去世。"

"这可真是让人安心。"萨拉说道。

我亲眼看见约翰将毛细管中的草原犬鼠血吹进小瓶中。我看到有血回流到他的嘴边。

"你会有风险吗？"我问。

"我想应该有风险的，我只是不去考虑这事儿。"约翰突然转换话题，说我们所在的工作区域被公园管理处称为马畜栏。

这是布莱斯峡谷国家公园里唯一一个犬鼠个体数量超过30只的群落。“这些草原犬鼠太脆弱了，”他说，“东溪的犬鼠群已经全部灭绝，成鬼镇了。”

我们在游客中心稍做停留。大厅里玻璃展柜里立着一只毛绒草原犬鼠。草原犬鼠下方是一个募捐的标牌，恳请游客出力保护这个受威胁物种。标牌表明这些捐款将用于资助公园对草原犬鼠进行研究。

事实并非如此。

9：00

积云快速地朝我们这边移动。这可恶的风居然让云都奔跑了起来。

一架直升机从上空飞过，草原犬鼠直起身子朝上看。

未标记草原犬鼠正坐在NW洞穴前。很多鸟——知更鸟、山蓝鸲、海绿树燕——都在求偶。

草原犬鼠天生就喜欢消失。它们到地面上来，它们到地下去，它们再次出现。你把望远镜对准它们，它们不见了。你放下望远镜，捕捉它们的动静，什么都没有。你环视这片土地：上，下。消失了。我可以想象，如果那黑暗的一天真的到来，当大家都以为草原犬鼠灭绝了，会有那么一群草原犬鼠，就待在地下，在野外偏远一隅安安静静、不为人注意地生存着，一次产下一窝珍贵的幼鼠，直到让这个物种东山再起。

> 动物们别无所有，只能用它们的沉默面对我们。[79]
>
> ——J. M. 库切

我想起了象牙嘴啄木鸟[①]。我们可以心怀希望。不，如果栖息地能得以保留，如果我们能为了一种更大的财富、一个共同体而放弃我们的贪婪，那么我们就能对生命的韧性充满信心。

为什么北部氏族在它们的村子里如此开放，如此活跃，而南部氏族却如此躲躲闪闪，行事隐秘？南部氏族紧挨着马畜栏，北部氏族则更为安全。这是不是使南部氏族更为警觉的因素之一？因为它们受到更多噪声和马炮起的尘土的干扰？

瘟疫。我无法停止思考约翰跟我们说起的那场几乎让草原犬鼠灭绝的瘟疫，无法不去想这一特别的种群是多么不堪一击。

9：30

87 号草原犬鼠从 7X 洞穴出来，怎么也抓不住它。

为了展示这风有多猛，对这片土地以及土地上的生命有着多么大的影响，我剥开一个橘子，留了半个，放在塔里的办公桌上。只放了半个小时，就是我去布置捕鼠笼的时间，我回来时橘子已经瘪了，干了，连一点儿汁都没有了。

---

① 象牙嘴啄木鸟：曾经广布于美国东南部的原始森林中。在过去的一百多年里，由于人类对森林的开采和破坏，其栖息地遭到破坏，导致它成为世界上最稀有的鸟类之一，并一度被认为已经灭绝。詹姆斯 · 坦纳于 1938 年拍摄到美国路易斯安那州东北部象牙嘴啄木鸟的最后一张照片。约翰 · 丹尼斯于 1948 年 4 月在古巴拍摄到该物种的最后一张照片。2004 年 2 月 11 日，观鸟者让 · 斯帕林乘坐独木舟旅行，在美国阿肯色州东部的怀特河沿岸看到了一种他从未见过的鸟。斯帕林记录下了这种大鸟的外貌特征，回去一查对，发现竟然是已经销声匿迹 60 年的象牙嘴啄木鸟。

风吹过时会带走所有的水分。脱水是风化的另一个原因。从野外回家时我只要看看自己的脸就明白了。怪不得在这里能看到岩柱和岩塔、拱门和石窝。风在石头上舞动着它的雕刻刀。

风里还裹挟着马粪。牛仔们每天把马粪耙在一起，随后用推土机把它堆得很高，因为马喜欢在粪堆里打滚。一阵风吹过，干粪正好被吹落到我们的观测塔里。

我在想：这样日积月累对草原犬鼠群落会产生什么影响呢？噪声更大了。反铲挖土机的倒车声、卡车的柴油发动机声、喷气式飞机、直升机——这里可绝非宁静之地。

艾莉莎穿着卡哈特[①]工装裤、黑色抓绒衣、登山靴，我看着她检查捕鼠笼。艾莉莎来自新罕布什尔州，是个充满爱心、十分能干的姑娘。昨晚她告诉我她和她母亲将于6月去威尔士参加为乳腺癌举行的公益徒步活动。她母亲是乳腺癌幸存者。

艾莉莎4月份就来到了布莱斯，她是生物学专业的学生，原先在实验室研究黑足鼬。

黑足鼬，学名mustela nigripes，夜行动物，跟黄鼠狼很像，是草原犬鼠的捕食性伙伴。约翰说，从19世纪和20世纪初有限的资料来看，黑足鼬一直都很稀有。随着草原犬鼠越来越少，黑足鼬也几近灭绝。现在，黑足鼬只是偶尔出没在草原犬鼠的洞穴里。

① 卡哈特（Carhartt）：美国服装品牌，创办于1889年，以制造品质卓越、舒适耐用的高质量工作装而闻名，其产品多采用高级材料，适合于各类极端恶劣的工作环境。卡哈特的产品线包括T恤、牛仔裤、工装裤、外套、短裤以及各类配件，消费人群包括了建筑工人、制造工人、农民以及户外爱好者。

西奥来自新泽西州，魁梧、健壮，喜欢野外工作。2 月份他就和约翰一起来到这里，期间只休息过一天。他穿着野马牌运动衣，戴着帽子，宽松的卡其布短裤长过膝盖。他很强壮，个子不高，有点儿肚子，小腿粗壮，橄榄色皮肤，黑眼睛，黑头发。

萨拉和艾莉莎一样，也是个健壮的姑娘。她有一双漂亮的蓝眼睛，在帽子下扎着根马尾辫。实事求是，没有废话，不爱闲聊，聪明，观察细致。她是弗吉尼亚理工大学学生，来这里还不到一个月。

9：45

70 号夫人从 9L 洞穴出来。北部氏族的幼鼠们在一起玩耍。35 号和 24 号草原犬鼠也和它们一起在外面嬉戏、梳理并管束着它们。白天陪伴幼鼠的是雄鼠，这让我觉得很有意思。雌鼠们都不在，去北面闲逛了。

暗冠蓝鸦在鸣叫。

在这狂风中，幼鼠们匍匐着身体。它们像蜥蜴一样趴在地上，而不愿意到洞里去。

我的眼睛泪汪汪的。我几乎啥都看不见。可恶的风。

10：00

红尾鹰在村子上方盘旋。犬鼠们四下逃窜——消失在地下。

叉角羚从村子北端穿过。阳光洒在它的背上，橙色和白色相间，黑色的角高高竖起。

> 重复关乎心灵。
>
> ——奇奇·史密斯[80]

10：50

这可真是个要命的玩笑，这该死的风。塔都快被吹散架了。我下去吧。HWA 夫人已经回到她的孩子们身边。萨拉在无线电上问约翰风暴是否曾经伤害过草原犬鼠。约翰说没有，但这也没什么不可能的。所有的成年犬鼠都回到了它们的洞穴入口附近，无疑是因为这场来势汹汹的风暴。

RR6 号也回到了自己幼崽们的身边。幼鼠们都挨着自己的妈妈站立着，弓着背，靠在妈妈身上。

11：30

检查最北端的捕鼠笼——啥都没有。

红色的吉利花盛开。黄色桂竹香在山艾草地上绽放。

12：30

检查最北端的捕鼠笼——啥都没有。

风继续吹。

13：15

看起来西方正酝酿着一场暴风雨——灰色的云，阴沉沉的。

15：00

检查最北端的捕鼠笼——啥都没有。

朝北，走到草原犬鼠群落最偏远的区域，非常宁静。土堆上的土很好，很肥沃，这个地方人迹罕至，远离马群、马粪、卡车、砾石坑以及随之而来的噪声。

这里的草原犬鼠皮毛呈金色，十分优雅。它们更加小心谨慎。

野蔷薇开花了。

柏油路的尽头有迹象表明这里曾经有过公路。家用瓦罐、生锈的罐头、电线、玻璃罐——或许原先是住宅。我在想：草原犬鼠的祖先是不是也曾经生活在这里？

奇怪的一天——时间好像长了翅膀。暴风雨在我们的周围不停旋转，我感觉好像我们都被卷进了这暴风雨的漩涡。

风雪大衣、抓绒衫、帽子、手套——而现在是 6 月。

我完全可以一直不停地朝北走，朝着红色悬崖的方向，脚下的山艾中露出粉红色沙子。野花构成了一幅印象派油画：蓝亚麻、红色的吉利花、黄色桂竹香。原色是通过鸟的羽毛再现的：西蓝鸲和黄腹比蓝雀。所有这一切在来回摆动的黄松林边。

有一个洞穴入口处里面撒着成百上千的蓝亚麻花瓣，看上去像一张爱之床。

17：00

检查捕鼠笼——有了！一只未被标记的幼鼠。总算抓到了两只，只剩下一只了。

北面有雨。雨幡：丝缕状的雨落不到地面。狂风呼啸，乌云密布，七八点可能会下瓢泼大雨，到时候我们得冒着雨去放草原犬鼠了。

乌云的缝隙中还透出些许蓝天。灰，绿，这片土地是公园管理人员制服的颜色，或者反过来，是公园管理人员的制服上用了这片土地的颜色。

还有3个小时。

花栗鼠。腮帮子鼓鼓的金黄背鼠。蓝鸫。灯草雀。知更鸟。

18：00

狂风怒吼。塔在摇晃。手冰冰凉。

又是收获颇丰的一天，至少抓住了12只幼鼠。很快，我就要去拆下包围圈，走回村子北端收起捕鼠笼，结束今天的工作。

18：50

天太冷，风太大，草原犬鼠都不出来了。它们可比我们聪明多了。NF草原犬鼠幼崽被送回到它的兄弟姐妹、70号的孩子们身边。我向这个小家伙发了个誓：我会为了它的利益而工作。它眼睛里的光摄人心魄。它就这么一直看着我。又是一个珍贵的时刻，我能看到草原犬鼠眼睛里的反差——琥珀色的眼珠和黑色的瞳孔。它们向你敞开，只一会儿工夫。而大多数时候，草原犬鼠的眼睛深不可测，像个黑洞，神秘而又洞悉一切。

19：00

阳光穿透云层。

19：15

所有人都在无线电上说："今晚没有草原犬鼠在外面。"约翰说："明白。"

今天收工早——手指都麻木了。身体僵硬。风加快了我们回家的步伐。

2004年6月10日

今天早上60华氏度。没有风。

为了抓到未标记草原犬鼠，约翰、艾莉莎和我在北部氏族布置了12个捕鼠笼。接着，我们走到村子北端，又布置了18个。约翰觉得奇怪，为什么草原犬鼠没有往北迁移。相反，它们朝南迁移到了232区域，这个区域现在可是被公园养护搞得一团糟。

一个充满干扰的栖息地。习惯了被干扰。

在1997年前，过了孤松镇是没有草原犬鼠的，孤松镇位于道路以北。后来，有一只雌鼠和它的女儿移居到了道路以南。

70号夫人6岁了，是这个群落里年长的草原犬鼠。今年，RR6号从孤松镇向北搬迁，这很不寻常。每只草原犬鼠都有自己的故事，自己的历史，约翰一直在认真记录着。根据约翰的数据，这个群落里最年长的草原犬鼠7岁。

7：30

早安，HWA夫人。她是第一个起床的。她直立着，发出警报声。

> 故贵以贱为本，高以下为基。
> 是以侯王自谓孤、寡、不谷。此非以贱为本邪？
>
> ——《道德经》[81]

HWA夫人一直站在她的土堆边上发着警报声，已经持续10分钟了。我以前从来没有听到过这种叫声。她只有下巴在动——叫声非常非常微弱。

RR6号夫人的幼崽们出来了，站在9W土堆上，在清晨的第一缕阳光中看上去就像是点燃的蜡烛。

海绿树燕从小家伙们的头顶飞过。它们抬起脑袋，看着树燕低低地掠过，捕食昆虫。一只宽尾蜂鸟在我的脑袋边嗡嗡直叫，肯定是因为我的红围巾。

8：17

35号草原犬鼠被关进了捕鼠笼里。我爬下塔。HWA夫人也被关进了捕鼠笼，正在吃它酷爱的燕麦。她的幼崽们扒在笼子顶上，想用爪子够她。这让我想起了我的一个朋友，为了离孩子近些，她待在游戏围栏里写作。

还没有出现的是未标记草原犬鼠。约翰在无线电上说："为什么我并不感到意外呢？"

一只灯草雀也被关进了捕鼠笼里。它想办法从一个方格里脱了身，自由了。红翼啄木鸟在村子里觅食，在洞穴口啄食蚂蚁。

9：00

村子里所有的幼鼠都很活跃。今天无风。视线不再模糊。山雀在歌唱。太阳照在海绿树燕那翠绿的背上，熠熠生辉。

HWA 夫人的一只幼崽正坐在土堆上等未被标记的幼崽从 NW 洞穴里出来一起玩。

周围没有成年犬鼠。没有犬鼠报警，这些幼鼠很容易受到伤害。

9：50

3 只幼鼠被关进了捕鼠笼。约翰让我们再等等。今天冷，非常冷——但没有风。雌宽尾蜂鸟和雄宽尾蜂鸟来塔上造访。

10：00

拆除布置在北端的捕鼠笼。

捕鼠笼抓住了 7 只草原犬鼠（HWA 夫人、35 号、21 号以及 4 只幼崽），而我们一心想要抓住的未标记草原犬鼠却不见踪影。

昨晚，我看了斯蒂夫寄给我的《草原犬鼠备忘录》。坦佩斯特公司正和奎斯塔煤气公司合作，在犹他州加菲尔德县建设、布埋一条从弗里蒙特山口到潘圭其、总长 19.7 英里的天然气管道。潘圭其是位于雪松市以北不远处的一个小镇，没有天然气供应系统。这条管道将会“促进潘圭其居民的经济发展、安全、健康、舒适和便利”。

煤气管道建设包括：清理和减缓坡度、挖掘、排管及弯曲管道、焊接、镀层、将管道埋到地下、回填、打扫、恢复、测试以及启用。

备忘录：“天然气管道安装会使草原犬鼠暂时被迫迁徙，受到干扰，也可能会压死草原犬鼠，或者把它们埋在洞穴里而直接导致死亡，这将对草原犬鼠产生影响。”

然而，美国鱼类及野生动物管理局“相信上述影响不会危及犹他草原犬鼠的生存”。文件中还有一条“偶发伤害”条款：

“管理处预计，该工程因碾压或掩埋在洞穴里而直接伤害（或导致死亡）的犹他草原犬鼠数量不超过 8 只。因上述工程施工产生的干扰而间接导致动物死亡的数量不确定。这一伤害程度不会对该地或该区域范围内的犹他草原犬鼠数量产生显著影响。”

然而，如果坦佩斯特公司“伤害”或杀死第 9 只草原犬鼠，将会被处以 20 万美元罚款以及不超过一年的有期徒刑。

我的耳边还回响着我父亲对这一规定的不满。

“游客们会因为开车压死草原犬鼠而被要求支付 20 万美元吗？我们又一次被《美国濒危物种保护法》给耍了。”

斯蒂夫告诉我，他们不得不雇佣“有资质证书的管理局生物学家”负责督查、监测、记录坦佩斯特公司的活动，并汇报违规之举。坦佩斯特公司所有员工都必须参加“草原犬鼠敏感性训练课程”（斯蒂夫也给了我所有参加潘圭其工程的男女员工参加课程时签名的那张纸，上面一共有 21 个签名）。在培训中员工们被告知：“如果工地现场发现犹他草原犬鼠，而土堆或洞穴周围又没有可行的路线，就必须联系该部门，如果捕捉草原犬鼠所需时间在合理的范围之内，由该部门将草原犬鼠搬离该区域。”意思就是：必须停工。

他们在犹他州的圣乔治遭遇过同样的状况，那一次是沙漠龟，另一种濒危物种。

斯蒂夫告诉我，在施工期间，有一次坦佩斯特公司的卡车不慎压到了一只草原犬鼠。斯蒂夫当时在现场，发现草原犬鼠的腿被压断了，痛苦地扭动着。他打电话给美国鱼类及野生动物管理局，汇报这一不幸事件，希望他们能同意让他给这只草原犬鼠一枪，以了结它的痛苦。

“相反，政府派了一架直升机到我们地势崎岖的工地，将草原犬鼠放进一个盒子,把它运送到位于洛根的犹他州立大学去了。”

我记得我当时难以置信地看着斯蒂夫。他笑了。

“我有没有说起过，在工地上你不能带武器和宠物，养护车辆的时速不能超过 10 英里。”斯蒂夫说道。

通过阅读这份文件以及和家人谈话，我越发清晰地认识到美国内政部的虚伪。他们对管道建造商实行一套标准，而对这里的布莱斯峡谷国家公园管理处员工实行的则是另一套标准。

我没有看到有人打电话要求搬迁公园维修厂里的草原犬鼠。我没有看到有人因为马匹租赁对草原犬鼠所造成的干扰而打投诉电话。我敢打赌，因马匹租赁所杀死的草原犬鼠数量绝对不止 8 只，更不用说被他们的卡车压死的犬鼠数量了，而且卡车的时速通常都在 10 英里以上。

离符合这份备忘录上的“条款和条件”还差得远呢！

我看了“合理、谨慎措施第二条”里的第二段：

“进出工地的车辆和工程设备必须距离犹他草原犬鼠土堆至少 50 英尺，以避免对草原犬鼠造成任何负面影响。在草原犬鼠聚居地里的所有建设和养护车辆都必须在指定路线上行驶。过夜车辆以及设备和材料的存放必须在原先已经驶过的区域，距离草原犬鼠聚居地至少 50 英尺。”

50 英尺？就在脚底下怎么没人管？我们要求私人企业负起责任，遵守土地法规。谁来问责我们的政府机构呢？他们本应该是公共土地的守护者啊！如果约翰 · 胡格兰德举报布莱斯这里所发生的一切，他会遭遇到什么？是否还能进行草原犬鼠研究？

同样地，有谁会在乎呢？

11：30

70 号夫人的孩子们从 9L 洞穴出来了，包括那只没有被标记的幼崽。设下了一个包围圈。

草原犬鼠洞穴和地道里的温度相当稳定，大约在华氏 55 度，冬暖夏凉。这是它们在自己家里能享有的安宁。

12：00

艾莉莎和我检查北端的捕鼠笼。我们抓到了过去两星期我一直在观察的那只漂亮的橙色雄鼠。他的洞穴在森林边那棵大黄松旁。他有耳标，因此查看他是谁、从哪儿迁徙到这里，一定会很有意思。

现在，只要我抓住南部氏族里70号的那只没有被标记的幼鼠，我捕捉3窝草原犬鼠幼崽的任务就完成了。我也很想试试能不能抓住北端那些我一直在观察的其他草原犬鼠，这样我们或许对这种北迁行为会有更加完整的认识。

当然，还有北部氏族那只始终抓不到的未标记草原犬鼠……

在无线电上，约翰告诉大家有一只草原犬鼠幼崽身形巨大，重近300克。艾莉莎十分激动。她一直在观察编号为RaBr的草原犬鼠的这只幼崽，它总是“跳呀，蹦呀，围着每只犬鼠转圈”。这是一只精力充沛的幼崽。

12：50

70号夫人的一只做过标记的幼崽又被抓住了。约翰说先等几分钟再放它走，看看能不能把它那只未被标记的同胞引进笼子。

13：15—13：30

红尾鹰的互动：鹰被暗冠蓝鸦和知更鸟围攻。HWA夫人发出强劲的警报声。红尾鹰停驻在北部氏族边缘那根老树桩上，发出叫声，它那清晰的、令人恐惧的叫声在树林里回响。蓝鸦和知更鸟围攻的叫声还在持续。鹰再次发出尖利的叫声，起飞，冲向村子上空，随后向下重新回到村子北端，穿过村子回到老树桩上。更多的围攻，知更鸟、蓝鸦以及草原犬鼠的叫声，甚至当鹰从 HWA 夫人上面飞过时，她仍独自站在那里，发出警报声，无所畏惧。

13：30

爬下塔，放走来自 9L 洞穴的 70 号夫人那只已标记的幼崽。还在等那只未被标记的幼鼠。

高原的上空飘着大片的积云，形状很像乌龟，总是像乌龟。它们移动得如此缓慢，几乎让人察觉不到，我有种眩晕的感觉。地是静止的，但天空在动。在我们的生命中，我们什么时候有机会如此充分地注意到这些事情？我记得斯蒂夫刚得知他的诊断结果时，我们站在他图书馆的角落里，他说："总得付出点儿代价。我一直工作得太努力，节奏太快。"当时我就和他在一起，能切身地，准确地体会他的意思。我们为什么非要等身体出了状况，才能听得见我们真正需要什么呢？从我所在的这个地方，通过弯曲的地平线，我的眼睛看到这个星球的弧度，而我的身体能感受到地球的转动。

望远镜里，HWA 夫人和 24 号草原犬鼠鼻子上的伤都已经痊愈了，看不到伤口。抗生素软膏起作用了。

褐斑翅雀鹀停在松树枝头。未标记草原犬鼠依旧不见踪影。在观察 24 号草原犬鼠时我满怀敬意。它 5 岁了。想想它都经历过什么！

我在无线电上问约翰他什么时候给幼鼠们编号。他回答说："明年3月。"那时候幼鼠们将进入成年期，身上会有年份记号。

红尾鹰还在树林里发出叫声。它尖利的叫声令人毛骨悚然，让草原犬鼠感到害怕。它们警惕地站立着，随后便爬到了地下。恐惧的涟漪在草间荡漾。

红尾鹰的叫声是一种听得见的记忆，当时我13岁。有一天一大早，我父亲和我在犹他州的火焰峡谷徒步，这个峡谷位于尤因塔盆地深处。我听到了叫声。我抬起头，看到了盘旋的红尾鹰。它又叫了一声。我也叫了一声，作为回应。我父亲没有停下脚步。红尾鹰不停地盘旋。我就站在那里，朝上看。

14：00

我仰躺着，透过黄松向上看时，我听到草原犬鼠在林间空地上相互交谈，它们的声音将信息传入树林。它们是高原的脉搏。睁大眼睛。竖起耳朵。它们的声音传递着和谐。

阿尔伯特·史怀哲承认这个星球上有着深深的奥秘，我们对所有的生命都负有道义上的责任。他用"敬畏生命"4个字表达他的这个观点。当爱因斯坦写下神秘的事物"是一切真正的艺术和科学的源泉"时，他也明白这一点。为什么只有理性那极端的立场才是唯一可信的立场呢？这对我们更加深入理解生命的息息相关性会带来何种影响？

日复一日，我看着这些草原犬鼠在日出和日落时高举双臂。

爱德华多·加莱亚诺①讲述了一个题为“旅程”的故事[82]：

奥里奥·瓦尔在巴塞罗那一家医院里照看新生儿，他说人最初的姿势是拥抱。来到世界上后，在生命之初，婴儿们挥舞着双臂，似乎是在找寻某个人。

其他医生，照看的是阅尽人生的老人，他们说风烛残年之人在临死前会竭力伸开双臂。

这就是问题所在，仅此而已，无论我们多么努力，堆砌了多少文字。所有的一切都归结于此：旅程发生在手臂的这两次挥舞之间，无须更多的解释。

草原犬鼠明白。

14：45

在NF洞穴周围设下第二道包围。南部氏族里那只还没标记的幼鼠是从那个洞里出来的。下午风力逐渐转强。

时间会说话[83]

我们是时间做的。

我们是它的脚步，它的声音。

——爱德华多·加莱亚诺

草原犬鼠是时间从更新世所发出的声音。

① 爱德华多·加莱亚诺（Eduardo Galeano，1940—2015）：乌拉圭记者、作家、小说家，被称为“全球杰出足球作家”“拉美左派文学巨匠”。

15：45

看看35号草原犬鼠，是多么出色，多么坚忍——眼睛的形状像横放的西瓜子一般。风起时，35号的毛皮上会有一缕一缕的毛发竖起，露出蜜色的毛掩盖之下的黑毛，就像金发女子露出了发根。

约翰在无线电上播放另外一只幼鼠粗粝的叫声。

35号草原犬鼠从我的对讲机里听到了幼鼠的声音，抬眼看着观测塔。35号抬起头，我注意到从35号的肘部垂下了长长的毛。35号的耳朵很像数字“3”。出于担忧，35号黑色的眉毛紧皱着。眼睛下面黑色的标记看上去就像泪痕似的。35号有肚腩。35号站着，很警觉。幼鼠不叫了。35号回到洞穴边的土堆上，继续觅食。有几只蓝鸫也在觅食。

16：20

在NF洞穴附近捉住两只做过标记的幼鼠，把它们放掉。给它们各自喂了一株月见草，它们很喜欢。

在这塔上的时间只剩最后一天了。

这两周的时光已经在我的心里扎了根，描绘出一个充满活力的布莱斯峡谷。强劲、不间断的风和它在松林间持续的呼啸声。我喜欢通过云观察天气的变幻，喜欢山艾草地上遍地的野花，喜欢它们正在盛开的花期。

蓝亚麻

桂竹香

红色吉利花

白色野菊花

黄色野菊花

鼠尾草

金花矮灌木

野蔷薇

月见草

白色和蓝色琉璃苣

紫色钓钟柳

林星花

春美草

印度画笔草

我的一大乐趣就是光着脚踩在松软的松针上，感受着脚下林间落叶层的支撑力。还有卧倒的树木，它们回到了大地的怀抱。

每天都会有一拨拨鹿和叉角羚穿过草原犬鼠村，还有和草原犬鼠在村子里共同生活的花栗鼠和金黄背鼠、渡鸦、红尾鹰、山蓝鸲。

外围的捕食者终日在窥视。你也许看不到它们，但是能听得见它们的声音，看得到它们所带来的影响。只要注意草原犬鼠的反应，你就可以分辨是鹰，雕，还是郊狼。

西奥和约翰看到了一只獾，獾或许是成功的草原犬鼠猎食者之一。

还有鸣鸟——柳莺、绿鹃、戴菊鸟——林间交响乐里的弦乐部分，奏着主旋律，总是最突出。

17：20

一只金雕在村子上空翱翔，投下巨大的影子。所有的犬鼠都钻进了地下。它腾空，然后收起翅膀缩身下坠，俯冲，上飞，腾空而起。雕那对有力的利爪可以轻易地抓起草原犬鼠，这可是方便携带、可以大快朵颐的美味。一个生命滋养着另一个生命。

不过，我也亲眼见识过草原犬鼠的顽强，它们曾用小小的下巴和凿子般的牙齿用力地咬住我的手指，疼得尖叫的是我，不是它们。

17：25

红尾鹰回来了，蓝鸦和知更鸟重新鼓噪起来。它们不想让鹰靠近。或许它们在保护自己的巢和地盘。如何共存呢？鹰在附近也有一个巢。

今天早晨外出散步时，我发现了角鸮的羽毛，很大的一根。角鸮和红尾鹰共处一隅，一个夜间捕食，一个白天出动。

有一只草原犬鼠幼崽蜷缩成一个小球，和石头差不多大小。这是一种伪装行为吗？

17：30

今天我们共给11只犬鼠幼崽做了标记，“加工过的”草原犬鼠幼崽总数达到了174只。

HWA夫人来了，从北端穿过山艾草地，回到位于北部氏族的家中。

红尾鹰在头顶盘旋。

18：20

检查北端的捕鼠笼——抓到了一只雄鼠，是我一直在观察的两只中的一只。原来，这两只雄鼠中一只是刚满一周岁的R44号；另一只是R07号，是臭臭去年生的一窝幼鼠中的一只。约翰称这两只草原犬鼠为“孤独者”。问题是，它们为什么要搬到聚居地的最远处呢？是什么让这些一周岁的草原犬鼠搬家？它们如何吸引雌鼠，以便让该区域重新有草原犬鼠居住呢？

HWA夫人在给她和RR6号夫人的幼鼠们喂奶。这是我第一次亲眼见到共同哺乳。

我在无线电上向约翰汇报此事。他很激动。我们都很激动。我惊叹地看着。她双臂下垂站立着，幼崽们拽着她小小的黑乳头。她眼看前方，随后又把目光投回到孩子们身上。

18：30

鹿在北端草地吃草，还是原来的那3只。

一群牛鹂，有十几只，正穿过北部氏族的村子，啄食着蟑螂。

未标记草原犬鼠在一天即将结束时露面了。他又一次智胜了我们，坚决不让我们抓住。它的眼睛所反射出的光芒有一瞬间让它在这个聚居地显得十分耀眼。

未标记草原犬鼠抬头看了看观测塔。它转过身，迎着穿过松林而来的风，背对着太阳，接着又转过身，面向西斜的阳光。

18：45

少有的片刻宁静。

18：55

未标记草原犬鼠依旧站在东面，目不斜视地盯着太阳，十分警觉。它的背在阴影里，脸和肚子被阳光照亮。现在，慢慢地，一寸一寸地，它边用鼻子嗅着边回到NW洞穴，随即便消失了。

2004年6月11日

7：00

这是我在这个观测塔里陪伴北部氏族草原犬鼠的倒数第二天。

采用约翰·胡格兰德的编号体系，我在这两周内所遇到的草原犬鼠有：

北部氏族

成年草原犬鼠

HWA

RR6

70

35

24

未标记

南部氏族

成年草原犬鼠

70

21

R31

BB4

圆领圈

87

北端

成年草原犬鼠

RR4

R07

北部氏族

幼崽

HWAx——4 只幼崽（HWA）

RR6x——4 只幼崽（RR6）

南部氏族

幼崽

70x——3 只幼崽（70）

能够拥有这份荣幸和奢侈，跟草原犬鼠一起度过这些时光，在它们的村子里一小时一小时、一天一天地观察它们的行为，所有这一切拓宽了我的认识。我们意识的维度就是我们存在的维度。

我们已经忘记了坐、看、观察是多么美好。不会发生太多的事，这就是自然之道。我们一同呼吸，就这么简单。大段大段的时间里，草地很寂静。我们观察。我们等待。我们琢磨。我们的目光寻找一个停驻点。微风拂动青草，听上去就像是轻声的祈祷。

> 信心、爱和希望都在等待之中。[84]
>
> ——T. S. 艾略特

当今世界，有很大一部分是编造、虚构的故事，是被加工、被操纵、时间上不连贯的电影，玫瑰花不再逐渐绽放，而是突然盛开。速度是热点、兴奋剂。不聚焦、虚化的生活成了我们看东西的方式。感知和视角的镜头被速度和动作所取代。我们不知道如何停下。我们看重检索到的信息，很少对它们进行吸收内化。

> 过着日子，我们丢失的生活在哪里？
>
> 学习知识，我们丢失的智慧在哪里？
>
> 获取信息，我们丢失的知识在哪里？[85]
>
> ——T. S. 艾略特

我们耐心收集的知识会如何？一个历经岁月，凭着专注而生存下来的物种会如何？

草原犬鼠就是具化的知识。

见证一种不同类型知识的体现——不是人类的智慧，而是草原犬鼠的智慧——我们会意识到我们只是诸多意识中的一种。草原犬鼠是一种意识，有着敏锐的专注力，始终保持警戒，总是将它们的所见、所闻、它们想要让大家周知的东西传递给其他伙伴。

它们在维护自己群体的同时，也为其他动物创造了一个共同体。

我所得到的礼物是等待和时间的自然流逝。作为一个对速度上瘾的人来说，我需要用消磨时间来戒这个瘾。但是，慢慢地，一小时一小时过去了，从一开始感到恐慌和无聊变成了后来的敬畏和惊叹。我静了下来。我开始看到、听到，更为重要的是，我开始感受到，并且相信只需要和另一个物种在一起，我就可以与它们和谐共存。

> 我是想要活下去的生命，生活在想要活下去的生命之中。
>
> ——阿尔伯特·史怀哲

我即将离开这个塔，回到家中。在和家人通话时，他们的反应如出一辙：“就要回到真实的世界来了，你一定很高兴吧？”

和草原犬鼠一起待了两个星期，仅仅两个星期，我就有了这样的疑问：“何为真实？”

何为真实？是这些草原犬鼠和它们所拥有的、历经了岁月——悠长的岁月——后适应了的草原群落生活？

何为真实？是那个砾石坑，仅存的几个草原犬鼠保护聚居地之一的这个聚居地旁的那个砾石坑？是那个马畜栏，那个牛仔们辛勤工作、给马装上马鞍、供游客们在布莱斯峡谷公园里骑行、任由马蹄践踏着草原犬鼠的那个马畜栏？

何为真实？是两架飞机撞向世贸中心大楼，以及由此而唤醒的、在这场无穷无尽的恐怖战争中从未停止过的恐惧？

何为真实？是宽恕或报复，以及美国在阿富汗和伊拉克发动的战争中不断攀升的死亡人数？

何为真实？是斯蒂夫复发的淋巴癌？是满满一柜子的鞋？是做爱？是赚钱？是用最细小、不为他人所见的姿态和世界保持一致？

我们希望如何活着？和谁一起？

费丝·麦克努迪①在她的著作《它们必须死去吗？草原犬鼠和黑足鼬的离奇案例》[86]（*Must They Die? The Strange Case of the Prairie Dog and the Black-Footed Ferret*）中写道：

“两三代以后，见过活的野生动物的人就不多了。在我们现在看来，这事会让人悲伤得难以言表。可这些未来的人们也会跟我们一样这么认为吗？人们会惦记他们从未曾拥有过的东西吗？按照定义，是不会的。然而，一个被剥夺了继承权的人

① 费丝·麦克努迪（Faith McNulty，1918—2005）：美国非虚构类作家，代表作为1980年出版的文学新闻体作品《燃烧的床》（*The Burning Bed*），她也创作过关于野生动物题材的书。

确实变得更为贫困，不管他知情与否。这些动物的消亡将意味着一种长期、亲密的关系的终结。如果我们翻阅《创世纪》，会发现在第五天，上帝将对生物的支配权赋予人类，在这之后，人和动物的关系就开始了。又或者，如果我们咨询科学家，他们会告诉我们，在早期，人的祖先和动物王国其他物种并无差别，只是在七八百万年前才有所变化，有了区别。即便在那以后，人和动物的关系也一直都很紧密。”

我们正在经历着什么？

在这个我们自己所创造的破碎的世界里，我经常会长时间地感到十分困惑和失落。我不知道我们都变成了什么人，我不知道该相信什么，该信任谁。

和草原犬鼠在一起时，我感到平静、安全、定心，感受到一种比我们自己的思想更为不朽的东西。我觉得自己的内心被平静所占据，当然这并非是因为我相信这个世界比我们所创造的世界更好。我之所以感到平静，是因为每一个活着的细胞核中都包含着对荒野自然的记忆。我们的身体记得碎片之中的完整性。

当我看着花栗鼠每晚在老树桩的横枝丫上排成一排，上方的树枝上栖息着燕子，风让它们不得安宁时，我便会陷入对模式的沉思之中。

对我来说，真实就是身处人类所制造的混乱之中，每天清晨和傍晚面向着太阳的草原犬鼠。

对我来说，真实就是残酷所带来的后果 。[87]

对我来说，真实就是同情所构成的同心圆以及它引发变革的能力。

对我来说，真实就是当我们关注自身之外的某种东西时我们的意识所具有的力量。它就像是一道光，能照亮黑暗的角落。

我们改变自己的认识、创造性地解决现代性难题的能力和我们的同情心成正比。我们是否能够想象、见证并最终感受其他个体的痛苦？

> 是什么样的？什么感受？你是如何承受的？[88]
>
> ——J. M. 库切

在草原犬鼠面前，我并不比我周围的生命更伟大或更渺小。我们同样都有着血与骨、肌肉与灵魂。

作为 21 世纪的人类，我们对和我们共同生活在这个星球上的其他物种的福祉和安危负有重大的责任。

我们不能再以无知或天真作为借口。

对我来说，真实就是这荒野之美的马赛克。

> 唯之与阿，相去几何？
>
> …… 如春登台……
>
> 众人皆有以，而我独顽似鄙。
>
> 我独异于人，而贵食母。
>
> ——《道德经》[89]

从我的塔上，我看到了 HWA 夫人，挺立着，在山艾草地上享用着蓝亚麻的花；在我们所在的沙漠高原上，被称为狐尾松的千年古树扎根在布莱斯峡谷不断风化的红沙土里。

“*Bewilderness*”这个杜撰的单词的意思是思想在不确定的地方游荡。[90]

2004 年 6 月 12 日

8：00

晴空万里。寒冷——温度在华氏 40 度左右。昨晚和斯蒂夫通了电话。他为自己正在设计的一尊雕刻而感到兴奋不已。他们正在大三角叶杨峡谷地区施工，在银湖地区，他发现了一块儿好看的花岗岩尖石。“我把它想象为一个冥想之地，”他说道，“帮我想象淋巴癌正在离我而去。”他打算将石头分割成六部分，将它们竖直放在 1 英寸厚的黑色花岗岩石板之间。“我会把这块儿花岗岩焊接到一个三角形钢杆上，放在咱们的后院里。”在他描述这件艺术品时，我看到的是希望的支柱。

我希望今天能抓住 70 号夫人最后那只没有被标记的幼崽。至于未标记草原犬鼠嘛，我宁愿让它就保持原样好了，尽管作为研究助理，这不是负责任的态度。它本能的抵抗精神让我深受鼓舞。

它出现了，站在 NR 洞穴前，我在胶合板桌前写东西时，未标记草原犬鼠在东边树林边上觅食。它正在黄松的树荫下小口小口地啃着勿忘我。我很好奇，不知道未标记草原犬鼠是雄鼠还是雌鼠。约翰认为它是一只满了周岁的雄鼠。未标记草原犬鼠就站在我的塔前面。从它的额头中间往下有一道白色的毛发。我以前从未注意到。

10：30 —10：50

它们的眼睛像洞穴。

它们的洞穴像眼睛。

深不可测——我们不得而入。

24 号草原犬鼠不再有年轻犬鼠所特有的光泽。它已经有些年头了，身上带着打架留下的伤疤。它有很多孩子。

在村子中心，HWA 夫人、RR6 号夫人、70 号夫人、35 号以及所有的幼鼠们都出动了，面向同一个方向，一同警惕地站着。

外围有什么我没看到的动物吗?

14：00

检查捕鼠笼——居然在南部氏族村子里抓住了 HWA 夫人，实在让人惊讶。今天是她到处闲逛的日子。她喜欢燕麦。

约翰在无线电上说我们抓住了七八只幼崽。

14：45

在森林里发现了一只金黄背鼠的尸体，上面爬满了甲壳虫，无法判断死亡原因。它的身体已面目全非，只看到甲壳虫，我在上面放了一些鲜花。

RR6 号夫人站在她的洞穴外面，就像一个在等着见到孩子们、叫它们回家的母亲。

南面传来警报声。

15：00

黑鹂成群结队。我离开塔去给幼崽们做标记。

18：50

这是我最后一次爬上这座塔。

我刚刚回来，之前一直在协助约翰，共标记了 14 只幼崽，其中包括我抓到的 70 号夫人最后那只幼崽！和这只机灵的幼崽之间的接触令人难忘。我们还给 5 只成年草原犬鼠做了标记——有一只雌鼠已经 7 岁了。据约翰所知，还没有哪只草原犬鼠能超过 7 岁。

约翰有 300 本记录着草原犬鼠数据的笔记本。在繁殖季，他和他的研究团队一天记录互动情况的纸多达 30 页，记录的互动次数达上千次。他一丝不苟地观察着这个群落，真是令人钦佩。

我想起玛丽·米奇利的话："当生物界的某个部分——鳄鱼、蒲公英、满是石头的山谷、暴风雪、奇形怪状的燧石等——实在不受人类待见时，只有三类人会有可能从中看到意义，并与之交好。他们是诗人、科学家和儿童。我想说的是，在我们每个人内心都可以找到这三类人的代表。"[91]

19：00

所有的幼崽都到地下去了——我已经开始想念它们。月见草的花闭合了。有只雌鹿在草地上吃草。一只山蓝鸲朝北飞去。多么特别的两周啊——我心怀感激。

> 道生之，德畜之，物形之，势成之。
> 是以万物莫不尊道而贵德。
> 道之尊，德之贵，夫莫之命而常自然。
> 故道生之，德畜之，长之，育之，亭之，毒之，养之，覆之。
> 生而不有，为而不恃，长而不宰，是谓玄德。
>
> ——《道德经》[92]

我的问题是：何为道？

尽管饱受摧残、成见，土地也遭到破坏，但是草原犬鼠始终没有弃我们而去。这就是它们的“道”。只要给它们半点儿机会，它们就会比我们生存得更久。

我们不能再说：“让自然自生自灭吧！”[93]我们在这个星球上留下的印记沉重而无情。处于危险之中的物种要想生存下去，只有一个条件：只有当我们允许它们生存下去；只有当我们的想象力能够进入这种动物的内心，收回我们自己的需要和欲望，而去顾及它们的需要和欲望。现在，其他物种所需要的是我们的关注。否则，我们将进入智慧的生命不断消失的叙事。

草原犬鼠是这个星球上一种具有深奥智慧的生命。

> 在地下时，你最靠近上帝。[94]
>
> ——法齐尔·伊斯坎德尔

19：15

知更鸟在歌唱——暮色赞美诗。

RR6号夫人站在她的9W洞穴外。她从孤树镇北迁至此，让我钦佩。十分不同寻常、富有冒险精神、勇敢，当然，这是按照我的标准来判断的，而非她的标准。

我在离开之前还会看到亲爱的HWA夫人吗？

我想要谢谢她。

我看不见她。

她在呢——在我的塔下——抬着头。

来自更新世的忍耐。本能的知识是另外一种智慧。

种类——另外一种——仁慈。

我能给她些什么呢？我可以给她我的话语。

她抬起头向上看。我四肢着地，趴在塔的地板上，从方形门洞探出身去，看着她的眼睛。[95]什么话都没说。

我收拾好自己的物品，悄悄地爬下塔。她还在那里，被夕阳照得通体发亮。我在沙地上坐下，离她很近。HWA夫人没有动，也不在意我的存在。

突然，她站起身来，面向太阳。我俩都面向太阳。

土黄色的僧侣

身穿朴素的皮袍

站着放哨

在它们的洞穴外，看着

看着它们的群体

消失，一个接一个

它们的手举起

在祈祷

2005 年 1 月 25 日，星期五，斯蒂夫永远地离开了我们。

在去世之前，斯蒂夫提出在家人和朋友聚会期间，将他的遗体在家里停放几天。他想让坦佩斯特家的孩子们能够亲眼见证灵魂离开之后他身体的样子。他对亲人们说："我想让孩子们了解死亡，而不是害怕它。"

孩子们受邀来到家中。共有 8 个侄子、侄女，年纪从 4 岁到 14 岁不等：海顿、克莱尔、梅森、格蕾丝、克里斯蒂安、山姆、鲁比和汉娜。他们站在门厅里，踌躇、害怕，但是他们都很爱斯蒂夫，在他们进去之前我告诉他们，这是斯蒂夫送给他们的礼物——可以见证死亡如何成为生命的一部分，以及在灵魂离开后，身体如何变成一具躯壳。

孩子们走进斯蒂夫遗体所在的房间。他们触摸他的脚，他们触摸他的手臂，感觉到手和脚是冰冷的。他们走得更近一些，深情地抚摸他的额头，满怀尊敬，满怀好奇。后来，他们一个接一个地哭了起来，毫无顾忌，不加掩饰。其中一个说："斯蒂夫是我最好的朋友。"另一个说："我想他。"短短的几分钟后，孩子挨着他的遗体坐在床上，讲起他们叔叔的故事。恐惧转化为安慰，好奇逐渐融入爱之中，静默不再让人不安。

梅森 8 岁，住在街对面，他静静地说："现在我明白了，这就是斯蒂夫收集头骨的原因。"他向表兄妹们讲述，斯蒂夫曾邀请他来家里帮着清洗他找到的一个獾的头骨。"我当时很怕那个头骨，斯蒂夫跟我说：'不用怕。'"

孩子们明白了。

即使是在死亡这件事上，斯蒂夫依旧是在付出，在传授。

我想起了他给我的那个草原犬鼠头骨，以及所有他发现并和亲友们分享的头骨。

斯蒂夫，手里拿着望远镜，举到眼前，扫视，聚焦，观察鹿，观察麋鹿，观察鸟类，其中包括灰鹗。他会沿着管道走上好几英里，横穿他热爱的野外。

我也想起几天前我们曾聊过来生。他说："我很期待，想看看这一切是怎么回事。"

我们并非为那些软弱、垮掉之人服务。我们服务于彼此的完整性以及生命的完整性。[96]

——瑞秋·娜奥米·雷门

2005 年 1 月 25 日，斯蒂夫下葬。那是个寒冷的冬日。他的遗体安睡在邻居们为他打的松木棺材里，[97] 由坦佩斯特公司一辆红色平板货车运到墓园。他的手下开着一长列坦佩斯特公司的卡车跟在后面护送着他，看上去就像是一条红色的河缓缓地淌过一片白色的土地。

我们家族的男人们从卡车上举起棺材，抬到墓边。亲友们聚集在一起。墓边上有一大堆土，细心地用绿色油布盖住。他的兄弟汉克和丹立即掀开油布，露出将要掩埋斯蒂夫的土。土是有尊严的。一个接一个地，斯蒂夫的妻子、女儿们，我的兄弟，我跟父亲，每人抓起一把土，走到棺材边，将土撒在斯蒂夫的遗体即将被安葬的地方。我看到家里的男人们在流泪。我看到和斯蒂夫一起工作过的人们在流泪。这些坚强、粗犷的伟丈夫，用身体和大地抗争了数十年，现在变得沧桑、疲惫。热和冷，白天和黑夜。他们在极端的环境下劳作。

我看着这一切，我在想，我们家族的男人们所了解的东西，我永远也不会明白，原因只有一个——他们所选择的工具是铲子。

当葬礼结束，人们步行回到车上。开车回家时，我回过头，看到在坦佩斯特公司当了多年工头的约翰尼·麦金托什正在回填我弟弟的墓。

吉恩·斯宾士陪我来到纽约的美国自然历史博物馆一号楼夹楼——萘的气味儿很浓。1981 年至 1996 年，我在犹他州自然历史博物馆里待了十几年，对这种气味儿很熟悉。

我在“草原犬属类”下签了名。我们步履轻快地走上金属楼梯，来到一个只能算作狭窄走廊的地方，整面墙都是落地陈列柜。

这事实上是个哺乳动物“停尸房”，收藏着 280000 件哺乳动物标本：骨骼、头骨、粪便标本、用于研究的毛皮以及风干的标本。

我接过一份打印资料，上面是犹他州所收集的所有草原犬属类动物的信息。每一个标本都有目录编号，列着属、种以及相关的辨识信息，如：该标本是否是毛皮；颅骨是完整还是缺失；是否有酒精；在哪个国家发现的以及具体的地点；如果是在美国境内发现，则标明在哪个县、海拔等信息。博物馆里的这一类收藏中一共列了 28 个草原犬鼠标本。今天下午，我将查看这 28 只草原犬鼠的皮，并且对犹他、甘尼森、白尾、黑尾和墨西哥草原犬鼠这 5 个物种进行比较。

樟脑丸的气味儿很浓烈，尤其在这炎炎夏日。通风系统效果不好。

吉恩给了我一个很大的白色硬纸板托盘，用来放草原犬鼠皮。我有个放大镜，还有一张工作台。在吱吱作响的日光灯上，风扇发出低低的嗡嗡声，日光灯的光照进走廊大概 100 英尺处。

在我第一趟端着托盘回到桌边时，我觉得自己就像个上菜的侍应生，端上的是标本和颅骨。我每取走一样物品，就得在相应的位置放上一张黄色卡片，说明取走的是毛皮、颅骨还是骨架。

确切地说，这是博物馆的规定。我打开托盘上的第一个盒子。

#249735

日期：1896—1899 年

甘尼森草原犬鼠

新墨西哥州圣胡安县

查科峡谷普韦布洛博尼托废墟

收集者：T. B. T. 海德——#7168（部分头盖骨）

我打开黄色的盒子，就仿佛盒子里装的是珠宝。里面是骨头。头骨的顶部用蓝黑记号笔标着“#249735”。手迹本身就是件艺术品。我1983年在这里实习时，碰到过那个在骨头上完善这一科学书写技巧的先生。做标记必须十分准确、细心。每一块儿骨头上的记号都非常小，只有几毫米，需要用放大镜。

我把这一小块儿头盖骨倒过来，发现上面还有别的数字，嘴的上方标着“#64”，嘴的里面标着“H#7168”。

保留着6颗牙，一侧有4颗臼齿，另一侧两颗。还有一颗臼齿掉了，在盒子里。在放大镜下，它看上去就像是一只三趾小爪，还附带着第四个小趾。

这片骨头碎片简直可以被看作一件艺术品。形式之美同样存在于死亡之中，一如活着的时候。骨头能展示原先所看不到的东西，隐藏在肌肉、脂肪和皮毛之下，包裹在血液和神经等循环系统之中的东西。

背景：查科峡谷中的普韦布洛博尼托废墟，普韦布洛人和草原犬鼠彼此并不陌生。

#249733

日期：1896—1899 年

甘尼森草原犬鼠

新墨西哥州圣胡安县

查科峡谷，普韦布洛博尼托废墟

收集者：T. B. T. 海德——#2562

玻璃柱体中存放的是带有前门牙的上颌，在一百多年之后的现在，普韦布洛博尼托的土还粘在骨头上。我认识这赤陶土色的沙子。普韦布洛博尼托我去过很多次，曾经把手放在古人留下的手印之上。

我看了其他两个标本，也是甘尼森草原犬鼠，来自同一地区，类似的颌。

接下来，是风干的标本。

#249747

日期：1896—1899 年

甘尼森草原犬鼠

新墨西哥州圣胡安县

查科峡谷，普韦布洛博尼托废墟

收集者：T. B. T. 海德——#5796

它的毛皮，现在是兽皮，像旧鞋子的鞋底一样，干枯而坚硬。脱水。生命在沙漠中得以保存。

我以前曾见过风干的标本。我们小的时候，在盐湖城的圣殿广场曾展出过木乃伊。印第安人被裹在风干的皮肤里——沧桑、皱缩、枯萎——已经不再是人的模样了。摩门教召开全体教友大会时，我们会偷偷溜去博物馆。我们的父母巴不得让我们去，他们知道我们可以在里面全神贯注地待上好几个小时。

这些木乃伊已经不再公开展览，在大多数情况下，都已经以遣返的名义退还给各个部落。而在这一情况下，尤特族要求举行正式的葬礼。

我带着犹豫，带着尊敬，拿起这具草原犬鼠遗体——是在痛苦中被风干的。嘴巴张开，似乎在发出奇怪的叫声。下颌张开。眼睛空洞。我在一个悬挂的放大镜下观察着它。风干的身体发出格格声。有根骨头断了，戳穿了破损的表皮，这表皮不像毛皮，倒更像绷紧的鼓皮。肩部也一样。胸部有小针眼，洞眼儿和裂口更大。这只甘尼森草原犬鼠黑黑的爪子紧握，像个拳头。肩胛骨突出。尾巴完好无损。椎骨在兽皮的掩盖之下没有错位。

当我将标本反过来仰面朝上时，这只草原犬鼠看上去更像一只爬行动物，而不像哺乳动物。它的右脚上缠着一根红线。

我再一次翻转标本。它的手和我的手没什么两样。动物，人类——请告诉我死后这两者有何区别？

想起家乡博物馆里收藏的木乃伊，我注意到这只草原犬鼠和我见到的人的木乃伊看起来很相似，让人觉得有点诡异。

“Dlǫǫ”（小男人），这是住在美国西南部四角地区的纳瓦霍人或者丹因人对草原犬鼠的称呼。

我小心翼翼地把标本放回托盘上。

#123906

日期：1936 年 5 月 3 日

犹他草原犬鼠

性别：成年雌鼠

犹他州华盛顿县雪松市

海拔：5700 英尺

收集者：W. S. 朗

托盘里的犬鼠皮很对称。

黑色的乳头很明显。我不禁想起了 HWA 夫人。黑色的眉毛。长长的黑胡须。怎样来描述毛皮的颜色呢？浅黄色？金色？我问坐在我旁边、就职于史密森学会的生物学家，她会怎样描述这个颜色。她看了一眼犬鼠皮，说道：“浅沙土色。生物学家所使用的颜色符号必须一致。”

我向她道了谢。

一组毛皮。托盘里有5张犬鼠皮。每一张犬鼠皮旁的小棕盒里都装着头骨。我打开其中一个盒子——头骨和颌骨上有一对昆虫翅膀。

#140090

日期：1994年8月1日

犹他草原犬鼠

犹他州比佛县松山

收集者：G. P. 恩格尔哈特

根据美国自然历史博物馆登记在册的信息，这是犹他州收集的年龄最大的犹他草原犬鼠标本。

这张犬鼠皮处理得很漂亮。手臂和腿伸得很直，而且彼此协调。看上去它就像在飞翔。身体很饱满，不是扁平的。嘴部用黑线缝合，几乎看不出来，肚子上也一样。额前翘着的一戳毛清晰可见，在刮风时，我在布莱斯看到的草原犬鼠就是这个样子。金色的毛发，露出深色皮肤。翘起的毛成了脖子上旭日形的项链。能看见白色的尾巴。金色手臂上的毛更长。黑色的眉毛。深色的泪痕。毛皮是棕红色的，犹他州圣乔治附近的松山上的泥土大多是这个颜色。

旁边盒子里的头骨染得很有光泽，看上去像是瓷的。

处理这张犬鼠皮的人是个大师。这是艺术，而不是科学。我想起我在提顿科学院制作研究用兽皮时的情形。我们当时在制作一张鹿鼠皮。我记得当我小心地把它的腹部剖开，把毛皮往外翻，像一个小小的斗篷盖住它的手臂和脑袋时，我是多么吃惊。接着，我们在毛皮的内侧洒上玉米粉，把血吸干，用棉花做成身体，把那张鹿鼠皮裹在外面，把胳膊和腿拉直，缝合好。这是过去采用的一种做法，当时对哺乳动物的研究还在进行之中，如今按照惯例这一学科已经不再被认可：野外的杀戮。

当我拿着托盘在柜子和桌子之间来回走动时，我注意到有6张草原犬鼠皮看着就像一条条面包，它们看上去都如此协调、对称。

这6个标本也是W. S. 朗于1936年4月收集的。

其中有些犬鼠皮状况并不好，毛脱落，填充棉露在外面，皮肤被磨得裸露在外面，甚至连玉米粉都洒出来了，甚至还有虫眼。

这样一个大型博物馆，这么大规模的收藏，资金又不充足，无法满足手头需要，损坏是难免的。

收藏着哺乳动物、鸟类、昆虫和甲壳类动物的标本，这里是地球的图书馆，见证的是这个星球上的生命。随着时间的推移，它们变得越发珍贵。

#123904

日期：1936年4月

犹他草原犬鼠

犹他州潘圭其以北3英里处

海拔：6600 英尺

收集者：W. S. 朗

#123742

日期：1936 年 4 月 7 日

犹他草原犬鼠

犹他州加菲尔德县

鲁比客栈西北方向 3 英里处

收集者：W. S. 朗

我觉得这个标本很有意思：它或许是我们在布莱斯峡谷国家公园所研究的草原犬鼠的祖先。黑指甲下的粉色沙子和我几个月前所看到的粉色沙子一样。它嘴角边的毛上也沾有这种粉色沙子，我猜想这只草原犬鼠或许是脱水而死的，由于高温而口吐白沫。

#123743

日期：1936 年 4 月 7 日

犹他草原犬鼠

犹他州加菲尔德县

收集者：W. S. 朗

在这张研究用兽皮上，草原犬鼠黑色指甲的尖端呈白色。或许是只年龄比较大的草原犬鼠。我注意到头骨上有非常清晰的缝针痕迹，一直延伸到牙齿位置。

又一托盘草原犬鼠：这些研究用犬鼠皮属于另一种类：更大，更狭长，不像面包，更像是被展示的鼬。草原犬鼠的形态也不像在飞翔，而是双肘支着，保持警戒。

这一批，托盘里共有 7 只草原犬鼠。

#28737

日期：1904 年 8 月 25 日

犹他草原犬鼠

犹他州比佛县鹿皮谷

收集者：（无）

这个标本状态很糟糕，看上去像张布满波纹的飞毯，或者像只在马路上被轧死、没了内脏的动物。没有填充物，真的只是一张皮。

1904 年——一百岁——一百年前，这只犹他草原犬鼠活着，是某个犬鼠村的一分子，在山艾间乱窜，蹲坐着，巡视着草地，提防捕食者，站起来，绷紧身体，发出警报声。

#140629
日期：1936 年 7 月 23 日
白尾草原犬鼠
性别：雄性幼鼠
科罗拉多州白河市里奥勃兰克县
收集者：G. G. 古德温

白尾草原犬鼠。很难将这一品种和犹他草原犬鼠区分开。地点是关键。

还有另外两个白尾草原犬鼠标本，是在犹他州达盖特县的格林河岸边收集到的。

#140629 和 #140630

在这个托盘中还有两只甘尼森草原犬鼠。一只是在新墨西哥州收集到的，另一只是在亚利桑那州。它们分别属于甘尼森和祖尼恩这两个不同的亚种。

差别最大的是黑尾草原犬鼠研究用皮。它们要大得多，尾巴是黑色的。

这一批标本中的黑尾草原犬鼠，是从科罗拉多州、怀俄明州、蒙大拿州、南达科他州、堪萨斯州和内布拉斯加州迁移到大平原地区的。

从地理位置上来看，白尾草原犬鼠、甘尼森草原犬鼠和犹他草原犬鼠都是在西南部发现的，这一带由干旱的土地、山艾平原、草地和高原组成。

显然也有交叉和例外。我刚刚发现了一托盘黑尾草原犬鼠，属于一个现在已经不再被认可的亚种——亚利桑那黑尾草原犬鼠，是在新墨西哥州、亚利桑那州和得克萨斯州收集到的。

美国自然历史博物馆收藏的标本中没有墨西哥草原犬鼠。

有一个盒子我特别感兴趣：#200174 盒子。没有资料。我打开盒子，里面装满了骨头，散乱的骨头，是一只草原犬鼠的骨头碎片，地点和时间不详。或许你会觉得我有强迫症，不过我确实清点了每一块儿骨头，就仿佛我的这一举动对这只不为人知的、未被归位的、匿名的草原犬鼠能有所弥补。

头骨、脊柱、十五节脊椎，有些连成脊柱；肩胛骨、肋骨、髋骨、股骨、胫骨、腓骨、尺骨和桡骨，这些骨头如此之小，数量如此之多。比牙签小得多，更像实心的鸟骨。还有我无法识别的骨头碎片。这个盒子里共有 99 块儿骨头和 24 根黑爪。

我在桌上把骨头搭起来，试图还原这个动物，看看它坚定的站姿：我仿佛看到了一群野牛的鬼魂，听到了草原上的风铃。给这只草原犬鼠一颗心脏，鲜血通过静脉、动脉、肌肉、腱、组织、器官所构成的网，所有系统都在有目的地跳动；加上大脑，一个小小的大脑，让一股电流贯穿其神经系统——这只草原犬鼠就有呼吸了。给它一件毛皮外套，机警的眼神，嗅觉灵敏的鼻子，加上胡须、嗓音——那典型的嗓音，它就能发出叫声。

它手臂高举，站了起来，后腿直立着，十分活跃。“啾——啾——啾啾”——草原被唤醒，整个群落都忙活起来。

泛黄的卡片上写着：

美国自然历史博物馆，脊椎古生物学部
#174 号
…………草原犬鼠……………………………
…………头骨 + 骨骼…………………………
…………世……形成…………………床
地……………………………………期……

没有物种，没有性别，没有地点，没有日期。只有骨头。

骨架近乎完好无损。通过这种印象主义手法还原草原犬鼠，我们所能了解到的，是草原犬鼠的重心在髋部。臀胯部。它们坐着。它们坐得很有耐心。现在我明白了，它们天生擅长坐。

草原犬鼠有坐的习惯。这是写在骨子里的——这么说毫不夸张。头骨的背面看上去就像一个在冥想的女子，头微微低下，双腿交叉，背脊略微弯曲。你可以看到她胳膊的背面，想象她的手轻轻地放在膝盖上。从草原犬鼠头骨的形状可以发现关于生存的故事。

我慢慢地将这只草原犬鼠拆散，小心翼翼地把它放回纸板盒中。

我研究的这个物种身上有着某种东西，渴望着秩序，要求着秩序，对数据进行组织和登记编目就像在进行宗教活动，可这不是宗教，是科学。

或者，真是科学吗？

我们发现了一些东西，虽然我们并不了解，但我们相信它们有价值，于是我们把它们放进盒子里。我们把残留的东西放进盒子里。

残留的东西坚硬、结实，比如岩石和骨头。流动、柔软的东西，或者属于精神的东西会耗尽，散去，消失。最终，骨头会碎成粉末、尘土，被土地吸收。即使是岩石也会成为沙土。

我不想成为盒子里的残留物。我宁愿是流动、活跃而短暂的。生命的证据通过故事得以保留。找到这些故事。讲述这些故事。动物的秩序是组织叙事。自然历史创造了一片带有图案的土地，以及由各不相同的大脑所构成的马赛克。

我拿出美丽的骨头，一根胫骨和一根腓骨，放在一起构成了一张乐弓或是里拉①。如此精美的形状怎么能够承受自身的重力而不被压垮呢？美创造出一个坚固的结构。

斯蒂夫去世后不久，我曾步行到科罗拉多河边。岸上的一块漂流木[98]吸引了我的目光。漂流木被腐蚀得发白了，大概有我的指尖到肘部那么长。它的形状让我想起了峡谷壁上画着的象形文字，那些人形图案，小头、宽肩、身躯逐渐变细，最后成为一个点。

① 里拉：古希腊一种弦乐器，琴身呈一个“U”形。

我砍了三支红柳枝，它们细细长长的，大概 2 英尺高。我用口袋里找到的一小截儿线把这些红色的精神线条拴在漂流木上。

金花矮灌木吸引了我的目光，我摘下手指长短的一根，将它弯曲，放在漂流木顶部，像个光环。红柳枝从光环里呈扇形向外伸出，就像火所发出的光芒。

我做了一个娃娃。

最后，我将一枝灰蓝色的鼠尾草斜放在娃娃的身体上。鼠尾草的香气是一种仪式。我的娃娃完成了。这抽象的形体有话对我说。她说："给你的弟弟搭座骨之桥吧。"

我四下打量粉红色的沙滩，才下过雨，沙滩还是湿漉漉的。我开始即兴发挥。白色的枯枝可以当作想要的骨头。一根，两根——我小心而专注地捡着枯枝。有些很直，有些多节而扭曲，还有一些则更像是树皮而不是树枝。

3，4，5，6，7——我大声数着，寻找、收集我弟弟的"骨头"，其实就是漂白了的树枝，看起来像肋骨，我把它们平放在沙滩上，一根挨着一根，垂直摆放，紧挨着。

8，9，10，11，12，13，14，15——由于河流的慷慨，树枝捡得很快，全不费工夫，是汛期遗留下来的礼物。被水折断、裹挟走的东西，我把它们找回来了。我弯下腰，捡起一根树枝，接着又一根，继续搭着骨之桥。

16，17，18，19——我把每一根树枝（骨头）看作一天，我弟弟去世之后的日子——20，21，22，23，24，25，26，

27，28，29，30，31——正好一个月，把这根树枝（骨头）称作 2 月 21 日。

一位信佛的朋友告诉我，斯蒂夫的灵魂正处于过渡期，还会在这里，在附近待上 49 天——32，33，34，35。我在数着日子，36，把它们看作骸骨，我弟弟的骸骨。我曾经这样写道："如果我可以学会热爱死亡，我就可以开始在变化中寻求庇护——37，38，39。"或许，现在正是时候——40，41，42，43，44。我们曾经来过这里，45，46，47。斯蒂夫·迪克森·坦佩斯特活了 47 岁，是个英俊的男人，去世前 5 个月时，他站在瓦萨奇山脉的一座山顶上，微笑着，面不改色地说："我们都终有一死。"

他想要活下去。他终年 47 岁。48，49。我是他姐姐，49 岁。

49 天。

我在搭一座骨之桥，横跨光之河，金色的光。到达了河的彼岸的你，会向此岸的我大声唱出你要说的话吗？我的弟弟，我可爱、睿智的弟弟，一个一直在建设、将管道焊成艺术的男人。你曾为我写下了这些话：

身体为何物，一间房而已。
灵魂为何物，一道光而已。
天堂和人间为何物，同样的光芒而已。

20 世纪 90 年代中期，找到与私有土地拥有者进行合作的方式对于联邦机构和环保组织来说势在必行，于是《安全港协议》面世。大部分濒危物种都生活在私人土地上。就草原犬鼠而言，比例是 75%。1997 年 7 月 21 日，15 位著名科学家联名写信给美国鱼类及野生动物管理局，支持《安全港协议》。1999 年，该机构将这一协议作为政策加以实施。它成了一种途径，有望在私有土地上谋求动物和人类之间的和平。

艾伦 · 亨利是犹他州加菲尔德县的一位牧场主，他拥有 900 英亩的牧牛场，离布莱斯峡谷国家公园不远。不久前，有人登门造访。来者是特德 · 图姆斯，美国环保协会的生态学家。他们和另外一位邻居一起坐下来，讨论亨利的土地问题，以及参与犹他草原犬鼠《安全港协议》意味着什么。

“我们得寻求一种可以将监管和经济奖励相结合的方式，”图姆斯说，“以鼓励土地拥有者成为有责任心的管理者和环保主义者。”

1998 年，美国环保协会开始设法让土地拥有者参与犹他草原犬鼠的恢复工作中。“我们认识到，许多牧场主缺少资金对土地进行治理。我们一直在帮助他们寻求资金资助以修复土地。”特德 · 图姆斯说道。如果亨利跟美国鱼类及野生动物管理局签署《安全港协议》，就意味着他将对土地进行治理，这对他的牛和草原犬鼠都有好处，而且在治理过程中，他不会受到联邦政府关于草原犬鼠法规的惩罚。“如果土地拥有者同意为该物种修复、改进或创造栖息地，美国鱼类及野生动物管理局会在现有基础上立即停止就《美国濒危物种保护法》向土地拥有者问责。”图姆斯解释道。

在美国环保协会的帮助下，亨利可以从由美国鱼类及野生动物管理局经管的一项私人管理者基金项目中获得部分资助，用于种植本地草类，并执行“新的放牧计划”，从而对土地进行治理。尤其值得注意的是，亨利同意在他五分之一的土地上重新引进犹他草原犬鼠。“这做起来并不容易，不过现在的动物重新安置方法也在不断改进。”图姆斯说。那么，如果将来亨利牧场上的草原犬鼠比牛多，该怎么办？亨利谈妥了一份《直接捕捉条款》，规定如果将来草原犬鼠的分布超出他的牧场，他可以要求实施非杀伤性捕猎。

“这是双赢局面，”特德·图姆斯指出，“牧场主、土地、牛，尤其是草原犬鼠。”

听特德·图姆斯谈论“恢复文化”，我们可以相信创造性伙伴关系的力量，土地拥有者、州和联邦机构以及环保主义者正在通力合作，为犹他草原犬鼠的健康和修复而努力。

不过，也有人提出异议，认为《安全港协议》会破坏《美国濒危物种保护法》的完整性，尤其是第九部分。《美国濒危物种保护法》第九部分禁止捕猎（包括杀死、危害或者侵扰名单上所列物种），但是《安全港协议》让参加这一项目的私有土地拥有者享有联邦法规豁免权。

2005年4月18日，艾伦·亨利向美国鱼类及野生动物管理局申请了“提高犹他草原犬鼠生存率许可证”：“按照1973年《美国濒危物种保护法》修正案第10(a)I(A)部分规定。本许可证申请包括申请人、犹他州野生动物资源部、美国鱼类及野生动物管理局之间所签署的《安全港协议》。经协商，在今后15年间，艾伦·亨利先生的土地将成为犹他草原犬鼠安全港。该《安全港协议》签署、许可证发放后，立即生效，有效期40年。我们已确认，申请书和《安全港协议》所规定的活动将改善草原犬鼠栖息地状况，有望在草原上创建草原犬鼠群落……”

艾伦·亨利签署了《安全港协议》。

截至2007年1月，犹他州又有6位牧场主效法亨利，签署了协议。

2008年2月2日

草原犬鼠日[99]：东为西用的传统，关注的不是天气，而是气候变化。或许我们可以期待光明而非阴影。希望这预示着修复，而不是消亡。

《1991年草原犬鼠恢复计划》属于上个世纪。今年秋天美国鱼类及野生动物管理局将会发布新的《草原犬鼠恢复计划》。但愿这个计划大胆而有远见。但愿草原犬鼠能拥有发言权。

但愿。

要是草原犬鼠可以向我们诉说，或许它们会要求将它们的级别从受威胁物种提高到濒危物种，以便能为它们提供更多的同情和保护。它们会诉说它们的抗争，要求将来在签署油气开发、过度放牧、房地产开发时考虑一下它们家族的未来。它们会告诉我们，在它们被搬迁到陌生的土地之后，它们不再诉说，失去了声音，它们无法生存。它们会要求我们承认它们是来自更新世的使者，可以教会我们如何适应变化。我们能改变主意吗？草原犬鼠。祈祷鼠。它们在发出警报声，它们看到了我们的动物性，看到了我们正在走向灭绝的悬崖而不自知。

FINDING BEAUTY IN A BROKEN WORLD

发 现 破 碎

卢旺达 & 见闻

世　界　之　美

就这样，我进入了破碎的世界。

——哈特·克兰

一名女子站在向下的楼梯口。她挽住我的手臂，她的眼睛——她那布满血丝的眼睛——能洞悉我的内心。我们亲吻对方的双侧脸颊，1、2、3——卢旺达式。她的眼睛。她指引我来到地下室，铺着白色正方形瓷砖的地面上立着一个金字塔形的玻璃橱。骨头：头骨、股骨、肋骨、椎骨，被排成横排、纵列或是堆成堆。

你可以透过这个金字塔形橱的玻璃底看到下面一层，里面只停了一具棺材。有人告诉我们，棺材里是一个搂着孩子的母亲的遗体。“我见过这个女人，”有个男人插话道，“我认识她。有好几年时间，她在大庭广众之下衣不蔽体，遭人围观。”我们听着这个女人的遭遇，他人对她的所作所为。她多次遭到强暴，被枪刺穿。我不想听这些，可既然听到了，我无法将这一形象从我的思绪中剔除出去。如何能从脑海中删除这一暴行？一旦见证了残忍，不管是眼见还是耳闻，我们都难辞其咎。

更多的骸骨。现在我把它们想象成草原犬鼠的骨头，已被整理、清洗、分类。也只有这样，我才能待在地下室，没有因不堪承受这里所聚积的沉重而崩溃。

卢旺达。我并不想来这里。我不想待在一个对死亡司空见惯的地方。我在自己的家中已经饱尝了太多的死亡。我也很害怕。关于卢旺达，我唯一知道的是种族灭绝以及这个词的沉重。1994 年，那一年我们美国人背弃了这个国家。不，我不想去卢旺达。我说好的。我答应了叶蕾蕾（Lily Yeh），她是位美籍华裔艺术家，深谙马赛克取材于破碎的材料，创造完整之物。她曾协助将费城最贫穷的社区创建成了艺术与人文村[100]（Village of Arts and Humanities）。她站在空地中央，空地上到处都是碎玻璃，她捡起一根棍子，在自己的周围画了个圈。一个接一个地，人们好奇地跑过来，想看看这个瘦小的中国女子何许人也，在做什么。她请他们捡起玻璃碎片，开始一起创造艺术。马赛克。在一座破败建筑的残壁上，他们创造了一棵生命之树。为了在这个充满暴力和伤害的地方重拾美，她创作了许多马赛克作品，这是其中的第一幅。

“赤脚艺术家”[101]。在开始描述卢旺达项目时，她用了这个词。一位红十字会成员请她帮着在卢戈利罗设计一个种族灭绝纪念中心，卢戈利罗在刚果（金）交界处，离吉赛尼市很近。“能加入我们的团队吗？我需要你做我们的书记员。”我说“不行”，随后我说“好的”。在内心深处，我知道它可以让我的灵魂得到进化。我们一共 4 个人：叶蕾蕾；艾伦·雅各布森，环境设计师；梅根·莫里斯，研究生，重点关注战争对青少年的影响；还有我。

鲁吉兰德·穆萨纳·让·博斯科是我们的赞助者，来自红十字会，是他邀请蕾蕾跟他一起完成这个项目的。陪同他的是内布沃赫·达马斯，一个令人印象深刻的年轻人，笑容灿烂，性格开朗。我们的车行驶在卢旺达首都基加利城外的红土路上，我们前去参观两座教堂，这两座教堂现已成为 1994 年种族灭绝纪念馆。我们左右两边是大片的湿地。“这是当年很多图西人的藏身之地，”让·博斯科告诉我们，“也就是在这里，许多图西人遭到被称为胡图族联攻派民兵的胡图武装叛乱分子的追捕和屠杀。”我们过了一座桥。“这条河里曾一度填满了尸体。”让·博斯科说。

尼亚马塔。我在教堂里抬头看着天花板。手榴弹留下的洞看上去就像星星。光倾泻而下，照在长凳上。空无一人的长凳。满是骸骨的房间。一袋袋骸骨，鼓鼓的，扎着口。一包包头骨。一堆堆褪色的衣服。原本洁白的祭坛布，现在因染了血而变成褐色。有 10000 人在此被杀害。

一位 21 岁的年轻姑娘贝丽丝，是此地——尼亚马塔——的见证者，她讲述着所发生的事情。她向我们展示当时门被踹开之处。她出示了一张身份证。胡图人。图西人。“归根到底这就是原因。”她说道。她回忆起那些惨遭杀害的人们，尸体被摞在长凳上。她讲起圣母玛利亚的雕像如何幸免于难，她指了指架子上的一尊完好无损的圣母雕像。

贝丽丝美得超凡脱俗，似乎远离了当下的现实世界。她生活在过去，9 岁时的她，蹲在草丛里，倾听着，等待着。她的父母亲叫她躲在田里。她还记得那些叫喊、静寂，寻找、搜寻父母，然后是数年的流浪。她回来了。现在教堂成了她的家，她父母的家。他们的骸骨在教堂里。棺材上盖着紫色的布。干枯了的鲜花遮住了木头盒子。

虽然身在此地，贝丽丝却像个幽灵[102]，她被拽进了亡灵的世界，这些骸骨紧紧地攫着她，让她无法脱身。亡灵的抓攫如此有诱惑力，让人很难摆脱它那紧握不放、瘦骨嶙峋的手，因为在亡灵的国度里，所有的一切都充满了意义。

达马斯站在教堂内的壁龛前。砖墙上沾着血迹。他悲痛欲绝地讲述着那些杀人犯如何从母亲的怀中夺过婴儿，向墙上砸去。“在那个时刻，”达马斯跟我说，“恶魔来到教堂，杀害了所有的图西人。”

鸟儿在教堂里飞来飞去，是燕子，我的目光跟随着它们的身影，只见它们在血迹斑斑的玻璃窗前斜斜地掠过——红色的血滴，被玻璃覆盖，就在蓝、黄色解脱之窗的下面。

带我们下楼参观的女人名叫穆卡姆索尼 · 瑟拉芬。她丈夫和他们的一个孩子遇害，其余 5 个孩子得以幸存。“请叫我穆卡。”她说。

教堂外面，阳光很刺眼。我又可以畅快地呼吸了。我们经过一座墓，托尼亚 · 洛卡特尔是个意大利修女，她在种族灭绝发生之前惨遭胡图极端分子杀害。另一座墓上刻着："P. 曼诺罗 · 达格瑞，14. 9. 90，愿他安息。"他生前是位牧师。我们得知，教皇于 1990 年 9 月来过卢旺达。在 1994 年战争期间，只有为数不多的几个人在国际上发声，请求干预，他是其中之一。我回过头，看着这座由红色砂岩砖砌成的教堂。燕子在白色十字架四周盘旋。

白色锻铁篱笆上到处都系着紫色丝带，就像是自行车轮辐里编着的绉纱。紫色的花瓣落在红色土地上。让 · 博斯科看我捡起花瓣，夹进日记本里。"银桦[①]。"他说。"嗯？我没听清？"我回应道。他也捡起一些花瓣，随后指指树："是开这种花的树的名字。"他是个训练有素的生物学家。

我们下到一个看起来像是地窖的地方。光线不足，我们勉强能看清里面停满了用紫色帷布盖住的棺材。有些棺材是打开的。"里面不只有一个人——有许多人，"贝丽丝说道，"每具棺材里都装着许多人。"她停顿了一下，"整个家族。"

这是我们自己制造的地狱——杀人者以及我们之中的冷眼旁观者。没有军事专家和高级飞行员进行电脑模拟或数据化的精准打击，这些杀人者的眼睛就看着被害者的眼睛。用手。100 天之内，100 万图西人被谋害。杀死他们的是邻居，手里拿的是农具：弯刀和锄头。成百上千的头骨，一排排架子上放满了头

① 原文是 graveria，风车草属多肉植物。但从上下文看，可能是作者当时听错了，应该是 grevillea（银桦）。

骨——30000 具遗体——就在此地，在尼亚马塔。这就是我们的所闻。我们走在万人坑里，我们是参观种族灭绝的游客，在地下。我胃里一阵恶心。我只能看到黑暗中贝丽丝的眼白。

我无法在这狭窄、潮湿的骸骨走廊里继续走下去，一排排架子上、一个个盒子里都是骸骨。达马斯把我叫了回去："诶，你看，皮肤还没有从骸骨上脱落。"从我眼睛的余光里，我看到肌肤已经剥落的手，一只脱离了身体的手。下面，一只很大的琥珀色蟑螂从水泥地上蹿过。Inyenzi，蟑螂。胡图人对图西人的称呼。

我从地窖里出来，白色瓷砖天花板上有两扇窗户，是打开的，被把手撑着，就像一对透明的翅膀。穆卡在外面，一只手臂环在腰间，另一只手在擦拭额头的汗。一个人会沉浸在悲伤之中吗？在花园里，我坐在她身边，拍了一张照片，照片上红色的沙土映衬着白色的花朵。

达马斯在我们旁边坐下。蕾蕾、艾伦和梅根还在地窖里。

"无法想象——"我对达马斯说道。

"无法接受，"他回答道，"当我看着这些头骨时，我看到了我自己。"

直到现在，我才意识到他也是位幸存者。

"你看那门上紫色的横幅，"他说，"我来给你翻译：'如果你向我施暴，你也在向你自己施暴，因为我们同属人类。'"

在离开之前，我给贝丽丝看我从我的家乡犹他州城堡谷带来的一小玻璃瓶红沙。她笑了，从尼亚马塔的地上抓起一把沙子。

我们一同跪在花园里，在一块露在外面的砖块儿上将这两种沙子混在一起。它们彼此无法区分。我从包里又拿出一个玻璃瓶。我们将混合的沙子装进这两个容器，每人一瓶。

我们离开了，我向贝丽丝挥手道别。她向我们的车子跑过来。我们停下。我下了车，再次和她拥抱。直到我们上了路，让·博斯科才跟我说，我挥手时手指很快收向掌心，对卢旺达人来说意思是“过来”。

我们在尘土飞扬的红土路上继续行驶。路的两边都有行人，来来往往。梅根、艾伦和我回到车厢两侧的长椅上，透过车窗观察这个世界。接二连三的人，行人川流不息：女人们头上顶着各种各样的东西，有水果、木头、木炭等，婴儿们则被裹布牢牢地绑在母亲腰上；孤儿们在路边奔跑，嘴里喊着“Muzungu! Muzungu ! ”意思是“白人”。空气中有一股夹杂着灰尘的烟味儿。

没有人说话。

20 分钟后，我们到达恩塔拉玛，另一个见证者鲁塔甘达·帕西菲克接待了我们。他和贝丽丝戴着同样的徽章，上面写着“上帝爱你”。

“这个男人当时就在教堂里，”让·博斯科和他握手，用卢旺达语打过招呼后说道，“他会向我们描述他是如何活下来的。”

帕西菲克说话轻柔，伴着手势。达马斯翻译的时候，我仔细观察着他。他的眼神很缥缈，仿佛是亡灵的声音通过他在说话：

“1994 年 4 月 10 日，在总统专机被击落的 3 天之后，我们来到了这里——图西难民到教堂寻求庇护。我们躲进了教堂里。教堂外面，胡图民兵在放火烧我们的房子，吃我们的牛羊，破坏村镇里的一切。图西人问当权者：‘我们现在能做什么？’当权者回答：‘待在原地。你们完蛋了。你们都得死。你们无能为力。’”

“要知道，在1959年，”帕西菲克解释说，“曾经有过一次半种族灭绝，父辈和老人们都记得。有一位长者说：‘我们去教堂吧。我们也会和上次一样平安无事的。’图西人信了他的话，来到了教堂。”

“政府军来到教堂，问：‘你们为什么在这里？’我们回答说因为村子里很危险。士兵们叫我们带上所有的孩子、老人，所有的人到教堂来。一周之后，当所有人都在教堂里时，胡图极端分子开始屠杀我们：总共5000人。”

“他们用手榴弹炸毁教堂，然后进来查看。如果有人还活着，他们就用弯刀将其砍死。”他指了指身后那些架子上的头骨——很多都被一劈为二。帕西菲克转过身去朝让·博斯科说了些什么。让·博斯科听着，随后说道：“他的家人——共12人——惨遭杀害。只有他和他的妻子活了下来。”帕西菲克指了指头骨，又指了指自己的脑袋：“我当时躺在长凳之间，被埋在几具尸体下面。民兵以为我死了，我只是被弯刀的刀尖砍了一下。喏，这儿，我的刀疤。”（他脑袋的侧面有一条从上往下4英寸长的刀疤）他转过身，把一根斜靠在墙上、顶端装着铁刺的棍子拿在手里。接着，他把架子上的一个头骨指给我们看，上面嵌着一根铁刺。

他告诉我们，在士兵和民兵们离开之后，他设法从尸体堆里爬了出来，他发现他的妻子还活着。她的腿伤得很严重。他抱着她一口气冲到河边的田野里，很多幸存者都躲在那里。

“当时由保罗·卡加梅(Paul Kagame,现任卢旺达总统)领导、还在作战的抵抗部队卢旺达爱国阵线（RPF），最后总算来了，在田里找到了我们。”帕西菲克双手合十祈祷，“他们跟我们说：‘请不要再担心。你们在这场恐怖事件中幸存下来了。现在没事儿了，我们控制了局面。’”

“我们决定将其中很多遗体留在教堂里，提醒人们所发生过的事。绝不再发生。绝不再发生。”

有些头骨被劈成两半。弯刀。有些被敲碎。棍子。有些上面有洞。枪。有些扎着铁刺。有些头骨上还有头发。有些还戴着头巾。一共47个架子，上面放满了头骨，有的还垒了两层。除了这些，教堂里还有成堆的股骨、尺骨和肩胛骨。

还是一样被炸得星星点点的天花板。一张教皇的照片，已经破碎了。圣坛上到处都是干了的血迹。十字架倒了。一个头骨靠在十字架上。有一扇窗户，蓝绿色的玻璃被打碎了，是唯一的光源。

帕西菲克站在外面，吸着烟。他瘦瘦高高的，脸很长。八字胡。络腮胡子。头发剃得很短。双眼充血。脚上穿着红色拖鞋。他穿着绿色长裤，桃色衬衫。他正跟让·博斯科和达马斯聊着天，另一个男人也加入其中。

教堂的后面有座附属建筑。更多的房间，里面保存着许多装着骸骨的长塑料袋和装着头骨的袋子。泥土的地面上是成千上万块骸骨碎片。在另一间屋子里，是一堆堆褪色的衣服、鞋和洗脸盆。废弃物残片中还有一本小学解剖课本。还有笔记本，上面的字迹端正、隽秀。人们带着他们的财物，那些他们觉得用得着、重要的东西：书、照片——幸存下来的就只有这些——倚着骸骨堆放的、曾经被拥有的东西。

是什么拥有着我们？

在这里尘埃还未落定。有一种特有的气味儿，是打开的酊剂所散发出来的、永远不会消退的淡淡的气味儿。我所闻到的不是那种被疾病慢慢消耗而死的人在去世前后散发出的甜腻腻的气味儿，而是一种非常刺鼻的恶臭，就像血的味道，是禁忌所特有的金属味儿。

教堂旁有一间屋子。刽子手们拿了一床褥垫，点着后，塞进屋子里，把门钉死。屋子里无人生还。门现在开着。烧焦的残留物。我低头看着我的脚边。一根孩子的肋骨。一只婴儿的鞋。

有婴儿在隔壁哭。鸡四处乱跑。我感到一阵眩晕，辨不清方向。高温让我们每个人都很难受。蕾蕾一手扶着墙。她恶心得弯下了腰。

桉树在左右摇摆。一只白色的蝴蝶在风中摇曳。鸟鸣声。我脚下是红色的泥土。到处都是砂岩。破碎的砂岩。

我们静静地离开。帕西菲克向我们点头示意。

在我们行驶的路上有成百，甚至上千的行人。女人们的头上顶着所有你能想象得到的东西：一捆捆长长的甘蔗、香蕉、黄色水罐乃至汽车发动机。当母亲们迎面走来时，我们可以看见绑在她们腰上的婴儿们裸露的脚底板。男人们四处走动，互相交谈。

艾伦问我以前是否来过非洲。我跟他说来过：1985 年我曾去肯尼亚首都内罗毕参加“联合国妇女十年”大会。他又问我那次经历有何收获。“一条 60 英尺长的绦虫。”我回答。蕾蕾和梅根一下子激动起来。我给他们讲述了当时的情形。

1987 年，我身体日渐虚弱，到最后只能卧床休息。所有的医生们都无法确认让我日益衰弱的原因。有一天，我在犹他州自然博物馆上班时，突然一阵剧烈的腹疼。我跑到洗手间，腹泻，看到了那玩意儿。

“看到了什么？”梅根问道。“绦虫。我试着拽住它，但它一下子缩了回去。”他们发出一声惊呼。

我给医生打电话，告诉他我所看到的绦虫。他让我镇定一下，说这不太可能。我跟他说我已经在去他办公室的路上，想做个粪便化验。

两周之后（其间因为身体日益虚弱，我在沙漠里摔了一跤，很严重），我接到了医生的电话，当时的我正躺在沙发上，额头上缝了一百多针。

“特丽，你说得没错。你的体内有一条鱼绦虫。我当时不相信你的话。我们对此感到很激动。我们从来没在犹他州见过这个。只有特定地区才会有鱼绦虫。”

我没有说话。

“你最近没有去过非洲，是吧？”

“两年前——”我说，“肯尼亚。”

“等等，我得计算一下。”我的医生说道。我在电话线的另一端等待着。

“嗯，这样的话你体内的绦虫……哦，天哪，特丽，它大概得有60英尺长。”

我记得在去纳库鲁湖观看粉红色火烈鸟群的途中，吃了些当地的鱼，很可能就是那鱼身上有绦虫虫囊。经过了几轮大剂量的药物治疗，这条顽固的绦虫总算被一截截儿地排了出来。我去大提顿山脉背面野营时，把它埋在了杰迪戴亚·史密斯荒野的某个地方。

基加利的土壤是红色的，被侵蚀过的土壤的红色。每一片可耕土地都已被利用，构成了一块块黄绿相间的梯田。梯田遍布的山岭环绕着这个城市，一个到处都在搞建设的城市，一个用崭新的涂料和现代建筑掩盖其历史的城市。我们住的旅馆被改建过，用新的外饰面覆盖了原先的墙面，屋基处还露出斑斑血迹。难怪觉得到处都能看到幽灵。

很难不把每一个男人都看作刽子手，把每一个妇女和孩子都看作幸存者，很难不把每一个街道、每一面墙、每一座旅馆都看作大屠杀的发生地。这样做有失公允，但我是个被战争的画面惊得目瞪口呆的外国人。我看到天空中总是盘旋着秃鹰和鸢。

在基加利种族灭绝纪念中心的庭院中，有一个玫瑰迷宫。沉浸于战争的伤痛之后，你来到了这里。

这里，坟墓和花园合二为一。

有人陪同我们4人来到红十字会秘书长的办公室。塔西斯·卡布韦斯奇博士已经在卢旺达红十字会工作了8年。在那以前，他曾担任福利部部长。“我在种族灭绝之后来到这里，参与了重建工作。我们还在重建之中。”

卡布韦斯奇博士穿着仔细熨烫过的黄色衬衫，配了条黑色长裤。他办公室的墙壁是赭褐色的。深色的芦苇秆屋顶，油漆过的水泥地，透明的帷帘遮住窗户。他大致介绍了红十字会的基本原则，告诉我们红十字会在卢旺达还是有意义的。“有大约一百万孤儿被我们的社区所接纳，”他说，“许多家庭的一家之主是孩子，小的只有12岁。很多孩子跑掉了，现在有更多的孩子出生，而这些孩子中很多都感染了人类免疫缺陷病毒（HIV）。这是暴力和疏忽的恶性循环。我们正在努力让卢旺达的孩子们重新建立和他们的家庭以及村庄之间的联系，反之亦然。我们和其他国家的政府建立了合作：挪威、丹麦和英国。”

他停顿了一下，“但是美国红十字会几乎没有给我们提供任何帮助。”

我向他询问美国未曾提供帮助之事。秘书长的目光开始透出怒火：“节制不是答案。对于美国来说我们始终是隐形的。”

严格的安检。我们留下护照，在布什和切尼的照片下等候。我们是要去美国国际开发署（USAID）办公室。接待我们的是赖恩·沃什伯恩。他是个美国人，年轻，黑色卷发，淡褐色的眼睛。他从西非的加纳来到卢旺达，在加纳他曾参与农业问题和农村事务、咖啡出口生产以及小额信贷工作。他来基加利已经一个月了。蒂姆 · 穆齐拉是赖恩的同事，卢旺达人，已经在 USAID 工作多年。

我们围着桌子坐下，蕾蕾开始正式地描述我们在种族灭绝幸存者村卢戈利罗所进行的项目。她讲述了她在费城所做的事情。“我们把废弃的土地、遍布垃圾的土地，改造成美丽的花园和公园。瘾君子们不仅成了艺术家，而且成为领导者。我们用马赛克、碎玻璃和陶土创作了一条‘天使巷’。孩子们在那里找到了安全。我们针对家庭暴力、毒品和艾滋病等问题开设了学校课程和社区剧场。我们甚至建了我们自己的窑，以便为正在进行中的马赛克壁画和纪念碑烧制瓦片。这里已经成为众所周知的艺术人文村。”她看着这些男士们，“我们相信在这儿我们也可以做同样的事。村子里的妇女们很感兴趣。我们想在种族灭绝幸存者村卢戈利罗创建这样的艺术项目。我们知道村民们需要食物，水也成问题，妇女们需要培养商业感觉，所以让·博斯科和我已经开始考虑在小范围内养鸡、种蘑菇，进行更多的激励性耕作。”蕾蕾转向让·博斯科。“我们需要你们的指导。”他说。

“听起来很有意思，”赖恩回答道，“不过我们需要维持一个体系。我们必须按照进度完成工作，然后才进行下一个阶段的修建。”

“你们在修建什么？”蕾蕾问。两位男士没有说话。“这是我们想要修建的东西。”蕾蕾在桌子上方探过身子，向他们展示她画的种族灭绝纪念中心设计图，这是吉赛尼市市长2004年批准的彩色草图。按照她的描述，起伏不平的白色墙壁看上去就像波浪，纪念中心的庭院中需要神圣的空间，这一点很重要。蕾蕾说到利用当地的劳动力、当地的技能以及当地的材料，比如在卢戈利罗能找到的火山石。

“我们在的这段时间里，”蕾蕾说道，“会筑一面墙，定下形式。这样我们不在的时候项目也可以继续进行。我们想创建一个可持续的项目。”蕾蕾继续充满激情地说，“艺术项目是在打基础。我们一开始会采用来自社区的真实意象，允许他们用空间表达和创造他们自己的身份认同。艺术本身以及我们引导孩子们和社区居民去经历的过程将会产生能量和动力。这是引发更深层变化的火花。”

桌子的对面没有回应。

“我们想请教你们的问题是：如何能够让我们的项目成为当地经济的一部分，成为一个能提供经济支持的活动？这不是我们的专业领域。我们在寻找合作伙伴。”蕾蕾停顿了一下，“我们是艺术家、文化工作者，我们期望、相信想象力这个途径。我们正在不断改进我们的设想。讲故事是另一个从根本上解决社群问题的方式。比如，我们可以想象让孩子们创作些故事棒，把他们的生活经历画在木杆上，然后把这些故事棒放在村子里。”蕾蕾解释说，“我们在室内空间工作，而室内空间会逐步扩散到外部空间。”

让·博斯科和蒂姆·穆齐拉用卢旺达语交谈。“卢戈利罗村的人们一无所有。我们想齐心协力做点什么。我想让幸存者重新获得一种可能性。我们希望从这里开始。我们需要寻找一种方式，让纪念碑能够顺应幸存者村的需求。”

赖恩询问我们的资金情况。

“我们是自筹资金。”蕾蕾说道，“我们都是自己出钱来到这里。我们来向你们寻求协助和合作。我们真心希望你们能同意。”

赖恩解释道，卢旺达 USAID 的总预算是 250 万美元。“美国大使馆的确有一个小型资助项目——10 万至 20 万美元。”他叹了口气，“听着，我们很高兴接待了你们，了解到你们的工作地点——真的很好。每年 4 月，在种族灭绝纪念日，美国大使馆会出些钱。”赖恩探过身来，双臂抱胸，“实情调查很重要——了解当地民众需要什么。USAID 是服务于美国政府的资助机构。我们是个行事缓慢的官僚机构。我们不和资金量小的小型团队合作，但我们可以帮你们联系其他人。我们会说：‘请帮助这些善良的人们和他们这个小小的项目。’”

“这么说，我们规模太小，不值得你们帮助？”蕾蕾问道。

赖恩问我们是否满足 501-C3 ①。

“是的。”蕾蕾回答。

“卢旺达 USAID 农业和农村企业项目的预算刚被减半。回去跟你们的议员谈谈。”赖恩说，“卢旺达从议会获得的资助几乎为零。给苏丹的资助增加了——给卢旺达的资助减少了。给伊拉克的资助增加了——卢旺达已经不再受到任何人的关注。”

赖恩看着蕾蕾：“听我说，你们的项目覆盖面很广——纪念碑、养鸡、种植蘑菇、水、用孩子们的艺术装点房子。你们需要就你们所要做的事情写份详细的计划书。我建议你们寻找其他资助途径。”

我们走出 USAID，蕾蕾转过身来跟我说：“我们已经履行了我们的义务。我们已经知会美国政府我们在做的事。现在我们就只管开始实施。没有他们，我们只会更有力量。”

在去吉赛尼的路上，我们在一个中国墓园稍做停留。石刻的墓上凿着字。蕾蕾凭直觉认为我们的车行驶的公路是中国人修的。我问她是如何知道的。她说这只是一种感觉。“我说不清楚。当我踏上中国人修的路时，我一下就能知道。”

---

① 501-C3：是美国税法的一个条款。该条款给宗教、慈善、教育等组织以免税待遇。

我们在黄昏时分到达吉赛尼。烟。阴影。汽车大灯照耀下的身影。在地平线处，基伍湖像一面长长的镜子，闪闪发光，在卢旺达的西北部和刚果（金）之间制造了一道流动的边境。这里被称为大湖地区。这让我回想起我小时候曾有过的一枚戒指，它让我捕捉到这样的景象：戒指上的一个塑料球里，闪闪放光的蝴蝶翅膀构成了傍晚的天空，湛蓝湛蓝的，衬出棕榈树的剪影。我们的四周环绕着雄伟的山峰，就像皇冠一样，那是维龙加山脉，山顶覆盖着白雪，呈锯齿状，是火山熔岩所形成的山脊，构成了刚果河流域和尼罗河流域之间的分水岭。就在这时，突然地，在我们毫无防备的情况下——从刚果（金）那边发出奇怪的红光。一座活火山。

让·博斯科以女性称呼那座火山，尼拉贡戈火山[103]。他告诉我们，3 年前她喷发时，天空被照得如白昼一般，晚上吉赛尼都不需要开灯。火山熔岩流淌数英里，房屋被烧毁。

我们在房子的门廊上休息，我们将要在这里住一个月。这里有点类似提供住宿加早餐的旅馆，主人名叫查库拉大妈，是一位举止高贵的女子，我猜她大概 40 来岁。她在吉赛尼有好几处生意。在烛光下，蕾蕾说："我们今天在尼亚马塔和恩塔拉玛所目睹的暴行，对我们来说并非只是身外之事，它同样侵蚀了我们的内心，随时都有可能会爆发。"

她说这话时，我看到震颤的火山在发出红光。

我们在查库拉大妈家的餐桌边坐下。我们都饥肠辘辘，总算能用餐了，真是太好了。管家梅达德端上一个大盘子，递给蕾蕾。

“是鱼。”管家说。

蕾蕾、艾伦和梅根都看着我。我咧嘴笑了。

查库拉大妈的房子坐落在吉赛尼一个居住区的角落上。这是一座红砖平房，围着一圈红砖围墙。围墙顶上装有一圈带刺的白色箭状物，用来吓跑擅自闯入者。从泥路上，穿过一扇漆成白色的金属门，来到漂亮的、长满柠檬树和杜鹃花的门廊和花园。前门进去是一个宽敞的起居室，地上铺着油布。白墙边有两张沙发，旁边还有两把椅子，成了一个舒适的休息区。房间的另一边是一张带有餐具柜的长餐桌。对着花园的窗户上装了防盗栏。我们每人都有独立的卧室。我用靠墙的小桌子做了个祭坛。我的床上方松松地挽着一顶绿色蚊帐。我们被告知晚上要把蚊帐放下来罩住自己。房间里有个小衣橱，顶上有个灯泡。我的窗户对着外面的厨房，也装着黑色的铁杆。厨房里有几个水槽和两个炉灶。梅根和我合用洗手间。蕾蕾有独立的洗手间。艾伦的房间在房子的另外一边，靠着起居室。屋子里充满了街上的嘈杂声、自行车铃声、公鸡的打鸣声、孩子们的叫喊声以及鸟的叫声。有一队囚犯从屋子边走过，每天两次，监狱就在几个街区之外。到了晚上，你可以听到囚犯们唱歌的声音。

我来到卢旺达，是想克服我的恐惧，亲自探究一个心里承载着种族灭绝历史的民族如何不仅开始治愈，而且能以宽恕和接受的名义继续前行。这种残忍和共谋的集体罪行存在于我们每一个人的心中。我来到这里，来到卢旺达，戴着我自己悲痛的枷锁，四处游荡，厌倦了关于爱与失那永不间断的叙事。现在是 2005 年 8 月。斯蒂夫去世已经 7 个月了。我在思考，和几百万人的大屠杀相比，一个人的死亡有多少分量和意义。

“种族灭绝”[104] 这个词首次出现在出版物中，是在犹太作家拉斐尔 · 雷姆金 1944 年出版的著作《轴心国占领欧洲后的统治》（*Axis Rule in Occupied Europe*）中。他将希腊语词根“genos”（家庭、部落或种族；基因）和拉丁语词根“cide”（屠杀或杀死）合并。1933 年，他在马德里召开的国际刑法联盟大会上向法律委员会提出“种族灭绝”这一概念。从一战期间对亚美尼亚人有计划的屠杀到 1933 年伊拉克境内对亚述人的屠杀，雷姆金所提出的这个概念清晰、深刻地反映了这些“野蛮主义行为”。但是直到纳粹对犹太人的大屠杀之后，这一概念才产生真正的影响。雷姆金最终于 1948 年 12 月 9 日召开的“预防和惩罚种族灭绝罪行会议”上成功说服联合国大会对“种族灭绝”采用国际通用的定义。[105]

第二天，1948 年 12 月 10 日，联合国大会通过了《世界人权宣言》。序文是这样的：

鉴于对人类家庭所有成员与生俱来的尊严及其平等、不可剥夺的权利的承认，乃是世界自由、正义与和平的基础；

鉴于对人权的无视和轻视已导致了让人们义愤填膺的野蛮暴行，而一个人人享有言论和信仰自由并免于恐惧和匮乏的世界的来临，已被宣布为普通民众的最高愿望；

鉴于为使人类不必为反抗暴政和压迫而不得不铤而走险，有必要使人权受法治的保护；

鉴于有必要促进各国间友好关系的发展；

鉴于各联合国国家的人民已在《联合国宪章》中重申他们对基本人权、人格尊严和价值以及男女平等权利的信念，并坚定地促进社会的进步、自由的推进及生活水平的改善；

鉴于各成员国业已誓愿同联合国合作，以促进对人权和基本自由的普遍尊重和遵行；

鉴于对这些权利和自由的普遍了解对于充分实施这一公约至关重要。

在目睹了遗留下来的骸骨后，这些著名的文件如同一纸空文。在纳粹屠犹事件、柬埔寨红色高棉大屠杀、卢旺达种族灭绝大屠杀以及现在的达尔富尔问题之后，非常虔诚地说出的“绝不再发生”这句话怎么会变成“一次又一次”——成为我们集体否认的口头禅？“内战”“部落冲突”这些代码式措辞给了我们回避的借口。所有的种族灭绝事件的幕后策划者就指望我们成为共谋。他们谋划、计算、实施他们的意图，笃信我们会拒不承认他们的所作所为。就美国而言，在好几个月的时间内，政府没有进行干预，反而就卢旺达所发生的集体屠杀是否符合种族灭绝的定义进行辩论。操控种族灭绝最有效的途径是官僚主义。

我们原先计划和吉赛尼市市长见面，讨论我们关于卢戈利罗种族灭绝纪念中心的计划书，但是市长临时有事取消了会面。我们见到了市市长助理。路易斯 · 加昆巴给我们做翻译。路易斯今年 21 岁，举止优雅、稳重。他长着一双杏仁眼，棕色的长睫毛上翘，深栗色的皮肤。他微笑的时候，我们感到很放松，觉得快乐可以和困苦同在。他谈吐彬彬有礼，英语无懈可击。他的母语是胡图人和图西人都说的卢旺达语。他还会讲法语、斯瓦希里语以及两种刚果方言。这是他第一次做翻译。

蕾蕾向市长助理展示了设计。她对纪念中心周围的白墙进行了描述。两座塔楼将先被粉刷成白色，然后再铺上马赛克。她讲到庭院里准备种的树，希望纪念中心对所有参观者来说都能成为和平和缅怀的圣地。

“这里是刻有纪念词的纪念碑，”她说，“献辞。字后面紫色的马赛克象征着卢旺达哀悼的颜色。”蕾蕾也谈到了对村庄进行粉刷，介绍说会有“粉刷过的房屋、故事棒，都是孩子的设计和绘画作品”。

路易斯试图和她同步，把她说的话翻译给市长助理听，但是他跟不上，因为蕾蕾滔滔不绝，中间没有停顿。让 · 博斯科帮着补充遗漏的内容。

市长助理发言。路易斯翻译，市长助理一说完他就抓紧时间立即开始译。“他想要感谢你们来到卢旺达，对你们表达最诚挚的欢迎。他希望这些事情能够顺利完成。”

“你喜欢我们的计划，对吗？”蕾蕾直视这个政府官员的眼睛，“那我们就一起去申请许可证了。”她喜笑颜开。

在我们走出市政府大楼时，我问路易斯在哪里学的英语。“我自学的。”他说。他看到我一脸困惑。“从书本上。我花了两年时间。”接着他笑了，“我哥哥迈克尔法语说得很棒，比我说得好。我就想在英语上超过他。”他停顿了一下，“是啊，我哥哥和我一贯如此。”

孤儿院的院子里很安静，只有鸟叫声和一个老师的上课声。我们走过露天教室。孩子们从笔记本上抬起头，盯着我们。有几个向我们挥手，其他的孩子低下头咯咯地笑。我们走上一栋大楼外的几级台阶，这栋楼让我想起了贝斯特韦斯特汽车旅馆。罗莎蒙德·哈尔西·卡尔[106]，一位令人敬畏、94岁高龄的女士从桌边的椅子上站起身来。之前她在和一名女子谈话。她看上去很焦虑。“你们来得真不凑巧。”她跟让·博斯科说道。她责怪他没有提前打电话。“这位是默克太太，她丈夫昨晚因为肾结石严重发作被送进了医院。”

我们表达了关切之意。默克太太看上去焦虑、害怕。“我们当时刚刚入住基伍太阳酒店，疼痛突如其来。我们不知所措。酒店让我们去吉赛尼的诊所。我想医院应该没有什么问题。他们给我丈夫用的针头都裹着塑料袋。”她踱来踱去，“他们让他待在走廊里，因为所有的病房都人满为患。”

一阵沉默，气氛很尴尬，最后卡尔女士说：“哦，还是请进吧！”我们和卡尔女士以及默克太太握了握手。卡尔女士没有请我们坐下。梅根跟卡尔女士说挂在她桌子后面的条幅很好看。这是一条生日祝福条幅，上面印了许多孩子的手印，手印里是孩子们的签名。

“是啊，我很珍惜这块条幅。是孩子们为我的 90 岁生日制作的。”她谈起孩子们，尤其是年长一些的孩子，种族灭绝期间成了孤儿。这些孩子原先并没有受到精神创伤，直到现在，直到他们看到“《卢旺达饭店》[107]（*Hotel Rwanda*）这类电影里那些可怕的画面”。

当蕾蕾提起她读过卡尔女士和她的侄女合写的回忆录《千山之地》（*Land of A Thousand Hills*），她非常喜欢这本书时，卡尔女士打断了她。“你是第四个跟我说她写了这本书的人。她没写，是我写的。”又一阵令人尴尬的沉默之后，蕾蕾解释我们此行的目的，以及她设计种族灭绝纪念中心的来龙去脉。她把设计图递给卡尔女士，但卡尔女士不感兴趣。“恐怕我和你们立场相反，”卡尔女士生硬地说，“这个国家要想治愈伤口，必须向前看，而不是向后看。”她从椅子上起身，把我们领出门外，“我觉得对你们来说，更重要的是去看看孩子们。”

卡尔女士也是种族灭绝的幸存者。她是卢旺达殖民历史的一部分。1949 年，她同丈夫肯尼斯 · 卡尔一起来到大湖地区，她丈夫是英国人，是一位在国际上很知名的大型动物狩猎者、摄影家，是纽约探险者俱乐部的成员。后来，他们离了婚。她在卢旺达的穆贡戈经营一家除虫菊农场，种植菊花。冲突期间，她决定留在家中。后来，她失去了一切，包括很多挚友和仆人（既有胡图人，也有图西人）。最终，她在美国国务院的劝说下离开了这个国家。她在加利福尼亚生活了近一年，但心情很糟糕，后来她回到自己的花卉农场，发现她的家和花园都成了一片废墟。80多岁的她，开始重新白手起家。

1994年12月17日，她开办了因巴贝齐孤儿院，既是为了满足卢旺达这个国家的需要，也为了结她自己的一个心愿——她没有孩子，对此一直深感遗憾。现在，她有一百多名子女。

我们悄悄走进教室。孩子们看到卡尔女士进来，都站了起来。“孩子们，咱们有客人了。”她走后，我们和孩子们一起坐下。一个小姑娘，六七岁光景，跑到我身边，用英语说道：“你有几个孩子，大妈？”我看着她，说：“一个都没有。”她很不解，转过头看看老师，然后再一次看着我：“几个孩子？”我用手指画了个“0”。“那你选我。”她说着，搂住了我的腰。

基伍湖十分平静。我们坐在基伍太阳酒店外的沙滩上。你绝对想不到，在离这里不到一英里处有一所监狱，里面关满了身穿粉色囚衣的种族灭绝犯。你也绝对想不到，医院里人满为患，吉赛尼尘土飞扬的大街上到处都是孤儿，在乞讨，在失业的男人堆里游荡。这些男人坐在马路边相互攀谈，而女人们则独自在地里劳作。这个湖如此静谧、安宁，波澜不惊，掩盖了它的历史。在种族灭绝期间，基伍湖里到处都是肿胀的尸体，成了一个充斥着霍乱和疾病的污水池。

云在聚集。雷声听上去就像炮声一样。一柱柱烟从刚果（金）那边的蓝霾中升起。夜幕渐沉。火山就像是一道裂开的伤口。

让·博斯科来到查库拉大妈家。艾伦、梅根和我坐在露台上等蕾蕾。他告诉我们村子里有人去世了，是个事故，被汽车撞了。“我感到很遗憾。”我说。

让·博斯科举起双手：“世事难料。”他点了支烟，在屋前踱来踱去。

今天早上，我们焦急地等待着从美国传来的关于卡特琳娜的消息。让·博斯科说他在大街上听说已有成千上万人在这场飓风中丧生。查库拉大妈的旅馆里有台很旧的电视机，由发电机供电。我们打开电视——没有声音。我们看到了图像：新奥尔良被水淹没了，肿胀的尸体脸朝下漂在水里，很多人都聚集在看着像是超圆屋顶体育场的地方，年纪大的人陷在轮椅里，身上裹着毛毯和床单，直升机正在营救在屋顶上挥着白旗的家庭。黑面孔。穷人。被遗忘的人。贫穷的本质一览无余，就是忽视，无人照管。

蕾蕾回来了，我们和让·博斯科一起坐在门廊上，听她向我们介绍卢戈利罗幸存者村的情况，在我们去参观之前提供些背景信息。“要知道，战争结束后，政府承诺帮助1994年种族灭绝的幸存者寻求安全和庇护，因此他们决定为最需要的人提供住房。他们划出小块的土地，修建简单、毗邻的砖房，糊上灰色的砖坯黏土状材料，提供给无家可归者。一间‘屋’里可以住两户人家。”

卢戈利罗村里都是来自吉赛尼、尚扎韦和基布耶的幸存者。紧挨着住在一起的个人和家庭并非亲戚。对于大多数人来说，在被安置到这个临时社区之前，他们素昧平生（让·博斯科没有说居民是图西人还是胡图人，只用了“卢旺达人”这个词）。在有些情况下，历史会追随着其中一些幸存者，并非一切都圆满和谐，关系可能会很紧张。不过，他们都有着共同的经历。让告诉我们说，刽子手烧掉了他们的房子，杀死了他们的家人，让他们在自己的国家里沦为难民，需要艰难地寻找食物和住所。整整十年，他们从一个地方漂泊到另一个地方，从一所房子搬到另一所房子。“卢戈利罗种族灭绝幸存者村里的人们一无所有。”让·博斯科说道，“比一无所有更糟。”他继续解释道，“幸存者们找到一所房子，搬了进去，接着房主回来了，说：‘搬走。出去。’这样幸存者们不得不再次逃离。所以你们看，卢旺达各地的幸存者村提供了永久的居所以及某种形式的安全感。”

“谁来决定哪些人有资格住在种族灭绝幸存者村呢？”艾伦问道。

“由大社区的负责人决定，”让·博斯科说，“有个按需选择的流程。一旦被选中，人们可以在房子里生活，就好像这房子为他们所有，不过他们不能出售房屋。如果某栋房屋里的父母和孩子去世了，政府会把房屋给另外一家流离失所的家庭居住。如果父母去世，留下孩子，孩子可以继续待在这所房子里。”

他告诉我们这个村子1997年开建，共花了5年时间才完成，因为建设速度缓慢。非常缓慢。“在卢旺达的这个地区，种族灭绝发生之后，我们经历了外部世界所看不到的可怕的暴力。1994至1998年，附近的一个小镇卢亨戈利经常处于恐怖状态。而在这里，安全无法保障，焚烧汽车、强暴妇女以及杀人事件时有发生，尽管全世界的人们都认为冲突已经结束了。这里一度极不安全，极不稳定。”他停顿了一下，又点了一支烟，“也就是在最近几年，我们才开始享有这样的和平。2000—2002年，村子还在建设之中。政府和村子签订了合同，以完成房屋的建设，可是建筑公司把钱侵吞了。最后，到了2003年3月，人们才得以入住。”他停了一下，“这是个极其漫长的过程。”

村子很简陋，建筑物是用煤渣砌块儿造的，看上去像印第安人的房子。外面糊着灰色的火山灰泥，当中还有星星点点的云母，反射着光。油漆过的百叶窗，有些是绿的，有些是蓝的，还有些是粉红色的，装点着这些简朴的房子。红色杜鹃花让原本单调乏味的卢戈利罗多了些生气。鸡和羊则让村子有了活力。十几个幼童跟着我们，对我们这些陌生来客感到好奇而又迷惑。

“卢戈利罗有多少居民？”蕾蕾问道。

“总共近500人，大约100个家庭。”让·博斯科掏出一张纸，上面有一系列数据，“在这些家庭中，大约有67户的户主是女性，8户户主是男性。不幸的是，有10户以孩子为户主的家庭，其中最大的‘孩子’24岁，最小的12岁。”梅根摇了摇头，她在很小的时候就失去了母亲。“是啊，这就是卢旺达。”让·博斯科说，“村里共有 110 个孩子。他们中很多人都无法上小学或中学，因为他们付不起学校的费用。”

他解释说，在卢旺达，小学由一至六年级构成，这个阶段的教育是免费的。即使是这样，村子里大部分幼童依旧负担不起校服和学习用品的费用，因此只能待在家里。每个孩子需要两套校服，价格为 5000 卢旺达法郎，大约 10 美元。没有校服，他们就不能上学。学校平均为每位中学学生支付 150 美元的费用。有一个名为 F. A. R. G [108] 的政府协会为有需要的学生提供资金和物质上的帮助。他们每年在村子里挑选几名学生进行资助，条件是这些学生的平均学分绩点超过百分之六十。

我的心碎了。我想起卢旺达的土路边那些摊开的小手，这些手原本可以握着铅笔，如饥似渴地学习写字。

接待我们的是穆坎弗维吉 · 艾玛。她的家在村子中央。她双手合十，迎接蕾蕾。蕾蕾用手握住她的手，鞠躬致意。她俩一年前见过面。艾玛大妈是位长者，72 岁，是卢戈利罗较年长的女性之一。她的脸就是幸存的声明，历经时间侵蚀而产生的美。她目光低垂，直往下看。

尼兰舒蒂 · 多萝西是位社区负责人，她十分迷人，待人亲切，裹着一块蓝黑相间的蜡染印花布，怀着 8 个半月的身孕。她带我们参观了村子。当轿车和卡车从教堂回来时，我们就闪到房子之间那条土路的边上。一辆平板卡车的后面载着一具棺材。往回走的吊唁者队伍在村子里蜿蜒前行。我们在村子里穿行时遇到了他们的队伍。我们停下来，和死者的亲友握手，亲吻他们的面颊三次。我看到了那些悲痛的眼睛。

纪念中心所在地离村子不到一英里。它只不过是块铺着火山石的场地，四根木杆撑起一个瓦楞状铁皮屋顶，用来保护骸骨埋葬之地。场地的四周环绕着香蕉树。场地旁边挨着一所小学。社区负责人之一埃尔德方斯说道：“我们用尽为数不多的钱，埋葬我们的亲人，将他们的骸骨安放在这里。新的纪念中心修建时，我们会移走这些遗体。我们也希望能建所大房子，让大家可以在里面集合，讨论种族灭绝事件。”“你的意思是类似社区中心这样的地方？”蕾蕾问。“是的，一个我们可以聚会的地方。”他停顿了一下，“或许还可以有个图书馆，让我们的孩子可以在里面读到我们的历史。”埃尔德方斯告诉蕾蕾，他希望纪念中心都在同一层上，这样汽车可以沿着公路开进来，方便参观。有路易斯做翻译，他们对细节问题进行讨论。

孩子们——孩子们——他们聚在我们周围，数百个孩子。他们的眼睛大大的，能洞悉一切，眼中透露出来的欢欣和饥饿让我猝不及防。光着脚。他们全都光着脚，衣不蔽体，很多孩子穿着被丢弃的美国 T 恤，在小姑娘们的身上都成了裙子。

马路对面有个男孩儿双手相握，吹着口哨。我们示意他过来加入我们，但是他十分戒备，不愿靠近。

这里长着曼陀罗。在我的家乡城堡谷也长着曼陀罗。月光花。石膏草。致幻性最强的植物。纪念中心旁有几个女人在侍弄树苗，我和其中一个聊了几句。在路易斯的帮助下，我问她是否了解这种植物。“效力非常非常强的药。”她说它可以帮女人堕胎。

她还说如果摄入种子，会产生“可怕的美”。

路易斯向这个女人解释我了解的这种植物在美国的情况。我所生活的地方长着这种植物，它会致幻，甚至致死。他们热烈地交谈着。“这个女人明白。”他想不起来这个词，“我该怎么说？”“草药师？”我说。“对，就是这个词，跟我母亲一样。她明白哪些植物是药材，可以治疗人们的疾病。她照看这个苗圃里可以用于治疗的草药。”他们继续交谈，我跪下来仔细地观察她的幼苗，幼苗的根被拢在小小的黑色塑料容器里。

副市长坐着一辆摩托车来到这里，开摩托的是一位穆斯林男士，穿戴着橙色的短袍和帽子。他下了摩托车，走到蕾蕾和让·博斯科身边。他们握手。让·博斯科和副市长开始交谈。路易斯做翻译：“副市长去年和蕾蕾见过面，谈起过这个纪念中心。后来蕾蕾回国了，但她当时说她会回来的。副市长很感谢你遵守诺言。他说在种族灭绝事件发生后，情况变得很糟糕，并且产生了可怕的后果：贫困、孤儿。社区决定制造一个记忆，一个纪念中心，把尸骨还原成人形。在卢旺达，种族灭绝并不仅仅发生在一个地方，每个地方都发生过。每个地方。政府说我们不能只建一个纪念中心，而是在每个省，每一条公路旁，我们都要建纪念中心，这样人们就会记得，在开车路过时会在后视镜里看到。村子里现有的纪念中心不够好。有你们的帮助，让它变得更舒适，更美观，我们十分感激。这里所发生的事情有可能会在任何地方发生。我们同属人类大家庭。我们将通力合作。我们将重建这个纪念中心。谢谢！”

随后，副市长用英语说道："我听说你们会在这里待一个月。你们什么时候再回来？"

蕾蕾解释说即使我们不在，建设工作在让 · 博斯科的带领下仍将继续。

副市长站起身来，拍拍手，跳上摩托车，走了。

我们不是游客。我们不是种族灭绝的偷窥者。我们来这里是为了工作，而且我们还会回来。

晚上我们是和让 · 博斯科以及他的家人们一起度过的：他的妻子杰奎琳；他最大的姐姐和最小的妹妹；他的弟媳妇。他的 7 个孩子也在：弗兰西萨（领养的孤儿）、穆休 · 让 · 德 · 邓恩、图伊什米 · 让 · 克劳德、特威泽尔 · 吉米、坎扬格 · 迪凡恩、穆基萨 · 罗杰以及达扬巴杰 · 朱尔斯。他们用卢旺达语、法语和英语唱歌给我们听。

蕾蕾为每个孩子都准备了礼物——拼图本、筒状风标、钢笔、纸、中国象棋——以及给杰奎琳的披肩。我们也以"赤脚艺术家"团队的名义给了让 · 博斯科一份特殊的礼物：一个来自尤特族的串珠香囊，这是一个漂亮的挂坠，是大约 40 年前一位尤特族朋友鲁斯 · 库奇送给我们家的礼物。它被固定在一块鹿皮上。让 · 博斯科非常郑重地接过串珠。他说："我感到非常荣幸。你们让我觉得自己像个国王一样。"尤特人和卢旺达人都曾遭遇过种族灭绝，现在就好像尤特人的尊严和卢旺达人的尊严得以汇集在一起。他说，我们现在是他家的一分子了，不管我们有何需求，社区里所有的人都会乐意帮助我们。我们现在是同胞，为了治愈巨大的伤口而同心协力。

蕾蕾对让·博斯科的慷慨和领导力表达了感谢之情。她跟他的孩子们讲了小马丁·路德·金的故事。她说，马丁·路德·金和其他人在美国为平等而战时，有一首歌给他们带来了力量和信心。

“我想教你们唱这首歌。”她唱了起来了，“我们终将战胜……”在让·博斯科的起居室里，7个孩子、一对父母、姑姑们和大家庭的成员们以及4位“赤脚艺术家”一起唱起了《我们终将战胜》（*We Shall Overcome*）。

我想起20世纪50年代早期的皮特·西格，他对灵歌《我们会战胜》（*We Will Overcome*）——内战期间美国南方诸州一首古老的福音歌曲——进行了改编，让它适应时代的需求。他受邀去田纳西州高地平民学校开设研讨课，这是一所专为对劳动组织和社会变革感兴趣的活动家们所开办的学校，西格将音乐作为他课程安排的重要部分。西格将这首歌介绍给参加者，其中就包括小马丁·路德·金和罗莎·帕克斯。在这里，他们第一次听到了这首歌。这首歌在他们心底留下深深的烙印，他们将用歌声推动民权运动。

我心里原先那些界线和隔阂在晃动、消除、瓦解。我们站成一个圈，手拉着手，唱着歌。我心里明白，在吉赛尼一个简陋的家中，我们的歌声一同响起，我们的生命所依赖的正是这种同心同德。

当我们敢于心意相通，敢于去感受，敢于交谈，敢于歌唱时，我们就能互相敞开心扉。我们为何要犹豫?

事关正义时，我们的勇气何在？我们的爱何在？

我耳边响起威廉·斯隆·科芬[109]的声音："世界太危险，唯能容真理；世界不够大，唯能容下爱。"

社会变革需要爱。

今晚，在吉赛尼，我们投入了卢旺达一个家庭的怀抱。在让·博斯科温暖的家里，我依旧可以想象在敲门声意味着死亡的战争年代，人们所感受的恐惧。

我刚刚用艾伦的卫星电话和布鲁克通了话。一分钟里能说些什么呢?

"家里都还好吗？"

"卡特琳娜。死了一千多人了。"

"布什没来，不称职。全美国都很愤慨。你怎么样？"

"我还不错。很好的经历。不容易。五味杂陈。一袋头骨，一袋土豆，从同一块地里被耕到。"

"我爱你。我想你。向大家问好。"

"我也爱你。自己要特别当心——"

"晚安。"

今天早上，我在吉赛尼快走了一圈，熟悉了一下环境。我想对我们所居住的这个离卢戈利罗村大约 9 英里的小镇有个大致的概念。我朝着集市的方向走，一群群男人，有年轻人，也有年纪大的，开始向我起哄，发出嘲弄和大笑声。我目不斜视，结果有个拄着拐棍的男人走到我面前，他左腿膝盖以下是缺失的。他跟我说话。我听不懂。他伸出手。这下我懂了，把口袋里的卢旺达法郎给他。这还不够。他开始变得不耐烦，摇着头，走了。女人们头上顶着一篮篮香蕉从我身边走过，向我微笑。我回以微笑。4 个小男孩儿跟着我，练习他们的英语，拽着我的衬衫。“嗨，女士，你好吗？”“Muzungu! Muzungu!”① 自行车从身边一闪而过，骑车的人摁着车铃铛，提醒我挡着他们的道了。卡车和摩托车飞驰而过，离得太近，让人紧张。我被尘土笼罩，用围巾捂住嘴。人越聚越多，也越来越嘈杂。所有的路都通向集市，吉赛尼的脉动越发强劲。我的左手边是西联电报公司，右手边是一家网吧，外面摆着几张长条木凳。有一家银行，人们在公开地以最高汇率进行交易。一家理发店。一家自行车修理店。一家五金店，旁边有人在擦皮鞋。在一家看着像是诊所的屋子前有个蓝色塑料澡盆，6 个女人围着这个澡盆蹲坐着。我往旁边看了一眼，看到一个幼儿，双目紧闭，腿圈着。我想这孩子是死了。土路的两边各有一条沟，半深的沟里是水和垃圾，一股小便的骚臭味儿，正在腐烂的食物围着厕纸打转，丢弃的尿片，不成对的鞋子底朝上漂在水里。

① muzungu：这是非洲当地常用的一个词，原意为漫无目的闲逛的人，后来多指来非洲的白人游客。

集市里，女人们的劳作得到了充分的展示：土豆堆成高高的三角形，紫的、红的、白的；各种各样的豆子：菜豆、黄豆、黑豆、芸豆，种类之多，完全超乎想象。女人们用铁皮杯子从装得满满的麻袋里挖出豆子，出售给其他女人。胡萝卜、卷心菜、玉米、木薯、菠菜、高粱以及燕麦、大麦和小麦，构成了一个农产品色环，旁边是一堆擦得亮亮的牛油果。光是咖啡的香味儿就能让我兴奋起来，我买了一磅。年轻的姑娘们站着，身边的甘蔗比她们还高。当女儿们在出售着地里的收成时，年长些的女人们坐在彩虹遮阳伞下的凳子上。市场的外围摆着一圈镶着金边的黑色缝纫机，跟我奶奶的缝纫机一样，坐在缝纫机后面的男人们正在飞速地用宝蓝色棉布和卡其布缝制着校服，妈妈和孩子们则在一旁等候着。再往集市里面走，就可以看到各式的衣服，衬衫、裙子、裤子，衣服有新的，也有旧的。我低下头，以免头碰到挂着的衣物。一大片鞋，接着是袜子、胸罩、男女内裤。一匹匹彩色的布料，印度尼西亚蜡染，有些已经裁剪过，可以围在腰上，用夹子夹在晾衣绳上，随风摆动。足球、刷子和梳子，面霜和其他化妆品，收音机，唱片和堆得高高的卡带——从说唱、爵士到非洲音乐都有。还有录像带、杂志、锅碗瓢盆和别的家用电器……在集市的最远端，我先是闻到了，随后便看到了活鸡、鸡蛋，一篮一篮的鱼——基伍湖里的米诺鱼，有新鲜的，也有鱼干。红红的羊肉、牛肉挂在钩子上，大块儿的肉在桌子上被切成小块儿。你所需要的一切，这里都有。

我背靠着一棵树坐了下来，心想要是能从这里消失就好了。非洲对我的身体和心理所造成的冲击让我感到灰心丧气。我闭上眼睛。3 个女孩子忽然抓住了我的手，把我拉了起来，把我朝学校的方向推，好多孩子跟在后面，跑啊，笑啊，拽着我的裙子。梅根就在我的后面，也有一群孩子跟着。我迫切地想要制止这种混乱，便就地坐下，用手画了个圈。奇迹般地，孩子们也和我一起坐了下来，在路易斯的帮助下，他们向后退了一些，让圈子更大一些，让更多的孩子加入。

“我叫特丽。”我说完，击掌，看着我身边的孩子。“我叫奥利芙。”她说完，然后击了一下掌！“我叫让 · 克劳德。”击掌！“我叫文森特。”击掌！节奏在加快。“我叫伊冯娜。”击掌！就这样，孩子们的名字像是电流一样在圈子里热烈地传递，成了节奏和韵律的游戏。接着，自发地，孩子们唱起了歌。奥利芙的歌喉非常深沉，歌声萦绕。他们唱起了更多歌，很多是孩子们在教堂里学到的基督教歌曲。

突然，孩子们开始鼓掌，喊着我的名字。我不知道他们想要什么。路易斯转过身对我说：“他们想让你给他们唱首歌——教他们唱。”在一阵恐慌中，我的大脑一片空白。唱首歌？我一首都想不起来。最后（路易斯帮我翻译），我说：“好吧，这首歌非常傻。唱的是一种叫作果冻的食物。”我晃了晃身子，他们也晃了晃身子，我们一起放声大笑。

我唱了起来：

啊，大大的红字母代表果冻家族——

啊，大大的红字母代表果冻家族——

是果冻——啊姆，啊姆，啊姆

果冻布丁——啊姆，啊姆，啊姆

果冻奶油西米布丁——三种都尝尝！

孩子们乐得哈哈大笑，笑我，笑我唱的歌。我简直不能相信，我能想起的唯一的一首歌是我 8 岁时学会的一首摩门教露营小调。

路易斯试着跟孩子们解释什么是果冻。他非常困惑地看着我："果冻是什么？我该怎么说？""告诉他们，果冻看上去就像是胖子的肚子，在他笑的时候会晃动。告诉他们果冻是绿色的，是凉的，一小块儿一小块儿的。"路易斯扬了扬眉毛。"告诉他们果冻像是松软的糖果，可以用勺子挖着吃。"

不管路易斯跟孩子们说了什么，孩子们一个个笑得东倒西歪。

接下来梅根用她自己的咏唱让我们继续。我们沉醉在音乐里。在炎热下午的梦境里，非洲的太阳像咚咚作响的鼓，让一个小姑娘动了起来。她跳到圈子的中央，跳起了舞。只见她闭着眼睛，转啊转啊。她像被风吹得忽上忽下的丝巾一样起起落落，孩子们随着她的舞步拍着手。其他女孩儿也开始和她一起跳，其中一个女孩儿双手合十举过头，做祈祷状。更多的孩子加入了进去，唱着跳着。他们旁边就是骸骨，在哭泣着、急切地想要入土为安的骸骨。

路易斯在我耳边轻声说道：“没有人能夺走这些孩子的快乐。”

在种族灭绝纪念中心，还有更多的孩子，蕾蕾把他们召集到一起。所有的眼睛都看着她。她捡起两块儿石头，把这两块儿火山石高高地举过头顶。接着她像举行仪式般把石头放在脚边的一道麻绳下，这道麻绳是艾伦和达马斯用来作为纪念中心边界的。蕾蕾用手在空中画了个长方形，然后指指学生，并开始击掌。孩子们明白了她的意思，开始捡石头，并把石头放在麻绳下面。就在短短几分钟内，孩子们就用火山石将这块神圣的地方围了起来。纪念中心的边界铺设好了。

我问蕾蕾她怎么会想到这个方法时，她微笑着说：“我是中国人，当我看到有劳动力时，我能知道。”

“现在，我觉得上帝与我们同在。”我们坐在外面的露台上，蕾蕾跟艾伦、梅根和我说，“中国承包商每两个月会来一次吉赛尼。于先生工作的公司总部在北京，在过去 8 年间一直和卢旺达有联系。今天我跟他通了电话。他明天会跟我见面。这里的水泥很贵，是中国水泥价格的 8 倍。我会给他看设计图。他说他会按照我们的需求去做。第一步是把场地整平。我们需要找评估人。由于我会说普通话，于先生答应给我最优惠的价格。但是，这要花多少钱，我一点儿概念都没有……上千？上万？”

“用火山石还是砖？”她问艾伦。“我们得估一下造价，”

艾伦说，“并且要看手头的资源。”蕾蕾说她也会和于先生一起评估遗骨安放室的造价。“得有一个装有通风系统的地下室来安放骸骨。”蕾蕾自言自语道，“水泥太贵了。用水泥把火山石砌起来或许更合适。于先生会进行指导。”蕾蕾看着让·博斯科，“那么我们星期一动工。”

达马斯站了起来，拍着手，不停地重复道：“哦——哦——哦——哦。”让·博斯科开怀大笑，双手举向天空：“上帝赐福于此。”天下起了雨。

今天早上吃早饭时，我问蕾蕾什么情况下可以妥协。沉默了一会儿后，她回答说：“只要不是根本性的问题，都可以妥协，但是在原则问题上，你不能退让。梦想不能退让，否则梦想就会死去，而你会饱受精神上的折磨。”

她告诉我，从常规来看，她不喜欢谈论政治。“坚持自己的原则，你就涉及了政治，”她说，“坚持自己的价值观也是一种政治。”

在尚扎韦市政中心，你可以感受到贫困那冰冷、尖利的现实。女人们在外面的长凳上坐成一排，她们大部分人腰间都绑着个孩子。她们的眼神冷漠、疲惫，尽管她们衣服的颜色很亮丽。穿着褐红色制服的士兵们在院子里围着一棵树站立着，在聊天时挥动着他们的AK-47。我们走进社区大楼。那气味儿，该怎么描述呢？走在长长的、被漆成天蓝色的走廊里，灯光下两边的墙成了绿色，墙上布满了手印，霉迹斑斑。在这狭窄封闭的空间里，空气里交织着铁皮、汗臭和尘土的气味儿，有点刺鼻。

卢戈利罗市长萨法利·卡津杜·帕特里克先生把我们迎进他的办公室，请我们坐下。他身穿绿色运动外套，粉红色格子衬衫，戴一条桃红色领带，穿着卡其色裤子。他身后的墙上挂着总统保罗·卡加梅的画像。桌上竖着一面卢旺达新国旗[110]。他向我们解释国旗上各种颜色的意义以及它们在三条色带里有何含义：最底下的绿色是土地的象征；黄色的色块是地平线；最上面一大块儿淡蓝色，右上角有个太阳，代表着卢旺达的天空。市长站着，给我们展示作为壁挂挂在墙上的卢旺达新国徽上的各种图案：一个篮子、一个轮子以及寓意为保护和安全的盾牌。“这些符号代表着爱国、团结和努力工作。我们全体卢旺达人都在为重建我们的国家而努力工作。”

他把我们介绍给卢戈利罗幸存者村的成员，还是由路易斯进行翻译。丽贝蕾塔是幸存者村妇女委员会的主席。她穿着考究的西式服装，眼睛和尼亚马塔的贝丽丝一样，充满忧伤。丽贝蕾塔旁边坐着埃尔德方斯，我们已经在纪念中心见过他了，他是幸存者村的主席。他旁边坐着罗塞琳，是吉赛尼一所大学的学生，担任村秘书。她应该二十四五岁，精力充沛，美丽沉稳。

让·博斯科把我们介绍为“赤脚艺术家”，并向市长讲述了蕾蕾是如何来到卢旺达的，还讲述了她在卢旺达的经历：参观纪念中心，参观卢戈利罗村，为种族灭绝纪念中心创作了幅素描。他谈到带我们去了尼亚马塔和恩塔拉玛，我们是多么受触动，我们的所见、所感、所闻让我们更为坚定。“蕾蕾一心想要做些什么，还有一整个社区的人们，都热切地想要一起做点儿事情。”让·博斯科一边用手指了指丽贝蕾塔、埃尔德方斯和罗塞琳，一边说道。

蕾蕾站了起来：“感谢您给我们这次机会向您展示我们为纪念中心所做的设计。”她把图纸放在他的桌上。所有人都围上来看：粉刷成白色的高迪式亭阁，周围环绕着波浪形的墙。蕾蕾参考了卢旺达国旗上的颜色——绿色、黄色、蓝色——并且用紫色作为哀悼的颜色，这些色彩都可以融入马赛克艺术之中。“我们可以找到破碎的瓦片，很便宜，很鲜艳。我们可以对社区居民进行培训，教他们如何创作这种艺术。我们可以用马赛克把纪念中心装点得很美。”

蕾蕾向社区负责人展示了拍自艺术人文村的照片，让他们对她的作品有个大致的了解。“这是美国一个非常贫困的社区。”她飞快地把照片给他们看，“之前——之后，之前——之后。空地成了花园。废弃的土地成了冥想公园。找到工作的成年人。”

社区负责人看了在费城人们一起工作的照片，看了壁画的细节、马赛克雕塑以及装饰着花、树和天使的墙。

“这是我们的天使。”蕾蕾亲吻了一下她的手指，抚摸天使那马赛克的脸，“这很棒，不是吗？”她给他们看一张社区花园的照片，“你们可以看到，我们在种蔬菜，教年轻人种地。”

丽贝蕾塔笑着朝萨法利点了点头。

“看，这是庆祝活动，庆祝仪式。艺术、色彩、社区的转变，让人们聚集到了一起。”

蕾蕾的话听起来很有魔力。

让·博斯科告诉市长，纪念中心所在地的土地已经测量过了，边界也已经由孩子们动手用石头围好了，找好了中国承包商，蕾蕾已经和这个承包商见过面并商定了一份合同。萨法利市长问：“那现有的纪念中心以及骸骨怎么办？”让·博斯科解释说，社区居民都知道现有的纪念中心只是临时的，骸骨会被转移到安全的地方，直到在纪念中心下面的遗骨存放室完工。

市长听得很专心，随后他说道：“在这个地区，我们面临着重大的问题和许多严峻的挑战。政府制定了一个‘千禧年发展目标’，被称为‘视觉 20/20’。20 年后，我相信我们可以通过重点关注种族灭绝幸存者，在卢旺达消灭贫困，改善福利。提高他们的福利是政府的目标和首要任务。在卢旺达，在卢戈利罗，我们的重点是：1. 安全；2. 居所：为逝者的尸骨和生者提供居所；3. 福利：食物和医疗保健，重点关注因种族灭绝而失去丈夫的妇女以及户主为孩子的家庭。我们发展目标的核心是：1. 发展经济；2. 为大众的教育和医疗福利而奋斗。很多家庭的户主是妇女或儿童，在卢戈利罗幸存者村有很多这样的家庭。与其他人相比，种族灭绝受害者们在获取医疗保健、清洁用水和社会福利等方面更为艰难。”

他大致介绍了总统保罗·卡加梅所提出的计划：

1. 全国保险项目正在实施之中。他们为那些有能力支付的人每年支付3000卢旺达法郎的费用。种族灭绝幸存者免费。

2. 政府正努力在土地稀少的情况下解决居住问题。这是个大问题。人们现在正住在塑料薄膜棚和用香蕉树叶搭的小屋里。

3. 在我的辖区内水是个非常严峻的问题。本地区是火山地带，缺水。这是个关键问题。我们的用水来自河流，从河里取水。这远远不够。联合国儿童基金会通过提供管道对我们进行帮助。另一个项目是教人们收集屋顶的雨水。可以用蓄水罐收集雨水。大家有这个意识，但是需要技术支持。

“这个可以做到，”蕾蕾说道，“我们可以提供这样的技术支持。”

萨法利市长谈到基加利太阳能技术研究所，谈到他们如何在卢旺达实践新的能源技术。他解释说，因为木柴短缺，妇女们做饭时能用上太阳能炉灶比用木柴更重要。

“必须拯救我们的森林，只有这样卢旺达才不至于成为沙漠。没有森林，我们就留不住雨水，结果就是我们的环境会恶化。”

“所有这些问题都相互关联，”萨法利市长说，“和因种族灭绝而更加恶化的贫穷结构相关联。”在萨法利市长看来，种族灭绝纪念中心项目应该归入“居所”类——为遗骨提供居所，为幸存者的心提供居所——让所爱之人宁静安稳、身心归一的庇护所、避难处。卢旺达人民希望这个纪念中心美观，靠近公路，能让所有人看见。他看着蕾蕾："修建种族灭绝纪念碑需要多长时间？"

"我估计，过两年我们需要那些被埋在此处的人的名单，以便能纪念他们。"

"如果纪念碑能在2006年4月7日前完成并举行落成典礼，我们将万分感谢。"市长突然说道。

蕾蕾轻呼一声："哦，天哪。"她向路易斯侧过身去，手扶着额头。"和我的朋友们一起，"让·博斯科说道，"没问题。""我们尽力而为。"蕾蕾说。

"我需要一份详细的行动计划：项目的时间表、进度安排以及资金预算。"市长微笑着说，"我是从卡加梅总统那里听说你的事的，去年你访问吉赛尼时总统来这里参加了一次市镇特别会议。"市长双手抱臂，"我们非常感谢你的倡议。你的内心充满了人道主义精神[111]。你所制订的计划也反映了我们的情感。"长时间的沉默，"天使们已经准备好迎接这些尚未获得安宁的灵魂进入天堂。"

我们站起身。让·博斯科感谢萨法利市市长百忙之中抽出时间接待我们。我们握手道别。

我们回到纪念碑所在地。于先生在忙碌着。他向蕾蕾承诺，在我们离开之前，会完成场地的清理、整平工作，挖好纪念碑下方的地下室，并浇筑好平台的地基。蕾蕾还希望通往纪念碑的石板路届时也能完成。她还希望纪念碑周围的波浪形设计可以用面粉来画，以便他们可以按照波浪形设计施工。"最后一个阶段就是用马赛克装饰整个纪念碑。”她说道，“我们能找到碎瓦片来装饰外墙的表面。”她微笑起来，“我会教村子里的男男女女用废弃之物创造美丽的马赛克。”她弯下腰，捡起一块赤陶片，“这些随处可见。”蕾蕾转向我，“我们都有破碎的地方。将碎片拼起来，用鲜亮的色彩，可以在最灰暗的地方制造欢乐。”

蕾蕾、我跟达马斯和他的朋友布朗坐在基伍太阳酒店的门厅里。他俩都来自基加利。达马斯是他直系家庭中唯一的幸存者。他抚养着 15 个孤儿。布朗则在帮助 10 个孤儿。达马斯请我们帮他支付他那 15 个孤儿的教育费用——每个孩子每年 25 美元。他的电话响个不停，是他在卢亨戈利小镇的表妹打来的。他叫她来见我们。“她很穷，”他说，“她需要帮助。”整个晚上，达马斯索要的东西越来越多。“特丽，”他偏着脑袋说，“一辆汽车——我需要辆汽车——只要 8000 美元。”他说因为要养家，他没能上大学。

“你想学什么？”我问。

“我想学什么？”

“对。”我说。

“你想让我学什么？”

“这不重要，达马斯。关键是你想学什么。”

“法律，”他说，“我想学习法律。我想学法律，好帮助那些孤儿。”

他表妹来了，从卢亨戈利来。下着雨，她坐在摩托车后座，浑身湿漉漉的。她走进来，湿透了，穿着黑色皮夹克，眼睛盯着地面。达马斯给我们做了介绍。伊薇特·乌维兹伊曼纳，想成为记者。19岁。战争发生那年她9岁。她看上去很害怕。她懂英语，但很腼腆。伊薇特用近乎耳语般的声音告诉我，她想“讲述卢旺达的故事——它的美、山脉、种族灭绝的故事”。

蕾蕾、达马斯和布朗走出门外，准备上车。伊薇特和我紧跟其后。突然，她说：“请帮帮我吧。我想上学。”她直视着我的眼睛。

我们每到一处，街上都会有乞丐向我们一行人伸手乞讨。我们怎能置之不理？什么是公平？我们是在支持和鼓励一种依赖文化吗？

我唯一会做的是倾听。不知所措、深感困惑的我，能理解达马斯急切的恳求，但是我不知道如何应对。

躺在床上，在绿色的蚊帐下，我听着雨点落在铁皮屋顶上。我无法入睡。

我们按照自己的理解说话行事。卢旺达在改变着我。看着女人们在陡峭的、水土流失的山坡上耕作，养家糊口，感受着每一个被讲述的故事中那深嵌着的战争的碎片，闻着墙内残留的死亡气息，品尝着（甚至在雨中都有的）尘土的味道，就等于听到了人们生活方式中完全不同的节奏。种族灭绝的背景和语境在冲击着我的想象力。

一只巨大的蜥蜴在爬在树上：乌龟般的脑袋，肩背部逐渐从黑色变成深绿色、黄绿色，直至尾部的亮黄色。这只抢眼的蜥蜴有 3 英尺长。我四处走走，我狂乱的目光停留在蜥蜴、色彩鲜艳而不知名的鸟儿上——它们对我来说都是新的物种。我感觉真好。美不是一种奢侈，而是一种生存的策略。

我进了一家工艺美术品商店。从室外直射的阳光下进入昏暗的室内，我的眼睛在调节适应。正在此时，我注意到一块木板，上面刻着一个螺旋的形状，被漆成了黑白色。我走的就是个螺旋形。店里满满当当都是来自刚果（金）的面具。每个面具的表情都栩栩如生。愤怒。恐惧。敬畏。战神和生育女神。曾经属于遗骨盒里的物品。谁知道哪些人的眼睛曾透过这些面具向外看呢？我曾在博物馆工作过多年，深知所有的历史文物都不是中性的。不知来龙去脉，这些东西让我感到害怕。它们透射出创作者的能量和意图。

我遇到了文森特 · 华雷斯，他是名美国海军陆战队士兵，2005 年 9 月 1 日刚刚被派遣到卢旺达。他不能告诉我他为何会来卢旺达，但他跟我说："政府对基加利的氛围感到不满。我们来这里保护美国大使馆。"

他是第一批被派遣到卢旺达的海军陆战队士兵，10 月还会增派五批士兵。目前他和他的新女友住在基伍太阳酒店，他的女友就职于美国国际开发署。他来到这个国家才 5 天。他来自新墨西哥州，曾在伊拉克服役，因伤被送回美国。从他的肩膀到右臂有一道长长的、歪歪扭扭的伤疤。“我很好，现在很好。”他说，“呃，能帮我个忙吗？”

“当然啦，只要是我能做的。”

“这里曾经发生过战争，对吧？”他左顾右盼。他很严肃地说：“我是说，你能告诉我这里所发生过的事吗？”

在种族灭绝进行的过程中，英格布尔 · 费代莱[112]才 9 岁。在惨遭杀害前，她转过头，跟她的妈妈说“Gusenga”，意思是“祈祷”。

于先生履行了他的诺言。地面已经整平。上百个孩子站在石墙上围观。肥沃的黑土被搬运走。共有 12 名卢旺达男子在用铁锹挖。一台装有中心叶片的履带式拖拉机在清理火山熔岩地面。这台拖拉机叫什么来着？我的兄弟们肯定知道。我看着这些男人手握铁锹。我意识到这一切和我自己家庭之间的交集。我的父亲。我的祖父。我的曾祖父。我的弟弟。我想起圣克拉拉河洪水泛滥时，我的弟弟去世前在病床上组织他的手下去援助犹他州圣乔治市。“我想让我们的卡车在日出前赶到市长办公室门口。”在电话里他跟表弟鲍勃热切地说道，“市长来上班时，我希望我们的人就问一个问题：‘我们能帮什么忙？’”

于先生在帮忙。手拿铁锹的男人们在帮忙。他们在挖遗骨存放室。

泥土——草原犬鼠的土堆，种族灭绝的坟墓，我弟弟的坟墓——谁能理解手握一抔黄土意味着什么？

我们都是劳动者。

消灭一个物种，以及消灭一个民族，都是出于同样的推动力：偏见、残酷、傲慢以及无知。[113] 如果我们不能将世界看作一个整体，看到它的相互关联性，尊重生命神圣的本质，我怕我们是在继续耕作战争的温床，让我们的社区进一步被分裂，变破碎，不复完整。

种族灭绝纪念中心的场地已清理好。一株圣洁的曼陀罗还在。它那醒目的白色花朵幸存了下来。

我们离卢亨戈利大概一个小时的路程，或许还不到一个小时。卢亨戈利是人们徒步去火山国家公园的起点，黛安 · 弗西和艾米 · 维德就是在火山国家公园进行了她们具有历史意义的大猩猩研究工作。有大约 300 只山地大猩猩生活在 420 平方千米的土地上，这片土地横跨刚果（金）、卢旺达和乌干达。研究人员认为卢旺达境内大约有 140 至 150 只大猩猩。1983 年，黛安 · 弗西指出，大猩猩的命运和卢旺达人的福祉休戚相关。她认为保护火山国家公园并非大猩猩的缘故，而是为了卢旺达人，因为这些山脉是储水之地，对于农民们的生存必不可少。

她写道：

来自美国和欧洲的观念，尤其是关于保护野生生物的观念，对于土地已经不堪重负的非洲农民来说没有意义。需要做的是让当地居民懂得，山脉是储水之地，必须保护。农民们无须了解外国人关于大猩猩的看法，相反，他们必须明白，维龙加山脉储存了卢旺达境内百分之十的降水，慢慢排放出来，灌溉着山下的庄稼。庄户人家每一个人的生存都取决于火山国家公园的存在。对这个储水区域进行开垦将意味着现在和将来庄稼的终结。如果能改变现状，让生态系统对于民众的重要性成为当地的首要观念，那么雨林、雨林中的动物以及依赖于雨林的民众，也就有机会得以生存下去。[114]

这是我们星球上之所以还需要保留自然荒野地貌的理由。这一观点不仅要和生态价值观，更要和文化价值观紧密相连。艾米·维德曾是荒野保护协会理事会成员，现就职于该协会。1995 年，在战争结束后不久，她回到卢旺达，发现她的大多数朋友（其中很多是胡图人）都不在了。大猩猩也是种族灭绝的受害者。为了木柴，人们把它们很多的栖息地都焚烧了。偷猎也愈发严重。除了不能滥杀无辜这一条之外，没有人遵守任何法律，有谁会实施法律来保护大猩猩呢？

我只遇到过一个曾亲眼见过大猩猩的人，是一个试图躲避种族灭绝分子的女子。当她沿火山侧边逃跑时，曾从眼角看到过一只银背大猩猩。

我梦想着有一天能走进位于火山上部那湿滑、陡峭的竹林里。那是段难度很大的徒步路程，徒步者需要持许可证。卢旺达政府每天发放的许可证数量仅 16 至 32 张。你必须有一位卢旺达向导陪同。我真的很希望能去看大猩猩，亲眼看看它们在野外的样子，体验一下我们之间同为灵长类的亲密关系。但是费用太高，每人大约 600 美元。我们工作所在的村子需求如此之大，很难心安理得地花这笔钱。600 美元左右，可以支付 6 个孩子上中学的费用。

我在村子里瞭望火山的侧边，知道有几群大猩猩幸存了下来，安静地穿过森林，慢慢地，从容不迫地做自己的事情：觅食、交往，静观来自四面八方的变化。可供它们走动的空间越来越小。大猩猩的目光注视着我们。我们看不见它们，但能感觉到它们的存在。

云——云成了我的慰藉——云和基伍湖。抬眼或者远眺地平线——只有这样才能从卢旺达极高的人口密度中获得暂时的解脱。没有宁静。佛教起源于人口密集、几乎没有开放空间的国度。你从外部混乱转而向内寻求安宁。生平第一次，我在打坐。你可以称之为冥想。你也可以称之为生存。

健全的心智是灵魂的宁静。

并非只有我一个人注意到那株圣洁的曼陀罗幸免于推土机的摧残。今天，当我离开工地回到车上时，我觉得我的衬衣被人拽了一下。我回过头去，原来是我那年轻的朋友，他不说话，手里捧着那株花，花连着根几乎和他一样高。他注意到我对这株曼陀罗的喜爱。我吃了一惊，除了弯下腰，和这个孩子对视微笑并接受他的礼物之外，我还能做什么？“Murakoze（谢谢）。”我说。

夜晚的吉赛尼，地面满是车辙，坑坑洼洼的土路，到处游荡的影子。戈玛和吉赛尼交界，在种族灭绝之后，数百万胡图难民聚居在这里，其中有很多人曾是刽子手，他们忍受着饥饿和疾病的折磨，尤其是霍乱。美国错把行凶者当作种族灭绝的幸存者，为他们提供了人道主义援助。

夜晚的吉赛尼也充满了意外。我独自一人走进屋子，点亮蜡烛，发现起居室里 4 个男人正瞪着眼盯着我看。监狱就在路的不远处。一群群囚犯一天两次在街上自由穿行，只有一个配枪的狱吏看着他们。他们经常经过我们的住处。查库拉大妈的看门人出于好心，把自己当作接待员，源源不断地把客人从街上带回来。不久前的一个晚上，晚饭后有个狂躁的女人进了屋子，疯了一般地在我们的房间里到处搜寻。屋子里没人给我们做翻译，我们完全不懂她在说什么，她想干什么。我们毫无办法。有个男人开始敲门，非常使劲儿，让事态更为混乱。后来我们得知他是她丈夫，他们迫切地想要找个住宿的地方。

在这之后，由于没有电，屋子里点着蜡烛，很昏暗，我们陷入恐惧之中。想象扼住了我们的喉咙。我们意识到我们成了自己居所内的囚犯。窗户上装着金属栅栏。后门锁上了。我们都没有钥匙。如果卧室起火，我们将无路可逃。事实上，我们的思想才是真正关押着我们的牢房。

很容易陷入恐惧，进而开始疑神疑鬼。我们变身为恐惧，支配着我们自己。

一次又一次，我想着要依靠自己的力量，而非自己的软弱去生活、工作，站在最为宽宏大量的自我之中，去相信人性中美好的一面。往往，我们会引发他人变得宽宏大量。但是在这里，在卢旺达，所有这些关于人们的信念和行为方式的老生常谈，在尘土飞扬的红色土路上瞬间蒸发得无影无踪。曾经，邻居们自相残杀。神父把手持弯刀的人叫进他们的教堂，纵容他们屠杀自己的教徒。所有的一切都不合常理。所有的一切，所有的人都变得可疑。我的心在颤抖。我成了自己的阴暗面。在夜晚的吉赛尼，我和卢旺达鬼魂游荡的街道之间唯一的缓冲是一顶破旧的蚊帐。

叶蕾蕾，我看到她为这沉甸甸的项目倍感焦虑。我们都无法减轻她的负担。我看到了她的慈悲、她的热情、她深切的哀痛，在尼亚马塔时她手扶着砖砌的纪念碑，弯着腰，悲痛不已，泪水涟涟。我见过她专制的样子。“你们到底想不想建这座纪念碑？”还有事情毫无进展时她的急躁。我也见过她像个身穿花衣的魔笛手，在孩子们面前浑身透着喜悦，她专注地看着孩子们的眼睛，教他们唱中国民歌。她手舞足蹈，她的脑袋只比孩子们高出几英寸——当孩子们跟着她，扯着嗓子唱出这些新学的外语歌词时，她是多么开心。我们曾一起笑得如此响亮，实在让我意想不到，我们也曾一起处理在这里所遇到的困难。在这些时候，我都感受过她的幽默。我们必须笑，否则我们无法承受像潮气一样渗入我们皮肤的忧伤。我们并非无所畏惧。大多数时候我都感到害怕，但这并不妨碍我们工作。我努力保持清醒，能起点作用。

什么都不确定，一切都有变数。每一天，我们这个团队的工作都要做出调整。艾伦懂得如何理解蕾蕾的构想，将它具体化。当她给孩子们照相，并把照片转投到村子里房屋的墙上时，他组织村民们帮着把照片画下来。随后，他在蕾蕾的绘画下用粉笔画上边线设计草图。

“我懂得很多吗？”蕾蕾问。“不。我只懂如何绘画。我的工作是重构破碎的，治愈受伤的，让隐形的变得可见。”昨天当我们一起在村子里漫步时蕾蕾跟我说，“用这种方式，我们的工作就可以跨越种族、阶级、地理和民族之间的隔阂，让人们和他们的心灵、思想、情感建立直接的联系。当这一切发生时，转变也就随之而产生。”她停下来，看着我，“人们经常问我他们能做些什么。我只说：‘做点什么吧。’”

吉赛尼总督巴伦加亚伯·拉马德汗邀请我们去他办公室谈一谈。他的表情很严肃。他的眼神很坚定。由于我们的项目所在的卢戈利罗村位于尚扎韦地区，都属于吉赛尼省，因此他要求我们进行详细的说明。

让·博斯科在红十字会参加会议，因此由他的同事哈布穆吉沙·米歇尔详细叙述我们的来历：“每个人都是卢旺达大使，在我们的国家树立自豪感，去宽恕，去忘记。这是去年保罗·卡加梅传递给卢旺达人民的信息。因此，当让·博斯科在巴塞罗那参加国际会议时，他就是我们的大使，向在场的人们讲述我们的过去，我们的痛苦，我们的美。叶蕾蕾当时就坐在观众席上，被让·博斯科的故事深深地打动了。蕾蕾问：‘我能帮上什么忙？’让·博斯科说：‘来卢旺达吧。’她就来了。她聆听了卡加梅总统的演讲。让·博斯科把蕾蕾带到了卢戈利罗的种族灭绝纪念中心所在地。她深受触动，问是否可以创造些美好的东西。”

每见到一位政府官员，关于蕾蕾和她的“赤脚艺术家”的故事就会变得更长，更复杂一点儿。我们在这里待的时间越长，故事就越长。

米歇尔还讲述了孩子们用石头搭起了边界，中国人开着他们的反铲挖土机和卡车前来，纪念碑所在地现在已经清理完毕。

总督显得有点困惑，他关心的是骸骨，如何从一个纪念中心转移到另一个纪念中心。

米歇尔出面进行解释。总督想要用金属架子摆放骸骨，而不是水泥架子。霉会侵入骸骨，使它们的状况越来越糟。总督说如果你们把棺材放在水泥上，棺材在这样潮湿的气候里会腐烂。他和萨法利市长一样，想要详细的行动计划。

梅根谈到所有人都通力合作，卢戈利罗村对这个项目是多么投入，这一切都给她留下了深刻的印象。她描述了孩子们对他们的艺术作品感到十分兴奋，他们原创的设计作为绘画出现在村民们的屋墙上。

总督开始发言。路易斯进行翻译。

“他很高兴能接待你们，感谢你们关注我们的伤口。这并非卢旺达才有的问题。这是人类的问题，应该让我们所有人本着团结、和解之心一起行动起来，说：‘绝不再发生。’种族灭绝总是先由心生。那些实施种族灭绝的人，那些逃离这个国家的人，那些袖手旁观的个人和国家，也必须承受发生的一切所带来的压力和痛苦。他们的心里还有着罪恶。他们无法躲藏。你们在尼亚马塔、恩塔拉玛所看到的已经足以说明问题，不过还有成百上千类似的地方。尽管我们需要和解，但这些种族灭绝实施者必须受到惩罚。我们必须关注可以创造良好社会的东西。我们必须惩罚那些做出这种事情的人，那些对邻居，对自己国家的同胞、妇孺犯下如此可怕罪行的人。在卢旺达，人们聚集在'Gacaca'（民间法庭），相互讨论，'这是我亲眼所见，这是我亲眼所见'，'场面如此沉重'。我们需要有'一颗宽宏大量的心'。但是宽恕和忘记真的很难。"

我开始明白，对他来说，承担管理的职责，就如同披着沉重的外衣。他还在继续，现在他说的是英语："在卢旺达，我们失去了一百多万人。在缺乏资源的情况下，要想恢复原状并不容易，需要人们奉献自己。捐助首先需要从思想上开始，行动自然会随之而来。这就是咱们的合作方式。你们已经看到了问题，感受到它的存在，我们请你们来当大使。我想请你们每一个人都成为卢旺达大使。"

他从桌子后面站起身，走过来跟我们一一握手。

他办公室的气氛变得轻松起来。我们和总督合影。他脱掉西装，穿上皮夹克，非常活跃。我们一起说笑逗闹，谈笑风生。

是什么发生了变化？又是如何发生的？

坐在门廊上，喝着姜茶，拿着日记本和一本关于鸟类的书，我在观察花园里的塔卡花蜜鸟——亮紫色。

煤渣砌块儿围墙上，阻挡擅入者的笔直的金属尖头之间的缝隙里，落了一只黑白相间的鹡鸰。它那悠扬的叫声让这个门廊和街道之间的边界显得不再那么尖锐。

今天多云，有阵雨，泥泞的道路上到处是水洼。烟雾弥漫。眼睛刺痛。再一次，传来孩子们的嬉戏声，鸡叫声，街上轻轻的聊天声，自行车的铃声。

我所触及的只是表面。[115]

多萝西把我们迎进她家。她的孩子随时都可能出生，而她还是对我们如此友善好客。我们和 5 个对教孩子们绘画感兴趣的社区志愿者一起聚在她的起居室里，围坐在一张小咖啡桌旁。他们的名字分别是罗塞特、丽贝蕾塔、胡塞因、埃里克和克莱门汀。多萝西坐在老师们中间。光线跳跃着从门口照了进来。在我的眼睛适应了从外面强烈的阳光下进入室内的变化之后，我注意到屋内有一张长沙发和四把椅子，每把椅子上都盖着一块三角形的绣花布。布上绣着“Arakiza”的字样，意思是“可以治愈”。土墙被刷成白色，门被漆成蓝绿色。三根被称为原木——真的是未经加工的树枝——的横梁撑起屋顶，屋里是泥土地面。一个木制大柜子的隔板上摆着许多卢旺达传统的草编篮子，都有着独特的尖顶盖子。多萝西告诉过我，这些篮子曾被用来在村子之间传递信息。

蕾蕾开始解释在房屋上绘制原创设计这一构想背后的理念。“我给你们看一本摄影集，你们就可以知道能做出什么样的成果。”这些照片拍摄于肯尼亚、加纳以及费城的艺术人文村，都是由孩子们设计的色彩鲜艳的壁画。

老师们看过照片上各式各样的设计之后，蕾蕾在桌上摊开纸，放上各种颜色的记号笔、铅笔和蜡笔。“看看你们自己能设计出什么来。”

每个老师都停了一会儿，随后被特定的颜色所吸引。他们开始创作自己的设计，有条形的，方形的。他们全神贯注。他们都入了迷。在他们画画的同时，蕾蕾讲述着图案——那些不断重复出现的抽象图案——的重要性。老师们和孩子们创作的图案将成为墙上那些壁画的主题。

在屋子外面，孩子们在观察屋内的老师们。他们挤在门口，从窗户向里张望。多萝西的孩子们躲在门纱后面，也在观察。轮到孩子们作画时，他们显得非常迫切。他们一直在观察、期待，因此已经胸有成竹了。蕾蕾鼓励大家用鲜艳的颜色和强烈的对比。“三种颜色，”她说，“对比产生张力。”

老师们的第二个设计更为大胆。

我有点儿走神。飞蚁钻进多萝西的头发，又飞了出来。很多孩子脑袋上都有一圈圈白色的头癣，在剃得短短的头发里清晰可见。在多萝西家对面，艾玛大妈坐在她灰色房子前的板凳上，双手紧握，她的手始终紧握呈祈祷状。她的脸上书写着她族人的历史。我透过敞开的门，看着她。

课后，我从村子里走过，一位老人走到我跟前，开始非常急切地跟我说话。我试着告诉他我听不懂卢旺达语。他还是说个不停，叫喊着，恳求着，挥舞着拐杖。我把手放在他的胳膊上，用另一只手做出“停”“等一下”的手势，跑去找路易斯帮我弄明白他在说什么。

路易斯正和蕾蕾一起站在艾玛大妈的房子前，讨论需要在村子里哪些房子上作画。我打断他们，请他们和我一起过来。我们跑回到老人所站的地方。路易斯做了自我介绍，并询问老人的名字。老人名叫沙拉曼兹。

“我叫沙拉曼兹。我没有工作。我没有尊严。我以前是个电工。我原本可以养家糊口。现在我无所事事。我毫无价值。你们能帮帮我吗？能给我份工作吗？”

有了路易斯做翻译，我告诉沙拉曼兹或许他明天可以来村子里帮着在房屋上作画。沙拉曼兹说这无济于事。他年老体弱。经历过战争之后，他的腿非常虚弱。他拎起一条裤管，让我们看他腿上的累累伤痕。“我没法站着画画。”他说道。我问沙拉曼兹他想做什么。他说他想给孩子们当老师。我们是否可以聘请他给孩子们上课。

蕾蕾同意按天付他薪水。村子里需要老师。老人忧伤的脸一下喜形于色，眼睛也亮了起来。他说他明天就开始。他说想让孩子们下午 3 点去他家。他说这将成为“沙拉曼兹学校”。我们握了握手。“Merci（法语，谢谢）。”他说。

黄昏时分，昆虫在啾啾地鸣叫。今天是漫长的一天。我们刚从村子里回来。4 个小时里，给老师们上课，吸引孩子们参与，或者更准确地说，是被他们所吸引。我没法不去想沙拉曼兹，他想要份工作的恳求。清真寺的祷告声随风传遍整个吉赛尼。我开始喜欢上这早上 5 点和晚上 7 点准时在小镇萦绕的声音。我想起米歇尔，一位红十字会的志愿者，穿着粉红色旧衫，他的智慧、他的忠诚和慷慨。每天他都在教会我些什么，语言、一个新的词汇或是他的穆斯林文化。

晚饭期间，在烛光里，蕾蕾和我们分享她的想法。“我每建一个公园，就像是一次在混乱中找到安宁的禅宗体验。我创造‘纯朴的空间’，明亮，清澈，安静，行动有力。它就像阳光，有着七种颜色，却是透明的。这种非静止状态，可以穿透人性的深邃；接着你会找到宁静——平衡——一个空无一物的圈。空无一物便成了圆满。”

她跟我们讲述了在女权运动如火如荼的 20 世纪六七十年代来到美国是一种什么样的经历。她说女权运动并没有对她产生影响，至少当时她没有意识到，那时候她所关注的是如何保持中国人的身份认同。

“在教了 20 年艺术史、结了婚、养育了一个孩子之后，我才弄明白我是谁，我不是谁。我是个艺术家，但不是个特别出色的艺术家。在完成了艺术人文村后，我觉得我的作品有了分量，随后我的生活才真正逐渐展开。我开始扎根于自己的本质。哎呀，那可真是意义重大。我和生活的本源建立了联系，然后人就会变得强大。这并非是外在的东西；它在这里——在你的内心。一旦你扎了根，你就有了信心，没有什么可以威胁到你。你和

‘上帝’有了‘联系’。我们不可能用村子里的安宁来创建安宁。它不是现成的。我们必须一起努力，通过我们所共有的破碎来创造它。”

蕾蕾垂下眼睛，她小小的、有力的手交叠在一起。她继续道：“通过生存的深度、混乱和破碎，我才真正找到了安宁。喜悦源自我们深深的痛苦。在最黑暗的地方，从我自己的破碎以及他人的破碎之中，我找到了喜悦的感觉。这是我特有的才能——在被遗忘的地方从混乱中创建神圣的空间。我能感觉得到创造美的需求。我们都有这一需求，而我们失去了它。喜悦的载体是美。美是一种权利——一种天使般的特质，具有治愈的能力。

“我们想要创造。我们渴望创造。我们可以把非常暗淡的局面转变成充满喜悦、色彩缤纷的地方。我是个从事建造的画家，仅此而已。当你处在美的环境之中，它会赋予你尊严。你会感到更有尊严，自尊心也会随之增长。所有这一切都可以在通力合作的过程中得到滋养。种子。播下美的种子，可以帮助社区之树枝繁叶茂。”

蕾蕾不再说话。我们都静静地吃着晚饭。

当我们处在工作的中心时，我们就处在我们力量的中心。一个人可以影响、激励另一个人。

今天我们不能去村子里工作，因为今天下午要举行“Gacaca”，这个词的意思是法庭。这是所有村民都必须参加的会议，依据的是一种古老的部落法律审判模式。

坐在基伍湖的岸边。3 只翠鸟飞过。今天早上，我观察到了两只朱鹮和一只苍鹭。有两个男人坐着皮划艇向戈玛方向划去。我一直在思考如此宁静的乐土怎么会为这样的暴力提供庇护。胡图极端分子依旧居住在刚果（金）的北基伍和南基伍地区，一心想看到图西族被完全灭绝。湖面被一层层颜色所勾勒，最靠近岸边的湖面呈棕色，随后是浅绿色，渗入蓝绿色，接着便是石板蓝的天际线。朝着基伍湖，一群群非洲白颈鸦栖息在棕榈树上，它们的叫声构成了鸟的韵律，和爵士乐很像。戈玛在我右边，有烟升起；左边，辟有梯田的山构成了绗缝地形。沙滩上杳无人迹。我能这样独自一人待着的机会并不多。阳光像爱人一样抚摸着我的脖子和肩膀。能离开村子，离开让人心碎的孩子们，让我松了口气。这么多饥饿、生病的孩子。有些孩子 14 岁了，可看上去只有 7 岁。

学会了卢旺达语的“你好”和“谢谢”之后，我想学会的第一个短语是“请退后”。一开始因为怕生病，在孩子们触摸我时我不敢碰他们。现在，我只恨自己胳膊不够多，不能把他们全都搂住。

当我从卢戈利罗村的房屋之间穿过，向村子后面走去时，我看到有个婴儿独自一人坐在自己的大便上，在哭。一个小女孩儿把他抱起来，把自己的小手指给他吮着，背着他走到唯一的水龙头边帮他清洗干净。

我没有停下脚步。

起了老茧的脚底板下是因云母而闪着微光的火山土，基伍湖岸边金色的沙子，香蕉树之间照不到阳光、寸草不生的土地，在这个被遗忘的国度里，每一平方英寸土地上都有人流过血，为之哭泣，为之悲伤。

流过的血这么多，会有被吸收的一天吗？

今天，我们坐着红十字会的车子从吉赛尼去卢戈利罗，路易斯跳进车子后座说的第一句话是“我有答案了”。这让我吃了一惊。昨天我曾问他从翻译工作中学到了什么，他跟我说：“我明天告诉你。”我早把这事儿给忘了。

“有一些语言之外的东西，”他说，“其他的东西。”

“是什么？”我问。

“渴望。人们渴望了解。人们渴望被了解。但是，如果没有翻译，我们只能和我们自己说话，没有人能满足愿望。”他停顿了一下，“我该怎么说呢……作为翻译，我看到了双方的渴望。我可以创造出一个让这两种渴望相遇的地方。”

他盯着窗外，乡村的景色一闪而过。“鸟儿有它们自己的语言。奶牛有它们自己的语言。如果有一只鸟可以听见牛的声音，我是说真正明白牛在说什么，那么这只鸟就可以在牛和鸟之间，做这两个不同群体的中间人，或许它们就可以互相帮助。我是这么认为的。”

如果没有路易斯倾听、理解和翻译他人所说的话，我就无从了解那些和我们一起工作的卢旺达人的心里所想。

话语是我们理解和误解的工具。话语可以激发和鼓励，可以扼杀和剔除，与此同时，话语可以在残忍和同情之间架起桥梁。一连串的话语成为历史：邻居、胡图人、图西人、殖民主义、身份、权力、憎恨、宣传、一个计划、一个目的、一次种族灭绝。

路易斯是我进入这片陌生土地的渠道。他用“渴望”这个词，非常准确。我渴望了解我在哪里，和谁在一起。我渴望故事。我无法满足的欲望始于一个问题。我不想去考虑，为了满足我的渴望，我侵犯了多少隐私，触犯了多少禁忌，违背了多少礼节。

“你曾问过我，我学到了什么。”

“是的。”

“我学到了，如果我热爱我所做的事，那么这种热爱就可以转化为对说话者和倾听者的爱。当我说还有其他的东西，还有其他东西在起作用时，我指的就是这个。”他热切地看着我，“我想你知道我在说什么。”

我看着他。这个意想不到的伙伴，成了我的眼睛、我的耳朵和我的声音，现在他正在以我所不了解的方式进入我的血液。

“比交换话语更为深层。”他说道。

我们到达纪念碑所在地。路易斯跳下车，转过身来，抓起我的手扶我下车。“我可以通过你的语言读懂你的思想。尽管不能逐字逐句，但我可以给出核心信息。”然后，一下子，他笑了起来。

“什么事？”

“我刚刚想起了那一次我翻不出你说的话的情形。你还记得吗？”

我俩都笑了。

“当时我为什么就不能教孩子们唱《奇异恩典》（*Amazing Grace*）呢？我就是没想起来。”

“不，让孩子们笑，挺好的。”

路易斯反戴着顶黑红色鸭舌帽，穿着黑 T 恤和牛仔裤。他穿衣很有品位，注重细节。他的左手上有一道难看的疤。一看就有故事，只是尚未被言说。

6 个卢旺达男子在挖沟，作为墙体钢筋的水泥地基。从铁锹到土。从铁锹到土。身体作为杠杆。路易斯和我走在埋着许多骸骨的地面上。“生命所在之处，死亡如影随形。”路易斯说道，“我在这里，是的，死亡就站在我身后。”他停顿片刻，“我这一生大部分时间都被死亡追着跑。”

我们沿着沟走向学校。“尽管我还很年轻，但我老了。”他说，“我 11 岁就开始承担家庭责任了。”

“你有几个兄弟姐妹？”

“4 个兄弟，两个姐妹。我是老三。我在经济上负担他们几个。”他笑了，“你能猜出我有多大了？”

“告诉我。”

“21 岁。我们和母亲一起住在吉赛尼。她种地。”他停顿了一下，“她会用草药给人们看病。”

路易斯告诉我他就职于一家名为 MPA（Metal Processing Association）的南非矿业公司。他在这家公司已经工作了 3 年，是实验室当班负责人。他的专业领域是用光谱仪测量和分析矿石的等级和质量，如铜、锡、钽、铝、铅等，主要产自刚果（金）。

“你想听听我的梦想是什么吗？”

我点点头。

“我的梦想是看到我的家人身体健康、生活稳定，我的弟弟妹妹们能够上学。我为弟弟妹妹们感到欣慰，就像是父亲对子女的感情。”

今天就要结束了，梅根、艾伦和我在纪念碑工地上给孩子们发笔和本子。他们站成两个长队：女孩儿和男孩儿各一队。队伍里有上百个孩子走过。

“谢谢你，我的朋友。谢谢你，我的朋友。”每个孩子都说着同样的感激之词。只是一本笔记本和一支笔而已。我们带的不够，永远都不可能够。更多的孩子从学校里向我们跑过来，上百个孩子，年纪更大些。

老师们不允许街上的孤儿领笔和本子，因为他们不上学，尽管他们更需要。即使是最穷的穷人之间也存在等级。我们还是让这些孤儿们领了笔和本子。我们是促使人们产生依赖的习惯吗？我们会不会带来的伤害多过帮助？在我们拥有很多的情况下给予，为何让我觉得有愧疚感？

在回家的路上，我眼睛看着窗外。战争的痕迹随处可见：烧毁的汽车、被夷为平地的房子、学校墙壁上的弹孔、倒塌的教堂。人们身上的伤疤也同样历历在目：被截肢的胳膊、腿，我们车旁那些身负重担的女人们空洞呆滞的目光。在思考我有可能做出什么样暴力的举动时，我似乎和我内心的恶魔共居一隅。我们所有人都有可能走进人性黑暗的角落。

“卢旺达的未来在于教育。”回到查库拉大妈家里，达马斯跟我们说道，“吉赛尼总督很聪明，但是他没有上过中学，由于对政府官员设了新的标准，他将不得不辞职。现在要想在卢旺达担任总督一职，必须有大学本科学位。”

他告诉我们，他所照顾的孩子们的教育问题是个沉重的负担，让他夜不能寐。眼睛布满血丝。疲乏。我不知道达马斯和路易斯会有什么样的未来？

蕾蕾答应过我们好心的保安我们今天会给他找些新衣服。因此，晚上他进了屋，蕾蕾拿出了一袋颜色鲜亮的衣服——准确地说是黄色的——这是她下午在路边的售货亭买的。

保安拽出上衣和裤子。是洛杉矶湖人队的篮球队服。背心，配上黄色网眼长短裤。艾伦、梅根和我忍不住放声大笑。“怎么了？”蕾蕾问。等他最后总算能说话了，艾伦指出这衣服是控球后卫穿的，不是给保安穿的。

保安拿起印着数字12的背心在身上比画，很高兴，非常高兴。蕾蕾又一次遵守了她的诺言。或许她不懂篮球队服和短裤、T恤之间的区别，但这无关紧要。

第一次，我安心地入睡了。

蕾蕾想征得村子里的女族长艾玛大妈的同意，允许我们在她的房子上作画。“恕我冒昧，”蕾蕾说，“如果您愿意，社区将非常荣幸地第一个在您的房子上作画。”艾玛大妈低下头，轻轻地说了声好。来自吉赛尼的画家威尔逊和艾伦开始用粉笔勾画几何图案，图案是一条延续的镶边，将会装点她房子的正面。

今天上午来了位附近一所学校的艺术老师，他说："我想加入。我可以帮着教孩子们画画。"他笑着说："我叫法布里斯。"他很快把孩子们召集起来，发了笔和纸，围成一圈坐在地上。他叫孩子们观察四周："你看到周围有什么？你听到了什么？村子里有什么事情发生？"很神奇，法布里斯能够诱导、激励孩子们的观察力和想象力。奶牛、山羊、猫、公鸡、卡车、摩托车、香蕉树、自画像以及家人的像都出现在纸上。

蕾蕾很欣喜，从他们的画中抽出各种图案准备用在墙上。首先出现在艾玛大妈屋子墙上的是一个红脸天使和两朵鲜花。蕾蕾爬上梯子，开始把孩子们画的图转画到灰泥墙上。小画家们聚在一旁看着，十分激动。土墙就是画布，先用粉笔，再用颜料。低着的头开始被扬起。

沙拉曼兹是个电工。他 1936 年出生在吉赛尼镇上。1959 年他和妻子斯帕休丝成婚。她是基加利人，当时他在基加利一家电气公司工作，他们相识了。后来他们搬到了吉赛尼。1959 年，胡图人在卢旺达各地杀人放火。沙拉曼兹和斯帕休丝跟着他的比利时雇员逃到了刚果（金）。1959 至 1966 年，沙拉曼兹和他的家人生活在刚果的戈玛，和吉赛尼只隔着边境。"那个白人走了，回到了比利时。"沙拉曼兹在村子里告诉我，"他是个好人。"

“第一次种族灭绝后，我们留在了刚果（金）。”他说，“我们有过 5 个孩子。”在 1994 年的第二次种族灭绝中，他们的 5 个孩子全部遇害。我问沙拉曼兹他会不会响应卡加梅总统宽恕的号召。他把手指放到嘴边，把它们吹开：“噗！”他左右摇着头。“不会。”斯帕休丝说，“一切都于事无补。保罗 · 卡加梅在释放犯人。如果犯人来这里请求原谅，可以。如果他们不来，我们就保持沉默。”

我们两个沉默了很长时间。

我不敢问他们是否知道是谁杀害了他们的孩子。

“我们的孩子是在教堂遇害的。他们全都去了教堂。”沙拉曼兹停顿了一下，然后说道，“牧师助纣为虐，促成了死亡。”

“你们是如何躲过这一劫的？”我问。

他把双手放在头顶，头垂到双膝之间。斯帕休丝和路易斯说了很长时间。“这很难解释清楚，”路易斯说，“他们躲了起来。只有上帝才知道他们是如何幸存了下来。他们在灌木丛中待了好几个星期——他们的一个年轻朋友帮助了他们，给他们送水。一言难尽。”

沙拉曼兹和斯帕休丝开始争论。她手扶着额头。

“我们的儿子已经大学毕业了。他们杀死了他，然后又来追杀我们。”

路易斯把手放在斯帕休丝的膝盖上。沙拉曼兹和路易斯直接对话。

“在灌木丛中躲了两个星期后，沙拉曼兹和斯帕休丝得知他们其他 4 个孩子在教堂遇害了。”路易斯说道。

“一个和我一样的年轻人，”路易斯说，“凌晨 3 点到灌木丛中找到他们，带他们穿过边境，又一次到了戈玛。他们认识他。他是个邻居。战争结束后，他们回来，发现他们的房子已经被夷为平地。他们就住在邻居家，直到幸存者村完工。花了近一年时间。”沙拉曼兹打断路易斯的话，跟他说了些什么。路易斯翻译说：“时间太长。”

“你们躲在灌木丛中，吃什么呀？”艾伦问道。

“什么都没吃——因为在那两个星期，我们处境十分危险，只能躲在灌木丛中。一动都不动。我们什么都没吃，我们不敢吃。”

斯帕休丝指了指她的胃部，告诉我们由于长时间饥饿，她后来做了个手术。

沙拉曼兹又跟我们讲到了刑具。“胡图族联攻派民兵拿着钉子，把钉子戳进两根棍子之间，击打他的小腿和脚踝。钉子刺穿了他的脚踝。”路易斯说。

他们受过酷刑。沙拉曼兹的小腿曾被刺穿。他给我们看他小腿和脚踝上的伤疤。

斯帕休丝和我手握着手，我为自己居然让他们讲述这可怕的往事而感到愧疚。

“现在他们赋闲在家。”路易斯说，“他们什么都做不了，没有工作。他们就这样勉强度日。没有工作，就坐在家里。一有点儿钱，就去买肥皂。”

路易斯抓起沙拉曼兹的手："他没有力气干活儿。"沙拉曼兹双手掩面，低头看着自己的衣襟。

"不要再说了。"斯帕休丝说道。

路易斯转过头，跟我们说："每一次回忆，对他们的内心都是一次打击。"

艾伦和我都不出声。

沙拉曼兹对艾伦说："当我看着你的眼睛时，我看到了我的儿子。我爱你。你是我的儿子。"接着，沙拉曼兹转过头对我说："当我看着你的眼睛时，我看到了我的女儿。我爱你，你是我的女儿。"

"你们的女儿叫什么名字？"我问。"我们的女儿名叫特丽。"斯帕休丝回答。

离开沙拉曼兹和斯帕休丝之后，我低声对路易斯说："我无法相信你们的这段历史。"他停下脚步："这不只是我们的历史，这也是你们的历史。"

太阳在基伍湖那边慢慢落下。我想独自一人好好想想。分享一个人的经历具有治愈能力，是另一种形式的见证。悲剧和失去亲人的痛苦降临后，留存的是故事，让我们想起我们共同的人性。

橘色的圆盘正消失在湖天交界处。艾伦在打鼓。梅根坐在沙滩上，闭着眼睛，身上裹着一块棉质披肩。

我 50 岁了。村子里孩子们唱的《生日快乐》歌还在我耳边回响。

12 只白鹭掠过湖面，它们的翅膀只比湖面稍微高一点儿，只是一点点儿。

我和蕾蕾一起回到吉赛尼的集市。她和我一样，也很喜欢一篮篮黑色、红色和白色豆子所拼出的图案。玉米：白色、黄色和蓝色；面粉、粉末和饮剂；甘蓝和土豆，山药和一堆堆的牛油果。各种香味儿向我们迎面扑来，不知怎的，让我想起了我的母亲。“这些证明了卢旺达妇女在农田耕作上有着杰出的才能。”蕾蕾说。

我们被大帆布帐篷下金属杆上挂着的蜡染印花布所吸引。印花布看着很喜庆，上面印着鸟、花和叶子，很多还有颜色鲜亮的几何图案。我们的头上飘着各种颜色。我们买了一些布料作为礼物。我在考虑为朋友和家人缝制被子和枕头。

我们身边走过的卢旺达妇女撑着大大的红色、黄色和蓝色伞遮阳，蕾蕾和我在想我们为何要穿黑色衣服。

今天下午我在村子里遇到了两个男孩儿。他俩住在村子的外围，都是孤儿。一个名叫维克曼诺托，另一个名叫菲尔克维奇。他们害羞但热切，能说一点儿英语，想多学一些。他们告诉我他们上六年级，13 岁。

“我们很饿。”

我口袋里有两根燕麦条，给了他们。我看着他们一边从田间跑过，一边狼吞虎咽地吃下燕麦条。

沙拉曼兹正在村子里等着我们。他将在自己家给孩子们上课。“这里将会被称为‘沙拉曼兹学校’。”他又向路易斯重复了一遍。

我所看到的景象是这样的：许多孩子朝他的灰泥房子走来，十分兴奋，有些孩子是跑着过来的。30 个或许有 40 个孩子挤在里面，有的坐在位子上，有的站着，还有的坐在窗台上。前一天，蕾蕾在灰色墙壁上用粉笔画的花朵比孩子们还高。他给孩子们讲故事时，我就在外面透过窗户观察。路易斯给他做助手。孩子们全神贯注。

沙拉曼兹所做的第一件事是让孩子们看他的头发。他说，如果他们有幸能到长出白发的一天，这是来自上帝的礼物，那么他们也就拥有了他人的尊重。他跟他们说他们现在就可以开始尊重自己，没有时间可以浪费，他们应该合作，互相照顾。他让他们看他脸上的皱纹和他的伤疤。他告诉他们千万不能杀人，也不能偷别人的东西。他说如果他们尊重自己，互相尊重，或许有一天他们会有机会到和他一样的年纪。

什么是孩子们必须了解的重要的东西？第一次课结束后，沙拉曼兹告诉我，这是他在为村子里的孩子们备课时一直在问自己的问题。

他会用这种方式来思考他所有的课。

下课后，3 个女孩儿和一个男孩儿不愿离去。在路易斯的帮助下，我问他们从沙拉曼兹那里学到了什么。孩子们告诉我沙拉曼兹爷爷教会了他们：

1. 应该自尊，并相互尊重。

2. 应该自爱。

3. 应该避免打架，避免互相辱骂。

4. 男孩儿也应该承担家务。

5. 男孩儿不能强迫女孩儿。

6. 应该尊重并帮助父母。

7. 不应该朝孤儿扔石头。

沙拉曼兹拄着拐杖从屋子里走了出来，这些孩子们跟在他身后喊道："爷爷，爷爷……"

我们从村子里回到住处，负责管理查库拉大妈屋子的梅达德听到我又在咳嗽，而且越来越厉害。他消失了片刻，随后用银托盘给我送上了"药"——一个生鸡蛋、一个青柠和一些蜂蜜。我看着他优雅地用刀口磕开鸡蛋，让鸡蛋滑入茶杯，在青柠的顶端切了一个"V"字形的口子，细致地将青柠汁挤入杯中，接着，他手绕着圈朝杯子里滴蜂蜜，并用力搅拌均匀。他小心地把杯子递给我，说："喝这个有助于缓解你的咳嗽。"

我谢了他，心想：我可以把这杯药剂一饮而尽。梅根在一旁看着，眼睛瞪得老大。

路易斯在MPA公司轮完班后也来了。他写了一首《让我们谈一谈》的诗。我们在查库拉大妈家起居室的沙发上坐下。他给我朗读他的诗：

让我们谈一谈

——为非洲，为我的父亲和母亲

卢旺达，我的祖国——
醒一醒，开口说话。
让每一个人都听见你的声音。
不要保持沉默。
说出来，以拯救我们美丽的国家。
重要人物，正在死于艾滋病。
街上到处是身患艾滋病的孤儿，
沿街乞讨，哭泣求助。
他们无依无靠，无人照料。
他们无法憧憬美好人生。
多么可怕的生活！
孩子们是无辜的。
我们需要帮助他们。
让我们靠近他们。
我们不能让他们独自
去面对这样的状况。

听着，我的兄弟姐妹们，
该是我们打破沉默的时候了。
我们不能让这传染病

把我们的人民消灭。
重要人物在死于艾滋病。
街上到处是身患艾滋病的孤儿。
让我们在朋友中成为表率。
让我们成为点亮的蜡烛，
为那些黑暗中的人们——
让我们向他们学习。
让他们向我们学习。
我所有的好朋友都已死于艾滋病。
他们的家人耗费金钱
而他们则耗尽生命。
相信我，他们用尽大量金钱
去治疗，却无效。
他们穷苦，直至死亡。

无论你是谁，花时间
思考一下这个问题。
这是我们所有人的问题。
让我们谈一谈。
尊重自己。
保护自身安全。
避免非法性行为。

我们前途光明，如果我们不再止步不前。
年轻人啊，不要止步不前
行动起来，别停下，
肩并肩去挽救许多生命。
把我们的声音书写在小纸片上
遍布这个国家，遍布非洲、美洲、亚洲
以及整个世界——

我们已经失去了太多同胞，
该到此为止了。
让我们确保，
我们都明白
重要人物在死于艾滋病。
街上到处是身患艾滋病的孤儿。

这是第一次有人提到艾滋病这个话题。村子里从未有人提过，但你知道正是这个幽灵，一直在纠缠、困扰着撒哈拉沙漠以南非洲上百万的居民。

从 2003 年至 2007 年，联合国发布的关于“总统防治艾滋病紧急救援计划”表明，在卢旺达，HIV 感染者和艾滋病患者占总人口比例的 4%~8.9%。对于这个非洲人口最密集、总人口达 810 万的国家来说，这意味着近 50 万人感染了 HIV；其中

50%为妇女，13%为15岁以下儿童。由于1994年战争中用强暴作为残酷手段，在种族灭绝中幸存下来的女性70%都患有艾滋病。大约27万名卢旺达儿童的父亲、母亲或父母双方死于跟艾滋病相关的疾病，这使得这个国家从孩子为户主的家庭数居非洲之首。

不过，卢旺达政府在给患艾滋病的个人发放抗反转录病毒药物，并已开始产生效果。统计数据表明，艾滋病所导致的死亡人数在明显下降，病人的生活质量也有所提高。

有一些团体，比如“健康伙伴”，和克林顿基金会一起，跟像基加利城外卢因克瓦伍医院这样的机构进行合作。还有一些个人，比如托马斯·杰斐逊大学的詹姆斯·普拉姆博士和医学院学生，现在正在卢戈利罗开展工作。这些团体和个人所做的事情，标志着成千上万的个人和机构正和卢旺达人民一起合作，努力在国家健康保障计划内创建一个完整而非破碎的体系。

在PEPFAR所认定的重点关注国家中，卢旺达是第一个提前一年完成5年治疗目标的国家，约5万人接受了抗反转录病毒药物治疗。保罗·法尔默博士[116]一再指出：“希望那些感染了HIV病毒、目前正在服用这些药物的患者能继续获得并服用药物。”

负责抗击艾滋病以及其他流行病的国务部部长因诺森特·尼亚鲁希利拉博士指出：“我们的持续性已经超过百分之九十。”

查库拉大妈家的街对面住着个女人。她名叫艾莉娜。她很瘦，每天都吃力地打扫着她家门廊，她年幼的孩子们就在她脚边玩耍。她坐在水泥台阶上，胳膊肘支在膝盖上，手托着脑袋。每天早上，我们互相挥手致意。每天，我都担心她的身体状况。她让我想起我自己的母亲因患癌症去世前几个星期的模样，就是那种显而易见的憔悴的美。

我想起在来卢旺达的几个月前，我曾在犹他大学听过保罗·法尔默的演讲。他谈到结构性暴力，谈到权力阶层会说“治愈的方法是数据，而非轶事”。法尔默说这不对，倾听人生故事对于我们理解一个群体如何运用他们的治愈权至关重要。

如果我看着群体，我永远不会有所行动。[117] 如果我看着单个的人，我会。

——特蕾莎修女

种族灭绝。对犹太人的大屠杀。北美印第安人被迫迁徙。生态环境的破坏及气候的变化。作为人类，我们的内心不会对这些宏大、抽象的灾难有所反应。俄勒冈大学心理学家保罗·斯洛维奇称其为“精神麻痹效应”。我们会置之不理，但是我们对其他个体的痛苦会有所反应——相互倾听、分享故事成为通向同情的开放渠道。

我在卢旺达的所见所闻，我在犹他州时就已经明白：疾病并非我们命运的一部分。在卢旺达，妇女感染艾滋病是因为强暴和战争的野蛮行径，一场由殖民主义播种的战争，而艾滋病又在一代代之间继续传播。同样地，在犹他州，癌症也并非我们的精神宿命，而是美国在冷战时期所试验的核弹所释放的大量辐射所导致的。这是另一种形式的殖民主义，认为住在美国西部沙漠地区的人是“人口中用处不大的部分”。

殖民的世界是一个被割裂的世界。[118]

——弗朗兹·法农

如果不去深究历史根源，我们就无法理解社会问题。如果不去改变社会的故事，我们就不可能改变社会。那些遭受过权力滥用的人，那些见证、体现了人类精神的韧性的人，他们当场讲述的故事，我们必须倾听。我在卢旺达所看到的，正是韧性。

社会、政治和宗教等级制度是制造贫困和结构性暴力的始作俑者，而且这些并非只存在于非洲。官僚主义滋生傲慢，没有人对此负责。被制度化的思维会试图扼杀创造性思维。个体在集体面前无能为力，除非群体能站起来维护某个男人或女人。在权力、腐败和残忍等问题上一直在困扰着我的一个疑问是“谁是受益者”？

草原犬鼠 HWA 女士也不例外。当它的家园被侵占时，或者当它的家族和朋友被作为一项运动而遭到枪击杀害时，谁是受益者？它是这个星球上的见证者之一，在这个全球生命群落中坚守着阵地。

当你走进村子，迎面而来的是墙上所画的一个天使，身穿浅蓝色和黑色相间的布裙。她轻盈地走在两朵盛开的鲜花之间，背景是蓝、黑、白和红所构成的调色板。她眼睛睁得大大的，仿佛洞悉一切，脸上的笑容是她的构想者（一个孩子）的笑容。天使的手藏在背后，似乎握着一个惊喜。这个天使被画在艾玛大妈房屋侧面的墙上。

在艾玛大妈的房子以及墙上天使的对面是多萝西的屋子。她蓝绿色门的上方画着一只红白条纹、伸着爪子的柴郡猫，这是另一个借助孩子们的眼和手所创作的图案。蓝绿色、黄色和白色相间的大大的菱形构成了色彩鲜艳的几何镶边，围着房子的墙绕了一圈。接连好几天时间里，孩子们一手端着颜料，另一只手拿着刷子，在一张灰色的画布上一笔一笔地作着画，他们中有些人还不到 3 英尺高。这些才是“赤脚艺术家”，不会被其他任何东西分散注意力，只关注手头的任务，和排在身后的孩子们交换位置。

村子里已经有两所房子的绘画完成了。我们这个月的目标是 5 所。其他的图案已经用粉笔画好，有一部分已经被画在开裂的灰泥墙上：一株蓝绿色的生命树，一头乳房丰满的黄色奶牛，一只长着黑白色羽毛、红色鸡冠的公鸡，一头用红色线条勾勒的黄黑色长颈鹿，一只卢旺达尖顶篮子，两个骑摩托车的男孩儿，一个喷着红、黄、绿色花朵的喷泉。

今天早上多萝西开始分娩。提早了。昨天，她说孩子的预产期在 10 月。

卢旺达人会根据孩子出生时的状况给他/她取名字，作为对未来的祝愿。村子里有一个漂亮的小孩儿，小手里捧着一束鲜花，这是她花了一个上午摘的。我弯下身子跟她打招呼。当我问她的名字时，她在我耳边轻声说道："图伊夏姆。"后来路易斯告诉我，这个名字的意思是"感谢上帝"。

沙拉曼兹继续给孩子们上课。"沙拉曼兹学校"每天下午3点开放。他说服他的朋友福斯特来帮他。村子里长者很少，大多数人都没能活下来。孩子们热切地坐在他们脚边，听着他们的故事。

每天都有新的面孔出现，想要参与进来。

喜悦进来了。消息传播了出去。

蕾蕾和村子里的很多妇女，其中包括斯帕休丝和克莱门汀、丽贝蕾塔和罗塞特，一起坐在艾玛大妈的草坪上调颜料。蕾蕾说："种族灭绝纪念中心回顾过去，纪念过去的暴力和死亡，希望它永远不再发生。"她停顿了一下："它承载着集体的记忆，你们每一个人都能通过自己的记忆和所爱的人感受到它。"妇女们倾听着。路易斯和达马斯在翻译。"给村子作画是向我们所在的地方致意，鼓励我们思考还有什么可行之举。"

斯帕休丝给我看她女儿特丽和另外两个孩子的照片，泪水顺着皱纹滑下她的脸庞。在战争期间以及他们流浪的日子里，这些磨损、揉皱的照片一直跟着她。

我们把她所有的照片都铺在他们家的一张木桌子上。她给我看她在医院接受胃部手术时拍的照片，在手术前不久，她和沙拉曼兹不吃不喝躲在树林里熬了很长时间。

几张照片——关于他们的生活和他们的孩子，这几张照片就是她的全部，他俩的全部。我不知道她如何能一直带着它们，这些照片是如何保存下来的。

迪迪恩·尤蒂是尚扎韦市市长萨法利先生的弟弟。他告诉我们，他们家遭受胡图武装叛乱分子屠杀时，他的哥哥在外地求学，正在布塔雷上大学。为了躲避胡图人，迪迪恩、他妈妈和两个妹妹蹲在他们家房子外面的坑厕里。为了给家里的女人们挡挡脏物，迪迪恩先下去。胡图人还是发现了他们，杀死了在他上面的妈妈和两个妹妹。好几天时间，他一直待在粪坑里，他挚爱的家人的尸体就在他上面腐烂。最后，身上的重量压得他几乎透不过气来了，他不得不爬了出来，留下妈妈和妹妹的尸体，开始逃亡。他躲了起来，几天、几个星期、几个月、几年，独自一人。两年后，茫然、意志消沉的他在布塔雷的大街上游荡。他看到他哥哥沿着马路走来，他原以为他哥哥已经死了。迪迪恩说他俩先是难以置信地看着对方，接着便朝对方奔去，抱在一起，哭得难以自制。“我们一起哭了 3 个月。”他说。

沙拉曼兹今天上课的内容讲的是卢旺达的历史，从名叫穆辛加的第一任国王开始。国王老了，他的儿子鲁达希格瓦接替了他。他告诉孩子们从前的卢旺达和他们现在所生活的卢旺达大不相同。比如，卢旺达人的穿着。从前，妇女们会从树上采集树皮，把树皮弄平整，当衣服穿。男人们则会杀死动物，如山羊，剥下毛皮，做成衣服。从前，胡图人和图西人之间没有差别。“以前我们都是卢旺达人，”他说，“我奉劝大家不要相互之间制造差异，而要认识到我们同属一个国家。”战后，保罗·卡加梅当选总统，废除了注明种族的“身份证”。

“请避免这种区别。”沙拉曼兹告诫孩子们，“这么做是对的。如果你们这么做了，当你们和朋友们一起玩耍时，上帝会帮助你们的。”

他教导他们要听父母的话，尤其在放学之后。“这有助于你们拥有一颗善良的心。”他说。

孩子们提了很多问题。

“白人是如何来到卢旺达的？”

“卢旺达什么时候独立的？”

“白人是什么时候离开卢旺达并让这个国家重新回到卢旺达人手中的？”

沙拉曼兹说这些问题都很好，他会在下节课解答。孩子们都不想离开。让·博斯科说这让他想起了自己孩提时代围着火听故事的情景。

我们朝基伍湖边走去。我们离刚果（金）太近，开始感觉不太好，便停下了脚步。男人走过来向我们要钱；其他人走在我们身边，嘲笑我们，吓唬我们。他们达到目的了。年轻人坐在沙滩上，喝着香蕉味儿啤酒，大声地品头论足。我们听不懂。我们只是继续往前走。

但最让我紧张的是大家盯着我们的目光。

这原本是我所提议的一次“在大自然中的漫步”。蕾蕾笑了，轻声地说，大家之所以骚扰我们，是因为我的双筒望远镜以及塞满了野外指南的腰包。

“无论他们在说什么，我们都自作自受。”她笑着说，“看看咱们的样子——更别提咱们每走一两米就会停下来用放大镜去看看沙子。”

艾伦和梅根也跟着开始调侃，至少他们在假装对鸟类感兴趣。

我们看到了一只茶色雕，一只非洲黑鸢，几只非洲白颈鸦，一只太阳鸟，几只蕉鹃以及一只白颈鸬鹚。当然，还有很多翠鸟。

我们在这里的这些日子，开始对我们产生负面影响。我从大家的眼睛里可以看到。不是因为在村子里工作而造成的身体上的疲惫，而是因为我们在一个我们不了解的世界里走动，我们每走一步都在试着躲避的那些地雷。

我们凭什么在别人的房子上作画？可持续发展我们懂多少？种族灭绝这个话题不可避免地让人想起身体所遭受的暴力、看着自己的孩子死去的痛苦回忆，而我怎么居然会去问一个女人关于种族灭绝的事？我们搅起骸骨埋葬地的尘埃时，究竟是在做什么？

每一次对话中都有战争在回响。或许除了天空，没有什么能不带感情色彩。哪怕想起上帝也让人倍感怀疑。上帝坐视所有这一切苦难发生，对一切都无动于衷，这样的上帝让我无法接受。作为和不作为，就像是一道尖锐的难题，切割着我的良知。行凶者和幸存者如今都在流血，都成了受害者，唯有那些策划屠杀的种族灭绝分子除外。我们无法区分胡图人和图西人，和我们一起工作的人都很清楚，但这个话题从未被谈起。这里有着真正紧张的气氛。我观察人们的眼睛，他们清楚彼此的底细。这情形就像是我们这些美国人走在一个全息图里，卢旺达人能看得清，而我们却看不见这张图。

傍晚，巨大的蝙蝠从松树的树冠中出现，在暮色中用力地拍打着翅膀。它们看上去就像飞翔的大猫。达马斯告诉我们，在刚果（金）有人吃这些蝙蝠，但在吉赛尼没有。你可以在戈玛的集市上买到蝙蝠，还有各种野味，其中包括猴子，甚至大猩猩。

在暮色中，身体黝黑的划船者划着柠檬绿的皮划艇，在浅蓝色水面上横穿基伍湖[119]。

我闭上眼睛，眼前仍然浮现着乱糟糟的卢戈利罗村里腾起的尘土。我在想，有什么是我们看不到、女人们不愿说起、我们不明白的东西。我猜几乎所有的一切都是这样。

地面上。身体在行动。地面下。身体被甲虫所搅动，留下骨骼。当女人们手握锄头，为她们的家人播种、收获食物时，她们所耕作的是承载她们悲痛的土地。贫困靠战争来提供食物。这是大的连续体。表面之下所隐藏的，是女性的这种沉默，身为目击者和幸存者的她们承受着沉重的负担。

多萝西生了个男孩儿。母子平安。她已经回到了村里。

要找本土的作家和诗人很难。当我问他们是谁时，没有人能告诉我。他们一定在这里。我知道他们在。或许他们和艾玛大妈，和路易斯一样，把故事藏在心里，坚信总有一天，他们可以讲述他们的故事，而不必担心自己的安全。另外一个答案很实际："我们没有时间讲故事。"达马斯和布朗或许并不是在写他们的故事，而是想要分享。"这对我们有帮助。"布朗说。他脖子上有一道长长的伤疤。达马斯右手腕和手臂上有伤疤，他掀起衬衫，露出更多的伤疤。在我所听到的大部分故事中，人们之所以能幸存下来，是因为有死人——在大多数情况下是他们挚爱的亲人——堆在他们身上，刽子手误以为他们已经死了。然后，过了一段时间，通常好几天之后，他们从肿胀的尸体下爬出来，逃走。有些人得到了朋友和陌生人的帮助，其他人则受尽磨难，在路边或藏身的树林里独自死去。

乌云聚集，达马斯在基伍湖边跟我说道："实在是可怕——可怕。我的整个家族——我们很富裕，我们在基加利有一所漂亮的房子。武装叛乱分子毁掉了一切。"当时他不在家，正在布塔雷上一所寄宿学校。1994 年 7 月，在种族灭绝开始几个月之后，他总算回到了自己的家中时，发现全家人都遇害了，屋子被烧成灰烬，旁边的露天墓穴里，他家人的遗体在腐烂。"我独自一人掩埋家人。要我待在尼亚马塔，很难。非常困难。在那里，我看到我自己。每一个头骨都是我的母亲、我的父亲、我的兄弟姐妹。"他把目光转向湖面，"这种感觉永远不会离你而去——永远不会。"

布朗失去了 7 位亲人中的 5 位。他花了 3 年时间才找到他父亲的遗骸。他说当他找到那些他以为已经死去但其实还活着的人——他的邻居们时，他们说："布朗，我们看到你父亲是在哪里被杀害的。我们知道是谁干的。""他们跟我说了那人的名字，我认识他。他曾是我家的朋友。你简直就无法相信他们能做出这样的事情。"后来，布朗说："凶手找到我，向我认罪忏悔，为当时的杀戮作证，并告诉我家人的掩埋地点。"布朗的家人被扔进一个很大的集体坟墓。他不得不在遗骸中翻挖，直到他找到他的母亲、兄弟姐妹；接着，他把他们带回家妥善安葬。我不敢问他是怎样认出他们的遗骨的，也不敢问他遗骸上是否还穿着衣服。我甚至不能确定他的话我听得很真切。在某个时刻，我停止了倾听。布朗说，在有些地方，比如在教堂里，会放上一排排的衣服，这样你就可以在过道里来回走动，看看是否能认出你母亲穿的布裙，或者兄弟或者父亲的衬衫、夹克或帽子。通过这种方式，你可以知道你的家人是否被埋在了某个集体坟墓中。布朗继续说道："即使凶手跟你说你父亲的遗骨在一个坑厕里，你也要去那些坑厕里把遗骨打捞出来。"

再一次，我想到了村子里的女人们。她们不像达马斯和布朗那样愿意说出自己的个人遭遇。或许是因为我们的翻译是位男士。或许是因为她们遭受的是另一种屈辱。难以言说的字眼。跟我们一起工作的女人们——丽贝蕾塔、罗塞琳、多萝西、克雷门汀、罗塞特以及艾玛大妈——都对她们自己闭口不谈。她们中有一半人失去了丈夫。

难以言说的字眼是什么？[120]

基伍湖边，温泉在沸腾。橙色和黄绿色藻类沿着岸边生长，就像蕾丝一样。这里没有鸟。一位白发老人闭着双眼坐在最深的那个池子里。在温泉的另一边，3 个孩子笑着在湖里扑腾，有一个孩子骑着充气鲸。

我们走的是一条狭窄的土路，穿过如此贫困、水土流失如此严重的地带，这里能获得的任何慰藉都随蒸汽消失得无影无踪了。孩子们衣不蔽体，坐在红色的小山坡上，无精打采。他们的骨头从透明的肌肤里突了出来，像一个搭得不稳固的脚手架。饥饿追随着我们的车子，我羞愧地别过了脸。山坡上的树木被砍伐殆尽，岌岌可危，我怕整个山坡会滑落，把这些垂直分布的村庄活埋。

我在这里待的时间越长，就越失去希望，尽管我的信念越发深植于心间。我实在太疲惫，太不堪重负，无法思考其中的原因。

谁有时间思考呢？

卢旺达像是受了重创的肺一样收缩，舒张。在这里，时间看上去不像是一条水平的线，而更像是一道箍，紧紧箍着这受了伤的肺。

蕾蕾在更多的墙上用粉笔画上底图，这些设计都来自孩子们的灵感：有很多奶头的奶牛以及一棵香蕉树。艾伦正在用粉笔完成几何图案，那些欢快的镶边，沿相连房子的底部绕作一圈。梅根在调颜料，将不同的颜色倒进纸杯中供孩子和老师们使用。罗塞特、克莱门汀和罗塞琳给每个感兴趣的孩子自己的颜料杯和画笔。

每天晚上，我们的保安都穿着他的湖人队队服迎接我们，让大家进屋去。毫无疑问，他是种族灭绝的受害者。毫无疑问，查库拉大妈同情他，给了他一份工作。他话很少。我们试着跟他解释说为了安全起见，他必须锁好门。我举起双臂做出强壮的姿势，收缩肌肉。“我们需要你很强壮。”艾伦说道，“保护。”蕾蕾用手做出拳击手的样子。梅根笑得直不起腰来：“你们看起来跟傻瓜一样。”没有人给我们翻译，因此我们不得不比手势，猜哑谜。保安以为我们想踢足球，便在起居室踢起了艾伦还给他的球。蕾蕾拿起驱蚊剂，喷在他的腿上以便“防蚊虫”。我们笑得眼泪都出来了。有一个术语，用来描述在不恰当的场合中无法控制的笑：corpsing（舞台俚语，因忘记台词或控制不住地笑而演砸）。我们笑场了，笑得失去了控制，停不下来。

累坏了。躺在床上。下着雨。有只猫在叫。我的心怦怦直跳。查库拉大妈叫我们连卧室门都要锁上。晚上，有形的黑暗包裹住情感上的黑暗。大脑高速运转，却努力想要入睡，这样的夜晚真是漫长。各种形状、各种大小的恶魔和鬼魂，基本都是我自己的生活中以及我正在接触的生活中逝者的鬼魂，跟在这个屋子里走动的人混淆起来，烟雾一般看不真切。谁知道这个屋子里曾发生过什么？他们就在这间卧室里，我无法入睡。

罗塞特是老师中最有才华的一位，在去学校的路上，她跟我讲了她亲眼见到的唯一一只大猩猩的故事。她的学校组织了一次去艾希玛湖的旅行。在到达湖边之前，他们看到路边有一个动物园。他们停了下来，参观了其中的一些动物。“有个笼子里有只大猩猩。它看上去非常不开心，很孤独。我们给它喂香蕉。大猩猩吃了，像人一样剥开香蕉皮。它吃完第一根香蕉，伸出手来又要了一根。”

罗塞特出生在吉赛尼。她 29 岁。她一直生活在尚扎韦。现在，她住在吉赛尼，晚上在丽贝蕾塔经营的一家叫“格洛里亚”的露天卡巴莱餐馆做服务员。

她告诉我她有 4 个妹妹和一个弟弟。她的梦想是希望他们都能有个好工作，身体健康。

“那你自己呢？”

“过好每一天。”她停顿了一下，笑着说，“我想成为老师。”

“你已经是个老师了。”我说。她对孩子们很有耐心。他们能从她身上学会平静。她想接受正规的教育，取得教师资格证。

罗塞特已为人母，她有 3 个孩子。她丈夫在外地工作。她不太喜欢交谈，不愿说太多话。

到达学校时，她停下脚步，直截了当地问我：“你问我这些问题什么目的？对我个人有什么好处？”

今天上午我们跟沙拉曼兹和斯帕休丝谈了一下。今天他有近40个学生。他想在自己的屋子后面建一间教室，放上书架。昨天，蕾蕾给了斯帕休丝一些她在集市买的蓝色蜡染印花布。今天，斯帕休丝走进她的起居室，像模特一样展示她的新衣服。她动手裁剪、缝制了一件漂亮的衣服，有束腰、裙子和头巾。斯帕休丝想要在室内画一朵大花，而不是在室外，现在花已经完成了。蕾蕾从她家起居室的板凳上下来，脸颊上沾了一滴绿色颜料。

克莱门汀是位运动员，参加过1984年洛杉矶奥运会。她酷爱10千米和22千米跑步比赛。她曾在美国、摩洛哥、中国、韩国、突尼斯、肯尼亚和布隆迪参加过比赛。“跑步救了我，”她说，“也正因为如此，我成了一名教练，致力于教女孩子们跑步和踢足球，让她们学会如何拥有自己的身体。”

我们到的第一天，克莱门汀刚来纪念中心的工地就发现我不懂如何掌控、约束，她随即采取行动，帮我管理孩子们。在短短30秒内，她打了个响指，说了几句重话，就让孩子们的注意力集中了起来。我们在纪念碑后面躺着观察红尾鹰，就这样，克莱门汀让鸟儿进入孩子们的想象。她发明了一个文字游戏，交替使用ikwibi和hawk（鹰），作为教孩子们自然历史和英语的方法。她的精神头儿很足，孩子们既怕她，又喜欢她和善的性格。

克莱门汀自己有 3 个孩子：让·德·拉·佩克斯，16 岁；黛尔芬，10 岁；理查德，7 岁。她丈夫 1998 年死于车祸。她父亲 1994 年在战争中丧生。1995 至 2002 年，克莱门汀一直是红十字会的志愿者，帮助在种族灭绝中失散的家庭重新团聚。他们带着印有孤儿照片的笔记本一个村子一个村子地寻访，寻找他们的父母或家人，看是否有人能认出他们。

“没有人照顾他们。太悲哀了。非常困难。”

“有个 3 岁的孩子，我对她印象特别深。她只会说‘基加利’。我不能丢下她，两个星期我一直把她带在身边。我有这个笔记本，是红十字会重新安置体系的一部分，试着把父母和孩子进行匹配。我们最后找到了她的家人。这个孩子的父母看到了他们小女儿的照片。他们欣喜若狂。当时他们不得不逃往坦桑尼亚，后来回到了吉赛尼。他们迫于无奈把孩子托付给朋友。他们一直害怕他们的女儿已经不在人世了，但是她就在吉赛尼的这个营地上。”

“你怎么能意志如此坚定？”梅根问道。

“通过帮助孩子们，安慰他们，抱着他们。”她低头看了看自己的衣摆，“我曾抱过好多好多孩子。”

克莱门汀突然换了个话题：“我想问你 3 个问题，特丽。”

“洗耳恭听。”

“你住哪里？你种什么？你有几个孩子？”

我告诉她我住在位于美国西南部犹他州的城堡谷。我向她描述红色岩石构成的悬崖和平顶山，告诉她那是一个沙漠，那里水很少，风很大。我给她画了张地图，展示四角地区在她所去过的加州洛杉矶的什么方位。

“和卢旺达绿油油的梯田山相比，犹他州看上去和火星一样。”我说。克莱门汀笑了起来。

“我种什么？我的孩子们叫什么名字？”

“是的。”

“我什么都不种。我也没有孩子。”

她显得很困惑：“你说你什么都不种，这是什么意思？你吃什么？你怎么吃呢？”

我解释说我们生活在沙漠里，在当地一家合作社购买食物，这家合作社隶属于一个更大的社区菜园，并说等有时间我想建一个自己的菜园。

接着，我告诉她布鲁克和我决定不要孩子。

“我们之所以决定不要孩子，有好几个原因——由于健康原因，由于我对工作的投入，由于我相信我们可以创造一种意义更为广泛的家庭的概念，这样的家庭不只是来自我们的身体，而是产生于共同体。”我暂停了一下，我觉得这本来是一个出于直觉和本能而做的决定，但我所解释的这一切听起来是多么荒谬！

克莱门汀还是不说话，若有所思。她一直在看着我的眼睛：“这真的很有意思。”

克莱门汀说很多卢旺达女性决定尽可能多生孩子，以便弥补她们在种族灭绝中所失去的孩子，她对此表示担忧。“她们养不起这么多孩子，孩子们会遭罪。”克莱门汀觉得她不能再要孩子了。她说如果现在她怀了孕，她会终止妊娠，因为她没有能力再养育一个孩子。

克莱门汀谈到要放弃是多么困难。“孩子是我们的乐趣。但如果没有能力养活他们，看着他们死去，那会更痛苦。”她说，“当听到妇女们杀死自己的婴儿，把他们丢进坑厕，以免让他们终身受苦时，生活在卢旺达之外的人会对这些年轻的母亲进行道德评判。他们不知道眼看自己的孩子挨饿是什么感受。在卢旺达，生病、挨饿的孩子实在太多了。”

长时间的沉默。

克莱门汀转向我：“你、蕾蕾、艾伦和梅根回美国后会相互关心吗？这一点儿对我很重要，因为如果我跟你聊天，问你梅根怎么样，你说：‘我不知道，我们没有联系。’呃，这会让我非常失望。因为我们能感觉到你们之间的爱，让我们见证这一切很重要。”

孩子们在招呼克莱门汀去画画。她笑着说：“我的孩子们——我得去他们那里了。”

查库拉大妈家的门上传来敲门声，是我们的保安。他心烦意乱，十分激动。我们请他进屋。路易斯做翻译。保安告诉我们他的孩子已经走失一个月了。他觉得他的儿子正在某个地方流落街头。男孩儿的妈妈在种族灭绝中遇害。这是我们第一次听到他谈私事。我们知道他名叫卡班达。

我们都觉得十分无能为力。

梅根申请硕士学位的研究所关注的是年轻人如何在战后重新找回尊严。在路易斯的帮助下，她采访了菲尔克维奇和维克曼诺托，这两个男孩儿在战争中成了孤儿，他们是好朋友，都是 13 岁。我先前见过他们，并介绍过他俩现在上六年级，是小学阶段的最后一年。两个人都没有钱继续上学。

这两个男孩儿都出生于卢戈利罗。战争期间，他们生活在刚果（金）。他们在难民营里生活了很多年，从一个地方搬到另一个地方。

你们和谁生活在一起？

“我们没有父母。我们和一个老妇人住在一起。没有家人，没有兄弟姐妹，只有彼此。”

当你们想起治愈，你们会想到什么？

“什么意义上的治愈？”

菲尔克维奇：“没有人可以治愈你，只有上帝。我们可以通过相互照顾让彼此更加强大。”

是什么让你们感到更加强大？

菲尔克维奇：“《圣经》里上帝的话。”

是什么让治愈对你们来说很困难？

菲尔克维奇向路易斯说了些什么。路易斯说，当他遇到问题时，他会去找比他更熟悉《圣经》的人，他们会指引他阅读那些能让他获得力量和认识的章节，这让他觉得更加强大。

“他没有笔、本子和学费时，会觉得难过。”

维克曼诺托和路易斯交谈。路易斯解释说：“没有人陪他们一起哭，没有人安慰他们。”

梅根问：“什么是尊严？”

两个男孩儿都有点困惑。路易斯向他俩解释这个问题的意思。他们进行了长时间的讨论。

“他们说，当你觉得自己的生命有尊严，你做事时会自信、自尊。在尊重他人之前，你首先要尊重自己。在赞誉他人之前，你首先要赞誉自己。这样你才能得到自己想要的东西。这是生命的关键所在。”

什么会剥夺人们的尊严？

更多的讨论。

菲尔克维奇：“我认为，即使问题再多，也没人能夺走你的尊严。喝酒本身不是坏事，但是如果喝得太多，你会打碎家里的东西。你喝醉的时候，人们会觉得你古怪、危险。在我们这里，喝酒会让人失去尊严。但是没有人能剥夺你的尊严。尊严是你必须为自己坚守、保留的东西。”

你怎么看待村子里的这个项目——修建种族灭绝纪念中心以及在房屋上画的那些图案？

菲尔克维奇：“这个项目给这里的人们带来了一种新的思维。通常人们来提供帮助时，他们帮助的是‘卢旺达’。但是这个项目是专门为我们而进行的——在此地，在村子里。它提升了我们的尊严和我们的自爱。我相信这个项目对我们这个社区产生了非同小可的影响。这里的人们面临着很多战争遗留的问题，失去了很多亲人。当看到为他们而创造的美时，他们觉得自己并不孤单，我们同在。这对我们很有帮助。”

路易斯对维克曼诺托的话进行翻译：“在这个村子里，很多人发现自己身陷令人震惊的事件之中：可怕的事情、种族灭绝。他们看到这个（他指了指绘了图画的屋子）的时候，他们开始想起他们的朋友、孩子、家人。这是一个信号，预示着我们会在这里很长时间。我们备受鼓舞。这让我们受益良多。”

达马斯在开车。我们在去加通巴村的路上。让 · 博斯科和蕾蕾在前排聊天。我坐在后排。这条土路，不，确切地说是条布满岩石的路，路况极差，坡度很大，蜿蜒曲折，我们被颠得东倒西歪。路上的土很多都被冲走了。有时候我们会一连好几分钟消失在沟渠里，副驾侧有 300 米深的悬崖，很陡峭，很危险。山肩是风化的岩石，相比之下，在犹他州峡谷地带平滑的岩石公路上开车简直就像小孩子过家家一样。每个拐弯处都有泥流。下面的河流是红色的。在这路上，不仅背撞得生疼，脑袋也一样，让人神志不清。

沿途，我们从数百个拿着镐、大锤和铁锹的人身边经过，他们有男有女，还有孩子，在帮着修建和重建这条路况不断恶化的公路。蕾蕾说看上去很像中国的大规模工程。卢旺达人身穿美国人丢弃的 T 恤。人们成了行走的广告牌，展示着美国的消费：从“老海军”，到“阿贝克隆比 & 费奇”，到埃米纳姆，到“哈利和伊莱恩结婚五十周年纪念”。有一个年轻人正在用镐敲石头，他身穿一件 T 恤，上面印着“玩得真他妈开心。”

我们是上午 6：30 出发的。我们 9：45 到达加通巴村，走进助理市长的办公室。让 · 博斯科讲述了他如何在巴塞罗那遇到蕾蕾，“赤脚艺术家”项目是如何开始的。市长刚到，他身材魁梧，令人肃然起敬。他的办公室不大，下半部被刷成蓝绿色，上半部则被刷成橙色，窗帘用的是海军蓝布料，印着六十年代的花卉图案。窗帘是拉上的。

市长的两边各立着卢旺达的国旗和国徽，头顶上挂着卡加梅总统的照片。我看到在每个官员办公室的墙上都挂着他的照片。他的脸无处不在——在四处行驶的公交车上，在宣扬和平的广告牌上，在人们穿的 T 恤上。我们所到的每个家庭的前厅都挂着他的照片，似乎在证实他高达 96% 的支持率。他的眼睛密切关注着这个重建中的国家最微小的细节。

蕾蕾向市长描述我们的工作时，我有点儿走神，思绪似乎还在蜿蜒崎岖的路上颠簸着。我的思想无法集中。我感觉自己开始无法正常工作了。这一切让人难以承受——暴力的余毒、破碎、土地和人民所缺乏的稳定。卢旺达是一道开裂的伤口。

但并不缺少美。开车来到这个山区，这个我所到过的文化上最为偏远的地方，我感到最激动的时刻是在看到黄色竹子时，竹子在乡村的风景里显得如此高贵。在树木被砍伐殆尽的大片土地上，这些竹子让一切不再那么荒芜。我忍不住流下了泪水。市长说：

“谢谢你们。我给你们讲个简短的故事。这里属于尼亚吉萨加拉地区。过去，在种族灭绝期间，这里被称为基比利拉公社。我们目前共有84000人。基比利拉共有15个片区，加通巴是其中之一。基比利拉曾有过非常惨痛的历史。对图西人的屠杀就是从这个公社开始的。时间是1990年10月6日。”

让·博斯科补充了一些史实，指出1990年至1993年所发生的17起屠杀事件，其中有14起发生在卢旺达西北部，正是我们项目的所在地——吉赛尼地区。他解释说，之所以如此，是因为哈比亚利马纳总统和胡图极端分子在这个地区有很多支持者。市长继续说道：

“由于胡图族势力不断加强，1990年10月6日，300人惨遭杀害，被害者都是图西人。那一年又有2000多人被杀害。屠杀一直在继续。1992年3月，1992年12月，持续到1993年1月。这些都只是后来所发生事件的彩排。由于地点偏远，屠杀一直被加以否认。

“在种族灭绝期间，约23000人在此遇害，被谋杀，就在这里，在基比利拉。23000人。咱们待会儿会去他们的遗体掩埋地。在那里，在教堂旁的万人坑里，埋葬着大约25000名死者。”

隐约有婴儿的哭声。“25000”这个数字在我的大脑里不停尖叫，就像是言语性偏头痛，砰砰作响，阵阵作痛。我从笔记本上抬起头，一切都是模糊的。

“我们有 102 个孤儿。

“我们有 307 个家庭是以女性为首的，没有房子，因为他们的房子都在战争中被摧毁了。

“我们有 200 个家庭如今在幸存者村拥有住房。

“100 个家庭一无所有，非常非常贫困。你们会看到他们衣不蔽体。这些家庭非常非常悲惨。

“我们试着效法其他种族灭绝地，如尼亚马塔和吉佐兹，但我们没有钱。我们甚至已经制订好了计划。”

市长拿出计划，放在我们面前的桌上。

种族灭绝纪念碑选址在穆霍罗罗，穆霍罗罗种族灭绝纪念中心所在地。

市长向蕾蕾展示了设计图的细节。蕾蕾解释说如果她为此筹集资金，就必须得由她来设计，她要在艺术方面拥有完全的自由。

市长告诉她建这座纪念中心需要筹集 75000 美元的经费。

蕾蕾说她会考虑接受这个挑战，和市长握了握手。我看到在一面镜框上雕着乌鸦的镜子里映着保罗·卡加梅的脸。

市长给了蕾蕾一个看着像是用印花丝毛料编织的篮子。我们照了相，接着沿着大厅往前走。大厅里人们排着长长的队伍，在等待——等什么？文件？钱？帮助？我看着他们凹陷的眼睛。很多人看上去毫无生气。

“这儿就是万人坑。”市长说道。我们站在一个巨大的坑前面。我们得知坟墓有 3 米深，即大约 10 英尺。“25000 人，他们的遗骨堆积在一起。”让·博斯科跟蕾蕾和我解释道，他怕我们没有完全明白。

“事实上这里有4个万人坑。”市长说，“排成一排，只有铁皮屋顶遮挡一下——是露天的——这样不行。”

我低头看看我的脚，脚边是幼儿的遗骨，尽管我的耳边还能听到马路对面校园里孩子们在玩耍。

一个瘦高的男子慢慢朝我们走过来。他垂着脑袋，手背在身后，看着这些坟墓。市长把我们介绍给保罗·穆萨比玛纳。他是位幸存者。他和我们握了握手，但没有说话。我被孩子们的声音分散了注意力。他们正在排队准备上课。学校就在这个万人坑的对面，以一排紫色和白色的旗子为边界。我们的右边是一座雄伟、庄严的圣殿。这都是教堂庭院的一部分。

这些墓穴看着更像是披屋结构。这个掩埋场让人感觉这儿只是临时过渡的地方——让人想到的是“暂时”这个词，容易穿透，鬼魂可以来去自由。

带着钢筋把手的水泥厚板构成了长方形，跟棺材的形状一样。纵向每排4个，横向每排8个。这32个墓穴（由于没有更合适的名称，我们姑且称之为墓穴）旁排列着木制十字架。在墓穴顶上，紫色和白色的三角旗在风中猎猎作响。

我们离开坟穴，向教堂走去。“我为此感到难过。”我跟保罗说。他耸耸肩：“我们得继续生活。”

穆霍罗罗教堂。我们站在教堂跟前，多云的天气，风扬起尘土。我用围巾捂住嘴。教堂里充满感情的歌声透过墙壁，像热浪一样传送到我们的耳边。

“是一首祷告的歌，”让·博斯科说道，“上帝，我为你歌唱。”这首歌在卢旺达广为人知。

我们透过破碎的窗玻璃，朝房间里看，里面很昏暗。房间是砖砌的，在教堂的辅楼中。妇女们在唱着歌，她们的手不停地摆动，就像蝴蝶一样。年长的妇女组成唱诗班，她们唱歌时闭着双眼。她们不停地重复着同一首歌，就像一串音乐组成的念珠，不是用她们的指尖拨动，而是通过她们的声音震动。我们一起倾听着，学校的孩子们围着我们。

进了教堂，我们面朝前方的圣坛坐下。孩子们坐在旁边的长凳上，面向我们，目不转睛地盯着我们。这令人感到有点儿不安。让·博斯科告诉我们大多数人都是在这里遇害的——在这个教堂里面。

“教堂已经被修复过了。”他说，“我想他们也已经恢复了平静。”

这是个美丽而庄严的地方，外面的集体坟墓则在大声诉说着它的历史。

红砖墙。圣坛的表面是白色的。确实是这样，里面的空间很宁静。

我们静静地坐着，听到外面雷声滚滚。

在卢旺达不断重复着同样的故事。大多数的杀戮都发生在教堂里。1991 年的一次政府人口普查中，总人口中的 89.8% 是基督教教会的成员：62.6%是正式的天主教教徒，18.8%是新教徒，8.4%是基督复临安息日会信徒。

由殖民主义、地区、政治和权力所构成的错综复杂的网，让教堂在卢旺达种族屠杀事件中扮演了同谋者的角色，最终使成千上万的图西人所遭遇的屠杀成为可能。

19世纪的殖民主义[121]为德国和比利时统治者所培养、推进的民族分裂提供了土壤。数十年间，比利时统治者一直偏向图西人。白人传教士们认为以放牧为生的图西人外表更为俊美，举止更加“具有贵族气派”，和欧洲人关系也更为紧密，相比之下，以农耕为生的胡图人则和西非那些说班图语的部落很像。

占卢旺达总人口85%的胡图人十分愤慨。欧默·巴托夫在《以上帝的名义：20世纪种族灭绝和宗教》（*In God's Name: Genocide and Religion in the Twentieth Century*）一书中写道：“20世纪50年代，新的‘进步’传教士们捍卫胡图人的利益，他们所提倡的关于剥削的意识形态，将图西人看作卢旺达的历史罪人，而忽略了德国和比利时统治者们的剥削。因此，1959年胡图人发起暴动时，将图西人作为攻击的对象，而非比利时统治者。传教士们所宣扬的错误观念认为，数个世纪以来图西人一直在残酷剥削胡图人，这一观念影响了胡图人对卢旺达历史的理解，并最终从思想上为种族灭绝提供了最为重要的理由。”[122]

卢旺达国家人权委员会专员汤姆·恩达希罗指出：“由胡图人主导的卢旺达政府用模式化的观念使图西人显得没有人性，一些有影响力的神职人员、主教和牧师在种族灭绝发生前后也对这一观念进行传播。天主教教会和殖民势力一起合作，组织带种族歧视性质的政治团体，如胡图解放运动党。”[123]

1994年种族灭绝事件之前，卢旺达的权力属于政府和教会。对于宗教领袖来说，获得政府的支持有助于巩固他们的地位。顺从政府官员是宗教人士所信奉的宗旨之一。作为卢旺达占主导地位的宗教，天主教教会对社会现状持支持态度，尽管教皇保罗二世是在国际社会公开反对种族灭绝的为数不多的世界政治、宗教领袖之一。

1994年4月27日，在对大众发表讲话时，教皇说："我请所有当政者一起不遗余力地，有效地终止这次种族灭绝事件。"5月15日，他在圣彼得广场对觐见者发表公开声明："今天我再次感到，要求终止卢旺达各民族所遭受的暴力是我的职责所在。这是彻头彻尾的种族灭绝，不幸的是甚至天主教教徒们也难辞其咎。"

人们的所为比他们的所言更为重要。可以说，和那些举起弯刀砍死邻居的个体相比，种族灭绝期间神父们所犯下的不作为的罪孽导致了更多生命的死亡。现任政府已经对至少20位天主教神父判处了战争罪。

1994年4月22日，两名基督教本笃会修女：索夫修道院院长格特鲁德修女和玛丽亚·吉斯托修女将逃到她们修道院寻求庇护的难民交给了胡图武装叛乱分子，导致7000人惨遭毒手——被屠杀、焚烧致死。两位修女都是胡图人。种族忠诚超越了宗教信仰——她们相信只要向上帝忏悔，无论她们犯下何种罪行都会得到宽恕。2001 年 6 月，她们在比利时被判犯有杀人罪。

目击者称看到这两位修女将成桶的汽油搬进车库，浇在 500 多名被困妇女儿童身上，点上火，并且用枯叶助燃火苗，将门锁上、插上闩，让图西人在里面被活活烧死。

骇人听闻的屠杀还发生在基加利的圣家堂。上百名难民死于文瑟斯拉斯 · 门耶夏卡牧师之手。他将胡图武装叛乱分子放进教堂，强暴、杀害躲在里面的图西人。不过教堂里也发生过展现勇气和同情心的故事。胡图族牧师塞莱斯廷 · 哈基兹玛纳神父掌管基加利的圣保罗主教中心。他凭借着智慧对胡图族联攻派民兵好言相劝，用啤酒和葡萄酒贿赂他们。当他们想要闯进教堂时，他试图用自己神父的威严让他们退却。他经常在大街上行走，在屠杀暴行之中穿梭，坚持不懈地为他所照管的难民寻找食物和水。最后，他中枪遇害。作为种族灭绝的英雄，他挽救了 500 多位在他的教堂寻求庇护的难民。直到今天，他依旧受到大家的尊敬、怀念和赞誉。

“种族灭绝靠的是提高嗓门儿，”约翰 · K. 罗斯写道，“如果不用话语对人们加以区分，种族灭绝不可能存在。用意识形态和宣传造势传达恐惧，让一些人发声，称此举势在必行，从而引发了杀戮。”[124]

在卢旺达，胡图极端分子把“仇恨电台”（千丘自由广播电视电台）作为工具，为大屠杀营造声势，推波助澜。在美国，空中电波中充斥着口无遮拦的电台主持人，用过于简单化、极具煽动性的话语蛊惑大众反对“环保怪人”和“女权纳粹分子”。

这两者之间存在着令人不安的关联。不宽容和仇恨、口头谩骂和身体暴力之间其实只相差纤毫的距离。在卢旺达，蟑螂指的是图西人。在美国，按照迈克尔·萨维奇的说法，“害兽”就是自由主义者。

每天，我都能听到那些教堂杀戮幸存者的故事。他们一直思考，为什么他们还活着，而没有死去。似乎通过讲述故事，他们可以逐步平息自己身为幸存者所感到的愧疚。他们似乎觉得，如果他们不仅能让我相信，而且能跟他们一样目睹这可怕的经历，他们或许可以获得逝者和生者之间的些许救赎。

我能确信的是，如果人类在集体癔症的情况下可以进行集体杀戮，那么我，作为人类中的一员，也可能做出这样的事情。唯一保护我免于此举的是我独立的思想。恐惧是一种手段，目的是让大众以及政府公职人员、神职人员和普通办事员都执行掌权者所发布的匿名指令。

在每一个纪念中心，我都能看到用卢旺达语书写的“绝不再发生”。但是每次看到这个标语，想到刚果（金）和达尔富尔地区正在发生的事情，我都想在标语中加上一个逗号：绝不，再发生。

而且，我们依旧漠然以对。

在乡间，妇女们不停地走啊，走啊，走啊，头上顶着你所能想到的一切：柴火、木炭、土豆、山药、各种各样的果蔬；篮子、水罐、大捆的草药、长长的甘蔗、装满日用品的塑料盆、瓦、汽车引擎。单子还可以一直列举下去。妇女们长时间辛勤工作，在田间犁地、耕种、锄地、收割——而男人们呢？男人们在镇上坐着闲聊，所有的镇子都如此，无一例外。失业。无所事事。尤其是年轻人。难怪战争期间，这部分卢旺达人想要急切地“干点事”，这给了他们一个使用“工具”（即弯刀）的机会。当权者让这些年轻人畅饮香蕉味儿啤酒，成为“行进的合唱队”，唱着歌，在头顶挥舞着血迹斑斑的弯刀，前往下一所房子，下一个村庄，下一片田野。

法国记者让·哈茨菲尔德采访过种族灭绝后被捕入狱的青年胡图武装叛乱分子，询问他们为什么会参与杀戮。其中一位囚犯回答说：“这比种地轻松。”[125]

我所看到的是奔腾的红色河流，不是人们的鲜血，而是土地在流血。陡峭的山坡已经被开垦到了山顶。绿色、黄色的方块看着就像抻开的被子，被雨水和重力撕裂。

种族灭绝并非只杀害生命，也同样在掠夺土地，杀死那些土地的拥有者，将土地据为己有。土地所有权被当权者用来刺激人们替他们做龌龊之事。

水土流失——这是卢旺达的又一次种族灭绝，[126]但鲜有人提及。卢旺达是真正意义上在消逝的国家。

土地——为获取土地而猎杀草原犬鼠。因使用农药，由于辐射而产生的土地毒性进入我们的体内，斯蒂夫之死，我母亲之死，全世界成千上万由环境引起的癌症所造成的死亡。我们正在遭受着因整体健康崩坏而导致的生态环境碎片化。

山坡水土流失，无法坚持、无法接受过去的残酷——难怪我们这个星球上出现了灾难性的信仰流失。

但是每天，我都看着妇女们走在卢旺达陡峭、崎岖的路上，头上顶着重负，以便继续养育孩子。即使在最严峻的条件下，我们也能适应，寻找出路。这不仅仅只是活下去的问题，我们将尊严和目标扎根于乏味的日常事务之中。

梅达德给了我一面镜子和一张餐巾纸，比画着手势说我的脸上有牙膏沫儿。我们美国人真是一团糟。卢旺达人很骄傲。上班的人外表一丝不苟——熨烫平整的衬衣、长裤，挺括的女式衬衣和裙子，锃亮的鞋。我低头看了看我的工作靴，让·博斯科要求我把鞋擦亮上光。我带的是我最次的衣服，在干活儿、作画时穿，穿完后准备扔掉。

下一次，出于对村子里人们的尊重，我的穿着会更为得体。

今天，梅根和我采了些白色的酸橙花，香气浓郁，插在一个黑色陶瓷花瓶中，花瓶上面有云母斑点，很好看，是巴特瓦人（Batwa）制作的。这些森林居民，以前曾被称为俾格米人（Pygmies），占卢旺达总人口的百分之一。村子边上有个男人在出售红色和黑色陶制品，我们是从他那里买的这个花瓶。在纪念碑所在地后面几英里处有一个巴特瓦人社区。那些来学校的巴特瓦族孩子，大家都躲着他们。

我们聚在查库拉大妈的门廊上，点着几根蜡烛，听着卢旺达音乐。路易斯下班后也加入了我们。“这是首非常悲伤的歌曲，”

他站着说道，“你们知道让·保罗·山姆普图[127]唱的是什么？”他在沙发上坐下，开始翻译卢旺达音乐家的歌词：“上帝，杀戮期间你在哪里？上帝，你白天离开卢旺达，却又回到此处歇息。种族灭绝期间你在哪里？上帝，种族灭绝期间你去了哪里？”

在刚果（金）的火山所发出的红光映照下，听着路易斯的声音，伴着艾伦安静的鼓声做背景音乐，我进入了一种不同的状态。梅根和我不是美国人，路易斯不是卢旺达人，艾伦不是犹太人，蕾蕾也不再是中国人，我们只是人类，一起，居住在这个地球上。

路易斯讲述了他左臂上那道丑陋的疤痕是如何来的：“我放学回家，几个同校的男孩儿尾随着我。他们是胡图人，骂我和我妈妈是蟑螂。当时大雨如注。在下一个泥泞的山坡时，其中一个男孩儿开始举着弯刀追我。弯刀将落到我的手上时，他脚下一滑，我逃脱了。”

长时间的静默。

“我很幸运。”他说。

蜡烛在燃烧。午夜将至。梅达德准备了夜宵，有鸡肉饭、菠菜和豌豆，还有鳄梨和菠萝作为餐后甜点，都很新鲜。饭菜是在外面的柴火上烧煮的。我们都累了。没有人说话。蕾蕾闭着眼睛，双手叠放在桌子上。她睁开眼睛：“我对项目不满意。”

我们抬起眼睛看着她。

“我需要退避，”她说道，“我累了。现在，我得为自己创造神圣的内心空间了。”没有人作声。

“我明白我必须放手，从美学上说，村子有着它自己的动能，人们正在村子里创作自己的设计……”她停顿了一下，“这很好。就应该这样。只是我对此并不很感兴趣。”

蕾蕾和我们一样感到吃惊。她来到卢旺达，在艺术创作上投入了大量的体力和精力。她如何才能在继续承担肩头职责的同时不负自己呢？

卢旺达远超我们所有人的想象。

“这一切有意义吗？我们在这里到底在做什么？它并未按照我原先设想的方式进行。这些设计……”她低下头，声音越来越小，“我得回家，独自找寻我自己的艺术。”

我们听着蕾蕾真诚而又苦恼的疑虑，我不知道她的疑虑多大程度是出于疲惫，又有多大程度是源自一天天累积起来的悲伤。我们都是善感之人，在和他人相处时，难免会将这些悲伤化为己有。她的这番话也开始让我们对自己更加疑虑。

而我就这么跟着她……我暗自思忖。

用路易斯的话来说，当我焦虑的咒语开始响起，我便开始“猎捕我自己”。

我为何来卢旺达？因为蕾蕾邀请了我。因为我相信她的远见，而现在她却无法相信她自己。当时我先是拒绝——后来我接受了，因为我意识到，如果我拒绝她的邀约，便是在向自己的精神成长说不。或许我只是出于自私。或许我来到卢旺达是为了更好地理解斯蒂夫去世后我的悲痛到底是怎么回事，想把我的悲痛淹没在更大的悲痛之中。或许我来是为了学习，因为从根本上来说，我相信降临到我们身上的所有机会，即使是在我们恐惧之时降临的机会也不例外，都是胡扯。我他妈根本不知道我为什么会在这儿。

当我们以沉默应对蕾蕾时，我意识到我们才是被击垮的人。

如果蕾蕾决定退出，那这一切都会分崩离析，这让我感到极度恐慌。艾伦和梅根回房间就寝了。蕾蕾和我在一起又聊了大半夜，谈我们各自的母亲。我母亲已经去世，她母亲年近九旬。谁能说得清楚，在我们心怀不满时，我们眼中的母亲会是什么样子呢？她们既让我们情绪激动，也起着安慰的作用。

“在我母亲走之前我得多陪陪她。”蕾蕾说。

神圣的朱鹭。神圣的深渊。

今天早上在门廊上，我两者都经历了——朱鹭，在外面飞过；深渊，是屋内的现实。昨晚蕾蕾令人震惊的领悟让我们觉得前途未卜，心神不宁，这都不是我目前所能承受的状态。我们都试图假装我们站在坚实的地面上。现在我们明白，我们的脚下是一块活动门板。昨晚，门板打开了，我们成了自由落体。

我们来卢旺达差不多已经有一个月了。我们应妇女们的要求去村子里集合。艾玛大妈、斯帕休丝和村子里的其他妇女聚集在一起。她们精心打扮：头巾、鲜艳的衬衫、彩色披肩以及蜡染布裙。另外还有几十个妇女带着她们的孩子坐在艾玛大妈刚作完画的屋子前的长凳上。

丽贝蕾塔站起来，会议开始。“每天我们看到你们在这里，从美国不远万里来到这里，负责修建纪念碑，在村舍上作画。每天当孩子们见到我们时，都在唱着‘我们一起很快乐，我们跟他们一样快乐。我们一起创造’。”

蕾蕾站在人群前对大家说：“我们认识到村子里有许多问题，比如精神创伤和贫困，但是我们觉得美和喜悦是我们一同解决这些问题的第一步。

“我们知道，工作机会和教育至关重要。我们并非政府机构，但是我们会回去讲述你们的故事，但愿有其他人为之感动，愿意施以援手，参与这场战斗。

“我们希望‘沙拉曼兹学校’能继续教会孩子们了解过去和今天的卢旺达，教会他们如何在举手投足之间尊重他人。我们希望法布里斯能继续帮助孩子们描绘，了解他们周围的世界。我们希望你们能继续在屋墙上作画，因为等我春天再回到这里时，我的首要任务将是完成纪念碑。”

蕾蕾问大家还有什么要求，还需要什么让村子能持续下去。她说：“我们没有能力做这些，但是我们可以找到合适的、有能力的人跟你们合作。”

很多到场的妇女都滔滔不绝，另一些人则言简意赅，但都发自内心。斯帕休丝代表年长的妇女们发言，她说：“谢谢。愿上帝保佑你们。”

达马斯：“你们已经成了我们的家人。你们回美国后可以多介绍我们，让你们的朋友们了解我们的困难，带回许多的来访者。我希望这个项目能够继续下去，不仅仅在我们这里，也在整个卢旺达。从心理上来说，卢旺达人民必须改变世界对我们的观点和看法。”

胡塞因：“或许会有人认为给房子作画是项简单的工程，但对我们来说，它非常重要，让我们看到了可能性。”

来自吉赛尼的画家威尔逊（让·博斯科为他翻译）：“当我们来到村子时，我们看到了各种变化：色彩、孩子们、整个村子。吉赛尼有个艺术家论坛，他们想要参与这个项目。在让·博斯科的协助下，这个项目会普及到卢旺达全国各地。”

让·博斯科向母亲们解释了我们一同在村子所做的事情。他又一次用了“Kujenga pamoja”（我们一起创造）这个短语。孩子们目不转睛地看着他，被他洪亮的嗓音以及他的演讲所吸引。我坐在丽贝蕾塔身边，注意到她正在为蕾蕾誊抄一份所有死者名字的清单。虽然字体很小，这些人的名字和年龄还是把纸的正反面填得满满当当的：

89 岁

84 岁

32 岁

49 岁

38 岁

13 岁

12 岁

7 岁

60 岁

14 岁

11 岁

36 岁

9 岁

6 岁

4 岁

2 岁

23 岁

40 岁

……

让 · 博斯科结束了他的讲话，停顿了一下，环顾四周："你们都看到了一个月里所发生的事情。这还只是开始。我恳请大家都参与进来。"

蕾蕾再次发言。这次她十分动情，她第一次潸然泪下。女人们也同她一起流下了眼泪，用布裙的边擦拭着眼睛。

让 · 博斯科侧过身："特丽，我们有麻烦了，所有的女人都哭了。在卢旺达，只要有一个女人哭，所有的女人都会陪着她一起哭。"我低声回答："让 · 博斯科，这不是什么麻烦。"我们握住了对方的手。

蕾蕾谈到她的中国背景，谈到身为艺术家的她是如何被破碎之地所吸引的，谈到破碎之中所浮现的美。卢旺达让她领悟到谦卑和放手，学会信赖人们的智慧。她说她相信领导力来自社区的需求。她感谢女人们的智慧和坚强。

她先垂下目光，随后又直视她们的眼睛：“我觉得这不仅仅是卢旺达的故事，也是我们所有人的故事。”

在聆听的过程中，我意识到，蕾蕾昨晚的退却使她今天能够全然投入。我们需要透过现象看到本质。

会议的最后，丽贝蕾塔给了我们一份关于儿童的数据。村子里的儿童：1~10 岁，112 人；11~20 岁，75 人。

丽贝蕾塔用卢旺达语向女人们读了另一份名单，她们便开始组织起来发放衣物。

一名女子背上驮着小女儿，另一个女儿拽着她的裙子。她一边托稳背上的孩子，一边说：“见到你们很有意思。我们通过孩子了解了你们。他们很快乐。谢谢你们来到这里。”

沙拉曼兹缓缓地站了起来，他面带微笑，把漆成黄色的木拐棍举向天空。

会议结束了。

有一天，我从村子里离开。我不想让任何人看到我的泪水。突然，我觉得有人在拽我裙子的后摆。我转过身，是让·克劳德，他才12岁，却已经和其他很多孩子一样成了一家之主。他看着我，脸上露着开心的笑容。他摇摇头，左右摇晃着食指。他抓住我的手，带着我回到村子。他打了个响指，有三四十个孩子跑了过来，围成一个圈。让·克劳德唱起了歌，所有的孩子都加入合唱。他把我拉进圈子，开始跳起了“刚果舞”。费尔迪南德蹦了进来，也开始绕着我跳起了舞；他把胳膊伸进衬衣，一只手伸进裤子，做出勃起的样子。我们在作了画的房子之间的空地上跳着舞，孩子们狂笑不已。我注意到让 · 克劳德站在圈子外面，一动都不动，抱着胳膊，看着我，对自己所发起的这一切感到满意。

再一次坐在基伍湖边，我看着戈玛那边的闪电。自 1998 年以来，刚果（金）死亡人数达 400 万，其中大多数是 5 岁及以下的儿童。许多胡图种族灭绝分子从卢旺达逃到刚果（金）。图西族反抗者没有忘记他们对自己的族人所犯下的罪行。就像 1994 年的卢旺达，刚果（金）境内的暴力正在进行之中，而外部世界对此却视而不见。

在连接两个国家的基伍湖边，路易斯告诉我："自从战争以来，胡图极端分子已经渗透到刚果（金）社会之中，没有因为他们的行为受到任何应有的惩罚。他们在北基伍和南基伍地区势力很大。"他朝那个方向扔了颗石子儿。"如今身为图西人在刚果（金）境内会遇到很大的麻烦。胡图联攻派民兵从未放弃过他们消灭所有图西人的痴心妄想。他们对暴力——不管是强暴、致残或是谋杀——的热衷也从未停止。"他眺望基伍湖的那一头，"这一切正在发生，而世界又一次进入了沉睡状态。"

"不过这一次悄无声息的屠杀之所以无人听闻，是因为大多数刚果（金）人也认为清除所有的图西人是解决目前刚果（金）战争问题的唯一途径。他们拒绝关注这个国家内部真正的威胁：贫穷。在刚果（金）避而不谈的是胡图武装叛乱分子和政府军所造成的物质和情感上的贫瘠。他们掠夺、殴打、恐吓当地居民。他们到处强暴妇女，即便是年仅5岁的小女孩儿，这些畜生们也不肯放过。他们对如此纤细的身躯倍加摧残，就是为满足兽欲——事后他们将这个已经毫无生气的小小身躯遗弃在地上不管。这是我亲眼所见，女孩儿的母亲被迫在一旁观看，痛不欲生。他们不会把年长的女性看作母亲或祖母，而只把她们当成奸淫的对象。女性被强暴之后再也无法摆脱这一梦魇，她们会被社会抛弃，无人理睬，只能躲进树林，耻辱地在那里度过余生，遭受更多的伤害。”

路易斯从沙滩上站起身来。“令人悲哀的是，”他说，“由于刚果（金）政府无法解除胡图联攻派民兵的武装，并把他们遣送回卢旺达接受审判，因此永远不可能完全披露政治背后的内幕。除此之外，刚果（金）自然资源丰富，从金矿、石油，到面积和其他国家国土面积一样大、未经砍伐的森林资源，很显然强国会选择维护强国。卢旺达再一次被无视。我们对于美国来说毫无利用价值。”

“图西人都清楚：胡图极端分子并不满足于他们1994年在卢旺达所食的人，所饮的血，他们还在猎杀我们。他们想做的事还没有完成。正在遭受着痛苦的是幸存者村里的人们。”

凝望着基伍湖，路易斯的话在风中飘送，湖面显得疲惫，布满皱褶。湖是不是也会对战争感到厌倦？

在查库拉大妈家的起居室里，孩子们的衣服被整理好，分成一摞一摞的，感觉就像给人带来安慰的彩虹一样——棉T恤、法兰绒衣服、抓绒外套。今天，我们将整理在集市上给村子里的孩子们买的衣服。我们需要近 200 套服装。

有一个故事，我不知道我是否能够讲述，这是一个无法用语言传达的故事，属于一个经常出现、极具个人魅力的流浪儿，我们每次去纪念碑所在地，他都会跟着我。他始终在我身边，每一张照片里都有他，他想在数码相机的镜头里看到被抓拍到的自己，似乎想要确认他在这个世界上存在，他可以被看到。他就像我的影子。我每次转过身，他都在我身后，目不转睛。

这个孩子曾看着我给那朵圣洁的曼陀罗拍照，那株在为建纪念碑而铲平场地的过程中存活下来的曼陀罗。就是他摘下了花朵，并把花递给了我。

这个孩子叫什么名字，我不知道。好像没有人知道。

今天早上在镇子上，蕾蕾和我正朝集市走去，正好遇到了他——一个在乞讨的男孩儿——街头流浪儿中的一个。他脑袋上顶着个麻袋，里面装着他的东西，几个土豆和一些豆角。和他一起的还有另一个男孩儿，年纪比他大一些，个子也更高一些。在我们碰到的所有孩子中，他看上去最困难，最需要帮助，可是那些给村民们准备的衣服他拿不到，这让我感到很苦恼。别的孩子告诉我他住在村子外面，住在巴特瓦人住的树林里。

蕾蕾和我对视了一下，有了同样的主意。

我们走到一个卖儿童服装的摊位前。两个男孩儿跟着我们。他挑了一件灰底亮黄条纹的长袖 T 恤，他的朋友也挑了一件条纹衬衫。接着我们又很快地挪到卖裤子的地方。人们在集市上围拢过来看着我们，这让我觉得很不自在。他把新衣服装进放土豆的麻袋里，似乎想要确保它的安全，不会被偷走。

他找到了一条海军蓝短裤，很快地脱掉他那件露着一个肩膀、像条连衣裙一样的长袖T恤，穿上新衬衫，试穿蓝色裤子。裤子跟他鼓鼓的肚子很配，他很喜欢。集市上母亲们都开始鼓掌。这一切发生得很快。他的伙伴在褪色的裤子外面套上一条浅蓝色裤子。买家和卖家之间付钱、找钱。

两个男孩儿回过头看了看，一下子消失在人群之中。

昨晚雨很大。黎明时分，非洲白颈鸦在铁皮屋顶上蹦蹦跳跳。这是我在卢旺达的起床闹钟。

尊严会让他人停下来思考，心生敬意。我们想了解有尊严的人都知道些什么，他们又是如何知道这些东西的。我想起了村子里的艾玛大妈。她是个有尊严的女子。有些东西她不说，但你感觉得到。她的克制就是她的力量所在。

尊严是一种存在，一种藏在内心的痛苦，在历经困苦后学会的矜持和隐忍；一颗曾经破碎的心，通过容忍，而非愤懑，得以保持完整。

我们在卢旺达所遇见的很多孩子都拥有尊严。尊严和年龄无关，它和幸存相关。

我的父亲拥有尊严。他是个有原则、坦率、笨拙、有同理心的男人。他很直接，对于所遭受的损失从不后悔。他明白他手下的人所做出的牺牲，因而除了他自己的生活，他也对他们的生活负责。

我的弟媳安·坦佩斯特拥有尊严。我看到她养育几个女儿。我看到她跪在花园里，一手拿着球茎，一手拿着毛巾，在肥沃的黑土地里种下郁金香。

美之中自有尊严。

蕾蕾拥有尊严。她观察。她在发表观点之前会先倾听。她不仅用眼睛看，还会用心去感受所做的事情，然后她就动手去做。

蕾蕾在纪念碑工地上，构想着遗骨存放室该如何修建才不会漫水。尊严能识别一种超越自我的力量，以不为人所知的方式服务于社区。

每一次当草原犬鼠站起来迎接太阳时，它们拥有尊严。而在卢旺达，奶牛承载着照看家园的尊严。

每一天，我经过奶牛身边，它们有的骨瘦如柴，肋骨在皮毛下凹凸不平，历历可数，这时我会想起路易斯对它们的爱。牛奶于他是神圣之物。他被称为加昆巴，意思是拥有“很多奶牛”的人。对他来说，它们曾可以用来衡量他们家的地位和富裕程度。在刚果（金）的马西西，当时 9 岁的路易斯躲在树上，眼看着他家 40 头牛被胡图联攻派民兵任意屠宰。“就在那个时候，我懂得了种族灭绝的含义。”他说。

我们受邀列席吉赛尼的当地民间法庭，法庭地点离我们的住处不远，沿着公路往下走一段路。

“Gacaca[128]，”让·博斯科说，“它是殖民时期前卢旺达全国各地的村庄所采用的传统审判形式。社区用这种方式处理财产所有权、牛羊等方面的争议，以及包括从婚姻到偷窃等各种纷争，由大家共同决定审判结果。”

1994年11月8日，联合国安理会创建卢旺达问题国际刑事特别法庭（ICTR）。其目的是为了向1994年1月1日至12月31日在卢旺达犯下种族灭绝罪行或者违反其他国际法的作恶者以及在邻国犯下类似罪行的卢旺达公民追究责任。

1995年2月22日，安理会第977号决议决定将“特别法庭”设于坦桑尼亚的阿鲁沙，将审理种族灭绝罪、危害人类罪以及战争罪，这些行为违背了《日内瓦公约》总则第三条及第二《附加议定书》。

“阿鲁沙动作太慢，并且有腐败迹象。”让·博斯科说，“迄今为止，‘特别法庭’仅完成了不到24次审判，只有28人因种族灭绝行为而获罪。种族灭绝事件之后，有待审理的案子成千上万，法庭和监狱已经超负荷运行，因此卡加梅总统再次提出‘民间法庭’的概念。这一程序受到南非真相与和解委员会的启发，现已实施了好几年，目标是到2008年完成所有案件的审理。”

除了对种族灭绝领头者进行审判和定罪之外，坦桑尼亚国际“特别法庭”所审理的两桩案例具有特别的意义。对让-保罗·阿卡耶苏的审判确立了强暴是种族灭绝罪的一种。审判庭认为“性侵构成了毁灭图西族不可或缺的一部分，强暴是有计划、有步骤的，只针对图西族女性，表现出明确的目的性，这是使这些行为构成种族灭绝罪的先决条件”。主审法官纳瓦尼特姆·皮莱在判决后发表声明，指出：“自古以来，强暴一直被认为是战利品。现在它将被看作是一种战争罪。我们希望发出强烈的信号，强暴已经不再是战争的奖品。”

阿鲁沙另一场重要的审判确认了宣传在卢旺达种族灭绝中所起的煽动作用。这一审判在 2000 年 10 月 23 日开庭，调查“仇恨媒体”在鼓动 1994 年种族灭绝中所起的作用。

2003 年 8 月 19 日，千丘自由广播电视电台的联合创始人费尔迪南德·纳希马纳和让-博斯科·巴拉亚格韦扎，以及胡图极端主义报纸《康古拉》（*Kangura*）编辑哈桑·恩格扎被提议判处终身监禁。他们被指控在 1994 年的种族灭绝前以及种族灭绝期间犯下种族灭绝罪、煽动种族灭绝罪以及危害人类罪。2003 年 11 月 3 日，法庭判决 3 人都有罪：判处纳希马纳和恩格扎终身监禁；判处巴拉亚格韦扎 35 年监禁，减去他候审的羁押时间，他将在监狱里度过 27 年。此案目前还在上诉中。

让·博斯科告诉我们现在卢旺达全国各地共有 1 万个民间法庭，对种族灭绝嫌疑人在犯罪地区就地进行审讯。目前在押的行凶者将由他们的朋友和邻居们进行审判。如果犯罪嫌疑人表现出应有的悔恨，坦白他杀了哪些人，他们的遗骨现在何处，当地民众会予以宽恕，欢迎他们重新回归社区。但是如果嫌疑人撒谎，毫无悔过之意，如果他被指控的罪名尤其严重，法官们可以代表社区进行判决，处以死刑或者回监狱服刑。

他告诉我们共有三类嫌疑人：第一类，种族灭绝的策划、组织者，臭名昭著的带头杀人者，身居宗教、政治要位的行凶者；第二类，是蓄意杀人的凶手和其帮凶；第三类，破坏财产者。

他引用了一些让人难以理解的数据：在国外共有170万胡图人因害怕受到报复而不敢回到卢旺达，他们很多人已经在刚果（金）定居；1994年的战争共产生了40万名寡妇和50万名孤儿；有13万种族灭绝嫌疑人在押。

“民间法庭的目的是为了在社区伸张正义，让社区得到修复，便于我们能彼此和谐地共同生活。”让·博斯科说道，“每个村子每星期举行一次民间法庭。村民们必须参加。共有9位法官监督审判过程。法官由村民们投票选举，任期3年，负责收集信息，创建档案，记录种族灭绝期间所发生的事实。”

路易斯来查库拉大妈家接我们。他悄悄地跟我说：“我不喜欢参加民间法庭。”

“为什么？”

“我会做噩梦。”尽管如此，他还是陪着我们。

蕾蕾、梅根、卡罗尔（跟我们一同前往的牧师）、路易斯和我走到社区中心。有一群人站在外面。我们通过唯一的门，走进这间水泥房间，眼睛适应之后，我看到房间里满满地坐了好几百人。我们站在后面。审判进程立刻停了下来。

年长的法官用卢旺达语跟路易斯说了些什么。路易斯走到法官的桌前。他们谈了很长时间。我们感到很不自在，不知道在发生什么事情。女人们用折叠的纸扇着风。男人们在不停地冒汗。

路易斯回到我们旁边，说法官欢迎我们。他们说社区明白，也很感谢我们在卢戈利罗所做的工作。他们很高兴我们愿意来观摩见证民间法庭。他们说在吉赛尼这个地区的监狱里关押着两万多名囚犯。监狱过于拥挤，“特别法庭”进展太慢，民间法庭是让卢旺达能够前行的唯一途径，每一个社区负责它自己的审判。法官叫我们去前面就座，在侧面的长椅上列席审判。他们要求我们上交护照。

“请到前面来。”法官用英语说道。

我们走到前面，每个人都把护照放在桌上。路易斯向大家致谢，感谢法官和参加庭审的人让我们列席，接着，我们在旁边的长凳上坐下。我坐在路易斯和一位来自圣公会、名叫穆根萨·约书亚的人旁边。

站在法官们面前的囚犯是位男性，我估计他大概 40 出头。他身穿囚犯们统一的粉红色上衣和七分裤，头戴黑色针织帽，脚穿黑色皮质登山鞋。他情绪激动。社区居民们感到有些不安。房间里不少人在走动，有人在咳嗽，人们之间交头接耳。囚犯开口说话时，人群中发出起哄声。

长凳上还坐着另外一个囚犯，更年长一些，60 几岁，耷拉着脑袋。

约书亚在我耳边轻声地说，政府养着这些囚犯，给他们提供医疗保健、干净的衣服和好鞋子。他们做做零工，锻炼身体。“从很多方面来看，”他告诉我，“他们的日子过得比卢旺达民众好。”从外表来看，这些囚犯确实比住在卢戈利罗幸存者村的人们生活状况更好。

约书亚向我解释我所目睹的一切。

法官面前这个头戴黑色针织帽的囚犯说他当时正和一位哈西姆·卡西姆先生一起做饭。他从28个图西人[①]手里救下了卡西姆。

法官说这不可能。一位社区目击者对囚犯说：“你杀死卡西姆时，我看到你和另外28个凶手在一起。”

囚犯说：“不，我当时不在场。我在索兰格大妈家。你看到的是别人。”

黑帽囚犯和年长囚犯显然相互之间心存芥蒂。黑帽囚犯指控年长囚犯杀死了卡西姆。

两位囚犯都提供了细节，证明谁看到了哈西姆在开车，双方各执一词。

在黑帽囚犯陈述他的说辞时，人群开始不停地呼喊：“不，说实话。这不可能。”黑帽囚犯继续陈词，自相矛盾。

法官向黑帽囚犯指出，他曾说过，是他杀了卡西姆，并把他扔进了茅厕。一位听众说：“你自己在档案里这么说的，而你在这里的民间法庭上又是另一套说辞。”

① 原著为图西人，疑为作者笔误，推测为胡图人。

黑帽囚犯企图杀死卡西姆全家，以免留下目击证人。

听众中的这个人见证了这一切。

法官的书记员弗朗索瓦，重新朗读了该囚犯杀害卡西姆的证明文件。

人群中有人说："不要浪费我们的时间。你和胡图联攻派民兵以及武装叛乱分子一起来到这里杀害了哈西姆。"

一位身穿白袍、头戴白帽的穆斯林男子说道："你说你是无辜的，当时你在索兰格大妈家，我们一听到这些，就不相信你的话了，因为在你的档案里你承认杀害了哈西姆。我们有证据。我们失去耐心了。"

黑帽囚犯开始为自己辩护，并且掏出一块黄布擦拭眼睛、眉毛、胳肢窝和脖子。

"坐下——你话太多了，"穆斯林男子说道，"你在浪费我们的时间。要么说实话，要么就坐下！"穆斯林男子对这个囚犯十分生气。

一位法官说道："我想让社区居民再听听你案件的始末。是的，我们请证人上前。"法官继续说道："你们看，美国人来列席，见证我们的民间法庭，这种形式让他们深受触动。说实话，不要自相矛盾。"

"我们都是兄弟，黑皮肤，白皮肤。"

穆斯林男子又站了起来："这个人不是我的兄弟。如果你去我的村子，他们都知道他的名字。我知道我兄弟的名字。你不是我的兄弟。"

法官说道："我是指精神上的兄弟。"

那名个子高高、令人印象深刻的穆斯林男子站起来，和其他很多人一起走了出去。年长囚犯名叫埃尼亚斯，很谦恭地站在法官面前。法官传唤证人为他作证。埃尼亚斯被指控杀死了卡西姆。据说他有 3 辆车，用于运送胡图联攻派民兵。

"这不是真的，"埃尼亚斯说，"我只有一辆雷诺牌卡车，仅此而已。"

年长囚犯埃尼亚斯轻声地讲述他的故事，手很正式地握在腰间。他粉红色的囚服熨烫得很平整，长裤盖到脚背，脚上是擦得干干净净的黑鞋子，鞋子上还有银色搭扣，这让他自有一种庄严的气度，看上去有点奇怪。

埃尼亚斯娶了一位图西族女子。1994 年 4 月 10 日，他把妻子带到刚果（金）躲避杀戮。他是胡图人。

当他把妻子带到刚果（金）时，那里的一群胡图极端分子和他反目，指控他泄露信息和秘密。

穆斯林男子拒绝承认和他是兄弟的那个黑帽囚犯对埃尼亚斯的话进行反驳。

法官问埃尼亚斯："如果我们今天得到证据，证明当时你曾开车运送胡图联攻派民兵，并且有杀害哈西姆的意图……"

埃尼亚斯回答道："如果有任何证据证明我在运送胡图联攻派民兵，杀了我。我对你们的决定没有异议。"

法官说道："你说过……"

年长囚犯埃尼亚斯打断他的话："审问我吧，我对任何惩罚都已经做好了准备。如果你们有证据证明我运送过胡图联攻派民兵去杀人，那就让我得到应有的惩罚，不过我是无辜的。”

听众们七嘴八舌一阵讨论。大家支持埃尼亚斯的说法。

法官向埃尼亚斯解释民间法庭的流程是为公众而非为警察而设，公众根据证人和提供的证词做出裁决。民间法庭有一个9人委员会，有权决定凭一纸文件释放囚犯，但是会密切关注囚犯。

房间里有人问了埃尼亚斯一个问题：“你知道当时卡西姆住在哪里吗？”

“不，我不知道。”埃尼亚斯回答道。

“你知道索兰格大妈住在哪里吗？”

“是的。”

戴黑帽的囚犯说：“我知道1994年埃尼亚斯有一辆汽车，将胡图联攻派民兵运送到刚果（金）。”

黑帽囚犯对埃尼亚斯说：“听着，我们能想出办法，用伪造的文件让我们无罪释放，只要你愿意出足够的钱……”

黑帽囚犯继续语无伦次地讲述着细节。他不停地用眼睛瞟着梅根。他的眼睛不断地来回张望着。

埃尼亚斯转向他，吼道：“你说这些干什么？我是无辜的。”

另一名囚犯走了进来，自信，脚步轻快，脸颊上有一道竖的疤痕。房间里的气氛发生了变化。有些女人开始哭泣。一位年长的男子把头低在双膝之间，开始发出悲叹声。

审判长转向路易斯，用英语说：“告诉我们的客人这人是谁。”

路易斯侧过身子，解释说这人名叫卡瓦瓦。他什么都不怕。他坦白真相。他不怕说出他杀过多少个人，其他的行凶者都是哪些人。他是种族灭绝中凶残的领头人之一，对吉赛尼地区大部分杀戮负有责任。

我注意到他脑袋左侧那道贯穿脸颊的伤疤，他的手不大，手指修长，皱巴巴的粉红色七分裤下面露出两条肥胖的腿，脚穿黑色皮质高帮跑鞋。

约书亚跟我说："他是杀手之最，策划者之一，负有上千条性命的血债。有人说他把人杀了之后会吃掉他们的心。"

卡瓦瓦在两名囚犯身后的长凳上坐下，肘部撑着大腿，手指指尖相对，上下有节奏地摆动，眼睛盯着我们。他的金表在下午的阳光照射下熠熠发光。坐在卡瓦瓦身后一位来自卢戈利罗村的男子看着我们，用手做出弯刀砍自己脑袋的手势，然后指指卡瓦瓦的背影。

法官叫卡瓦瓦起立。"据我们所知，你认识所有在吉赛尼地区杀害过图西人的凶手。你有没有看到过埃尼亚斯开车运送胡图联攻派民兵并杀害了卡西姆？"

卡瓦瓦直视法官的眼睛，说道："没有。"

埃尼亚斯看上去很疲惫，再次轻声地重申："我是无辜的。如果你们能找到我杀害卡西姆的证据，我将接受惩罚。"埃尼亚斯讲述了他如何在刚果（金）给他妻子办理难民证的过程。

黑帽囚犯说埃尼亚斯把汽车留在了刚果（金），并提出了更多的指控。

法官对埃尼亚斯说："如果这是真的，你愿意接受什么惩罚?"

埃尼亚斯还是同样的回答："我愿意接受我的命运，但我迫切地想说出真相。我是个无辜的人，在监狱里平白无故地被关了7年。"

法官再次转向卡瓦瓦，指着黑帽囚犯问道："这个人是不是在撒谎?"

卡瓦瓦站起来说："是的。他在撒谎。他杀死了卡西姆，他和我一起干的。"

法官们离开房间进行裁决。休息时人们走到室外，互相交谈，有些在争论，其他人听着。

法官们回到房间。在桌上敲响小槌。大家安静下来。接着便是裁决结果：

"根据证人的证词，以及你自己陈述中自相矛盾之处，我们认为你，曼昆特，有罪。你将回到监狱。根据证人的陈述和证词，我们认为你，埃尼亚斯，无罪。我们将你从监狱释放。"

社区居民爆发出欢呼声。人们拍手、叫喊，发出鸟一般的叫声。签署文件。卡瓦瓦在没人看管的情况下自行走到法官的桌子前，签署作为证人的无罪宣言。

我所记得的事情是这样的：法官宣读了审判结果，民间法庭结束了，法官们还坐在桌子后，我走到他们面前，询问是否能知道他们的全名和囚犯的名字。我告诉他们我是个作家，是我们小组的书记员。我解释说我想要确认我的笔记准确无误。

“没问题。”审判长说。他用大写字母在我递给他的纸上写下所有的名字。

2005年9月18日庭审囚犯名：

BAHINZI ENIAS

NTIRENGANYA MANQUENT

他写完之后，我注意到卡瓦瓦不在名单上。“卡瓦瓦的名字怎么拼？”我问道。

“K，A，W，A，W，A。”

我抬起头——卡瓦瓦就斜靠在桌子边上，拼出他自己的名字。

我们互相对视。我惊恐得无法动弹。

路易斯目睹了正在发生的一切，冲到我身后：“怎么啦？你没事吧？”

我转向路易斯。“卡瓦瓦刚刚拼了我的——哦，我是说，他的名字。”我很快地纠正了自己的口误。

突然，混乱爆发了。卡瓦瓦抓住看守的AK-47，朝着房间里四下挥舞，手指扣在扳机上。他们扭打在一起。人们在尖叫。我只看到枪管在人群上方快速闪过。我听到了保险栓的咔嗒声。“哦，天呐，卡瓦瓦会把我们全都杀掉。”

接着，一切都结束了。

两个男人制服了卡瓦瓦，把他摁在地上。枪没有走火。看守夺回了自己的武器。卡瓦瓦站了起来，看着我们。4 个美国人，7 个法官，路易斯以及躲在我们身后的六七个流浪儿，就我们这些人还留在房间里。

看守用枪抵着卡瓦瓦的后背，带领着一队外面的囚犯。没有手铐，没有脚镣，什么都没有。他们就像自由之身一样走出屋子，在暮色中沿着吉赛尼尘土飞扬的道路朝监狱走去。

蕾蕾在土路上远远地跟着卡瓦瓦和另外 3 名囚犯。我有一张她走在穿粉红色囚服的男子后面的照片。她回家后，我走进她的卧室。久久地，我们拥抱在一起。

“我跟你说过，我不喜欢民间法庭，”路易斯说道，我俩坐在查库拉大妈家的沙发上，握着对方的手，“两年来，这是我第二次参加。上一次，我听到一个男人的供词，他杀害了 50 人，其中 20 名女性，30 名儿童。”

“你现在所体会到的是我们都很熟悉的那种恐惧。”

路易斯聊起 1995 年之后的那几年时光：1996 年、1997 年和 1998 年。“战争之后的那几年是另一种恐惧。”外部世界都以为卢旺达的杀戮已经结束。

当时他和祖父一起住在卢亨戈利。每天晚上都有杀戮发生。“你可以听到哭喊声。你可以听到联攻派民兵们的到来，行进，唱着歌。”他的学校里发生过一次枪击。他跑了，他跑出学校，穿过公路，躲进田里，一颗肩扛式手榴弹在他头顶爆炸。他倒在地上，以为自己死了。他还活着。

“我活了下来。”

“詹达——胡图联攻派民兵所到的村子，他们不停地杀呀，杀呀，杀呀，直到早晨。”路易斯说道。

在黑暗中，我们围坐在餐桌旁，他一定是看到了烛光中我们脸上的表情。

他站起身，身形单薄，透过装着栏杆的窗看着外面：“卢旺达已经不是一个国家了，它是个奔波辗转、无处可去的民族。”

夜晚，我的脑袋转个不停，一会儿快进，一会儿后退，一会儿播放，一会儿倒带，一遍又一遍地回顾着当时的恐惧。卡瓦瓦从一个看守手里抓过枪，是唯一的那个看守手里的枪吗？四下逃散。混乱一片。所有人都跑了出去，而我们留了下来。一切发生得如此突然。然而，在我的头脑中，它以慢动作逐渐展开，呈现正在进行中的罪恶。过后我记起来了，当时我和路易斯抱在一起，恐惧得瑟瑟发抖。

卡瓦瓦怎么能够和其他几个罪犯一起随意地走在街上，经过我们的房子，就好像什么都没有发生？没有手铐，没有脚镣，就这样在暮色中走回监狱，怎么能这样？

卡瓦瓦——上眼皮耷拉着，双手染着鲜血（鲜血会沾染手吗？），黑色的指甲抓着桌子的边缘。“K，A，W，A，W，A。”他的眼睛里没有眼白，一双红红的、充血的眼睛。罪恶自有其邪魅，我亲眼见识到了。

卡瓦瓦刚刚拼了我的名字。他的名字。我的名字。

飞速运转的大脑进行回放。卡瓦瓦目不转睛。大脑飞速运转。罪恶的脸。罪恶的邪魅。转过身。枪。尖叫声。倒在地上。飞速运转的大脑在回放。

如果当时枪走了火呢？

今天一大早，让·博斯科就来到了查库拉大妈家。他不再是平时友好随和的那个他，那个奉行“Ntakibazo”（没问题）的男子。他看上去很紧张，心烦意乱，在门廊上踱来踱去，一根接一根地抽着烟。

“大家都在说，”让·博斯科告诉我们，“卡瓦瓦企图在民间法庭杀死美国人。他想制造国际新闻，让全世界都知道胡图联攻派民兵还在，他们的工作还没有完成。卡瓦瓦估计了当时的形势，决定孤注一掷。”

米歇尔刚到：“卡瓦瓦？”

“对，卡瓦瓦。”让·博斯科说道，随后便用卢旺达语和他谈了很长时间。他俩你一言我一语地争了起来。

米歇尔转过头跟我说：“我认识卡瓦瓦——卡瓦瓦·比兹马纳·杜马阿皮利——我是1995年审判他的民间法庭的法官之一。”他停顿了一下，别过头去：“可怕，那次审判持续了两周。太可怕了。”他转向我们：“我们判处了他死刑，可是他还活着。”

米歇尔、达马斯和让·博斯科激动地进行着讨论。我问他们在说什么。

米歇尔变得很生气，说道："这是卢旺达这个国家的一个问题。政府说行凶者可以被释放，他们有能力洗心革面，但是对于卡瓦瓦这样的杀人犯，我无法接受这样的观点。"他们重申，让卡瓦瓦在大街上随意走动，只有一个看守，而且这个看守的枪还不能正常使用，是多么危险的事。米歇尔摇了摇头。"卡瓦瓦作为证人在卢旺达全国各地跑，指证在战争中谁杀害了哪些人。"

"卡瓦瓦，"让·博斯科解释说，"是这个地区所有行凶者的头目。在种族灭绝发生之前，他是个小偷，那时候的他无足轻重。我认识他。在种族灭绝期间，他成了大人物。"

"而现在，"米歇尔说，"他们说他的诚实无可挑剔，因为他会毫不留情地说出实情。"

在去村子的路上，我和米歇尔坐在红十字会的车后座上。我们经过了一车囚犯。米歇尔抓住我："特丽——快看，那里！卡瓦瓦！他在找你！"

我们都笑了，笑声十分响亮，尤其是路易斯。

我们到达村子。我步行去看望多萝西和她的小宝贝。她站在门口，看上去和往常一样优雅，但十分疲惫。她在和达马斯交谈。

我们打了招呼——每边脸颊吻三下。我问她感觉如何。她告诉我她病了，得了疟疾。她已经病了3天了，不能服用强效药，因为她正在哺乳。

她很疲倦，筋疲力尽。她看上去就像才洗过热气腾腾的热水澡，发烧让她浑身都汗湿了。

即使是这样，她还是对彩绘过的房子感到很满意。大门上方，一只条纹柴郡猫眼睛瞪得大大的。天蓝色、白色和黄色的菱形为她的房子构成了一道镶边。

我告诉她我们星期天参加了吉赛尼的民间法庭，但我还没来得及告诉她任何细节，她就打断了我，说道："我听说了……"

达马斯直视前方，不看我。

"我认识卡瓦瓦。"她停顿了一下，控制住自己的情绪，"他就是那个在基布耶体育馆杀害我父母的凶手。他带了一客车的杀手——胡图联攻派民兵——杀害了数千名聚集在体育馆的图西人。我有 70 个亲戚都被残忍地杀害了。"

她抱着胳膊，继续用卢旺达语讲述着。达马斯做翻译，告诉我她和她弟弟以及表兄妹们一起逃脱了。他们逃到基伍湖，游了 3 天，在漂浮的尸体堆里奋力逃生，躲在尸体下面，在水面下，小口地呼吸，以免被发现。他们一直游到了戈玛。他们在戈玛的难民营生活了几个月。她和她的兄弟姐妹们幸存了下来。

"卡瓦瓦——恶魔。"她说着，朝地上吐了口唾沫，摇了摇头，"你和我们一样看到了恶魔的脸。"她咂砸了舌头。

让 · 博斯科想让我们参观他所在的贝林达村。这是他称为家的地方。从吉赛尼开车过去路程很长，途经香蕉树林间的小道以及水土流失严重的泥路。

他告诉我们整个社区由 820 个家庭组成，其中 140 个由女性掌管，还有 74 个孤儿。

水是主要的问题：村子距离水库 7 英里。女人们得从公路下去，步行往返取水，到最近的水泵要走两英里。现在最需要的是一条通往村子的供水管道。

我们在社区中心和市长见了面。市长告诉我们以下这些情况：这里疟疾肆虐，疟疾对于孩子们来说是个大问题，他们会因脱水而死；艾滋病在村子里也是个严重的问题，如果有人得了艾滋病，大家会说这个人“中了毒”。

让 · 博斯科介绍了这个贫困社区的需求。他们不仅需要清洁的水，他们还需要药品和一个保健诊所。他们需要奶牛。他们需要小额贷款。

市长说贝林达也并非毫无希望。他们有妇女们种植的香蕉、大豆、土豆和蔬菜。贝林达还有一支专业的舞蹈队，或许我们可以帮着带他们去美国？

我们所到、所见之处，贫穷、需要、期盼和请求就像一棵正在干死的树上那些颤抖的树叶。我们只是去卢旺达的村庄参观的无名之辈，却备受尊崇，被当成了救星。这些社会底层的人民，他们多么迫切想要被他人看见、接纳，接受他人的帮助，不管是位于贝林达的偏远社区，还是位于新奥尔良的第九区。有人伸着手，而我们却袖手旁观。会不会有这么一天，我们可以手牵着手，真正地把彼此拉出失望的泥淖，一起翩翩起舞？

我一直在拷问我自己的良知，直到我的大脑疲惫不堪。

我们坐在这个小小的房间里，房间是用裸露的红砖砌成的，就是我们所看见的那些晾在路边的手工制作的砖块儿。我抬起头，目光透过波纹铁皮屋顶上的小洞眼儿。我曾见过这些光线所构成的星座图。我透不过气来，开始剧烈地咳嗽。我说了声抱歉，起身走出房屋。

外面有一位年轻女子，非常年轻，正在给一对双胞胎哺乳，其中一个孩子看上去精神不佳。跟我们一起去的牧师付给她 5 美元，想给她拍张照片。年轻女子一下子兴奋不已，跑到围成一圈的几个妇女那边，向她们展示这张 5 美元的票子。

我觉得十分羞愧。我和达马斯一起坐在树下。

我们和让·博斯科的朋友迈克尔见了面。他把我们请进他家。他家里很快就挤满了家人。让·博斯科告诉我们，对于很多人，尤其是年轻人来说，他们是第一次见到白人，我们是第一批来这间屋子里做客的白人。

迈克尔和他的妻子请我们喝可乐和芬达。

我不知道让·博斯科是否曾经承诺过会带一群白人来，因而这次造访在他们的预料之中，意味着钱，意味着帮助。有很多东西我们都不明白。由于需要借助翻译，我们错过了很多东西。我感觉到了沉甸甸的期待，这是我们无法满足的期待。我们对跟发展相关的事务一无所知，我们几乎无能为力。

幽闭所带来的恐惧——几乎没有光，这么多人在这个狭小的空间里盯着我们。一间屋子，一扇窗，一扇门，站着二三十个人。到处都是孩子，到处都是婴儿，全都围在我们四周，瘦削的脸，热切的目光，很多人腹部隆起。在一片不断侵蚀的土地上，人口在急剧增长。

我想起几个星期前在基加利红十字会进行过的讨论，营养不良在卢旺达，在撒哈拉以南地区到处蔓延。由于缺乏必要的营养，孩子们发育不良，体弱多病。我们在卢戈利罗村见到了这一情况。看上去只有五六岁大的孩子实际上已经有 10 岁、11 岁。一直萦绕在我心头的是这些数据：（2006 年）在非洲有 500 万 5 岁以下的儿童夭折（占全世界儿童死亡人数的 40%），其中半数死亡是由营养不良造成的；在撒哈拉以南地区，5 岁以下儿童死亡率不仅是富裕国家的 22 倍，也是整个发展中国家的两倍。

坐在我身边的女子名叫伊玛库莱特，转过头说："请把我们的事情告诉世人。"

在回家的途中，几十个孩子跟在车子后面边跑边喊："阿卡库巴。"让 · 博斯科把塑料水瓶从车窗里扔了出去。有个男孩儿跑啊，跑啊，跑了一英里多，直到我们上了大路。他停下脚步，挥着手。他脸上一直挂着笑容。

做什么——得做点什么。"阿卡库巴。"他们喊着，在要水瓶子。孩子们所要的，只是水瓶子带来的乐趣，一个他们收集、分享水的容器，暂时缓解了他们的渴望。

今天早上在村子里，多萝西提出想让我给她的孩子取名字。在卢旺达，按照惯例，父母们会在孩子出生 7 天之后给他 / 她取名。

我不能确定我听懂了她的意思。达马斯重复了一遍，说多萝西想让我给她的儿子取个名字。

多萝西说："请给我的儿子取个名字。"

我告诉她这实在是莫大的荣幸。我想了一会儿，说道："多萝西，我想以我弟弟的名字给你的儿子命名。我的弟弟叫斯蒂夫。他勤奋工作，帮助过很多人。"

"斯蒂夫。"她微笑着说。

"在法语里是艾蒂安。"达马斯说道。

"艾蒂安。"她把她的儿子递给我，我在清晨的阳光里轻轻地摇晃着他。

我们在卢旺达看到了满月，是黄油的颜色，在山背后盈盈欲滴。

上帝在白天离开了卢旺达，晚上回来就寝。

明天是我们在吉赛尼的最后一天。在查库拉大妈家的外面，艾伦和孩子们在尘土飞扬的街上踢着足球。几十个孩子大声嚷嚷着"艾伦！艾伦！"，然后你就听到踢球的声音和孩子们的笑声。

艾伦明天就要走了。我会想念他。我们都会想念他。

今天早些时候，在村子里，维克曼诺托和菲尔克维奇问我是否有我丈夫的照片。我放下背包，取出一张布鲁克和我们养的巴辛吉犬里奥的照片。他们两人一同拿着照片，看上去很困惑。他们把照片还给我。"为什么养这条狗？"菲尔克维奇问道。

后来从路易斯那里我得悉，在种族灭绝期间，狗会吞食死者的尸体。当他还是个孩子的时候，他很怕狗，觉得狗跟拿弯刀的人一样可怕。“它们体型很大，成群结队。”他说，“真的很吓人。我们一看到狗，就像看到了战争的痛苦。”我在卢旺达没有见过狗，一条都没有。在美国，我们和狗同床共寝。在卢旺达，人们对着狗开枪射击。

什么是理解？不过是一套多变的观念，我们每个人都有着与之相关的特定记忆。

卢旺达是一个令人无法抗拒的悖论，这个像伊甸园一样充满魅力但又令人心碎的地方，为何如此具有诱惑力？这个国家正努力在种族灭绝所带来的创伤中进行自我修复，我们从中看到了希望；但同时，我们也从人们的眼中看到了令人触目惊心的绝望，他们挣扎着面对许多严重的问题——贫困、饥饿、疾病、人口过于密集、水土流失、土地匮乏以及暗流涌动的暴力，这一暗流随时可能喷发，把和刚果（金）接壤的卢旺达再一次卷入冲突之中。

保罗·卡加梅[129]作为领袖的榜样正对卢旺达的集体思维产生着潜移默化的影响。这个国家涌现出一代果敢的领导人，正通过教育以及复兴经济、女性领导力、宽恕、和解以及和平等切实的愿望，播下修复的种子。正在重建的不仅仅是一个国家，更是这个国家民众的自尊。

卡瓦瓦的脸在我眼前闪过——以及他那伙极端分子——有的在监狱里，有的躲在树林里，还有的生活在刚果（金），至死都不放弃消灭图西族的妄想。如果刨一下土，还会有鲜血涌积。

我想起了埃尼亚斯，他是胡图人，但他不是凶手，而是另一个受害者，社区居民通过民间法庭让他蒙冤昭雪，重新回到他们的怀抱。

我看着我的双手。一只手上，是善；另一只手上，是恶。善行和暴行、惠泽和残忍，我都可以做，善恶一念间。双手同时打开，我又怎能去评判他人？

这是我亲眼所见：在卢旺达，有一个村子正在通过绘画给自己带来活力，用色彩和美的创造所带来的欢欣，期待让社区重新获得生机。孩子们通过对希望的执着带领他们的长辈走上修复之路，他们只要有半点儿希望，也会坚持下去。是故事让我们来到一个正在经历变革的地方。一个男人，让·博斯科，用他的战争故事和对治愈的渴求鼓舞了一个女人，叶蕾蕾。她响应他的呼救，来到卢旺达。她带着愿景回到家，又激励了另外3位伙伴。他们克服自己的恐惧，作为“赤脚艺术家”来到这里，以后还会有其他人追随他们的脚步。

我最后一次在基伍湖边散步，在闪闪发光的沙滩上，云母片成了许多小小的镜子。镜子一般的湖面映照过我的喜怒哀乐。一只淡色歌鹰从在我头上掠过——在我脚的前方留下一支羽毛作为馈赠。

遗骨和泥土。今天早上，我梦见有人给了布鲁克和我一些骨头——股骨、胫骨、腓骨——是这些骨头支撑着我们立足地球，赋予我们高高挺立的姿态。

我们看不到是谁给了我们这些骨头。

我们把骨头抓在手里，作为武器。我们把骨头弄得咯咯作响。我们拿它们当笛子吹。我们把它们当鼓槌，敲响中空的木头。我们祖先的遗骨在说话。我们侧耳倾听，来自骨头的忠告。如果我们不去倾听，一切都会消失殆尽。支撑我们共同体的脚手架正在崩塌。

我们在土堆上一起敲击着两根骨头。

在接下来的梦里，各种颜色的其他土堆呈现在我们眼前——生命开始的地方，播撒种子的地方，种植食物的地方。我们把手伸进土壤，我们的手指变成了根，环绕着骨头，直到它们变成树。

遗骨存放室的地基挖建完毕。

住在查库拉大妈家隔壁的孩子们和我正在用我的最后一个昆虫眼万花筒观察酸橙树的叶片。像昆虫一样看世界，这让他们倍感惊奇。

让·博斯科走进门廊，用责怪的口气说道：“不行，不能给这些孩子，请留给我的孩子——我自己的孩子！”他从小手中拿过一块镜片，自己对着太阳看。

如果还有一个未曾讲述的故事，那便是让·博斯科的故事。我们对他的过往几乎一无所知。他去过何处，见过什么？他和他的家人如何能在战争中幸存下来？

我们从克莱门汀那里了解到他曾就职于红十字会。他一个村子一个村子地给孤儿照相，以便确认他们的身份，帮助家人团聚。

我们知道他认识每一个人，胡图人和图西人他都认识，他很聪明，懂得见机行事。

我们知道他能言善辩，竭力主张正义和重建。我们每天都见证着，为了卢戈利罗村的种族灭绝幸存者以及需要帮助的群体，他是多么任劳任怨。

在这个逐步展开的故事中，他是我的主人公，站在行凶者和受害者之间，被困于其中，承载着种族灭绝的智慧和伤痛。

我们来到村子里。彩绘过的房屋显得明亮而令人愉悦。梅达德和查库拉大妈也和我们一起来到这里，想亲眼看看所发生的一切。一个原本灰蒙蒙的村子如今异彩纷呈，看到这一变化他们觉得很惊讶。

让·博斯科把孩子们召集起来，请他们和我们分享他们这个月所学到的东西。捣蛋鬼费尔南多举手发言："我们想要踢足球的球服。"

让·博斯科批评他说："我问的不是你们想要什么，我问的是你们学到了什么。"

费尔南多的脸上绽放出灿烂的笑容："我懂得了我们的房子可以很美。"

小埃里克说道："我懂得了我们在一起可以很快乐。"一下子，孩子们开始七嘴八舌同时发言。让·博斯科指指一群女孩子，奥利芙也在她们中间。她们说得很大声，让·博斯科给她们做翻译。

“他们从沙拉曼兹那里了解到了卢旺达的过去。

“他们学会了如何画画。

“他们学会了如何涂色。

“他们喜欢踢足球。

“他们从沙拉曼兹那里学会了礼貌和尊重。

“他们知道如何和你们一起过得很快乐。”

让·博斯科转过头跟我们说：“他们请你们下次回来时带笔和笔记本来。”

衣服。在村子的中心用绳子围出了两个区域，每个区域中间放了三把椅子。在艾玛大妈家门口，孩子们在绳子后面排起了队。丽贝蕾塔一次点一个家庭。等轮到他们时，每个家庭，主要是母亲带着孩子，走到指定区域，给每个孩子领取一件衣服——裙子、衬衫、裤子。老师们发放衣服。像菲尔克维奇和维克曼诺托这样的孤儿什么都领不到——没有人为他们谋利益。那个我们不知道名字的巴特瓦族男孩儿正躲在旁边一丛香蕉树后面，向这边张望。12岁的让·克劳德，作为他们家的一家之主，排在了队伍的最后。他领取了剩下的那件衣物，一件粉红色婴儿紧身裤。他收下衣服，看着梅根和我。

我跑到村子后面一条横穿甘蔗田的小路上。我蹲在那里，拉肚子了。六七个女人扛着她们的东西从我身边走过。她们很大度，尽管我羞愧得双手掩面。

我去多萝西家道别。我敲了敲门，开门的是她妹妹。她请我进屋。绿色百叶窗紧闭着。已是傍晚时分。我们走进她的卧室，她正躺在床上。多萝西因疟疾全身都湿透了。我把手放在她的额头。她发高烧，额头滚烫。她坚持要起身，慢慢走到角落里，递给我一幅好看的大垫子，已经卷了起来，方便我带回家。

“献给‘赤脚艺术家’，”她说道，“拿着。”

一个男子在等着我们。他一边带我们穿过香蕉树间的小路，一边把鸡赶走，最后我们来到一片小空地和两间小屋前。烟。火苗。炉子烧着明火。这个男人的妻子正看着炉子。地上放着他烧制的红色和黑色器皿的样品。有些是花瓶和罐子，有些是陶制的小鸟，还有一些烛台和香炉。突然，从小屋里走出了那个男孩儿，就是他，跟随着我，每天出现在纪念碑工地，在地面被整平后递给我那枝神圣的曼陀罗，出现在集市里朝我微笑，然后消失不见，刚刚分衣物时他躲在香蕉树间。他咧嘴一笑，躲到了男子的身后。男子看得出来我和小男孩儿互相认识。他向让 · 博斯科解释说这个男孩儿是个孤儿，没有人知道他多大。他现在和他们一起生活。

我请让 · 博斯科问男子这个小男孩儿叫什么名字。

他叫杜森吉玛纳 · 基格姆扎。他有名字。他有家。我知道他并非居无定所。基格姆扎拿起陶制小鸟，用两只小手捧着。我蹲得和他一般高，抚摸着红色小鸟的背。“真好看。”

我们买下了他们所有的东西。

蕾蕾向这个巴特瓦族陶工解释，她想和他一起合作，给村子造些蓄水池，可以接屋顶落下的雨水。通过让·博斯科，她介绍说这一做法在埃及非常普遍。他们握了握手。

巴特瓦族。他们的土地被夺走了。他们流离失所，受人侮慢。他们没有权利接受教育。在很多人眼中，一头奶牛都比他们更有价值。他们一无所有，只有红色、黑色的陶器，在记忆的森林里，在灰烬的下面缓缓烧制。

下雨了。大雨滂沱。我跑到外面，在雨中撒欢。我不能独自享受，于是便跑回屋里，抓起蕾蕾的手。我们一起站在雨里，让大雨把我们淋得浑身湿透。我们已经竭尽了全力。我们跑回屋里，打开所有的窗子，倾听大雨在铁皮屋顶上跳跃。

傍晚时分，有人敲门，是加帕西·德斯米特斯，吉赛尼民间法庭主席。他问我们他是否可以进屋。我们在起居室就座。他直奔主题。他是来告诉我们，在周日发生的事件之后，卡瓦瓦已经被送到了吉塔拉玛。

“我们意识到，卡瓦瓦是个危险人物，不应该在民间法庭自由行动。我们想加快审判进程，所以太掉以轻心。他始终是个杀人犯。他将被处以死刑。”

太阳下山了。我坐在吉赛尼满是灰尘的马路上，背靠着查库拉大妈家的红砖围墙，看着赤道处的光线几乎在瞬间被黑夜所吞噬。

3 只朱鹭飞过——

“截至 2005 年 9 月 21 日，卢戈利罗种族灭绝纪念馆共容纳了 193 人的遗骨，”丽贝蕾塔说，“这是他们的名单。”

蕾蕾和路易斯、丽贝蕾塔一起围坐在桌边，仔细阅读这些名字。没有电。我们点着蜡烛。“这是村民们想刻在种族灭绝纪念碑上的文字的译文。”路易斯说。

“你能朗读一下吗？”蕾蕾提出请求。

在烛光中，他非常庄重地朗读着：

我们永远不会忘记你们。
你们受折磨而死。
你们走了，但我们依旧爱你们。
你们是受害者。
愿上帝迎接你们时将你们作为胜利者。
我们依然记得你们。
我们为你们祈祷。
我们永远不会忘记你们。
愿你们安息。

路易斯和我站在起居室里。蜡烛在燃烧。在摇曳的烛光中，我们的影子在墙上跳跃。该如何说再见？他递给我一个牛皮纸袋。我朝袋子里看了一眼。里面是一双鞋，天蓝色串珠凉鞋，点缀着贝壳。我把鞋拿了出来，放在地上，光脚穿了进去。

“当你穿着这双鞋行走时，我也在和你一起走。”他说道。

在开阔的天空下，人性没有不变的地平线，只有各自的生活以及一颗一颗破碎的心之间所分享的故事。

我们并未失去对上帝的信仰。

我们失去的是对生活的信心。

我的腰部感觉到飞机在腾空，我闭上眼睛。我眼前浮现的是一队卢旺达妇女走在路上，每个人手里都提着一个盖紧的尖顶篮子。女人们从一个村子走向另一个村子，篮子里装着她们的秘密。

把阴影化为稍纵即逝的美。

——T. S. 艾略特，《四首四重奏》

2007 年 3 月 28 日，我们抵达基加利后，我的第一个电话是打给美国大使馆的艾米莉·谢弗的。我只有一个问题“路易斯·加昆巴的签证进展到哪一步了？”

她的答复简单、直接：“昨天他取走了。”

我挂上电话，在宾馆的床上坐下。路易斯要来美国了。

布鲁克和我给犹他州我的父亲打了个电话。“太棒了，”他说，“他什么时候到？”

“他会和我们一起回家，”我说，“3 周后。”

“我马上告知学校。”爸爸说。他答应为路易斯在盐湖社区大学进行为期两年的学习做担保。

我挂上电话。

我浑身在颤抖——我们如何支付他从卢旺达前往犹他州的机票？学校什么时候开学？他住哪儿？他如何维持生活？这些都不重要。重要的是：历时两年，三次申请签证被拒，因为按照美国移民局的说法：“很遗憾你没有表现出对卢旺达足够的忠诚。”尽管困难重重，但现在他总算拿到了签证。我回想起这两年间路易斯和我之间往来的各种备忘录、信件、电子邮件，在此期间我一直不让自己去想这一切最终会有什么结局。我随身带着满满一文件夹的信件。

亲爱的特丽：

我很坚强，相信上帝。我知道人无法做到之事，上帝可以做到。最好相信上帝，相信祂可以为祂的信徒们做一切事情。

我向你简单地介绍一下我的学习经历：

我上过小学，但因为战争，我连小学都没有毕业。那时，我们在刚果（金）生活，那里治安很糟。我上小学四年级时，杀戮开始了，我因此而辍学。两年后，在没有上学的情况下，我参加了全国考试，想看看我是否能够考上中学。我成功了。这对全家人来说都是一个很大的惊喜。

1994年，卢旺达种族灭绝（之后），暴力扩散到布隆迪和刚果（金）等周边国家，我们逃离刚果（金），前往相对安全的卢旺达。1995年，我开始了中学学习。我很聪明，有些东西看似困难，但是我能弄懂所有的课程，就好像我上过五、六年级一样。

但是在1997年，这一年一片空白。除了暴力还是暴力，出于安全考虑，我不得不再次辍学。胡图联攻派民兵会到学校来杀害学生。有一次，我差点儿没能逃脱。在我倒地时，一颗肩扛火箭炮的炮弹擦着我的头飞过。危险让人无法想象。

1998年，我们搬到了吉赛尼，而我则去刚果（金）的戈玛上学。这一切不容易。我母亲没有工作，甚至没有什么小生意可做供我们上学。我大哥（我们家一共7个孩子）当时已经上中学四年级。我跟我母亲提出想去学机械，以便放学后可以在汽车修理厂找份工作，就是考虑帮助我的弟弟们继续他们的学业。这一切对我们来说实在是太困难了。生活不易，但我们在咬牙坚持。我们很幸运可以和外婆住在一起。我们不用付房租。

我在机械方面的工作一直做到第四级，2001年我获得了证书。我是整个地区第一个获得证书的人。后来在2002年，我开始阅读英文书籍，对英语越来越感兴趣，听英文广播，看英文电视节目。逐渐地，我可以用英文说、写，水平达到了可以自学的程度。

我从未参加过任何英语协会，也没有受过英语方面的培训。这让人很难相信，但这是实情。

2005年，我决定在卢旺达参加全国考试。认可的最低成绩是1.5分。我意识到我从三年级以来一直没有上过学。幸运的是，我得了1.8分，通过了考试，取得了文凭。

我从1995年起就开始帮着养家糊口，直到现在。已经这么多年了。值得期待的是，我弟弟迈克尔会尽力帮忙。他很棒。如果我来美国，我不必担心我的家人。

我曾在各种困难的条件下学习，在只有两条裤子可穿的情况下完成了4年的高中学习。我想我曾经跟你说过，我一生从来未感到过快乐。有时候，当我想起我的过去，没有什么让我快乐的事情，除了我对上帝的信仰，上帝确实在我的生活中创造了奇迹。

我是多么高兴我遇见了你，特丽。当我读着你写给我的所有电子邮件时，我想你的生活中也曾有过困难。我想让你明白，即使你无法帮我解决所有问题，或者我拿不到签证，我能理解。我不会怪你。你已经尽力了。

我知道这封信很长。你是为数不多的几位知道我的过去的人，我告诉你的是我故事中的一小部分。

我颂扬上帝，让我没有超越了我过去十年所处的水平，我甚至已不再是5个月前的我了。继续进步的梦想，是我的希望所在。

我希望盐湖社区大学会成为我来美国求学的机会。无论发生什么，我们都会互相关心，一直是朋友。

希望你一切顺利，祝好运。

路易斯

2007年1月19日

路易斯：

很遗憾，原因是：我的前任和你进行过面谈，觉得你不符合条件。

他建议你利用获得的资助在卢旺达求学，让自己先得到认可，证明你在所计划学习的领域有必要的学术成就，但你决定不考虑他的建议。

此外，你也没能向我证明你和卢旺达之间的联系，按照法律规定这是必不可少的条件。

我现在无法给你发放学习签证。

我花了很长时间查找相关资料，也对此感到很遗憾，但是我必须始终如一地遵守法律。

艾米莉·谢弗

领事办公室

2007 年 3 月 2 日

亲爱的艾米莉·谢弗：

非常感谢您的关心和时间。

艾米莉，请允许我冒昧地说一句："您是我最后的希望。"锲而不舍、坚持不懈、不屈不挠是我们常备的字眼，因为所有伟大的成就都需要这些美德。

不幸的是，我的耐心几乎用尽，我不知道上帝为何要这样对我……当然，祂自有不为我所知的计划，但我还是想问祂为何要开启这困难的道路？不过，我依旧相信上帝是无所不能的。

我还没有遵照您的要求提供具体的证据，也正因为如此，我很担心，不希望由另一名领事对我进行面谈，虽然按照您的说法，或许他会对我有一个全新的看法……

如果他要求我拥有住房怎么办？并非每个卢旺达人都有房子。如果他要求我出示金融资产以及其他东西来证明我和卢旺达之间有着密切联系怎么办？这些东西我只能通过接受教育才有可能得到。但是您已经对我相当了解，正是出于这个原因，我才说您是最应该决定是否给我发放签证的人。

有人过早放弃。许多人生活失败，因为他们相信“如果你正在做的事情无法成功，试试别的”。这是不对的，梦想之所以能够实现，就是因为有这些梦想的人能坚持他们的抱负和追求。他们不愿失去信心，绝对不会听由失望占据上风。我更愿意瞻前，而非顾后。前往美国定然能让我获得奠定我生活基础的知识……如果现在这一点无法实现，那么，它将会导致很高的成本。

当人身处困境，诸事不顺，似乎已经到了无法再坚持片刻的地步时，千万不能放弃，因为这正是出现转机的时刻（我不知道这是否对我也同样适用）!

人们总是可以通过不断尝试各种可能性而发现机会。不仅仅是特里和南希向我展示了可能性，您也功不可没。艾米莉，您会在这件事上表现出多少宽容之心？我知道您可以按照您的意愿对我进行评判，但是，我恳求您，这正是您提供帮助的时候。

艾米莉，我曾告诉过您，我的家人是我和卢旺达之间唯一的纽带，真的是这样。为了获得签证，我已经申请过三次了，但一直没有成功。我担心我为几个弟弟所攒的第二学期的学费会被用掉。不过，这不是个问题，因为我会把注意力集中在我的梦想之上。

我记得您曾给您的同事写过电子邮件，说由于我的情况已经发生了改变，我可以重新申请了。您所说的我留着呢。

特丽很快就要来了，希望我能和她一起走，她会把我介绍给犹他州，介绍给我的担保人。我再次恳求您，艾米莉。坦白地说，如果您可以做点儿什么，请您亲自对我面签吧，因为您已经对我的情况了如指掌。

忍耐比冒险更伟大，不可能和可能之间的差别仅仅在于一个人的执着。我并非在对您做出强求，也不是在拒绝您的建议，这只是我坚信不疑的现实。

恳请您，艾米莉，给我发放签证吧。这是我见证奇迹唯一的障碍！

心怀感激的
路易斯·加昆巴
2007 年 3 月 27 日

感谢你，特丽：

请告诉我，你是否同意我在路易斯的学生签证上写上“由特丽·坦佩斯特·威廉斯转交”的字样?

这样做只是让我们多一点儿保证，以防万一他出于某种原因不能履行签证的条款，比如他的学习进程（当然我希望这样的情况不会发生）。

请尽快告知我们。

祝好。

艾米莉

2007 年 3 月 22 日

最亲爱的特丽：

卢旺达语里有一个说法：“所有的道，所有的路，尽头都是家。”这是你所开启的路的尽头。我颂扬上帝，在这漫漫长路上祂自有祂的意图。

如果你收到这封电子邮件，请及时告知我，我会在基加利迎接你。

我向你保证一件事：我绝不会成为你的负担，请不必为我担心。

最真诚的祝福。

路易斯

2007 年 3 月 26 日

我们到达吉赛尼的查库拉大妈家时，路易斯已经在等着我们了。我跳下车。我们张开手臂互相拥抱。

“我不能相信。我简直不能相信！”他说。

布鲁克和路易斯是第一次见面。他们握了握手。路易斯看着我，说道：“你就是我的妈妈。”他看着布鲁克：“你是我的爸爸。”

布鲁克和我相互看了一眼。

“以后就是这样。”路易斯拉起我们的手，和我们一起走进屋子。

刚果（金）的火山还在发出红光。火星四下迸发，就像夜空中的流星一样。我们回来了：蕾蕾、艾伦、梅根和我。我们还带来了同伴。蕾蕾的儿子丹尼尔·特劳伯来了。布鲁克和我一起。克里斯·诺布尔是位来自犹他州的摄影师。克里斯·兰德里是位来自费城的摄影师。罗伯特·谢特利是位画家，住在缅因州。埃里克·雷诺兹是位来自科罗拉多州的社会企业家。詹姆斯·普朗姆博士和他妻子苏珊也回来了。去年，他们作为托马斯杰斐逊大学医疗队的成员曾来过这里。詹姆斯是位内科医生，在医学院执教，苏珊是博物馆研究方面的教育家，他们俩生活在费城。

我们回到了查库拉大妈家，经理梅达德也在，他和我们已经成了挚友。我们坐下来用午餐，了解村子的近况。

“纪念中心将于 2007 年 4 月 5 日举行落成典礼。”让·博斯科说，“你们就拭目以待吧。建得很漂亮。”

他告诉我们，我们走后，村子里共有 25 栋房子完成了涂色绘画。

“有件事你们听了一定会觉得很有意思。周边社区的公职人员认为卢戈利罗种族灭绝幸存者村里‘画过的房子’对居民的安全是一种威胁。以非常显眼的方式‘标记’他们的房子属于图西人。”他说，“幸存者让自己置于危险的境地。他们强烈建议村子用灰色油漆覆盖那些图案。村子里的居民说：‘不。我们不允许你们毁掉我们的作品。’”

“真是这么回事。我们告诉那些官员这个项目如何将我们聚集在一起。我们原先相互并不认识。现在，通过孩子们的设计，我们一起肩并肩地工作，用鲜艳的颜料在我们的房子上作画。我告诉他们是我主动要求在我的房屋上作画的。我门上方红色条纹的猫以及墙上那道天蓝色和黄色的镶边，让我和我的孩子们觉得非常快乐。”多萝西看着让·博斯科说道。平时很少说话的女族长艾玛大妈也开口了：“它给我们带来了希望。”

“村子里有人说是那些公职人员自己因为这些作了画的房屋而觉得受到了威胁。”让·博斯科说道。

“或许他们就想让我们和他们给我们建的房子一样，不引人注目，暗淡无光。”多萝西回应道，她的眼睛看向别处。

纪念中心像是祷告一样从火山碎石上拔地而起。这是我们第一次看到这座实现了蕾蕾愿景的建筑。我们走在中间的小路上，路面嵌着石头，两面环绕着草坪。波浪形的白墙是这个神圣场所的边界。一些高点，姑且称之为“站立的波浪”，被漆成卢旺达国旗上的天蓝色、黄色和绿色。白墙的底部是一道紫色的边，这是哀悼的颜色。

我们停下脚步，从台阶底部往上看，台阶通往一个亭子，蓝顶，柱子被漆成天蓝色。亭子里设有祭坛，祭坛上将会用马赛克镶嵌出“TWIBUKE”（我们记得）的字样。

这一切超出了我们的预期。

让·博斯科把双手放在胸口。蕾蕾双手合十，俯首。她第一个走上台阶，和西博曼·弗朗索瓦打招呼，西博曼是她去年培训的一位马赛克镶嵌师。他正在负责监管装饰圣坛的马赛克镶嵌工作。蕾蕾跟西博曼说她很满意。多萝西正在完成用来装饰祭坛右侧的一幅红花绿叶马赛克。她穿着淡蓝色牛仔布无袖连衣裙，里面是件条纹T恤，头上系着海军蓝头巾。她双眼紧盯着手上的活儿。

康苏雷塔是一位年长的妇人，身着传统的布裙和衬衫，头上裹着红色头巾。她的眼神疲惫。她坐在倒扣的桶上，用小锤子将瓦片敲碎。接着，她把那些准备用在马赛克背景中的白色、米黄色和赤陶色碎瓦片用大剪刀修成合适的尺寸。我认出了这个来自拉文纳的工具。我在她身边坐下。她把另一把剪刀递给我，我们一同切割、修剪瓦片。

弗朗索瓦指着一片叶子的轮廓，用食指沿着轮廓抚摸了一圈。“这个，”他说，“得由你做。”我点了点头。

马赛克的线条至关重要。

我们坐着，周围到处都是碎瓦片。弗朗索瓦用他的泥刀向我展示如何加水拌水泥作为瓦片的基底。他铺上基底，用泥刀拍打、刮平整，然后再放上碎瓦片，确保表面和其他嵌片在一个平面上，接着用泥刀柄轻拍几下，这一片马赛克就做好了。他把泥刀递给我，点了点头，说道：“开始。”

我按照他所说的，用水泥做好基底，寻找合适的碎片，放上碎片，轻轻拍打，确保它和其他碎片保持水平，然后把它嵌好。

“很好。”弗朗索瓦说。

2006年，叶蕾蕾教弗朗索瓦如何从头到尾完整地制作马赛克。今年，当她想雇他为纪念碑多做些工作时，他却太忙了，薪酬也太高，作为吉赛尼的马赛克镶嵌师，他手头的活儿多得忙不过来。

“现在，‘赤脚艺术家’为弗朗索瓦工作！”蕾蕾说道，她根据他的时间表调整了自己的时间。

一连几个小时，我们都在制作马赛克。用泥刀挖起水泥，挑选瓦片，镶嵌，铲平表面，确保表面是齐平的。

马赛克就像是一幅拼图。通过一系列的可能性、尝试和错误，让人必须全神贯注。看着碎瓦片，你的眼睛对空白处进行评估，寻找适宜的形状。一片一片，你会越来越接近想要的形状和效果。

康苏雷塔和我并排坐着，一同制作一朵红花。

弗朗索瓦回来了，指指我正在制作的那片叶子。他用手指抚过不平整的表面。“不好。”我取下绿色嵌片。他飞快地进行演示。他从我脚边那堆碎瓦片中重新挑选了瓦片，很快镶嵌好，制作的构图更加紧密、平整。

他用手指又一次指了指叶片的外轮廓线条，然后就走开了。

露西亚娜现在就在卢旺达。

康苏雷塔忍着悲痛，用棕色小纸片慢慢地，仔细地，爱抚般地擦拭着瓦片，直到马赛克闪闪发光。

康苏雷塔所有的孩子都在种族灭绝中惨遭杀害。她指着隔壁倒塌的砖房。“我的家。”她说。她在纪念中心做事是为了她的孩子们。每天，她都在哀悼他们。“10 年，13 年——好像就在昨天。”

一团云遮住了刚果（金）那边绿色的树冠。风中飘来雨的气息。现在是4月，是卢旺达的纪念月，到处都是紫色旗帜。街上有清晰的音乐，歌词中充满惆怅和悲痛之情。

雨正在下，倾盆大雨——过往。

每一个月的最后一个周六被指定为社区工作日。这个月的这一天尤其重要，因为离4月7日种族灭绝周年祭的国家公祭日只有一周时间了。

在查库拉大妈的门廊上，我看着身穿粉色囚衣的囚犯们爬上橡胶树，用弯刀砍着树枝。树枝发出噼啪声，被折断，掉到地上。应该有二三十个人在干活儿。一个高高瘦瘦的女子，胯上背着孩子，停下了脚步，她是要去镇子上。她无法越过路障。她等待着。她曾经来过这里。往事重现。创伤。被砍的不是树，而是人的肉身。

离散。我想起那些在战前、战争期间和战后逃离卢旺达的人。离散。这个词一听就能明白它的含义：原本聚集在一个地方的语言、文化或者人们四下分散。非洲离散。驱散。像种子一样四下分散。四下分散的幼小之人。

但是那些选择留下的人又如何呢？我想听听他们的故事。我们需要知道他们的故事，他们自己关于家园、故土那异乎寻常的历史。我们听艾玛大妈的女儿莉雅讲述着她的故事：

我叫穆康维吉·莉雅。我生活在卢戈利罗幸存者村。我和我的孩子以及母亲一起生活。我有4个正在上学的孩子，他们放假的时候，我们才能生活在一起。

我是卢戈利罗地区种族灭绝幸存者代表。另外，我负责赞助人在村子里为我们所举办的所有活动。在我就任之后，我继续原先的事务。

我可以向你们详细汇报我每天的工作职责。例如，我们在村子里有一个卫生项目。我对接的是一个14人的团队。他们每人负责向4所房子的住户传授卫生知识——从正确的洗手技巧到如何刷牙。我的任务是进行监督，确保每个家庭贯彻这些做法。这对于村子整体的卫生和健康状况具有重大影响。

我还负责听取各种意见，为卢戈利罗地区的幸存者争取权益，这对我来说负担很重。

在种族灭绝前，我受雇于政府机构，在卫生部任职。我有丈夫和孩子。我照顾家庭，同时工作。种族灭绝之后，我丈夫去世了，我得照管我的孩子们以及一切被战争所摧毁的东西。生活发生了巨变，但是我继续在政府部门工作，直到1996年。不管发生了什么，生活还在继续。

我意识到我母亲越来越老了，需要帮助。我决定辞去基加利的工作，来这里和她一起在村子里生活。

我来这里已经快一年了，发现这里有很多的问题尚待解决，尤其是健康问题。我尽量帮助女性，尤其是失去丈夫的女人们。蕾蕾为我提供了很多帮助，在村子里解决水和就业等问题。这也是我们目前的工作。

不过，最让我担心的还是我的母亲。她年纪很大了，又经历了这么多事情。如果你们仔细观察，会发现居住在这个村子里的所有人都曾历经创伤。她也一样。她生活在深不可测的沉默之中。我想试着让她开心，但是你会明白，她承受着太多的悲痛。幸存者们生活在无边的孤独之中。我母亲艾玛大妈就是这样。即使是现在，她都无法完全理解所发生的事情。

她失去了她的孩子，她的兄弟、她的叔叔伯伯、她的婶婶阿姨——她的整个家族都被屠杀殆尽。而那些当时活了下来的人——她的兄弟们——都曾参加过战争，最后都中弹身亡。曾经有过 80 人的家族，只剩下了我们仨，而我父亲的家族里则无人幸存。

对于我们这些幸存者来说，弯刀一直在伺机等着我们。我们每一次在民间法庭作证，都冒着被我们所指证的胡图人杀害的风险。

这让情况更加糟糕。每一天我们都带着这样的痛苦努力生活。我们还得帮助那些比其他人受伤更重的人。我也和大家一样痛苦，但是通过帮助他人，我得以继续生活下去。我的愿望是希望人们可以一身轻松地生活，不受精神问题的折磨，可以安心睡觉，而不必挣扎。

我们还有很长的路要走。宽恕并非易事，但是我可以告诉你们，我们正在努力理解这个宽恕的过程。我们不能一直作战，一直带着这样精神上的冲突并不能让我们的人死而复生。

位于村子中央的艾玛大妈家绿色的木门上传来一阵连续的敲门声。一个接一个，年轻女孩儿们来了，站在她简朴的房间里。

会议马上就要开始了。我们聚集在一起，想听她们袒露心声。她们是沉默、不为人所知的那部分人，是村子里的大多数。

艾玛大妈坐在房间后面的板凳上。丽雅坐在她母亲旁边。克莱门汀也在场。多萝西和她两个年幼的孩子坐在角落里。蕾蕾和我坐在沙发上。梅根和让 · 博斯科坐在我们对面。11 岁至 22 岁的几十个年轻女孩儿有的站着，有的蹲着，有的坐在水泥地面上。

丽雅向每个来到她母亲家中的人表示了欢迎。让 · 博斯科笑了一下，为自己身为男性也在场而表示了歉意，并解释说他是来当翻译的。路易斯在上班，达马斯在学校。

梅根和女孩儿们打了招呼，对她们在生命的这个节点上所经历的事情表达了敬意。同为年轻女子，她谈到世界各地涌现的女性们所展示的力量，指出必须将女性组织起来，相互支持。她和她们分享了在阿联酋给和她们一样年纪的女孩儿们上课的经历。她谈到发生在伊拉克的战争和 200 万名伊拉克难民，有些难民去阿联酋寻求庇护。“无论发生在哪里，战争就是战争。”梅根说道，“我相信教育可以打开和平和赋权之门。”

她请女孩儿们做自我介绍，从站在窗边的弗朗辛开始。

“我叫弗朗辛，我想成为一位天主教修女。”大家都笑了起来。房间里气氛有点儿紧张。克莱门汀说：“很好。我们继续，挨个儿自我介绍。”

我叫弗洛伦斯，我想成为部长。

我叫克劳丁，我也想成为部长。

我叫德沃塔，我想上大学。

我叫约塞恩，我想成为国会议员。

我叫特蕾丝，我想成为总统。

更多的笑声。女孩子们的声音开始响亮起来。

我叫艾美朗丝，我想成为教师。

我叫莫妮克，我想成为医生。

我叫因诺森特，我想成为医生。

我叫索朗格，我想成为裁缝。

我叫桑德里因，我想成为部长。

我叫康索尔，我也想成为部长。

当最后一道阳光透过百叶窗时，房间暗了下来。年轻姑娘们继续接龙，讲述着她们的梦想。

我叫科莱特，我想帮助孤儿。

静了好一会儿，下一个女孩儿才开口。

我叫安吉，我想成为裁缝。

我叫德妮丝，我想成为总统。

让 · 博斯科鼓掌说道："或许你们当中两位想当总统的人可以一起竞选！"大家都笑了起来。

我叫埃西亚，我想竞选国会议员。

我叫弗朗辛，我想成为裁缝。

我叫珍妮恩，我想进国会。

我叫泰米，我想成为老师。

我叫娜塔莉，我想去美国求学。

我叫钱特尔，我想成为警察。

我叫艾莉莎，我想成为教师。

又一次短暂的停顿。房间已经很暗了，几乎看不清是谁在说话。克莱门汀指了指一位年轻女子："你呢？"

"我叫克莱尔，我想成为天主教牧师。"她轻轻推了一下旁边的女孩儿。

我叫克劳丁，我想去美国求学。

我叫戴尔芬，我想成为作家。

我叫乐贝卡，我想成为医生。

又是一阵长时间的静寂。传来一位年轻女子的声音："我梦想成为国会议员，但是我没有学费。没有学费，我的梦想就只是大声说着玩玩儿的空话而已。"

另一个声音也随之而来："我想成为裁缝，但是没有缝纫机……"

"我们想谈谈艾滋病问题。"门边的一个声音打断了她。

从这以后，真正的讨论开始了。我们如何能在性生活中保护自己不感染上艾滋病？我们能否接受检测？我们害怕接受检测。如果我们中有人 HIV 呈阳性，我们该怎么办？

经讨论决定成立"年轻女子互助小组"。女孩儿们自己确定的首要目标包括健康、教育和赋权。起先，克莱门汀和丽雅主动提出协助姑娘们组织起来；后来姑娘们提出由她们自己决定小组的组织管理者。她们询问是否可以从吉赛尼请一位艾滋病顾问来跟她们谈谈，回答她们的问题。让 · 博斯科说他可以通过红十字会促成此事，另外，杰斐逊大学医学院学生今年夏天会再次来到卢旺达，举办生殖健康研讨班。

房间里气氛很热烈，很多人都同时在互相交谈。烛光中女孩儿们的侧影投在墙上。她们同意周日晚上碰头，每月两次。

到了该走的时候，没有人愿意离开。艾玛大妈缓缓地从凳子上站起身，双手合掌，顶着下巴。

"我有一个例子，可以说明情况已经发生了变化。"艾米说道，"我每次参加会议，都会有人提出：'性别问题怎么办？与会的女性太少。'在 20 世纪七八十年代的卢旺达，你不会听到这样的问题。"[130] 她对自己的话进行了补充，"现在，无论会议的主题是什么，总是会谈到性别和艾滋病问题。"

在对大猩猩所进行的生物学研究中断了 20 多年之后，

艾米·维德又回到了卢旺达。她现在就职于全球环境管理署（Global Environmental Authority），协助制定两个国家公园的开发计划。她和她丈夫比尔·韦伯是《在大猩猩的王国里》（*In the Kingdom of Gorillas*）一书的作者，这本书记录了那些年他们作为科学家在维龙加国家公园里对山地大猩猩进行研究的经历。

“基加利和别处不同，它更加开明，国会百分之四十的成员是女性，在保罗·卡加梅总统的领导下，经济发展得到了复苏。”她停顿了一下，“但是当你来到农村，在我看来就没什么不同了。女性仍然在地里干着重活儿，贫困问题严重，而且1994年所遗留的伤痕随处可见。”

种族灭绝期间，艾米不得不离开他们在维龙加的研究营地。[131] 1995年，艾米回到卢旺达，发现她很多朋友要么遇害，要么失踪。这些人中既有胡图族人，也有图西族人。她租了一辆车，沿着漫长、孤寂、因暴力而硝烟弥漫的公路往前开，最后来到了恐怖真正的发源地之一，位于山脚下的卢亨戈利。她和黛安·弗西就是在这片山里进行了对大猩猩行为的突破性研究。

“如今在维龙加国家公园里大约有380只大猩猩。”她说，“大猩猩数量曾经到达过400只，也曾一度降至250只。由于偷猎、栖息地流失、接触人类疾病等原因，它们现在的处境依旧很危险。公园地处3个国家交界处：卢旺达、乌干达和刚果（金），因此很难对大猩猩数量进行统一核准。”

艾米个子很高，皮肤黝黑，人很聪明。她和我 20 年前在阿迪朗达克山脉地区一次地方治理和保护研讨会上见过面。后来我们曾在荒野保护协会理事会共事。

“你们问我卢旺达发生了哪些变化。这是个很难回答的问题，非常复杂。正如我前面所说，在很多方面都有了真正的进步，但是也存在着真正的问题。我们是少数党执政，但现在正变得越来越同质化。大家都在传，说是密探在搜查反对派，而且还有来自刚果（金）巨大的外部压力。

“你们看到的是所谓的‘拉链村’。从空中你们可以看到这些拉链村，种族灭绝后重建的这些城镇在结构上不是圆形、有机的，而是在笔直的公路两边修建的房屋。传统来说，卢旺达人不是‘村居人’，他们想要，也看重他们的隐私。”

“这些村子为什么会这样设计？”

“安全因素压倒了其他一切考量。我不知道这样的社区构造是否还会延续下去。但是卢旺达政府的控制很强硬。塑料袋是违法的。计划生育得到大力提倡。环境保护措施被立了法。农业生产受到挑战，鼓励替代作物，增加多样性。原先的救助变成投资，同时卡加梅总统还在大力推进教育改革。这一切都是本届政府重建计划的一部分，该计划被称为“20/20 备忘录”，意思是在 2020 年前要完成的改革。非常雄心勃勃。你们必须对卡加梅总统予以肯定。他非常开明，充满干劲儿，立场坚定。毕竟，他是曾经的抵抗力量卢旺达爱国阵线背后的领导者，是个头脑聪明、无所畏惧的斗士，从孩提时代流亡乌干达后就下定决心要回到祖国。”

多萝西拉起我的手，把我带到遗骨存放室。上次我在的时候，它还只是地上的一个洞，当时很多人正用镐和铁锹在挖着。她把水泥地漆成绿色，把墙漆成天蓝色，才刚刚完工。明天棺材会被运进来，用紫色和白色的布盖上，放在架子上。然而，墙边陈列着一具棺材，停放在一个木制平台上。棺材是玻璃的，里面是一具完整的骨架。

“我在这里时，”她说，“我不是一个人。我是和我的家人在一起。”

弗朗索瓦的儿子今天在纪念碑上忙活着。他也叫弗朗索瓦，14岁。我们在制作同一朵花。他在制作花茎右侧的叶子，我在制作左侧的叶子。每一个嵌片都正好合适。他轻轻拍拍我的肩膀，抬了抬眉毛：“真美。”

多萝西和康苏雷塔在制作祭坛另一侧的花。这朵花跟我们的花一样，大概5英尺高。

在我们完工时，小弗朗索瓦令我们吃惊地拿出了蕾蕾给他的圆形宝石。他把这些宝石像秘密一样嵌进白色嵌片所构成的马赛克背景中。

康苏雷塔从凳子上站起身，绕过去走到弗朗索瓦所站的地方去欣赏他的马赛克。她微笑着摸了摸他的肩膀，随后便回去继续用湿布的一角擦拭每一块儿石头。这些石头看上去就像眼睛一样。

我观察、见证了他们持续的耐心，美是如何被注入纪念碑的每一个姿态之中的：从用手持剪修剪草坪，到粉刷横梁，到敲碎瓦片、制作花朵。从一方面来看，这是有偿劳动。但从另一方面来看，这也是发自心灵深处的工作。

通过马赛克的冥想，胡图人和图西人，行凶者和受害者，泥瓦匠和马赛克镶嵌师，正在努力建构，表现一种和谐。

构成马赛克的这些瓦片，是被重新想象的战争碎片。

罗伯特·谢特里来卢旺达不是作画。他是在描绘文字。他热衷于“一个词典项目”。无论他到哪里，都在发掘文字。

当其他人在创作马赛克，或在粉刷横梁时，罗伯特跟两个流浪儿艾曼纽尔和因诺森特坐在一起，两个孩子靠着他，他们的腿从纪念碑的平台上耷拉下来。他和他们不停地来回传递着他的速写本和笔，交换英语和卢旺达单词，指着他们的脸、一些物品、他们周围的一切：鼻子 /izuru，眼睛 /amaso，蓝色 /ubururu，腿 /ukuguru，鸡 /inkoko，天空 /ikirere，云 /ibicu，太阳 /izuba。

他们肩并肩，通过单词和图画一起合作，建造跨越沉默之河的桥梁。

鱼 /ifi，水 /amazi，嘴 /umunwa，舌头 /uburimi，花 /indabo，树 /ibiti，地球 /isi。

单词。作为碎片的单词。对话是它自己的马赛克。

“Umutima mwiza.”艾曼纽尔对罗伯特说道。男孩儿们拿过他的笔记本，画了一颗心，然后指了指自己的胸口。

朋友 /inshuti，爱 /urukundo，谢谢 /murakoze，同样 /kimwe。

美国摄影师克里斯 · 诺布尔进了村子。一位年轻姑娘注视着他。

“我可以拍一张你的照片吗？”

她点点头，把他带到一所正方形的渣砖房屋前。他们进了屋子。他的眼睛稍做适应。房间里装满了胡萝卜。她骄傲地坐在胡萝卜堆上，他拍下了照片。

在村子边的一个水泥房间里，有一架机器正在把葵花籽压榨成油，绿色的机器细细长长的，就像一只静止不动、等待猎物的苍鹭。深棕色的油滴进塑料瓶子。艾伦、埃里克及布鲁克正和社区居民一起试图弄明白如何让这个技术简单的机器有效工作。房间里至少塞了 30 个人，都很好奇这台葵花籽油压榨机如何工作，都想知道是否有可能成立一个葵花籽油合作社。

埃里克坐在桌子上，专心地读着说明书。布鲁克手里拿着一把扳手躺在地板上，试图把其中一个螺丝拧紧，让机器更加稳定。两种语言、很多双手、试验及错误所带来的激动，可想而知这一切给整个合作试验带来了混乱。漏斗里装满葵花籽，一个很大的金属把手被放下，带动压榨机，将油从葵花籽中榨出。油流入被固定住的瓶子里。埃里克已经弄清楚，如果加热葵花籽可以增加产油量。第一天结束，战果是 4 盎司未经过滤的油。

第二天，一个 12 盎司的瓶子里装满了未经过滤的葵花籽油。[132] 据艾伦推算，这个家庭小作坊可以为村子创造每年 1 万美元的利润。

“一开始会比较困难，”艾伦对大家说，“要熟悉机器，这个比较困难。我们现在还暂时不需要为此操心，不过我们会想办法解决这个问题。”他已经跟地处肯尼亚的压榨机生产商锐起（KickStart）联系好，会提供专业的生产和维修培训。

屋子外面，几个妇女在给孩子们看彩色照片，照片上是蓝天映衬下的向日葵，她们解释着压榨葵花籽油的过程。克莱门汀让几个孩子用小小的手指伸进瓶子里沾点葵花籽油品尝。接下来的几周，地里会种上大片的向日葵，已经有人考虑让吉赛尼的囚犯们来收割。

满月。烟。汽车前灯。自行车铃铛声。女人们在公路边上走着。一个孩子来到一所房子的后面，敲门，等待。一个男人走了出来。孩子把一些钱递给男人。男人回到屋内。孩子继续等待。孩子等了很长时间。孩子走到房子侧面，不见了。孩子回来了，站在灯下。孩子在等待。孩子等了很长时间。门开了。男人递给孩子一个塑料袋。门关了。孩子拿着塑料袋（根据环境保护法，塑料袋在卢旺达是非法的）消失了。谁知道袋子里是什么？风在吹。警笛声响起。女人们在公路边上走着。

菲尔克维奇和维克曼诺托来到纪念中心。在过去的两年中，他们上了中学，很急切地想要练习英语。他们显得比以前自信得多。我们坐在草坪上聊聊近况。

“当时我们没有告诉你所有实情。”维克曼诺托说，“我是巴特瓦人。我本来是不能上学的，我的身份必须保密。”

他告诉我他父亲是巴特瓦人的首领。种族灭绝期间，胡图联攻派民兵逼着他杀死邻村的图西人，其中就有菲尔克维奇的父亲。屠杀结束后，胡图武装叛乱分子调转枪口，枪杀了维克曼诺托的父亲。

“在那一刻，”菲尔克维奇转过头看着维克，说道，“我知道我们是兄弟。”

自那以后他俩形影不离。

一个叔叔对两个男孩儿进行了侵犯。一个是他的侄子，另一个是他侄子的朋友。“到我这里来，”叔叔说，“我会保护你们。我会保护你们。”他一再这样说，而与此同时，在这两个男孩儿称为家的那个地方，他们遭受着他的侵犯。他名叫普罗斯珀。

路易斯在查库拉大妈家留下一首诗，并且附了一张便条，上面写着：“请和‘赤脚艺术家’分享这首诗。爱你的，路易斯。”

卢旺达人，手拉手站起来
该打破沉默了
站起来证明你们的团结
运用你们的智慧直击秘密的中心

揭示真相
保持一致，加强团结
将爱国主义推向顶峰
让每个人伸出援助之手，卢旺达，
聚集所有的力量
纠正世界的看法，要求你的权利
法国，不要再给我们画红骆驼。

我们流过了太多眼泪
两度为众多死难者哀恸
你用弯刀砍死的人——
你驶过鲜血流成的河
你强暴孩子
法国，你在卢旺达摧残了所有的少女
鲜血使你感到欢愉
痛苦的喊叫给你带去勇气
成堆的尸体给你力量
你逢人便杀，不加选择
你将多许人丢弃在纽恩威
法国，不要再给我们画红骆驼。

法国，辉煌的杀人犯
你不需用水清洗你的手

你畅游在鲜血中，如同畅游在泳池里
你饮我们的血解你的渴
卢旺达永远不会对你的所作所为视而不见
你滋养了苍蝇和秃鹫
恶狗吠叫着召唤你
你像火山一样在卢旺达喷发
焚烧山岭和历史
你用双手杀戮、豢养野兽
你用人肉喂养的恶狗现在正在呻吟
法国，不要再给我们画红骆驼。

你对面带笑容的孩子毫不怜悯
你对老人只有残忍
你不放过孕妇
法国，你用剑杀死妇女
你和你的恶狗追捕着人们
法国，为什么会发生这一切?
你的勇敢就是将死尸装上卡车?
为鲜血染红的河流两度欢庆
我们的悲痛是你的喜悦——
法国，为我们心头的梦魇欢庆
你折磨过我，留下我成了叙述者——
你让我成了无用之人

法国，你会一直在我心里
堕落的法国——
法国，不要再给我们画红骆驼。

法国，如此能干的培训师，你
用大锤杀害婴儿
用长矛刺穿孕妇的子宫
用标枪顶着砍下的头颅显示你的能耐
用弩射死想要逃走的人们，
用弯刀切切切，砍向所有
站在一起的图西人——
老人和女人
孩童和年轻姑娘
支持胡图人获胜
在树丛中搜寻图西人
给你的孙辈们做榜样
法国，种族灭绝的策划者，
法国，不要再给我们画红骆驼。

法国，不要再给我们画红骆驼。[133]

2007年4月5日。马赛克作品完工了。用宝石镶嵌的字母也已完毕。

TWIBUKE

ABACUBAZIZE GENOCIDE 1994

让我们记住

在种族灭绝中失去的亲人

年轻姑娘们在清扫亭子里的马赛克地面。康苏雷塔还在和小弗朗索瓦一起继续擦拭着每一块瓦片，每一个字母。天蓝色柱子还在做最后的漆色。

落成典礼的时间定在今天下午4点。

3株马赛克向日葵像卫士一样立在遗骨存放室上面，遗骨存放室新漆的黄色门锁着。

带白色蕾丝边的紫色缎子盖棺布昨晚洗过了，挂在树上晾干。

在纪念碑后面，几十个村子里的男男女女在用锄头把地整平，准备迎接上千名来参加落成典礼的人们。

一名警察在站岗。他的警棍被漆成紫色和黄色。

年轻姑娘们，腿笔直，弯着腰，用小树枝扎成的扫把打扫着通往亭子的石头路。

让·博斯科在院子里慢慢地踱着步，抬着下巴，面带笑容。我挽住他的胳膊。“这是我生命中重要的一天。”他说道。

路易斯盛装出席。艾伦拿他开玩笑。他将在典礼上担任翻译，对卢旺达语和英语进行互译。蕾蕾和她的儿子丹尼尔一起走向祭坛。在台阶处，他停了下来。穿着紫色衣服的她独自向前，双手合十，鞠躬。

又来了些警察和穿着军服、佩着枪的人。“出于安全考虑，”让·博斯科对蕾蕾说道，“只是预防措施。”

我们看到，三四百米外，在路边，克莱门汀、斯帕休丝和法布里斯带着一队孩子从村子里走来。他们走近后，我们可以看到他们穿着金色和白色服装，脸上洒了闪粉，为跳舞做好了准备。村子里的女舞蹈演员们身穿黄色雪纺长衫，头戴金色头巾。她们的脸上也洒了闪粉。

我们都站在纪念碑入口处，看着政府要员们到来，从总督到市长到各位地方官员，在文化、青年和体育部部长约瑟夫·哈比内扎抵达之前，又增派了安防人员。

1993 年 8 月在阿鲁沙签署和平协定后，哈比内扎组织了一场卢旺达爱国阵线（图西人）和哈比亚利马纳总统的卢旺达政府军之间的排球赛，并因此而声名大噪。如果交战双方之间的握手言和是认真的，为何不在运动场上参加一场公平友好的比赛呢？当时有一万人涌进基加利的体育馆观看比赛。

1994 年 1 月 29 日，排球比赛后第二天，哈比内扎开车回家，看到胡图极端分子在他家门口挥舞着弯刀。他立即调转方向，去邻居家躲避，发现他的家人也躲在那里。哈比内扎这个胡图人中的温和派，在种族灭绝不断蓄势的过程中突然发现自己和其他很多人都面临着危险，他加入了卢旺达爱国阵线，和图西族领导人保罗 · 卡加梅一起在丛林中并肩作战。据他讲述，1994 年 4 月 6 日，他和卡加梅正谈论着那场排球比赛时，传来了哈比亚利马纳总统乘坐的飞机被击落的消息，这一事件成了战争的导火索。

2000 年，保罗 · 卡加梅当选为卢旺达总统。他从未忘记过哈比内扎这个“酷哥乔”和他那大胆的排球比赛。他委任哈比内扎为他的内阁成员。

在卢旺达的烈日下，一个多小时过去了，我们等待着，听着只有在 4 月才奏响的音乐。种族灭绝的音乐。缅怀的音乐。

一个衣着暴露的女人（这在卢旺达并不常见）开始在纪念碑前疯狂地跳起了舞。摄影师们举起相机准备拍照。“不，请别拍。”克莱门汀说道。丽雅快步上前，轻轻拉起女人的胳膊，将她带回家去。

“自从种族灭绝事件后，”克莱门汀说，“她一直不正常。”

部长一行的黑色 SUV 车队到了。人群往后退了一点儿。

约瑟夫 · 哈比内扎走出闪亮的黑色汽车，身穿裁剪得体的黑色西服，脚穿黑色漆皮鞋，40 岁出头，是个让人印象深刻的男人。他推了一下他的飞行员太阳镜，吉赛尼总督上前迎接。接着有人把他介绍给让 · 博斯科和蕾蕾。

多萝西装扮得像一个希腊女神，身穿白色无袖雪纺长裙，肩膀上斜披着一条紫色肩带，手拿放着剪刀的银色托盘，站在卢戈利罗种族灭绝纪念碑入口处。她站在那里，显得坚忍而高贵。部长迈步向前，蕾蕾受邀剪断紫色丝带。丝带一下被剪断，人们热烈鼓掌。

典礼上有很多的演讲，很多的歌曲，很多的致辞，献给种族灭绝幸存者以及那些长眠于此的逝者。

约瑟夫 · 哈比内扎用卢旺达语和英语发表了演讲。

“愿我们永远不要忘记种族灭绝是政府不力的结果。愿我们永远不要忘记偏见的后果。愿我们永远不要忘记埋在此地以及卢旺达乡村各处的我们的亲人。愿我们永远不要忘记宽恕和重建的力量。”

他敦促聚集在此的上千民众参与到民间法庭中去。这是卢旺达迈步向前的方式。“这是我们自我疗伤的方式。这一切需要时间。我们在讲述我们的故事。我们在倾听他人的心声。我们不再是胡图人或者图西人，我们是卢旺达人。团结的卢旺达并非只是我们的未来，它也是我们的现在。”

蕾蕾站起来走向讲台。这时下起了雨。有个女人出现在蕾蕾身后，撑着把伞。让·博斯科轻声跟我说：“在卢旺达，下雨预示着福佑。”蕾蕾发表了她的演讲，每说完一句，由路易斯翻译成卢旺达语。

亲爱的朋友们：

我们给村子作了画。我们一起建了这座纪念碑。它真的很美。

我们铭记。我们永远不会忘记。我们团结在一起。

我们在建设一个可以延续下去、充满了光、想象力和创意的村子。它始于美。它在走向快乐。我们祝你们有一个和平而灿烂的未来，这个未来名叫希望。

我们来到卢旺达，想要提供帮助。但事实上，是你们帮助了我们。

谢谢。

落成典礼结束了。[134] 音乐重新响起。许多人走上通往亭子的台阶，在祭坛下献上花束。“我们更多的死者获得了安宁，”丽雅边擦拭着眼睛边说，“但我们永远不会。”

如果你内心的阴暗未曾发生，这里会是人间胜境。但世事无常，我希望你能了解这一点：当你知道有人惨遭杀害时，请不要不闻不问。因为如果你闭上双眼，我会出去采取行动。你沉睡时，有人在失去生命。世界曾被告知："有人在死去。"但世界闭上了双眼。现在，人们不再沉睡。他们对自己的所作所为和未尽之事感到遗憾。

——哈比玛纳·马丁

良治主管，吉赛尼省

游行：他们往前走。他们带着种族灭绝的记忆往前走。他们为逝者而往前走，逝者中有他们的亲人。我们也在往前走。我们和他们同行。这是一条庄严的河流，在卢旺达的道路上蜿蜒前行。

现在是2007年4月7日，13年前的今天，胡图极端分子将原本普普通通的弯刀变成了战争用的军刀，体育馆里挤满了被煽动得近乎疯狂的年轻人，挥舞着他们的农具，叫喊着"蟑螂"

和“蛇”。弯刀季节。4月。5月。6月。人们带着记忆行走着。眼睛正视着前方熟悉的地面。

我们停了下来。缅怀一个特别的家庭。这里。这所房子里。看看被烧焦的屋基。静止。朗读被缅怀者名单。默哀。我们行走。我们回忆。

游行的人越聚越多，男女老少都加入这个心怀尊敬的步行队伍中，一同纪念国家公祭日。我们往前行走。我们停下脚步。我们回忆。朗读被缅怀者的名字。土地是红色的。默哀。我们一起走啊，走啊，走啊。这是一片充满故事的土地。

吉赛尼总督穿着黑色细条纹西装，他的双手背在背后。市长走在他的身边。陆军上校走在他的右边，穿着军装，手腕上系着紫色丝巾。

大多数人的脖子、手臂或手腕上都系着紫色丝巾。

我们从一座木桥上过了河。我们停下脚步。有人在讲述故事。让·博斯科在我耳边轻声说，这条河曾被鲜血染红，漂满尸体。尸体堆成一道坝，被鲜血染红的河水漫进了人们的家园。

游行队伍拐了个弯。我们经过一个墓地。我们走过天主教堂。我们停下脚步。据说发生在这里的大屠杀中，只有两个人幸存了下来。这两位幸存者走上前发表演说。我们倾听。

在朗读逝者名单的间歇，我们默哀。我们穿过教堂的庭院，如今这里都是坟墓。

秃鹫和鸢跟随着游行队伍。

“当年跟着胡图联攻派民兵的，就是这些鸟。”迪尤多恩一边眼看前方，一边告诉我。我们走啊，走啊。路有多宽，上面就有多少双脚。脚的大小不一，有些穿着皮鞋，有些穿着凉鞋，有些光着脚，磨破了，在我们的前后左右走着，慢慢走着，属于种族灭绝的记忆。

“没有人问上帝谁是图西人，谁是胡图人，”高音喇叭里的声音说道，“我们都是上帝的孩子。我们只请求上帝停止种族灭绝。”

游行的队伍中有着各种颜色。走在我前面的女子身穿橙色长裙，上面有金色海豚图案，脚穿黑色漆皮鞋。我身边的艾梅是个20来岁的姑娘，在查库拉大妈的旅馆工作。她在战争中失去了所有的家人，她身穿黑色西装，下面是一条长窄裙，脖子上系着一条紫色丝巾。她拿着一个手提包，里面有一张照片，照片上她正跪在一排遗骨前辨认家人。

我们经过另一座教堂，教堂是用火山石建造的。我们停下脚步。有人讲起了另一个故事。牧师和修女被杀害。他们试图藏匿图西人。手榴弹被扔了进来。房屋被烧毁。所有人都惨遭杀害。朗读名单。致祈祷词。我们继续前进。我们往前走。断砖残瓦随处可见。

一名女子递给我一条紫色丝巾，另一名女子帮着把它系在我的右腕上。孩子们在游行队伍的边上奔跑，努力跟上步伐。动能在积聚。孤儿们。幸存者们。邻居们。

又拐了个弯。我们走在绿色田野间的土路上，脚步走过红黑相间的火山石，高低不平的路面，闪闪发光的云母片。香蕉树宽大的叶子在午后的微风中摇摆。蓝天。白云。鸢的叫声。自始至终，鸢在盘旋。

在进入大型纪念中心的庭院时，让·博斯科擦了一下额头，抓起我的手。我们跟着游行队伍走了进去。政府官员们就座。游行队伍中有些人站着，有些人坐在草坪上。吉赛尼总督带领着我们向遗骨存放室走去，让·博斯科在一旁跟随。我有点儿犹豫。他用眼睛示意“来吧”，我们跟了上去。

遗骨存放室里，摆放着15具棺材，每一具棺材上都盖着缝有紫色十字图案的白布，上面放着一个木制十字架。所有人都受邀在到访者签到簿上签字，我们照做了。房间很小，很拥挤。我们离开时，艾伦和梅根在朝里走。我们的目光相遇。我们颔首致意。

布鲁克和我跟艾梅在一起。我们绕到纪念碑的另一侧，找了个地方坐下来。这里还有一个遗骨存放室。艾梅抓起我们的手，把我们拉了进去。里面很潮湿。就我们仨。突然，似乎用一种挑衅的姿态，艾梅走到一具棺材前，拽掉盖布，打开棺材，然后又很快地任由棺材盖落下，“砰”地合上。

露出的是一小把一小把用布捆在一起的骨头，骨头用曾经颜色鲜艳但现在已经褪色的女式裙布包着，这些带有花、鸟图案的布裹着他们至爱之人的遗骨。

我们快步离开。艾梅刚才的举止让我有点儿措手不及。她一言不发，只是走到外面大家唱歌的地方，坐了下来。我们在她旁边的水泥台阶上，靠着链状护栏坐下。

让 · 博斯科加入了我们。蕾蕾背靠白色水泥墙坐着。她双眼紧闭。正午的阳光让发言者，让每个人都有点儿吃不消，我们所有人都汗如雨下。数千人站在围着纪念中心庭院的护栏后面，庭院里容纳不了这么多人。

许多幸存者都在发言，分享他们的故事。让 · 博斯科小声地翻译其中一个女人的故事："她从 1990 年开始讲起，身为图西人而遭到排斥和歧视。这一切只是仇恨的序幕。1994 年战争发生了。胡图联攻派民兵当着她的面，点火烧她的丈夫。手榴弹被扔进了收留他们的牧师家中。他们逼着她眼睁睁看着她的 3 个孩子被一一砍死，最后一个孩子在死之前问她要水喝。在这之后，他们切断了她的一条手臂，割了她的脖子，让她活活等死。"让 · 博斯科怕我听不懂，在我的脖子上做了割的手势。很多女人忍不住号啕大哭。让 · 博斯科摇了摇头。"两天后，她丈夫找到了她。他被严重烧伤，但还活着。他们去找邻居，看看邻居们是否愿意帮着掩埋他们的孩子，但是邻居们拒绝了。他们从一家走到另一家，两人都伤得很重，奄奄一息，但没有人愿意帮助他们。凶手们来了。他们躲进地里。有朋友给他们拿来吃的。两个月后，卢旺达爱国阵线找到并告诉他们可以回家了。她和她丈夫活了下来，但是孩子们死了。"

“这个女子名叫乌布哈米亚，”让·博斯科说，“她很坚强。她呼吁团结。团结。这是她的诉求。”

正午时分，所有人都肃立。

整个卢旺达，一片寂静。梯田里无人劳作，大街上没有汽车、摩托车，没有自行车的铃铛声，就连鸟儿都安静了下来。

在回去的路上，一所倒塌的房屋上出现了一行字：

皮囊之下，我们并无不同。

晚上，这片土地上到处燃烧着熊熊的篝火。

《新时报》，2007年4月11日，基加利

两名卢旺达人因亵渎种族灭绝而被捕。警方今日消息，一名卢旺达人将用于纪念大屠杀的紫色丝巾系在他的两条狗身上，因而被指控亵渎了1994年种族灭绝。

警方发言人威利·马塞尔·希吉罗称，这名男子说他想纪念在种族灭绝期间被杀死的宠物。这场种族灭绝由占多数的胡图族中一些极端分子发起，造成80万人丧生。

许多种族灭绝幸存者回忆起在历时一百天的血腥屠杀中，狗在基加利的街道上到处翻找，饱餐正在腐烂的尸体，他们认为这名男子的举动对他们是一种侮辱。警方还逮捕了这名男子的邻居，因为他公开支持该男子的行为。

“这两名男子目前已被警方羁押，将会以心怀种族灭绝思维、侮辱种族灭绝罪而受到指控。”希吉罗说。

他引用了第二名男子的原话："如果我也有狗的话，我会把那些丝巾给它们当衣服穿，把它们放到街上，哀悼它们的同类。"

卢旺达法律对于和种族灭绝相关的罪行处罚严厉。犯罪嫌疑人如被判犯有宣传杀人或否认种族屠杀的发生，可能会被判处无期徒刑。

幸存者们十分愤怒，要求当局立即对两名嫌疑人提起公诉。

达马斯给我读了这则报道。他叠起报纸，夹在腋下。他摇摇头，咂咂舌头："这两个男人在嘲笑我们。"

"种族灭绝期间，无论你去哪里，都能看到狗成群结队到处乱跑，以图西人的尸体为食。我们现在对狗还是同样的看法：狗就像秃鹫一样。对于有些人来说，"他说，"种族灭绝计划永远不会结束，[135]除非图西人不复存在。"

极目远眺，目光越过吉赛尼，看向冲突频发的戈玛以及辽阔的刚果河流域，我恐怕他说得没错。

“我们是他的生身父母，”路易斯的父亲手握住布鲁克的手对他说，“现在你们就是他的培育父母。”

布鲁克和我对视了一眼，在 30 年的婚姻生活中我们从未用这样的目光看过对方。

路易斯带着他的父母——米歇尔 · 金允古 卡戈伊尔·安诺希亚塔（即后文的欧迪亚大妈）以及他哥哥迈克尔一起来到查库拉大妈家和我们见面。

“你们得教育他，深爱他。”他母亲轻声地对我们说。她坐在路易斯身边，双手握着他的手：“我无法表达自己。对不起。我找不到合适的话。”

布鲁克和我坐在欧迪亚大妈和米歇尔对面，我们的朋友们围在我们四周。氛围显得很正式，很有仪式感。当我逐渐意识到他们是在把儿子转交给我们时，我的反应介乎震惊和抗拒之间。欧迪亚大妈是在把她挚爱的儿子托付给我。我没有思想准备。

我心乱如麻。培育父母。我们当初决定不做父母。我们没有孩子。我的目光投向克里斯·诺布尔，他有两个孩子，是我们交往最久的朋友之一。他咧嘴而笑，这是来自沙漠地区的典型笑容。我还看到了他的泪光。

路易斯的父亲介绍他们的家谱。他父亲是刚果（金）国王。他曾是个王子，有过大片土地和很多奶牛。他们在战争中失去了一切。所有的一切。他妻子，路易斯的母亲，是图西人。1959年第一次种族灭绝发生时她逃往刚果（金），并留在了那里。1994年，她的弟弟，卢旺达爱国阵线成员，帮助她离开了刚果（金）的马西西地区，越过边境回到卢旺达，从一个难民营流落到另一个难民营。最后，他们在卢亨戈利的一所小房子里安顿下来。只有一个房间，住着他们所有人——欧迪亚大妈身边带着7个孩子。

路易斯的父亲转过头去跟迈克尔说话。

迈克尔说："我父亲想让你们知道是他把妻子从另外一个追求者那里抢了过来，为她出了8头牛的代价，因为她是如此美丽。"

两个儿子都对此一无所知。欧迪亚大妈确实很迷人，也很谦逊，彬彬有礼。她低下头看着自己的衣襟。她是我所见过的令人印象深刻的女子之一，五官精致，仪态高贵。

她挚爱的儿子，这个从10岁起就帮着养家的小儿子，就要去美国了。我无法想象她心里所想。

后来我们得知，战争期间，欧迪亚大妈的丈夫米歇尔抛弃了她和他们的孩子。米歇尔还有两个妻子，他曾企图给她下毒。她曾跟许多胡图族朋友分享过自己的土地，让他们一起耕种粮食，正是这些胡图族朋友最终帮助她和她的家人活了下来。在他们原本将被杀害的那天晚上（胡图妇女给她通风报信），她把孩子们召集起来，做了祷告。她告诉孩子们要友善对待所遇到的每一个人，然后就让他们各自朝着不同的方向逃跑，并告诉他们一个女人的名字，她向他们保证这个女人会来找他们。路易斯在树林里躲了好几个月，以腐烂的牛油果以及任何他能找到的东西为食。有一天，那个他母亲让他留意的女人在集市上喊出了他的名字。他掩盖自己图西人的身份，伪装成一名刚果（金）男孩儿，他们越过边境进入卢旺达，她把他安全地交到了他母亲手上。奇迹般地，4 个月后，欧迪亚大妈所有的孩子都被送回到她的身边。

我开始流泪。我低下头，看着我交叠的双手。我无法正视她，我不知道让路易斯去美国是不是正确的决定。

我们在哪儿？发生了什么？我们有了一个儿子。

欧迪亚大妈说："我儿子会很固执，他会生气，请一定让他去教堂。"路易斯不情不愿地翻译着，而她面带着微笑。

路易斯的父亲摘下戴在衬衫下的一条项链。是一条银链子，挂着一个象牙护身符，是只大象。他把项链放在布鲁克的手里："自从离开刚果（金），我的脖子上一直带着这条项链。它曾属于我父亲以及他的父亲。"随后，他又从口袋里掏出另一个象牙护身符，是只乌龟，把它放在我的手里，合上我的手，握住它雕刻精细的身体："我们相信我们的祖先会回来帮助我们。"他在我脸上亲吻了三下，在我耳边轻声说出他大姐的名字。

路易斯和他母亲走上前，来到他身旁。欧迪亚大妈直视着我的眼睛。我看看路易斯，问他是否愿意帮我翻译。

"感谢你们，让我们和你们一起拥有如此优秀的儿子——感谢你们的信任。我答应你们，我们会照顾他，保证他受到良好的教育。他会成为我们家的一分子。我相信当他回到家、回到你们身边时，他会为卢旺达做出了不起的贡献。"

她点点头，抓起我的双手，说了些什么。路易斯听了他妈妈所说的话，沉默了一会儿："她说：'上帝比我更爱我的儿子。'"

“我想给你讲个故事。”路易斯说，我们坐在查库拉大妈家的门廊上，这是我们两年前初次相识的地方。

“有个女人嫁了个牧师。家庭幸福。有人说他们是六口之家，也有人说他家共有十一口人。那个女人出门去了，等她回到家中，看到胡图联攻派民兵正在杀害她的孩子，旁边还躺着她的丈夫。

“战争结束后，那个杀害她家人的男子从刚果（金）回来，当民间法庭传唤他，让他为自己的罪行做出解释时，他说：‘我接受所有指控，我发自内心地道歉。’

“女人说：‘我目睹了所发生的一切。我知道是你杀害了我的家人。我爱我的孩子和丈夫。现在我孤身一人。我一无所有，但我决定原谅你，收留你。你将和我一起生活，我会竭尽全力，让你觉得你就像是我的儿子一样。’”

“你会做出和这个女人一样的选择吗？”路易斯问我。

路易斯接着说道：“卢旺达正在努力争取和平，只能一个一个慢慢来。这就像是在石头上耕种小麦一样困难。寻求团结、和解的道路布满荆棘，而我们是光着脚在走。”

他站起身，走到阳台边，阳台俯瞰着吉赛尼，朝着刚果（金）的方向，那是他出生的地方。

“我们正在试图宽恕[136]，但是宽恕意味着遗忘，而我们无法遗忘。或许还有另外一个词。我在寻找这个词。”

从前，我们自一出生就懂得这个世界。

现在，我们得重新学习，一点儿一点儿，从名字开始，慢慢理解。[137]

——凯瑟琳 · E. 斯坦德弗

路易斯和我坐在缅因州的海岸边，面向波光粼粼的海面。路易斯一下子跳了起来：“为什么大海在追我？”我忘了跟他提潮汐的事。我试着解释这个现象，但以失败告终。潮汐是由于月亮的引力作用而产生的，对于一个一直生活在赤道附近、日常所经历的不是大海的潮汐，而是战争浪潮的人来说，这样的解释无济于事。

我们去向东几个小时车程的芬迪湾进行实地考察。在一个名叫逆流瀑布的地方，我们坐在花岗岩悬崖上，看着大海退潮，直到最后只剩下一个平静的小水塘。一切都纹丝不动，天上甚至没有燕鸥飞过。它们都杳无踪迹。在时光中的某个时刻，我们见证了一次短暂的停顿、一种安宁、一种平静，它有着如此令人震撼的力量，让我们无以言表。

接着，就好像受到一道光的引领，上涨的潮水奔涌而来，将小水塘重新吸纳进它流动的身体中，很快，岸边礁石的洞穴和裂隙中都灌满了海水。燕鸥也回来继续捕鱼，原先顺时针旋转的漩涡现在开始逆时针旋转。琥珀色的海带被海浪从海底的沙子中卷了上来，漂来漂去。大海在咆哮，数百万加仑的海水冲刷着海湾，波涛撞击着粉红色花岗岩悬崖。

“这是我感知上帝的方式。”路易斯说。

在我们的生命中，我们会一直找寻那根金线，引领我们看到光又一次变得明澈。这是暂时的。我们始终知道，我们并非孤身一人，而属于一张微微颤动的信仰之网。

光影变化是马赛克镶嵌艺术的第一规则。

观察光线在水面上、草原上、镶嵌着宝石的天花板上或者脸上跃动，就是在见证光的力量。只要 HWA 夫人还活着，她就会在清晨和黄昏时分在布莱斯峡谷高原上面向太阳。她和她的祈祷犬家族会在地面上继续站立，将其来自更新世的知识传递下去：为了生存，我们必须成为生态马赛克的一部分。

我想和草原犬鼠站在一起。

外面。里面。地上和地下。这世间有一种存在方式召唤我们超越希望。马赛克不仅仅是一种艺术形式，它更是一种融合的形式，不仅是一种看待世界的方式，更是一种对世界做出回应的方式。

西蒙·罗蒂亚是个移民到美国的意大利人，在加州洛杉矶东 107 街 1765 号买了一块地。1921 年至 1955 年，他建造了现在被称为瓦茨塔群[138]的一群雕塑。

白天，罗蒂亚是个承包商，在所居住的街区穿行，用推车收集废旧的、大家不要的、丢弃的东西。他用居民们给他的碎玻璃、贝壳、石头、盘子、陶器（这本身就是一项 20 世纪陶瓷研究）以及丢弃的瓷砖，装点他那些金属雕塑。他会即兴创作。他在工作时没有规划或蓝图。他干了好几年，直到他的那些塔完工。他把锤子、凿子、泥刀这些他所使用的工具在混凝土上压上印子作为签名。

瓦茨和康普顿这两个居民区混住着不同族裔的居民，关系紧张，生活贫困。在这里，耸立着高 99.5 英尺的塔，塔的顶端站立着一个无头天使。罗蒂亚完成他的作品后不久，一些忧心忡忡的市民们提出申请，要求将塔拆掉。他们担心塔会在地震中倒塌。压力测试表明，塔异常坚固，抗震能力强。于是又出现了另一场运动，目的在于对塔进行保护。

在 1965 年的瓦茨暴乱中，所有东西都被放火焚烧，但没有人去动罗蒂亚的马赛克。而 30 年之后发生了罗德尼·金暴动，瓦茨这个居民区又一次被点火焚烧，但塔同样没有遭到破坏。

“所有人都知道塔是禁地。”一位居民如是说。

在破碎的世界里发现美，就是在我们所发现的世界创造美。

马赛克是用手创作的。

路易斯·加昆巴曾抓起我的手，现在他是我们的儿子。

在卢旺达，他曾这样写道："当你走在非洲的街道上，你随处都会看到玻璃瓶被打碎后各种各样的碎玻璃，透着玻璃看，颜色很漂亮。相信我，这些瓶子可以做很多好东西，可以做杯子，还有碟子。这些破碎的东西，可以产生新的、对当地人来说很重要的东西。

"街上的流浪儿不能和其他更为幸运的孩子们一样平起平坐。他们一定对生活深感失望。从另一方面来说，人们总说这一代人里会产生未来的领袖。对于有些人，确实如此。而对于其他人来说，却并非如此。街头的孩子们毫无希望，没有教育。他们得为自己负责。他们不会考虑未来将会发生的事。他们只操心每天的面包。但是他们有思想，他们思考、行动。他们迫切地想要改变。"

我们全都迫切地想要改变。

玻璃碎片可能会割破手，带来伤害，或者可以用来放大视野。马赛克赞美破碎，以及被重新聚合而产生的美。

我们能否生存下去，这个星球是否能保持生命力，有赖于灵活的思想和敏锐的情感。抬起手。用手工作。我们可以即兴发挥。我们不需要规划就可以进行创作。我们不必孤立地生活。如果关注他人的生命，就必定有能力识别各种模式，就能以同理心为基础，找到通往团结的道路。同理心就是引领我们从关注的边缘走向中心的道路。

模式就是我们所要找寻的东西。[139]

所创造的美属于每一个人。万众皆俯首致意。[140]

在破碎的世界里发现美，并非只是拼装的艺术。它是一种大胆的思考，可以激励行动。

路易斯·加昆巴让我成了一位母亲，他的美国母亲。当时，我没有看出其必要性，而他看到了。当他叫我“妈妈”的时候，我内心有过斗争，不知道这个称呼是否有必要。

“你在害怕什么？”他问。

我没有回答，因为我不知道。

“职责。”他说。

我懂得身为妻子、女儿、姐妹以及这个自然世界的观察者，我所肩负的职责。我也曾对那些临终者负责，学会了掩埋逝者。

但是对一个孩子负责，即便这个孩子已经成年，这对我来说仍是一段未知的、脆弱的旅程。我正在学习。我逐渐认识到，答应路易斯，就意味着一种约定，对我所知的一切进行重构。他成了一个安全港，这是我以前所无法想象的。

我所没有想到的是，并不是他需要我，而是我更需要他。

2007 年 12 月 21 日：冬至，黑暗走向光明。布鲁克、路易斯和我聚在怀俄明州杰克逊霍尔一个木屋的炉火前。我们喝茶、谈笑，互相询问这一切是如何发生的。接着，我们都安静下来。

房间的角落里立着一棵圣诞树。这棵圣诞树传承着我们家的历史，很多装饰都曾挂在我奶奶的圣诞树上：有着蛛丝般翅膀的天使、小麦制成的猫头鹰、顶部已经变形的白色木制雪花片儿。我母亲的手镯，一个景泰蓝带花圆镯，也在上面，还有我们小时候斯蒂夫用丝带编织的小鸟。3 颗装饰着银色亮片的星星垂直挂下。这是件新的装饰品，另外还有一件就是路易斯的父亲送给布鲁克做护身符的用象牙雕刻的大象。

此刻，外面正下着暴雪。路易斯来美国的第一个早晨[141]，外面同样下着大雪。他醒来后，走到外面，第一次体验到了下雪的感觉。当时他仰起头，说："多美的灾难啊！"

"你还记得吗？"我问他。

"我记得。"

注　释

NOTES

1. 裂隙（interstices）：事物之间的空间，狭长的口子，行动的间歇。中世纪英语，出自古法语，出自拉丁语 *interstitium*，出自 *intersistere* 的过去分词 *interstitus*，意为暂停，中场休息。*inter-*，*inter-* + *sistere*，使站立。

2. 诗句原文“These fragments I have shored against my ruins.”出自 T. S. 艾略特的作品《荒原》（*The Wasteland*），由玛丽 · 卡尔作序；New York: Modern Library，2002，第 51 页。最初发表于 1922 年，诗人威廉 · 卡洛斯 · 威廉斯曾描述《荒原》所产生的影响就像投下了一颗原子弹。全诗共 433 行，是艾略特用文字为一个碎片化的、蔑视一切的世界所立的纪念碑，用诗的马赛克和拼贴艺术书写文明的失败，描绘现代主义时期那纷纷扰扰、带有毁灭性质的时代脉搏。

3. 赫拉克利特，《碎片集：赫拉克里特的智慧》（*Fragments: The Collected Wisdom of Heraclitus*），詹姆斯 · 希尔曼作序；New York: Viking，2001，第 37 页。

4. 哈特 · 克兰，《断塔》（*The Broken Tower*），1932 年。这是哈特 · 克兰的最后一首诗，也被许多人认为是他写得最好的一首。他受到 T. S. 艾略特以及艾略特对现代性看法的影响。塔是克兰常用的一个意象。在《哦，我的土地，我的朋友：哈特 · 克兰书信选编》（*O, My Land, My Friends: The Selected Letters of Hart Crane*）一书的前言中，保罗 · 鲍尔斯把克兰的创作比作“罗马人创作马赛克，选择、凿刻、塑形，让每一块瓦片的大小和形状都能精确地适合所要填充的空间”。

5. T. S. 艾略特，《四首四重奏》（*Four Quartets*），1943 年。这一行诗句必须和前一句联系起来理解。“在转动不息的世界的静止点上。”以及后面的诗句：“只有这个点，这个静止点 / 这里不会有舞蹈，这里只有这一支舞蹈。”

6. 凯瑟琳 · E. 斯坦德弗，《事物的名字》（*The Names of Things*），2006 年夏天创作于怀俄明州穆斯的穆里中心。

7. 露西亚娜 · 诺特尼是位马赛克镶嵌大师，也是一位出色的老师，传授罗马、拜占庭马赛克镶嵌的精湛工艺。自 1990 年起，她一直担任拉文纳马赛克艺术工作坊的主席和创始人，并在拉文纳马赛克修复学校任教。她的同事布鲁内塔 · 扎瓦蒂也是马赛克艺术工作坊的老师。课堂人数限制在 8~10 人。

8. 马可 · 德 · 卢卡引用了这句话，描述把石块儿打碎、形成嵌片、从中所获得的审美上的惊奇，以及将碎片重构成一个和谐的整体时所传达的喜悦。

9. *Mosaico d'amicizia fra i popoli*, Parco Della Pace, Ravenna, Longo Editore, Con il Patrocinio di Parlamento Europeo Consiglio d'Europa, UNESCO, 1988, p.11.

拉文纳市中心有一个和平公园。这是一个室外马赛克博物馆。“拉文纳曾是帝国首都，如今想成为友谊及和平之都。”世界各地的马赛克艺术家们都曾向这个国际性创意活动捐赠过艺术品，该活动的“主要目的在于用通用的艺术语言将全世界各民族团结起来”。公园里的马赛克作品将自然史和人类史相结合。有一位马赛克镶嵌师马里奥 · 马尼艾里－埃利亚指出：“事实上，马赛克是一种组合的艺术，将不同的材料集中到一个连续的表面，赋予它生命，通过生动、多样的安排……成为充分、丰富、完美的连续体……关于和平的寓言。”（pp. 17–18）

10. Henry James: *Italian Hours*（1909; New York: Penguin Classics, 1995）, p. 298.

11.“观察美与犯错。”伊莱恩 · 斯卡利，《论美》（*On Beauty*），新泽西州：普林斯顿大学出版社。

斯嘉丽问了这样一个问题：“举个你曾犯过的智力错误的例子？”或者说得更明确一些：“请描述一个你所犯过的关于美的错误。”关于美，我所做过的错误判断是关于马赛克的。我曾把它看作一门手艺，而不是一种艺术。马赛克是你打碎了家里的碟子、因过意不去而在画框里或者花盆上对陶瓷碎片进行利用而产生的东西。在我看来，马赛克就是种原始的手艺。除此之外，马赛克也只在贴蓝色瓷砖的游泳池里有用武之地了。海德格尔认为艺术是“把真理嵌进作品”，现在我逐渐认识到马赛克所遵从的正是这一理念。

12. 我们在马赛克艺术工作坊里用金色嵌片进行创作时，“奥森尼”这个名字都会出现在我们的对话之中。“金色嵌片和奥森尼密不可分。”有人如是说，接着会加上一句，“奥森尼的意思是熊，卢西奥·奥森尼是这个世界上最吝啬的人。”

我感到极为好奇，便怀着朝圣之心去了趟威尼斯，想亲眼看看这个名字就等同金色嵌片的家族是否名副其实。你绝对不会想到，世界上最大的金色嵌片出口商居然落户离威尼斯大运河有些距离的一条不起眼的街上。过了好几个月我才成功地约到了和卢西奥·奥森尼见面的时间。我提早 30 分钟到达，在厂房外面等候。

一个多世纪以来，安吉洛·奥森尼的公司一直通过制造嵌片从事马赛克艺术。安吉洛·奥森尼是一位玻璃制作大师，1843 年出生于威尼斯，参与了 19 世纪马赛克的复兴。

故事是这样的。1840 年，来自意大利穆拉诺岛的洛伦佐·拉蒂重新发现了对于 13 至 14 世纪威尼斯玻璃制造者们极为重要、但失传已久的玻璃制造秘籍。圣马可大教堂里的马赛克亟待修缮，而拉蒂先生能够制作修复所需要的材料。

技术得到了简化和改进。1888 年，乔万尼·法克契纳将他整个马赛克玻璃厂委托给了和拉蒂一起从事过马赛克修复工作的玻璃制作大师安吉洛·奥森尼。

奥森尼成功地模仿了拉文纳风格的玻璃嵌片，并通过运用新的技术（将柴火炉改成炭火炉，用气缸驱动机器制作厚度统一的玻璃）制作出差异细微的多种颜色，令人惊叹。随后，他又大力完善金色，最终将金色玻璃改造成威尼斯圣马可大教堂里所使用的高品质嵌片。

如今的奥森尼工作坊依旧以其做工考究的金色嵌片而著称。

秘籍里有玻璃料的配方、颜色以及原材料以什么配比来使用，数个世纪以来，该秘籍对于玻璃制造者来说都极为珍贵，一直被妥善保管，如今在安吉洛·奥森尼的曾孙卢西奥和卢格罗的手里，从他们的父亲以及父亲的父亲一代代传下来。卢格罗·奥森尼掌管着这个工厂的火炉，或者说是“灵魂”。他是技术员，掌握着“秘密”，知道如何配出制作玻璃嵌片的材料。他是那个在不断对颜色进行研究和试验的人。他也是工人们口中那个“永远不能被替代”的人。工人们说如果他走了，马赛克制作艺术也将随他而去。

在谈论玻璃制作的工艺时，卢格罗用了两个意大利词语 anima（灵魂）和 corpo（身体）。灵魂是熔化的混合物，被添加到原材料中，以改变某种颜色，直至得到理想的色调，而身体是指为了让透明的玻璃变得不透明而被加入的结晶体数量。

卢格罗沿用的是他曾祖父所使用的身体－灵魂配方。他会告诉你，要想依据佛罗伦萨配方制作不透明的绿松石，你得用骨灰做乳浊剂。还有，要想制作黄色玻璃，得加"葡萄酒桶酒石"。他还会告诉你，拜占庭红可以追溯到几个世纪之前，是最难制作的颜色之一，这种颜色要由所加的铁的量以及赤铜矿晶体的大小所决定。接着他会建议你去查阅《达杜因配方》（*Ricettario Darduin*），这是威尼斯玻璃制作者所使用的最早的配方书之一，由乔万尼·达杜因（1585—1654）编撰。可以说卢格罗是真正意义上的火种守护者。

卢西奥则全然不同。他不是个工匠，而是个令很多人生畏的生意人。他严厉，唐突，脾气火爆，缺乏耐心。他是个务实的企业家，把其他事务打理得井井有条。卢西奥·奥森尼从事的是马赛克的商业运营。

以下摘自我的日记：

> 我被正式地带进奥森尼先生的办公室。他正坐在一张闪闪发亮的黑色马赛克办公桌后。事实上，在我看来，他整个办公室就是一块黑色反光的马赛克，上面点缀着金色饰带。这就是身穿讲究的黑色西装、黑色衬衫、戴着黑色领带的卢西奥·奥森尼给人的印象。
>
> 他问我此行有何目的。我告诉他我跟着露西亚娜学习马赛克制作。
>
> "马赛克的发展和奥森尼玻璃的历史相互交织。"他停顿了一下，说道，"我的家族就是马赛克。"
>
> 他向我介绍他的家谱，从安吉洛·奥森尼（1843—1921），到乔万尼（1873—1935），到他自己的父亲安吉洛（1920—1969）。我一边听，一边忍不住分神去看他身后的那个彩色图表，那是奥森尼公司为 1889 年巴黎世博会所制作的玻璃嵌板。那一块块彩色玻璃嵌片本身就是艺术品。
>
> 卢西奥·奥森尼告诉我他也是个马赛克镶嵌师。他创作了科

威特著名的金色马赛克之墙。“我喜欢金色。金色不是一种颜色，它是一种经历。”

他为科威特埃米尔的私人套房设计了一幅由金色和银色嵌片镶嵌而成的马赛克作品。奥森尼告诉我阿拉伯国家买得起最好的东西。这幅马赛克宽6米，是巨幅的对称作品，采用金、银两种颜色，亮度不同，用直线或曲线排列，“让人联想起指纹”。

奥森尼先生告诉我他创作这一作品是为了平静和冥思。“阿拉伯人明白单纯的装饰品就可以创造精神性。”他给我看了一张照片。这是一幅精妙的、令人印象深刻的马赛克作品，配色采用的是单色系，挂在一面白墙上。这让我想起约瑟夫·阿尔伯斯的色块绘画作品。奥森尼的马赛克进入视野时，让人看到的是震颤，而并非只是给人以抽象的感觉。

他谈到，和谐超越了形状和色彩。当所有的元素都一起发挥作用时，就会产生和谐。马赛克就像是音乐，每一个嵌片都是一个音符。我尽可能快地做着笔记，但是我的手跟不上卢西奥飞快的头脑。

“如果我必须对我的马赛克下个定义，我会称它为马赛克乐谱。爵士。爵士比其他任何音乐更接近马赛克。”

他谈到一个世纪前的马赛克复兴以及他的家族如何为安东尼奥·高迪提供帮助。

“我们保存了和他之间所有的往来信件、所有的订单，现在我们也在和那些正继续实施他的艺术构想的工匠们进行合作。”

他问我有没有去过圣家堂。我说我去过，想起了当时我和一位工匠之间的谈话。这位工匠作为一名马赛克镶嵌师，已经在大教堂干了46年。“我为高迪先生工作。”他一边告诉我，一边把金色嵌片切割成小块准备用在天花板上。

“你所见到的是奥森尼家族在巴塞罗那的工作坊。”卢西奥说道。

13. “艺术品的创作节奏是思想和身体对话的结果，在此过程中自然会运用情感……准备材料、研究材料、打碎和重构是仪式，无论从概念还是从构造的层面上，我都无法将这些仪式和我的作品割裂开来。”

感谢马努艾拉·法奈蒂为我们做翻译，感谢她在翻译我们对话时所表现出的不同寻常的风度。

14. 如何剖析真理？埃里克·米勒在向罗杰·托利·彼得森致敬的文章

里写到他渴望了解羽毛所特有的色彩。“彼得森用北美鸟类版画插图创作了著名的《彼得森鸟类野外指南》（*Peterson's Field Guide to Birds*），从而开启了自然历史图书系列的编撰工作。”他对色谱法很感兴趣。“这是一种对溶解物的分解进行分析的技术，溶液流过多孔介质，形成区分性迁徙，产生离析。”

如何剖析语言?

对米勒来说，从鸟的羽毛中解构颜色“就等于操作厨房搅拌器”，比书签略长、略宽的白色硅条以及四氯化碳。

他的问题很简单：像鹟、戴菊鸟、绿鹃、莺等不同种类的鸟，它们的绿色和黄色是否都一样呢?

从这个问题出发，米勒开始拔绿色鸟和黄色鸟的羽毛。以下是他实验的片段：

把我的小型禽类拔得光秃秃的，这感觉非常不文明。我准确、野蛮地知悉了答案……比如，我把5只赤眼莺雀的羽毛拔下，扔进搅拌器中，在混合物中加入四氯化碳溶剂，在这浮士德式的东西上盖上盖子，把搅拌器开到高速挡……从被切碎的羽毛中，溶剂很快呈现明显的绿色或黄色。我透过滤网将其过滤，小心翼翼地将其倒入玻璃盆，在残留物中放入硅胶条……

染了色的溶剂慢慢向上渗透，浸湿了硅胶条。为了见证这一进展的全过程，你得低下身子，就好像进入一个水池，用婴儿、疗养的病人或在临终关怀医院的人对时间的感知方式，耐心，不带任何强烈愿望，以世间万物的速度，而非人类的速度移动……这种情绪如此不可多得，见证所需要的正是这种诚实的状态……现在我有了科学作为借口。

我的直觉告诉我在《彼得森鸟类野外指南》的插图和我的实验结果之间存在着联系。当颜料溶液顺着硅胶条向上渗透时，留下分层的色谱，一个由月牙形、点状和条形所构成的图案，因为每种对鸟羽毛的颜色起作用的元素都会留下自己的标志。这些形状的分布揭示了色彩之间的特征和差异。因此这些硅胶条给赤眼莺雀、红冠戴菊鸟提供了新的名字。我已经得到了彼得森一书图片的抽象版，每一个物种的旗形符就像是人的旗形符。鹟和莺或许有一个相同点，但是它们其他的色彩、几何形状不同。我会将彼得森图片、声音的声谱图和羽毛颜色的有声材料放在一起。

米勒的结论是对碎片化与和谐的一种思考：

没有人经历过进化；基因的突变这种可贵的变化，一旦发生，便成永恒。我们谈论为全世界“建构”这个，“建构”那个，就好像我们是伟大的建筑师一样……彼得森在他的书上所展示的正是我们从何建构而来。把那种物质称作原材料，是对美洲红尾鸲优雅而完美的动作的一种可怕侮辱。彼得森真的是一位向导，野外的向导。他的书比许多文学作品更伟大。这本书带领我走过日常工作和个人痛苦。在那一头，那些版画，那本记忆中不可比拟的书，还在——不只是为了我自己，尽管我依旧会把它们当作非常准确的自传。

Eric Miller, “Birding with Roger Tory Peterson,” *BRICK*, 56 (Spring 1997), pp. 31–34. 经米勒先生同意在此引用，深表感激。

在彼得森先生去世前不久，我见到了他。当时他还在画鸟。他在我的《彼得森鸟类野外指南》上签了字。题词很简单：“With Joy（怀着喜悦）。”

15. Kevin Hart, “The Will to Change,” *Flame Tree*, (New Castle, UK: Bloodaxe Books, 2003), p. 62.

16. Italo Calvino, *Invisible Cities* (New York: Harvest Books, 1978), p. 139.

17. Mary Midgley, *Animals and Why They Matter* (Athens: University of Georgia, 1984), p. 77.

18. C. D. Wright, *Cooling Time* (Port Townsend, WA: Copper Canyon Press, 2005), p. 6.

19. Natascia Festa, *Nittola*.

20. Michael Ondaatje, *The English Patient* (New York: Alfred A. Knopf, 1992), p.249.

21. Italo Calvino, *Invisible Cities* p.19.

22. Louise Glick, *Averno* (New York: Farrar, Straus, and Giroux, 2007), p.6.

23. Gregor Rezzori, *Antedotage* (New York: Farrar, Straus, and Giroux), p.47.

24. Claude Royet-Journoud, *Theory of Prepositions* (Albany, NY: Fence, 2006), p.25.

25. 印第安人认为，穴鸮是草原犬鼠的“连襟、姐夫”。(Researched by Manfred Guina Sr. and Beatrice Haukaas, Eastern Shoshone Cultural Center, November 2006.)

26. Niles Eldredge, “A Field Guide to the Sixth Extinction,” *New York Times Magazine*, (December 5, 1999), pp. 144-146.

被列入名单的其他物种包括：非洲黑犀牛、斑鬣狗、麝牛、绿鳕、加拉帕戈斯企鹅、黑孢块菌和桃花心木。

27. 1973 年的《美国濒危物种保护法》或许是美国最有远见的环境保护法。美国的宪法捍卫私人财产权，在这样的一个国家，能考虑其他物种的疾苦，并为此承担起责任，这是政府方面所做出的一个了不起的姿态，体现了同理心。这一法案的目的，是为了保护“那些因经济成长和发展所带来的后果而受到严重威胁、没有得到足够关心和保护的物种，让它们不会因此而灭绝”。第 2（3）条写道：“议会认为并且宣布以下鱼类、野生动物和植物对美国和美国人民具有美学、生态、教育、历史、娱乐以及科学等方面的价值。”

28. Tim W. Clark, “Ecological Roles of Prairie Dogs,” *Wyoming Range Management* 261 (1968).

29. 1984 年，美国鱼类及野生动物管理局将犹他草原犬鼠从“濒危动物”降级为“受威胁动物”。环保主义团体认为这一举动是政府在向农业及开发利益方所施加的政治压力和游说行为低头。为了缓和牧场主和数量不断增长的草原犬鼠群落之间的矛盾，降级决定中包含了一条特别规定，允许每年“抓捕”草原犬鼠的数量上限为 5000 只。（Congressional Research Service Report for Congress, 98-132; Endangered Species List Revisions.）这种削弱环境保护法的做法在 1981—1989 年里根执政期间十分典型。

30. 主要作者：劳伦·麦凯恩博士，2008 荒野地球守护者之沙漠和草地项目主任（Desert and Grassland Projects Director, WildEarth Guardians 2008）。这份报告发布于 2008 年 2 月 2 日草原犬鼠日，这个节日由美国西部土拨鼠日衍变而来。荒野地球守护者通过全方位使用诉讼、科学分析、组织公众等一系列手段捍卫美国西部的荒野传统。

2008 年 5 月 13 日，以下这则新闻报道了毒杀犹他草原犬鼠事件，无疑降低了犹他州的总体得分：

环保团体谴责杀害犹他草原犬鼠的行为

环保主义者呼吁美国鱼类及野生动物管理局加强保护措施

> 圣塔菲，新墨西哥州，5 月 13 日。最近发生在以诺的非法毒杀犹他草原犬鼠事件引发了犹他州野生动物资源部（UDWR）的调查。UDWR 和美国鱼类及野生动物管理局（USFWS）共同出资 3500 美元，奖励能提供嫌疑人确切信息的人；犹他州人道协会又追加了 5000 美元奖金。而荒野地球守护者和本土生态系统中心同

样对以诺草原犬鼠毒杀事件进行了谴责，但他们也指出，2006 年 UDWR 和 USFWS 批准射杀和捕杀的犹他草原犬鼠数量是这一数目的近 100 倍。

“政府一边在为杀死十几只草原犬鼠而上蹿下跳，但一边又批准百倍于这个数字的草原犬鼠被合法地杀死，这实在是很虚伪。”来自荒野地球守护者的妮克·罗斯马里诺指出：“我们认为犹他草原犬鼠应该受到保护，免遭任何致死性的控制。”

根据 1991 年发布的一项特别规定，USFWS 允许每年 6 月 1 日至 12 月 31 日可以杀死不超过 6000 只犹他草原犬鼠。这一规定的理由是它可以减少非法杀戮的数量。以诺的毒杀事件以及本年度早些时候发生的两起类似事件让人们对这一理由产生怀疑。在发布这项特别致死性控制规定时，USFWS 说它将根据州政府对这一物种的年度报告来监督捕杀数量。但是自 2002 年起，UDWR 没有发布过任何年度报告。

最新统计表明，当前存活的成年草原犬鼠数量大约为 11000 只。在 2007 年 4 月的记者招待会上，USFWS 声称目前所规定的捕杀上限为每年 6000 只，这个数字“从生物学角度来看是不合理的”，它计划在 2007 年夏天修改这一规定，但迄今为止还没有宣布修改方案。

“还有哪种濒危动物，人们会任其成百上千地受到屠杀而坐视不管？”本土生态系统中心高级生物学家艾琳·罗伯逊说，“毒杀这些草原犬鼠是非法的，但是政府每年批准成百上千的草原犬鼠被杀死，这同样也是不合法的。”

31. 参见 Jerry Adler, “The Politics of Endangered Species,” *Newsweek*, June 9, 2008, pp.40-50.

32. 克莱·詹金森在他的著作《风中的讯息》（*Message on the Wind*, Marmarth, ND: Marmarth Press, 2002）中，称大平原地区为“神圣的通道……这是一个诗意化的名称，指的是一个大多数人会尽可能避开的区域、一个旅行者会尽可能屏神凝息快速穿过的通道”。2008 年 3 月 10 日在北达科他州迪金森市的谈话中，詹金森解释说黑尾草原犬鼠的历史足迹覆盖了这条“神圣的通道”。

33. 康斯坦丁·斯洛多契科夫是北亚利桑那大学的生物学教授，也是动物交流有限公司的首席执行官，该公司致力于帮助人们处理跟他们的动物伙伴之间的关系。下列几篇文章对我理解他关于草原犬鼠交流的研究有所帮助：

C. N. Slobodchikoff, et al. "Semantic Information Distinguishing Individual Predators in the Alarm Calls of Gunnison's Prairie Dogs," *Animal Behavior* 42(5) (1991): 713–719.

Con Slobodchikoff, "The Language of Prairie Dogs," Museum of Northern Arizona, *Plateau Journal,* 6(2) (Fall/Winter, 2002), pp. 30–38.

R. K. Bangert and C. N. Slobodchikoff, "Prairie Dog Engineering Indirectly Affects Beetle Movement Behavior," *Journal of Arid Environments* 56(1) (January 2004), pp. 83-94.

感谢斯洛多契科夫博士同意让我在本书中公开引用他 2008 年 4 月 18 日写给我的信。

34. Bruce W. Baker, April D. Whicker, and Glenn Plumb, "A Critical Review of Assumptions About the Prairie Dog as a Keystone Species," *Environmental Management* 24, no. 2 (Sept. 1999), pp. 177-92, 199.

35. William S. Cooper, "The Climax Forest of Isle Royale, Lake Superior, and Its Development," *Botanical Gazette*, January 13, 1913.

36. Richard T. T. Forman and M. Godron, *Landscape Ecology* (New York: Wiley, 1986). 更多关于紊乱作为"一种地貌发展中的主要自然进程"的理念，以及紊乱的种类、强度和频率如何在自然界造成马赛克的拼缀变化和模式，请参见 S. T. Pickett, and P.S. White, eds., *Ecology of Natural Disturbances* (Academic Press, 1985).

37. E. A. Johnson, "Wildfires in the Western Canadian Boreal Forest: Landscape Patterns and Ecosystem Management," *Journal of Vegetation Science* (1998).

38. M. G. Turner and D. B. Tinker, "Effects of a Fire-Created Landscape Mosaic on Ecosystem Processes in Yellowstone National Park, Wyoming," August 6-10, 2000. M. G. 特纳和 D. B. 廷克在犹他州斯诺伯德的美国生态学协会的年会上所提交的论文。

39. Jean Baudrillard, *Transparencies of Evil: Essays on Extreme Phenomena* (New York: Verso, 1993), p.77. 2007 年 6 月 21 日，我收到特蕾莎 · 科恩的来信，她是一位极具想象力的地理学家，即将在蒙大拿州立大学获得博士学位。

前不久，我们在怀俄明州穆斯的穆里中心一起上过一堂名为“居住生态学”的课。她在信中写道：

> 我是个隐喻爱好者，特丽。我也是个羊毛纤维、水和故事的爱好者。你是否注意到，这些东西其实都是一样的。我从未跟人谈起过，大学期间，有很长一段时间，我意识到我又相信上帝了，但是我想不明白上帝是什么。那时候我每晚只念一句非常短的祷告：“让我参与，让世界联合起来，而不是让世界分崩离析。”
>
> 我想我们并不懂隐喻。我们不懂地形学。或许在某种程度上，时空是一个整体；而在另一种程度上，它们是破碎的。也许，除了在这个世界上，在这个认知中，时间毫无意义。落日就是破碎的光。
>
> 我想没有什么办法可以维持起初那完整的世界，如果我们打算真正地参与这个世界，就不可能有办法。心会破碎，盆会破碎，蛙的细胞会破碎。未来被分解成一天一天，这样我们便能走过这些日子。故事被分解成单词，光被分解成颜色，声音被分解成音符。只要看一下树。我的主啊，所有这些碎片：外形被分解成树枝，树枝又变成了带有断裂纹理的树叶，然后形成种子。
>
> 我不相信我们不会毁灭我们的世界，对此我不抱希望。我对两条汩汩的水汇成旋律满怀希望，我对散射着光线的蓝色天空满怀希望。我对隐喻的力量，对精心制作的盆，对好的故事，对我的朋友们满怀希望。我所关心的，不是碎片或完整；我所关心的，是上帝的恩典。
>
> 我们可以打破，并在我们各自的碎片中一直破碎下去；或者，我们也可以在破碎之后变得更为复杂，建立更多的联系。这，同样，事关选择。这就是恩典的方式。

40. 电台谈话类节目主持人、保守派人士迈克尔·萨维奇不断地称呼自由主义者为“害兽”（vermin），其中包括《纽约时报》专栏作家维尔林·克林肯伯格，后者曾写过一篇关于睦邻友好的报道。

41. 感谢朱莉·加根同意让我引用她那篇感人的文章《狗吃狗》（“Dog Eat Dog”），这篇文章 1999 年 3 月 25 日发布在网络上。全文分析了科罗拉多州的射击手、立法者和环保主义者们对草原犬鼠的所作所为，以及其中的复杂关系。感谢《西部世界》新闻报编辑帕特丽夏·卡尔霍恩同意让我引用这份材料。

42. 远程害兽射击有一帮忠实的追随者，被称为“红雾协会”（Red Mist Society）。“红雾”指的是这个协会的成员用大功率步枪从400码外射中草原犬鼠时所喷出的血雾。难度在于从尽可能远的地方找到尽可能小的目标，造成最大程度的破坏。射击者喜欢萨维奇12系列害兽型号所造成的“爆炸效果”，这一型号的步枪重约10磅（售价近1000美元），需要用射击凳支起步枪，以确保最大限度地瞄准。

妮基·桑·法勒（Niki Saint Phalle，1930—2002）是名法国画家、雕塑家、马赛克艺术家。她在意大利格拉维奇奥创作了一个名为“塔罗牌花园”的公园。这个公园于1979年开建，到1998年完工，是围绕塔罗牌所建的一组马赛克。她的马赛克作品风格狂野、另类，比如用碎玻璃制作而成的《正在倒塌的塔》，但让我印象更为深刻的是她作为画家的往事。1961年，她凭她的“枪击画”而举世闻名。她对于“暴力姿态”的痴迷，成为她邀请公众参与的邀请函。她构建了互动式画布，在聚乙烯袋中装满颜料，用一层一层塑料裹住，靠在木板上。他们请观众向这些画开枪，颜料便会像血一样四处飞溅。“动作的瞬间以及对可能性的强调和最终的作品一样重要。”妮基·桑·法勒后来不再创作这类作品，因为，用她自己的话说：“我对枪击有了瘾，就像一个人染上了毒瘾似的。”

43. Jean Jacques Rousseau, *A Discourse upon the Origin and Foundation of the Inequality Among Mankind* (Paris, 1755; London, 1761).

44. Aldo Leopold, *A Sand County Almanac with Essays on Conservation from Round River* (New York: Ballantine Books, 1966), pp. 237-243.

45. Peter Richards, “On the Conditions Presently Needed,” *Obliette* (Verse Press, 2001), p. 61.

46. William Butler Yeats, “Easter 1916,” *Easter 1916 and Other Poems* (New York: Dover Publications, 1997).

47. Javier Marias, *All Souls* (New York: New Dirctions), p. 140.

48. Italo Calvino, *Invisible Cities* (New York: Harvest Books, 1978), p. 126.

49. Alasdair Gray, *Five Letters from an Eastern Empire* (London: Penguin, 1984), p.8.

50. John Ashbery, “Litany,” *As We Know* (New York: Penguin Classics, 1979).

51. Alasdair Gray, *Five Letters from an Eastern Empire* (London: Penguin, 1984), p.3

52. Henry Miller, *Nexus* (New York: Grove Press, 1994), p. 31.

53. Zadie Smith, *White Teeth* (New York: Random House, 2000), p.415.

54. Niles Eldredge, "A Field Guide to the Sixth Extinction," *New York Times Magazine*, December 2, 1999, pp. 144-146.

55. Jane Goodall, "An Evening of Conscience," 2008 年 3 月 4 日，珍·古道尔在犹他州盐湖城交响乐厅举办了讲座，该讲座由犹他大学环境人文研究生项目赞助。

56. 雅各布·史密斯是位于科罗拉多州波尔德的本土生态系统中心的前执行理事。他的目标，除了拯救美国西部受威胁和濒危物种之外，还想制造足够的合法骚动，好让内务部部长盖尔·诺顿熟知他的名字。他的这个目标达到了。现在他是科罗拉多州戈尔登的市长。我们曾一同开车去科罗拉多州西南部地区旅行，之后我于 2002 年 2 月 7 日给他寄了这封信。

57. John Steinbeck, *To a God Unknown* (New York: Penguin Books, 1995).

58. 妮克·罗斯马里诺、丹尼·罗宾逊、罗伯特·阿尔索布鲁克和劳伦·麦凯恩陪着杰克和我参加了这次远足。他们成立了南部平原土地信托，其使命在于创造短草草原保护区网络，让当地植物和动物群落能再次繁衍，尽可能少受人类干预。1998 年 11 月，SPLT 购入科罗拉多州巴卡县 1280 英亩的土地，就在科曼奇国家草原以北 3 英里处。为应对草原的一般流失以及草原犬鼠栖息地的缺乏，他们把这片保护区称为"新路径"。通过土地收购和恢复，以及同时进行的外展计划，这些环保主义者正在为土地管理指明一条新的道路。目前，南方平原土地信托共有 3200 英亩受保护土地。

59. Barre Toelken, "Prairie Dogs Cry for Rain," *Quest* (September – October, 1978), p. 115. 我 1983 年有幸在犹他州立大学见过作者巴尔·托尔肯，他亲口给我讲了这个故事。我一直记得。直到今天，当纳瓦霍族老人说起草原犬鼠，听上去还是像在说"paradox"（悖论）一词。犹他州南部的农场主们说话带着口音和变调，草原犬鼠（prairie dogs）的发音听起来就像"祈祷犬"（prayer dogs）。

60. Terry Tempest Williams, "In the Shadow of Extinction," *New York Times*, February 2, 2003. 在此向我的编辑大卫·希普莱表示感谢。

61. J. M. Coetzee, *Elizabeth Costello* (New York: Viking, 2003), p. 110. "动物的生命"是库切在普林斯顿大学所做的一系列演讲，是 1997—1998 坦纳系列讲座的一部分。

62. 玛丽·米奇利曾极具挑衅性地讨论过这种歧视关系："种族主义这

个词在不经意间综合了三种不同的理念——三者之间的区分微乎其微、集体的自私自利以及对现有权利等级的延续……物种主义是最为极端的种族主义。”另参见《动物及其重要性》（*Animals and Why They Matter*）。此外，康德也曾说过：“残忍对待动物的人也同样会对人冷酷无情。”

《简明牛津英语词典》（145000个单词、词组和定义）中没有“物种主义”这个词。它也不在《韦氏新大学完全词典》中。这个词似乎还只是个民间用法，谷歌搜索能搜到很多结果，但还没有被收录进词典。

63. 亚里士多德提出了“scala naturae”，即“自然的阶梯”这一理念，认为上帝创造了一系列生命形式，从最低等、无形的物质，到石头、植物、低等动物，然后是高等动物，而人类则最终发展为神圣的存在，仅次于上帝。“伟大的存在链”这一理念认为每一个有机体都“以一种连续不断的等级和另一个有机体相关联”。这一理念一直存在，历经了中世纪，一直到17、18世纪的科学革命。我们可以认为，这一理念让我们对于物种的顺序，或者说是物种的进化，有了一个科学的认识。然而，我们同样也可以认为，这一理念把我们拘囿于人类中心论，这种等级化的思维模式助长了我们的傲慢和孤独。阿瑟·O. 洛夫乔伊的著作《伟大的存在链——一种理念的始末研究》（*The Great Chain of Being—A Study of the History of an Idea*）对这一思维的各个阶段进行了精彩的分析。

64. Coetzee, *Elizabeth Costello*, p.110.

65. 感谢约翰·胡格兰德同意让我在此全文刊登这封信。

66. 2007年11月24日，如果斯蒂夫·坦佩斯特还活着，那天是他50岁的生日。就在那一天，在犹他州穆雷市南考顿伍德街5121号的山间医疗中心，一条以他的名义修建的迷道落成了。爱他的家人和亲友慷慨出资修建了这条迷道。

67.“汤默霍克”（tomahawk）这个词（不是捕鼠笼，而是一种工具）让人想起哈特·克兰写的一首关于草原犬鼠的诗：

伟大的西部平原

草原犬鼠那细小的声音
不知疲惫……
它们发出三声欢呼

对各色火车车厢一视同仁
如同对着月亮，不吝溢美之词。

菲菲的蝴蝶结和小贵宾犬
在洛蒂·哈尼杜，电影女王的裙摆上，
疾驰着奔向律师和内华达。

还有很多它们无法参透之物
啊，时日无多，
如今世界转动得如此飞快！
埋头在丝绸之中并非它们所为——
然而它们知道汤默霍克。

的确，往日记忆重新浮现；
有时可怜的吠叫招呼着
紧贴着玻璃的鼻子。

68. 我想要提醒读者，有一部法语著作《世界动物权利宣言——评论和目的》（*The Universal Declaration of Animal Rights—Comments and Intentions*）。“《世界动物权利宣言——评论和目的》于 1998 年 10 月在巴黎庄严发布……该宣言是为了建立所有物种平等的生命权。”这一伦理原则可以被称为“理性的生物中心论或广义的人道主义”，以尊重生命为基础，将阿尔伯特·史怀哲的梦想付诸实践。作者写道：“让我们希望在经历了千百年的战争和暴行之后，这一崭新的道德理念能引领我们变得更加智慧。”

69. 在发自内心和本能的话语与科学事实之间的对峙中，我们很多环保主义者都担心这一点。斯蒂芬·哈丁获得哈佛大学生态学博士学位，任英格兰德文郡舒马赫学院整体科学硕士项目主管，他写道：“我请求你……把自己当作共同参与者，一起努力找到新的语言，在我们对待地球的体验中重新找回活力。在过去的 400 年间，人们对待地球的方式，就好像她是块儿没有生命的石头，在她粗糙的表面，附着了一些无足轻重、令人讨厌的生命形式和传统文化。” Stephan Harding, *Animate Earth—Science, Intuition and Gaia* (White River Jct., VT: Chelsea Green Publications, 2008), p. 39.

“摘下我们脸上的动物面具这一任务几乎还没有开始……其他动物不需

要生活的目的。这本身就是个矛盾，但人类这种动物无法规避。难道我们就不能认为，生活的目的只是为了看见？”John Gray, *Straw Dogs* (London: Granta Publications, 2002), p.38, p.199.

70. 罗伯特·劳森伯格，美国艺术家（1925—2008），以融合绘画（combines）著称。融合绘画采用非传统材料创作拼贴画似的作品。他经常在纽约街道上收集垃圾和其他能找到的现成物品，融合到他的艺术作品之中。20 世纪 60 年代，劳森伯格和贾斯伯·琼斯一起参与了妮基·桑·法勒的枪击画。感谢大卫·罗塞恩送给我的劳森伯格作品的印刷图片，感谢他对鸟类的爱。

71. Lao Tzu, *Tao Te Ching*, A New English Version by Ursula LeGuin (Boston: Shambhala Publications, 1997), p. 67.

72. Coetzee, *Elizabeth Costello*, p. 80.

73. Ibid., p.218. 小说对信仰进行了精彩拷问，这是其中的最后一句。

74. 阿尔伯特·史怀哲（1875—1965），1952 年获诺贝尔和平奖。他的哲学以及“敬畏生命”这一理念是我思想的基石，帮助我思考我们如何体现对生命的伦理立场。他很早就主张反对核武器和核武器扩散：“我是想要活下去的生命，生活在想要活下去的生命之中。在我自己想要生存的愿望之中，有一种对更为广阔的生命和愉悦的渴望，带着对毁灭和痛苦的恐惧。我周围那些想要生存的愿望也同样如此，不管它是有能力向我表达，还是只能保持沉默。这种想要生存的愿望无处不在，即使是我也毫不例外。如果说我是个有思考能力的生物，那我必须对除我之外的生命同样心怀敬畏，因为我知道，它和我自己一样，也对完满和发展深深向往。因此，我认为那些消灭、束缚、阻碍生命的东西是罪恶的。无论是从身体还是精神的角度来考量，都是这样。由此类推，善良就是拯救、帮助生命，尽我所能去帮助所有生命获得最大程度的发展。”

史怀哲博士的 FBI 档案现在还没有公开。Werner Picht, *Albert Schweitzer: The Man and His Work* (London: Allen & Unwin, 1964). Also Published under the title *The Life and Thought of Albert Schweitzer* (New York: Harper & Row, 1964).

75. Lao Tzu, *Tao Te Ching*, p. 90.

76. Gilles Deleuze, and Felix Guattari, *A Thousand Plateaus—Capitalism and Schizophrenia* (Minneapolis: University of Minnesota Press, 1987), pp. 3-25. “球茎”这一章讨论了“组合”这一概念，和格利高里·贝特森关于隐喻以

及关系模式的理念有着很强的关联性。“球茎没有起点和终点；它始终在中间，在事物之间，中间的存在、中间……联系。”（p.25）感谢阿黛尔·比勒在这些形式上的共同之处给予我的帮助和灵感。

77. Lao Tzu, *Tao Te Ching*, p.8.

78. Ibid., p.3.

79. Coetzee, *Elizabeth Costello*, p. 52.

80. 奇奇·史密斯："我想在重复之中有着一种精神力量，一种发展和成长，比如念《玫瑰经》。”2003 年 12 月至 2004 年 3 月，这位雕刻家关于印刷界的艺术作品首次在纽约皇后区的现代艺术博物馆展出，名为“奇奇·史密斯：图片、书和物品”。我对她题为“白色哺乳动物”的小啮齿动物版画印象深刻，这些版画的灵感来自卡内基自然历史博物馆中的研究用兽皮。她在创作“作为死亡之船的挪亚方舟”时所经历的一次幻觉激发了她创作这些版画。她的一件雕塑作品《出生》，刻画的是一个女子从鹿的身体中出生。鹿和女人合二为一。当被问起物种和形式上的这种融合时，史密斯说：“我只考虑人物和自然、动物的关系。我一开始先塑造动物，然后再塑造人物形象，随后我想：噢，如果我把两者合并起来，会发生什么？这些形象的相互碰撞发生在神话、童话和宗教之中。”该访谈的出处：Phong Bui and Susan Harris, *The Brooklyn Rail*, (December 2006/2007)。最后，史密斯说：“我觉得这种拟人手法非常有意思，我们赋予动物以人的特点，以及我们作为人类在构建自己身份时所携带的动物性……自然和人性之间的这种关系。”

81. Lao Tzu, *Tao Te Ching*, p.54.

82. Eduardo Galeano, “The Voyage,” *Parabola* 31:2 (Summer 2006).

83. Ibid.

84. T. S. 艾略特，《四首四重奏》（*Four Quartets*）。

85. T. S. 艾略特，《岩石》（“The Rock”，1934）合唱曲的首节（New York: Harvest HBJ Books, 1967）。

86.Faith McNulty, *Must They Die? The Strange Case of the Prairie Dog and the Black-Footed Ferret* (Garden City, NY: Doubleday, 1971), p. v.

87. 艾美·西塞雷写道："重要的一点：先开始腐烂的，不是文明的头，而是心。”（Discourse on Colonialism, 1955, p. 48.）

88. Coetzee, *Elizabeth Costello*, p. 187.

89. Lao Tzu, *Tao Te Ching*, p. 28.

90. 这句话摘自乌苏拉·勒吉恩对《道德经》第二十章“我独异于人”的评论。对于该思想的进一步探讨，请参见“无政府原始主义者”约翰·穆尔的小册子《无政府和狂热：对太平盛世的构想》（*Anarchy and Ecstacy, Visions of Halcyon Days,* London: Aporia Press, 1988）里的一篇文章“Bewilderness”。他说：“将‘bewilder’（困惑）和‘wilderness’（荒野）合并，构成这一新词，可以重新强调第一个词中‘原始、荒蛮’的成分。然而，在‘困惑’这个词后面加上‘ness’依旧是合适的……后缀‘ness’，除了可以表达特定的状况（比如甜、累）之外，还有一个本意，表示‘土地’或‘地方’。”因此，“bewilderness”这一说法将“bewilder”地理上错位和精神状态这两个方面都结合在一起。

91. Midgley, *Animals and Why They Matter*, p.145.

92. Lao Tzu, *Tao Te Ching*, p.66.

93. 生态灭绝（ecocide），生态自杀（ecological suicide），1969 年的资料将它描述为“生态灭绝——对环境的谋杀——事关每一个人”。更多关于生态灭绝的观点，详见汤姆·特尼普西德的文章“Ecocide”，以及作者塔玛·里维尔于 1977 年发表的文章“Post-Humanism and Ecocide in William Gibson’s Neuromancer and Ridley Scott’s Blade Runner”。里维尔女士在西澳大学研究生态文本时写了这篇文章。

94. Fazil Iskander, *In the Grip of Strange Thoughts* (Zephyr Press, 2000), p. 77.

95.“只有通过他者的认可才有可能确立自我。”（Ryszard Kapuściński, *The Other*, London/New York: Verso, 2006, p. 5.）

96. Rachel Naomi Remen, MD, *My Grandfather’s Blessings* (New York: Riverhead Books, 2001). “我们为生命服务，并非因为它是破碎的，而是因为它是神圣的。”我弟弟斯蒂夫 2004 年 1 月加入公共福利癌症疗养项目，曾有幸和瑞秋·雷门一起工作过。除了雷门博士的治愈能力之外，迈克尔·雷尔纳、雷诺尔·勒菲尔、瓦兹·托马斯的务实和精神智慧，以及杰尼弗·斯托韦尔的友谊也让斯蒂夫受益匪浅。他们对他产生了巨大的影响，让他在生病期间得以找到内心的宁静。

在对医生进行关爱病人的培训时，瑞秋·雷门说：“在 14 世纪，迈蒙尼德医生的祈祷文中有这么一句：‘唯愿予爱护世人之心，愿吾视病人如受难之同胞。’”

97. 道格·拉森应斯蒂夫的要求，用瓦萨奇山的白松木为他制作了一个“旅行箱”。

98. 这部分内容出现在梅里德尔·勒苏尔的文章《灯塔守护者》（“Lightkeepers”）中。感谢玛丽·弗朗索瓦·罗克卡斯尔的悉心编辑。

99. 出自《犹他草原犬鼠最新消息》（*Utah Prairie Dog Update*）。2007 年 2 月，美国鱼类及野生动物管理局对荒野地球守护者、本土生态系统中心和特丽·坦佩斯特·威廉斯所提出的将犹他草原犬鼠从受威胁物种升级至濒危物种的申请，在进行了 90 天的调研后，决定不予支持。详见 Negative 90-day Finding: 72FR 7843 7852. February 21, 2007.

美国鱼类及野生动物管理局承诺将于 2008 年秋天发布一份新的草原犬鼠恢复计划。上一份草原犬鼠恢复计划是 1991 年制订的。同时该局也宣布打算对草原犬鼠进行一次 5 年评估。

解读：美国鱼类及野生动物管理局拒绝为草原犬鼠增加保护措施，就意味着将继续允许这一已处于危险境地的物种被成百上千地杀害。

犹他草原犬鼠跟白尾草原犬鼠以及甘尼森草原犬鼠一样，前景堪忧，这还是最乐观的看法。现在群情依旧激昂。2008 年 5 月 31 日，雪松市市长杰拉德·谢拉特在《盐湖论坛报》的社论中写道：“我们国家的开国元勋们参加独立战争，目的是为了保护财产权，并使它成为宪法中的重要原则。但是很显然草原犬鼠战胜了宪法，因为它们可以占据一块宝贵的土地（有些人或许为此投入了一生的积蓄），可以让这片土地在一夜之间变得毫无价值。它们只需在上面建立一个聚居地，然后求助于它们的同盟……和联邦政府，做出判决，说这片土地是它们的，任何人如果试图除掉它们都会导致巨额罚金或获刑。英国人没有做到的事，草原犬鼠轻而易举就做到了。”

2008 年 7 月 12 日的《盐湖论坛报》中有一篇题为“法官拒绝停止铲除草原犬鼠行为”的文章：

“阻止雪松市一个高尔夫球场上铲除犹他草原犬鼠群落行为的诉求未能达到目的。

“对雪松岭公共高尔夫球场捕捉草原犬鼠的计划提出警告的要求本周被美国第十巡回上诉法庭驳回。

“这就意味着生活在高尔夫球场的草原犬鼠将被消灭，这再次激起野生动物保护组织的担忧。今年早些时候他们曾提出法律诉讼，试图挽救草原犬鼠。

“依据一项联邦计划，雪松岭公共高尔夫球场重新开始捕捉草原犬鼠。在 8 月底，球场员工将被允许布设弹簧捕鼠夹杀死草原犬鼠，填平它们的地洞。

“联邦计划号召将在高尔夫球场捕捉到的草原犬鼠转移到 12 号高速公路以及鲁比客栈以北，隶属森林管理处的贝利泉（离布莱斯峡谷国家公园不远）。

"'即使由联邦生物学家将草原犬鼠送到重新安置地区，这些动物也可能在新的环境中难以存活。'荒野地球守护者资深生物学家妮克·罗斯马里诺指出。"

在这篇文章后面的评论栏中，由读者写道："把它们圈起来，给无家可归者当食物。"

爱德华·O. 威尔逊写道："下个世纪将见证新生代（哺乳动物的时代）的结束，以及一个新的时代的开始，这个时代的特点并非新的生命形式，而是生物上的枯竭。或许它可以准确地被称为孤独的时代。"出自威尔逊的著作《一致性：知识的统一》（*Consilience: The Unity of Knowledge*）。

100.1986 年，叶蕾蕾创建了这个充满活力的社区项目，该项目位于宾夕法尼亚州的日耳曼敦镇。

101. 摄影师、电影制片人克里斯·兰德里制作了一段时长 23 分钟、题为"我们记得"的纪录片，十分精彩，其中包括对卢戈利罗种族灭绝幸存者村成员所进行的采访，该纪录片可以通过"赤脚艺术家"获取。若想更为深入地了解叶蕾蕾用艺术改变、创造社区的方法，请参阅 Bill Moskin 和 Jill Jackson 的文章"Warrior Angel: The Work of Lily Yeh"。

102. 卢旺达人称他们为行尸走肉（walking dead）。Gérard Prunier, *The Rwanda Crisis* (New York: Columbia University Press, 1995), p. 358.

103. 该火山于 2002 年 1 月 17 日（周三）下午 5 时爆发。戈玛有 40 多万人背井离乡，逃到吉赛尼。戈玛三分之一的区域被焚毁。尼拉贡戈火山上一次爆发是在 1977 年，当时 2000 人丧生。路易斯·加昆巴说起他背着母亲穿过火山熔岩地的经历，他的鞋底都被烫化了。

104. Raphael Lemkin, *Axis Rule in Occupied Europe: Laws of Occupation—Analysis of Government Proposals for Redress* (Washington, DC: Carnegie Endowment for International Peace, 1944). 1941 年，温斯顿·丘吉尔称之为"无名的罪行"。

105.《预防和惩罚种族灭绝罪行公约》第二条将种族灭绝罪定义为："以下任何以部分或彻底破坏某个国家、族裔、种族或宗教群体为目的行为：（a）杀害群体成员；（b）对群体成员造成严重的身体或精神伤害；（c）蓄意将可能导致该群体全体或部分毁灭的生活条件强加于该群体；（d）在该群体内部强行实施阻碍生育的手段；（e）将该群体中的儿童强行转移至其他群体。"

106. Rosamund Halsey Carr and Ann Howard Halsey, *Land of a Thousand Hills* (New York: Viking Penguin, 1999). 在我们和卡尔女士见面近一年之后，她于 2006 年 9 月 29 日去世。她是黛安·弗西的密友，她们相识于 1967 年。电影《雾锁危情》（*Gorillas in the Mist*）颂扬了她们之间的友谊。

107. 这部 2004 年拍摄的电影讲述了种族灭绝期间基加利米尔·科林斯饭店经理保罗·路斯沙巴吉那的事迹。以卢旺达种族灭绝为主题的其他电影还包括:《四月的某时》(*Sometimes in April*, 2005)、《杀戮禁区》(*Beyond the Gates*, 2007）以及《与恶魔握手》（*Shake Hands with the Devil*, 2005）。

108. Fonds National pour l'Assistance aux Rescapés du Génocide (FARG/ Victims of Genocide Fund).

109. 威廉·斯隆·科芬(1924—2006)是一位牧师，也是一名社会活动家。

110. 2002 年，有人提议采用新的国旗，以象征卢旺达希望和恢复的新时代。红色让人联想到鲜血，黑色则与悲伤及哀悼紧密相关，这两种颜色被弃之不用。

111. 你会经常听到卢旺达人说:“*Ufite umutima mwiza.*” 意思是你有一颗善良的心。

112. 基加利的国家种族灭绝博物馆中收录了她的故事。

113. 茱莉娅·克里斯蒂娃在她的著作《反抗，她说》（*Revolt, She Said*, Los Angeles: Semiotext(e), 2002）一书中谈到“关联生活”。她写道:“它意味着对先前关于神圣的概念进行修正。神圣就是群体限制最独特的满足感，不多也不少。”

114. Dian Fossey, *Gorillas in the Mist* (New York: Mariner Books, 1983), p. 239.

115. 在达特茅斯学院，我应邀和哈佛大学肯尼迪政治学院国际发展实务教授卡勒斯托斯·朱玛共进早餐。朱玛教授生于肯尼亚，是生物外交学和生态法理学这两个开创性领域中的领袖，极具个人魅力。他致力于将坚实的科学知识和国际关系联系起来，尤其是在非洲的环保和私人产权方面。我问他，在他看来，在支持这些问题的可持续性以及非洲的发展问题上，我们作为美国人所能做的最重要的事情是什么。他发出爽朗的笑声，说道:“做个大脑移植手术。”随后他眯起了眼睛，说道:“我是认真的。”

116. 2005 年 3 月 30 日，医学人类学家、外科医生、人道主义者保罗·法尔默博士在犹他大学做了关于人类价值观的泰纳演讲，演讲题目为“人权能继续存在下去吗？对不平等现象和现代性的反思”。普利策奖获得者特雷西·基德的著作《越过一山，又是一山：一个治愈了世界的人——保罗·法尔默博士的探寻》（*Mountains Beyond Mountains: The Quest of Dr. Paul Farmer, A Man Who Would Cure the World,* New York: Random House, 2003）所叙述的就是法尔默博士的故事。从我个人的角度来说，和法尔默博士的相识改变了我的人生经历。

117. Paul Slovic, "'If I look at the mass I will never act': Psychic Numbing and Genocide," *Judgment and Decision Making* 2(2) (April 2007), pp. 79-95.

118. Frantz Fanon, *The Wretched of the Earth* (Paris: Francois Maspero, 1963), p. 3. 这是一部极具影响力的著作，讨论了受压迫者的心理以及通向自由的道路，对于马尔考姆·X和马丁·路德·金等人的思想都产生了很大的影响。要想了解当代人对法农思想的看法及其对当下社会的意义，我推荐约翰·埃德加·怀德曼的小说《法农》（*Fanon*）。

119. 基伍湖的景象十分多变。在离湖的表面300米深处蕴藏着大约550立方米的甲烷。卢旺达政府和一家跨国公司戴恩联合（Dane Associates）签署了一份价值800万美元的合同，准备开采甲烷。目标是将卢旺达的供电量在两年之内翻番。从长远来看，该项目前景无限，甲烷所增加的能源产量将达2008年的20余倍。

120. 难以言说的字眼是强暴。获奖制片人丽莎·F. 杰克逊在她的影片《无边的沉默：刚果（金）暴行录》（*The Greatest Silence: Rape in the Congo*）中所记录的正是卢旺达和刚果（金）妇女经历的这一苦难。电影通过妇女的声音，令人震惊地呈现了暴力和疗伤过程。

121. 要想更深入地了解殖民主义的影响，我推荐 Gérard Prunier, *The Rwanda Crisis* (New York: Columbia University Press, 1995)，尤其是"Rwandese Society and the Colonial Impact: The Making of a Cultural Mythology (1894—1959)"这一章。

122. Omer Bartov, *In God's Name: Genocide and Religion in the Twentieth Century* (New York: Berghahn Books, 2001).

123. Tom Ndahiro, "The Church's Blind Eye to Genocide in Rwanda," *Genocide in Rwanda—Complicity of the Churches?*, edited by Carol Rittner, John K. Roth, and Wendy Whitworth (St. Paul, MN: Paragon House, 2004), p. 231.

124. John Roth, "Raising Voices," *Genocide in Rwanda—Complicity of the Churches*, p. 25.

125. Jean Hatzfeld, *Machete Season—the Killers in Rwanda Speak* (New York: Farrar, Straus and Giroux, 2005). 这或许是我所阅读过的最令人不安的作

品：杀人凶手们的陈述，那种平静、理所当然的语气令人震惊。

126. 卢旺达的国土面积大致相当于马里兰州的面积。根据政府报告，卢旺达当前人口为 830 万，以目前人口增长率每年 3.2% 的速度，2020 年卢旺达人口将达到 1600 万。卢旺达是非洲人口密度最高的国家，从 1981 年的每平方千米 183 人升至 2000 年的每平方千米 345 人。1999 年农村每平方千米耕地上人口高达 901 人。

跟其他撒哈拉以南国家的社会指标相比，卢旺达最为贫困——70% 的人口处于贫困线以下，1994 年前该比例为 53%。杰拉德·普鲁涅的著作《卢旺达危机》（*The Rwandan Crisis*）对人口密度、战争和土地进行了深入的剖析。“杀戮当然是政治家出于政治原因所做出的决定。但是，这一决定能被普通农民如此不折不扣地加以执行，至少有部分原因在于……感觉太少的土地上生活着太多的人，如果人口数量减少，生存者所享有的资源就能多一些。”

127. 他的激光唱片《来自卢旺达的证词》（*Testimony from Rwanda*）于 2004 年发行。他是享有盛誉的非洲音乐家，被誉为国际上最多才多艺的声乐艺术家之一，会用六国语言演唱。2007 年，山姆普图被国际宗教和国际和平联合会授予“和平大使”称号。

128. 在我所读到的作品中，对这一程序见解最为深刻的应该是 *Justice On the Grass* by Dina Temple-Raston (New York: Free Press, 2005)。在卢旺达到处都有对民间法庭进行宣传的告示牌，上面写着“Ukurikurakiz”，意思是“真相可以治愈”。

129. 若想对保罗·卡加梅有更深的了解，请参阅外国记者斯蒂芬·金泽 2006 年至 2007 年所进行的 30 多个小时采访后所撰写的精彩著作《千丘》（*A Thousand Hills*, John Wiley & Sons, 2008），讲述这个极具个人魅力的领袖的故事，以及一个备受战争摧残的国家如何进行重建。

130. 艾米·维德和她丈夫比尔·韦伯一同成立了山地大猩猩项目，并称该项目取得了成功，不仅拯救了该物种，同时也为一个贫穷的国家带来了经济效益。他们两人是 *In the Kingdom of Gorillas: Fragile Species in a Dangerous Land* (New York: Simon and Schuster, 2001) 一书的作者。

1990—2006 年，维德博士就职于国际野生动物保护协会（Wildlife Conservation Society）。自 2007 年 1 月起，她任联合国开发计划署保护区生物多样性项目的技术顾问。2008 年 5 月，她担任位于华盛顿特区的荒野保护协会研究副会长，负责监督公共土地和自然资源政策。

131. 若想了解截至2008年，卢旺达和刚果（金）边境的战争地带山地大猩猩正在经历着什么，请参阅2008年7月出版的《国家地理杂志》的封面故事《谁杀了山地大猩猩》（“Who Murdered the Mountain Gorillas”），作者马克·詹金斯。一个令人心碎的例子，讲述了环护、冲突和贫困如何相互交织，产生灾难性的后果。

132. 2008年1月，艾伦·雅各布森、埃里克·雷诺兹、梅根·莫里斯和无国界工程师们一同回到村子。葵花籽油事业取得了重大进展。2007年榨出的棕色油现在已经被诱人的金色油所取代，产量也大大提高。村民购买了更多的葵花籽油压榨机。卢戈利罗村周围环绕着大片高高的向日葵。现有一个规模日益扩大的家庭作坊，保证葵花籽油生产的顺利进行。有20多人正在该企业接受培训。

另一个项目也已经在村子里上马，为100个家庭安装雨水收集系统。檐沟和贮水罐可以提供清洁、安全的水，改善卢戈利罗村整体的健康状况。“赤脚艺术家”正和其他非政府组织如国际人口服务组织合作。康普顿基金会为清洁用水项目提供了资助。

杰斐逊医学院正在继续他们的卫生项目，对人文医学进行研究。他们协助成立卢旺达10人医疗卫生小组，监督村民的卫生习惯。小组成员创作了一些可爱的绘画作品，将卫生知识转换成图画，可以更容易地传递给其他村民，尤其是儿童。

133. 2009年3月17日，路易斯·加昆巴在法国巴黎公主街6号的村声书店朗读了这首诗。这对于朗读者和书商奥迪勒·埃利耶来说是一种勇敢的举动。读诗会后，他和观众们进行了一场热烈、深入的对话。

134. 吉姆·普朗姆博士和苏珊·普朗姆（一位博物馆馆长）在纪念馆旁的露天博物馆中组织了一个摄影展，展示种族灭绝纪念中心修建的各个阶段，供所有的来访者参观。照片成了展示社区工作的窗口，村民们在照片上看到自己的身影，并且再次见证这座为他们遇害亲人而建的圣殿的修建过程。

135. 虽然从表面来看，卢旺达处于和平之中，但“无声的战争”一直在表面之下继续涌动，这让许多卢旺达人，尤其是图西人深感忧惧。

2008年3月，卢旺达立法者投票通过了一项新的法律，处理与“种族灭绝思维”相关的案件。卢旺达的国家报纸《新时报》报道说：“这一议案获得了通过。几个月来，不断有在校学生表现出种族灭绝思维倾向的事件被披露。议会还发现种族灭绝思维在家庭、学校和一些个人中蔓延。这促使议会立即采取行动，阻止这一罪恶。”

按照新法律的规定，如果有12岁以下的儿童罪名成立，将被送至劳教中心，时间不超过一年。根据法律，任何人若出于种族原因杀害他人，将被判处终身监禁。罪犯没有获得赦免或减刑的机会。“仇恨很难被消灭。”吉赛尼的一位年轻人如是说。

136. 对于宽恕和“退让的精神”的精彩讨论，请参阅 *Amish Grace: How Forgiveness Transcended Tragedy* by Donald B. Kraybill, Steven M. Nolt, and David L. Weaver-Zercher, Josse-Bass, 2007。

137. Katherine E. Standefer, “The Names of Things,” Murie Ranch, Wyoming (Summer 2006). 引文征得了作者的同意。

138. 感谢我的弟弟丹·坦佩斯特和他妻子萨洛·波特·坦佩斯特陪同我于2006年9月6日参观西蒙·罗蒂亚的作品。瓦茨塔群是《国家史迹名录》中所收录的九大民间艺术遗址之一，并于1990年被立为“国家历史名胜”。

139. Gregory Bateson, *Steps to an Ecology of Mind* (San Francisco: Chandler Publishing, 1972). “冗余与编码”这一章对于“交际就是制造冗余和模式”这一理念进行了发人深思的讨论。现代性并不看重冗余。我们颂扬的是创新和成长，而非稳定和均衡。我们正在意识到我们需要生态和文化的可持续性。贝特森认为：“意义、模式、冗余，由我们的坐标所决定。”他还认为：“自然维护着智慧。”艺术也同样维护着智慧。“只有当智慧的声音足够有力，爱才能继续存在。”

140. “关于马赛克，最美妙之处在于你不可能独自完成，”叶蕾蕾说，“你需要他人的帮助。”马赛克可以被看作“局外人的艺术”，是由那些处于传统“文化”机构和地界——比如艺术学校、美术展览馆、博物馆等——边缘的人们所创造的艺术。马赛克成为一种“局外人的艺术”，脱离了教堂的宗教性质，为普通大众所广泛接受。

一个关于艺术家挑战派别、分类的很好的例子就是尼克·钱德，他是位自学成才的印度雕塑家、马赛克艺术家，创建了昌迪加尔岩石花园。这个雕塑花园位于印度昌迪加尔市，建园的宗旨是为了平复1947年印巴分治所带来的伤痛。1790年印巴分治后，共有1790万人背井离乡，其中到达目的地的只有1450万，这意味着有三百四十万人“失踪”。尼克·钱德借助群体的力量，重建了一个失落的群体。我大力推荐著作 *Nek Chand’s Outsider Art, The Rock Garden of Chandigarh* by Lucienne Peiry and Philippe Lespinasse (Paris: Flammarion, 2005)。

具有讽刺意味的是，在尼克·钱德异想天开地对地方、人和动物进行重建的50多年间，就在同一个城市，20世纪建筑大师勒柯布西耶正在为“新印度”设计棋盘式街道布局。

从罗马的地板，到圣殿的天花板，到巴塞罗那圣家堂里安东尼奥·高迪所设计的上面写着“Hosanna”（和撒那，赞美上帝之语）的马赛克塔群，再到卢旺达卢戈利罗种族灭绝幸存者村里由叶蕾蕾所设计的用宝石镶嵌、上面写着“Twibuke”（卢旺达语“我们记得”）的祭坛。确实，马赛克是一种我们能为之低头致意的艺术。我们记得。

在纽约联合国大楼的大厅里，摆放着一只衔着橄榄叶的鸽子。它是马赛克制品，产于卢旺达。一件礼物。和平的祈祷，一直在进行中。

141. 在美国的第一天早上：2007 年 4 月 17 日。

在我们黑暗的最深处，留给美的位置并非一个。所有的地方都给了美。

——勒内·夏尔，《伊普诺斯的书页》

主要参考书目
SELECTED BIBLIOGRAPHY

马赛克（MOSAIC）

1. Bendazzi, Wladimiro, and Riccardo Ricci, *Ravenna: Mosaics, Art History, Archeology, Monuments, Museums* (Ravenna: Edizioni Sirri, 1993).
2. Borsook, Eve, Fiorella Gioffredi Superbi, and Giovanni Pagliarulo, eds, *Medieval Mosaics: Light, Color, Materials.* The Harvard University Center for Italian Renaissance Studies at Villa Tatti. Silvana Editoriale, 2000.
3. Bovini, Giuseppe, *Ravenna: Its Mosaics and Monuments*, 1956. O.P.
4. Brown, Peter, *The World of Late Antiquity* (New York: Norton, 1989).
5. Cameron, Averil, *The Later Roman Empire, AD 284–430* (London and New York: Harvard University Press, Routledge, 1993).
6. ———. *The Mediterranean World in Late Antiquity, AD 395–600* (London: Routledge, 1993).
7. Dunbabin, Katherine M. D, *Mosaics of the Greek and Roman World* (Cambridge: Cambridge University Press, 1999).
8. Farneti, Manuela, *Glossario Tecnico-Storico del Mosaico* (Ravenna: Longo Editore, 1993).
9. Fischer, Peter, *Lucio Orsoni, Mosaici* (Ponzano Veneto: Vianello Libri, 2000).
10. Goodwin, Elaine, *Encyclopedia of Mosaic* (North Pomfret, VT: Trafalgar Square, 2003).

11. Goodwin, Elaine M., ed, *Classic Mosaic: Designs and Projects Inspired by 6,000 Years of Mosaic Art* (London: Quintet Books. Apple Press, 2000).
12. Ling, Roger, *Ancient Mosaics* (Princeton, NJ: Princeton University Press, 1998).
13. Marco De Luca, *Opera Musiv,* Catalogo. Galleria "La Mosaique." Ravenna, Italy, 1996.
14. Moldi, Christiana, ed, *I colori della luce* (Venice: Marsilo, 1996).
15. Pace, Parco Della, *Mosaico d'amicizia fra i popoli* (Ravenna: Longo Editore, 1988).
16. Read, Herbert, *The Grass Roots of Art* (London: Faber and Faber, 1955).
17. Rocuzzi, Isotta Fiorentini, and Elisabetta Fiorentini, *Mosaic: Materials, Techniques and History* (Ravenna: MW E V Editions, 2002).
18. Scarry, Elaine, *On Beauty and Being Just* (Princeton, NJ: Princeton University Press, 1999).

草原犬鼠（PRAIRIE DOGS）

1. Bateson, Gregory, *Steps to an Ecology of Mind* (San Francisco, CA: Chandler Publications, 1972).
2. Bekoff, Marc, *Minding Animals: Awareness, Emotions, and Heart* (New York: Oxford University Press, 2002).
3. Chapouthier, Georges, and Jean-Claude Nouet, eds, *The Universal Declaration of Animal Rights: Comments and Intentions* (Paris: Ligue Francaise des Droits de l'Animal, 1998).
4. Coetzee, J. M, *Elizabeth Costello* (New York: Viking Penguin, 2004).
5. Forest Guardians et al. Comments on Utah Prairie Dog five-year review submitted to the Utah Ecological Services Field Office, U.S. Fish and Wildlife Service.
6. Gray, John, *Straw Dogs: Thoughts on Humans and Other Animals* (London: Granta Books, 2002).
7. Harding, Stephan, *Animate Earth—Science, Intuition and Gaia*. White River Junction (VT: Chelsea Green Publications, 2008).
8. Hengesbaugh, Mark Gerard, *Creatures of Habitat* (Logan: Utah State University Press, 2001).

9. Hoogland, John L, *The Black-Tailed Prairie Dog: Social Life of a Burrowing Mammal* (Chicago: University of Chicago Press, 1995).
10. Jamison, Dale, ed, *Singer and His Critics* (Malden, MA: Blackwell Publishers, 1999).
11. Jenkinson, Clay S, *Message on the Wind: A Spiritual Odyssey on the Northern Plains* (Marmarth, ND: Marmarth Press, 2002).
12. Johnsgard, Paul A, *Prairie Dog Empire: A Saga of the Shortgrass Prairie* (Lincoln: University of Nebraska Press, 2005).
13. Leopold, Aldo, *A Sand County Almanac* (New York: Ballantine Books, 1986).
14. McCain, Lauren, *Report from the Burrow: Forecast for the Prairie Dog* (Santa Fe, NM: WildEarth Guardians, 2008).
15. McNulty, Faith, *Must They Die? The Strange Case of the Prairie Dog and the Black-Footed Ferret* (New York: Doubleday, 1970).
16. Midgley, Mary, *Animals and Why they Matter* (Athens: University of Georgia Press, 1983).
17. Miller, Brian, Richard P. Reading, and Steve Forrest, *Prairie Night—Black-Footed Ferrets and the Recovery of Endangered Species* (Washington, DC: Smithsonian, 1996).
18. Scully, Matthew, *Dominion: The Power of Man, the Suffering of Animals, and the Call to Mercy* (New York: St. Martin's Press, 2002).
19. Shepard, Paul, *The Others* (Washington, DC: Island Press, 1997).
20. ———. *Thinking Animals* (Athens: University of Georgia Press, 1998).
21. Singer, Peter, *Animal Liberation* (New York: New York Review of Books, 1990).
22. ———. *One World: The Ethics of Globalization* (New Haven and London: Yale University Press, 2002).
23. Slobodchikoff, C. N., et al, "Semantic Information Distinguishing Individual Predators in the Alarm Calls of Gunnison's Prairie Dogs ," *Animal Behavior* 42(5): 713-19.
24. Slobodchikoff, C. N., Bianca S. Perla, and Jennifer L. Verdolin, *Prairie Dogs: Communication and Community in an Animal Society* (Cambridge, MA: Harvard University Press, 2009).
25. U.S. Fish and Wildlife Service Recovery Plan, Utah Prairie Dog Recovery

Plan, Denver, CO: U.S. Fish and Wildlife Service, 1991.
26. Utah Prairie Dog Negative 90-day Finding: 72FR 7843 7852. February 21, 2007.
27. Utah Prairie Dog Status Review, *Federal Register*, Vol. 73, No. 88, Tuesday, May 6, 2008, Washington, DC: Department of the Interior/ Fish and Wildlife Service.
28. Wise, Steven M, *Rattling the Cage: Toward Legal Rights for Animals* (New York: Perseus Books, 2000).

卢旺达（RWANDA）

1. Arendt, Hannah, *The Origins of Totalitarianism* (New York: Schocken, 2004).
2. Carr, Rosamond Halsey, and Ann Howard Halsey, *Land of a Thousand Hills* (New York: Viking Penguin, 1999).
3. Césaire, Aimé, *Discourse On Colonialism* (New York: Monthly Review Press, 2000).
4. Cheadle, Don, and John Prendergast, *Not on Our Watch: The Mission to End Genocide in Darfur and Beyond* (New York: Hyperion, 2007).
5. Coffin, William Sloan, *Credo* (Louisville, KY: Westminster John Knox Press, 2004).
6. Conrad, Joseph, *Heart of Darkness* (Los Angeles: Green Integer, 2003).
7. Courtemanche, Gil, *Sunday at the Pool in Kigali* (New York: Vintage, 2004).
8. Dalliare, Roméo, *Shake Hands with the Devil: The Failure of Humanity in Rwanda* (New York: Carroll and Graf, 2004).
9. Des Forge, Alison, *Leave None to Tell the Story* (New York: Human Rights Watch, 1999).
10. Diamond, Jared, *Collapse* (New York: Viking, 2005).
11. Fanon, Frantz, *The Wretched of the Earth* (New York: Grove Press, 2005).
12. Farmer, Paul, *Pathologies of Power—Health, Human Rights, and the New War on the Poor* (Berkeley: University of California Press, 2005).
13. Fossey, Dian, *Gorillas in the Mist* (New York: Houghton Mifflin, 1983).
14. Franck, Frederick, Janis Roze, and Richard Connolly, eds, *What Does It Mean to Be Human?* (New York: St. Martin's Press, 2000).

15. Gioseffi, Daniela, *On Prejudice—A Global Perspective* (New York: Anchor Books Doubleday, 1993).

16. Gourevitch, Philip, *We Wish to Inform You That Tomorrow We Will Be Killed with Our Families* (New York: Picador, 1999).

17. Gross, Jan T, *Neighbors* (Princeton, NJ: Princeton University Press, 2001).

18. Hatzfeld, Jean, *Life Laid Bare: The Survivors in Rwanda Speak* (New York: Other Press, 2007).

19. ———.*Machete Season—The Killers in Rwanda Speak* (New York: Farrar, Straus and Giroux, 2005).

20. ———. "La Stratégie des Antilopes" ["The Strategy of Antelopes"]. Paris, France, 2007.

21. Hochschild, Adam, *King Leopold's Ghost* (New York: Houghton Mifflin, 1998).

22. Illibagiza, Immaculee, *Left to Tell: Discovering God Amidst the Rwandan Holocaust* (Carlsbad, CA: Hay House, 2007).

23. Kapuściński, Ryszard, *The Other* (London, New York: Verso, 2008).

24. Keane, Fergal, *Season of Blood: A Rwandan Journey* (New York: Penguin, 1995).

25. Kidder, Tracy, *Mountains Beyond Mountains* (New York: Random House, 2003).

26. Kinzer, Stephen, *A Thousand Hills: Rwanda's Rebirth and the Man Who Dreamed It* (Hoboken, NJ: John Wiley&Sons, 2008).

27. Koff, Clea, *The Bone Woman* (New York: Random House, 2004).

28. Loomba, Ania, eds, *Postcolonial Studies and Beyond* (Durham, SC: Duke University Press, 2005).

29. Maathai, Wangari, *The Challenge For Africa* (New York: Pantheon, 2009).

30. Mamdami, Mahmood, *When Victims Become Killers: Colonialism, Nativism and Genocide in Rwanda* (London: James Curry, 2001).

31. Melvern, Linda, *Conspiracy to Murder: The Rwandan Genocide* (New York: Verso, 2004).

32. ———. *A People Betrayed: The Role of the West in Rwanda's Genocide* (London: Zed Books, 2000).

33. Neuffer, Elizabeth, *The Key to My Neighbor's House: Seeking Justice in*

Bosnia and Rwanda (New York: Picador, 2001).

34. Power, Samantha, *A Problem from Hell: America and the Age of Genocide* (New York: Basic Books, 2002).
35. Prunier, Gerard, *Africa's World War: Congo, the Rwandan Genocide, and the Making of a Continental Catastrophe* (New York: Oxford University Press, 2008).
36. ———.*The Rwandan Crisis: History of a Genocide* (New York: Columbia University Press, 1997).
37. Rieff, Philip, *Charisma* (New York: Pantheon, 2007).
38. Rittner, Carol, John K. Roth, and Wendy Witworth, eds, *Genocide in Rwanda: Complicity of the Churches*? (St. Paul, MN: Paragon House, 2004).
39. Rusesabagina, Paul, *An Ordinary Man* (New York: Viking, 2006).
40. Said, Edward W, *Culture and Imperialism* (New York: Vintage, 1994).
41. Salzberg, Sharon, *Faith: Trusting Your Own Deepest Experience* (New York: Riverhead Books, 2002).
42. Schaller, George, *The Mountain Gorilla* (Chicago: University of Chicago Press, 1963).
43. Schweitzer, Albert, *Out of My Life and Thought* (New York: New American Library, 1953).
44. Schweitzer, Albert, ed, *A Place for Revelation: Sermons on Reverence for Life* (New York: Macmillian Publishing Company, 1988).
45. Seaver, George, *Albert Schweitzer: The Man and His Mind* (New York: Harper Brothers, 1947).
46. Temple-Taston, Dina, *Justice on the Grass* (New York: Free Press, 2005).
47. Vedder, Amy, and Bill Webber, *Kingdom of the Gorillas: Fragile Species in a Dangerous Land* (New York: Simon and Schuster, 2001).
48. Young, Robert J. C, *Postcolonialism* (London: Oxford University Press, 2003).

致 谢

ACKNOWLEDGMENTS

首先，最需要感谢的，是布鲁克。一直都是，布鲁克。这一声感谢也表达了我的爱。在过去8年中，我一直在探究如何在战火中发现美，感谢布鲁克始终如一的支持和深刻见解。如果没有布鲁克，就不会有缅因州、意大利之行，对草原犬鼠的深入观察和卢旺达的朝圣之旅。如果没有布鲁克，我们家就不会有路易斯的加入。如果没有布鲁克，就不会有通往大千世界的各扇门。没有布鲁克，就没有发声的机会。

我的父亲。约翰·坦佩斯特。亨利·詹姆斯曾说过，他更乐意交往“意志坚强、内心柔软的人”。他一定会喜欢我的父亲。我父亲懂得工作，明白体力劳动的力量。他相信泥土的尊严。他相信书本和大自然中都自有风景，教会我如何去阅读它们。他敢于变革，也确实进行了变革。我的父亲：铁骨柔情，睿智诚实，慷慨大方。

我的兄弟们。斯蒂夫，他的精神。丹，他的头脑。汉克，他的内心。他们仨身上都有着智慧，这是与地方紧密相关的身体所特有的智慧。这个地方。犹他州。家庭。家园。是我的兄弟们教会了我“今天劳动者的呼喊就是地球的呼喊”（尼科斯·卡赞扎基斯）。

意大利：拉文纳马赛克艺术工作坊。我的老师，露西亚娜·诺特尼，她教会了我马赛克的规则；她向我展示了拜占庭红的魅力，颜色是关键，表达是一种天赋；拜占庭人是如何用马赛克来讲述精神和政治事件的；马赛克如何成为人们表达的手段。马可·德·卢卡，带我去他的工作坊，通过艺术向我袒露他那激进的内心；向我展示3片红色嵌片后紧挨着3片绿色嵌片，是如何在马赛克表面创造出一条灰色阴影线条的；人性部分在于如何重构被打破的和谐。马努艾拉·法奈蒂，我在拉文纳学习、参观马赛克期间的翻译和向导。威尼斯的卢西奥·奥森尼。乔里·格兰，让我去托尔切洛岛的圣母升天大教堂，在那里我亲眼见到了那幅表现普世审判的重任落在玛利亚肩上的马赛克作品。在托斯卡纳的圣塔玛塔莲娜，比阿特丽丝·蒙蒂·德拉·科尔特·冯·雷佐利为我准备房间，我们在餐桌边进行了许多有趣的交谈，我因此累积了大量写作素材。感谢韦德·戴维斯给我发送邀请函。我在唐尼尼的同屋：安娜·帕沃德、迪万·阿贝戴奥和托马兹·萨拉蒙，感谢他们给我带来灵感，尤其是托马兹的那行诗：“我对我部落的形象心生厌倦，我搬离了。”[《四问》（*Four Questions*）] 感谢马可·坎托尼和点了100支蜡烛的烛光晚餐。马西莫·索塔尼，雷杰洛前任市长，把我介绍给卡夏的马萨齐奥。格拉维奇奥的裘斐·皮特洛马奇，带我去了她的花园和艺术家妮基·桑·法勒的马赛克公园；在佛罗伦萨，我们和伊万·伊里奇进行了一次短暂而又神奇的交谈。纽约美国民间艺术博物馆的李·科根对马赛克和“局外人艺术”，尤其是对印第安马赛克艺术家尼克·钱德的作品提供了独到的见解。以及比尔·里索尔，他是位研究罗马历史的学者，同时也是怀俄明州提顿县的一位牧场主，他对罗马深刻的认识对我帮助很大。

草原犬鼠。约翰·L.胡格兰德博士是我草原犬鼠研学方面的指导专家。他里程碑式的著作《黑尾草原犬鼠：一种穴居哺乳动物的社会生活》，始终是草原犬鼠研究中的标杆之作。他对犹他草原犬鼠进行了为期十年的研究，以此为基础的专著即将出版，令人期待。他全身心的投入、充满喜悦的参与、对草原犬属严谨的科学态度以及他的诚实正直，让我们受益匪浅。感谢他同意让我以田野助手的身份，和艾莉莎·泰勒、萨拉·德鲁伊及西奥·曼诺等了不起的年轻人一同参与布莱斯峡谷国家公园的研究项目，同时也感谢他仔细阅读本书文稿，并做出细致的修改。妮可·罗斯马里诺博士是荒野地球守护者野生动物项目的主管，一直是我的守护天使和女英雄，她一直不遗余力地普及知识，并且在本书的写作过程中为我解答了很多疑问。她的批判性阅读以及对所有材料的考证对本书起了极为重要的作用。如果犹他草原犬鼠能躲过本世纪开发和暴行的屠刀，那一定是因为许多跟她一样的科学家和倡导者们的守护、理解以及炽烈的爱。本土生态系统中心（CNE）的雅各布·史密斯和艾琳·罗伯逊就是这些英雄中的两位。杰克是第一个为我描绘草原犬鼠的生态和政治地貌的人。他是CNE的执行理事，在他的领导下，草原犬鼠得到了应有的重视。正是由于生物学家艾琳·罗伯逊的不懈努力，揭露了（布什委任的）美国鱼类及野生动物管理局副秘书长朱莉·麦克唐纳为了工业界的利益蓄意破坏、操纵关于受威胁物种的科学数据，从而将美国鱼类及野生动物管理局内部的腐败问题公之于众。2007年，内政部承认麦克唐纳“不恰当地影响了”八项关于受威胁物种的决定，其中包括白尾草原犬鼠。感谢杰克和艾琳仔细阅读书稿并提出重要建议。康·斯洛多契科夫是一位具有远见的生态学家，我对他同意让我引用他关于草原犬鼠交流体系的研究成果深表感谢。落基山防御基金会的大卫·克劳福德一直是科罗拉多州博尔德县草原犬鼠意识和行动研究的领袖。林恩·哈尔在不断激发艺术和动物、雕塑和生态环境之间的对话。泰德·图姆斯是位热切的环保主义者，他通过美国环保协会创建了《安全港协议》。这一勇敢的创举向我们展示了生态策略所能取得的成果。美国鱼类及野生动物管理局盐湖城分部的泰德·欧文斯和艾莉丝·伯克也回答了我许多关于草原犬鼠的问题，并提供了诸多帮助和便利。在过去的8年间，作为野外生物学家，他们的工作很是艰辛。祝他们好运。

在我思考、理解人类和动物关系的过程中，阿尔伯特·史怀哲、格利高里·贝特森、保罗·谢泼德、彼得·辛格、J. M. 库切、玛丽·米奇利、杰克·特纳、迈克尔·索尔、珍·古道尔和马克·贝柯夫等人的著述都起了关键作用；纽约的美国自然历史博物馆和芝加哥的菲尔德自然历史博物馆毫无保留地让我使用他们的草原犬鼠收藏。美国加州大学洛杉矶分校图书馆研究馆员伊莎贝尔·斯特林确认了“马赛克”在科学文献中被作为一个生态学概念，这对我帮助很大。还要感谢库尔特·梅恩。感谢乌苏拉·勒吉恩翻译的《道德经》，对我很有启发。感谢朱莉·加根的文章《狗吃狗》，也感谢她同意让我把她的经历作为素材。

我们一家人都很感谢公益事业，尤其是迈克尔·雷尔纳、瑞秋·娜奥米·雷门、雷诺尔·勒菲尔、拉兹·托马斯和杰内弗·斯托维尔，感谢他们在斯蒂夫于癌症疗养中心住院期间为他所付出的一切。他们的影响是他的转变和治疗过程中不可或缺的部分。

卢旺达。我和叶蕾蕾相识于2003年3月12日。自那以后，我的生活发生了变化。她从个体入手，是个真正在改变世界的艺术家。当蕾蕾在艺术人文村她的办公室里谈起要寻找“一个明亮的地方”，一个她“可以在平凡之中安置神圣的地方”时，我绝对无法想象，两年之后，我们会一起站在一个名叫卢旺达的地方，安置另外一种神圣之物。她让我成为她的书记员，并在书中分享这段经历，我深表感谢。跟艾伦·雅各布森和梅根·莫里斯共处时，我们对家庭形成了一种新的认识。不管表达与否，为我们共同经历过的一切，我深爱着他们。卢旺达红十字会的鲁吉兰德·穆萨纳·让·博斯科是位了不起的领袖，他的鼓励、他的行动力改变了卢戈利罗种族灭绝幸存者村，也改变了有机会和他、和吉赛尼团队一起工作的人们。事实上，如果没有让·博斯科，这个项目绝不可能实施。同时，我们也要感谢卢旺达红十字会秘书长卡拉马加·阿波利奈尔先生的支持。我衷心感谢我们在卢旺达的家人：内布沃赫·达马斯、尼兰班古斯特·多纳利塔、哈雷里玛娜·梅达德、穆加维耶拉·艾梅、哈布穆吉沙·米歇尔、芒雅鲁贝加·茱莉、布瑟鲁卡·布朗、迪迪恩·尤蒂、萨法里·卡津杜·帕特里克、巴伦盖亚博·拉马丹、马贝特·尼扬兹玛·迪厄多内、加帕西·德森特斯、穆根萨·约书亚、乌穆勒尔瓦·丽贝蕾塔、班纳克维利·伊尔德方斯、乌万伊利吉拉·罗瑟琳、乌万玛丽亚·罗塞特、哈布穆吉沙·威尔逊、卡巴伊扎·埃里克、图瓦吉拉蒙古·胡塞因、穆塔巴兹·法布里斯和穆图姆温卡·克莱门汀。我也要感谢卢戈利罗种族灭绝幸存者村的人们，尤其是艾玛大妈、穆康维吉·雷亚、尼兰舒蒂·多萝西、沙拉曼兹·萨德尤和努可巴坦戈·斯佩斯尤斯（我叫她斯帕休丝），感谢他们的慷慨大方。我还要感谢利贝拉库洛拉·维克曼诺托和伊沙贝恩·迪厄多恩·菲尔克维奇的坚强和友谊，愿上帝保佑他们。同时也感谢让·克劳德、帕特里克和伊曼纽尔，感谢他们敞开心扉接纳我们。谢谢。我很享受跟西博曼娜·弗朗索瓦和康苏雷塔大妈一起为纪念碑镶嵌马赛克的过程，我为此心怀感激。另外，还要感谢村子里的孩子们，所有的孩子，愿上帝保佑他们，愿和平能保护这些可爱而坚强的孩子们。还有我的旅伴们：克里斯·诺布尔、埃里克·雷诺兹、罗伯特·谢特里、克里斯·兰德里、丹尼尔·叶·特劳伯、卡罗尔·德米可·波班兹神父，以及詹姆斯和苏珊·普朗姆博士，向你们致以我的爱和最深的敬意。我还要感谢艾米·维德，她在卢旺达的研究长达数十年，她和丈夫比尔·韦伯一起，慢慢地，坚持不懈地在环境保护和社区之间建立理解的桥梁，对两国来说都很有启发意义。卢旺达文化、青年和体育部部长约瑟夫·哈比内扎是个能言善辩、富有激情、颇具号召力的领袖。感谢他所分享的故事。索兰格·卡塔雷比、迪奥格拉蒂亚斯（迪奥）·尼伊宗基扎、保罗·法尔默、特雷西·基德、安迪·弗雷德兰德、卡勒斯托斯·朱玛和万加利·马萨伊，他们帮助我从卫生、司法、政治、后殖民主义等方面对非洲尤其是对卢旺达，进行了深入的思考。艾莉森·德斯·弗格斯、萨曼莎·鲍尔、菲利普·格雷维奇、杰拉德·普鲁尼尔、让·哈茨菲尔德、贾瑞德·戴尔蒙德和罗密欧·达莱尔在人权观察组织的工作，帮助我很快深入到卢旺达的历史和种族灭绝事件之中。美国驻卢旺达大使馆领事艾米莉·谢弗为路易斯·加昆巴拿到了签证，简直创造了奇迹。谢谢！辛西娅·比奥图、B. 墨菲和南希·费拉特为盐湖社区大学录取路易斯·加昆巴起了至关重要的作用；盐湖电影中心的杰拉林·德雷福斯为他提供了情感上的支持。感谢“人权之路”机构的洛基·安德森在教育和行动上的领导力。美国国会图书馆地图室的图书馆员们用数百张历史、地质、文化地图帮助我了解脚下的土地。弗朗西斯·波拉克出于睿智、直觉和慷慨，为卢戈利罗年轻女子互助小组开启了大门。健康卫生组织（Engenderhealth，是一个总部位于纽约的全球女性健康组织。——编者注）的贝蒂·L. 法雷尔帮助我了解关于 HIV 和生殖健康等问题，尤其是非洲撒哈拉以南地区的情况。劳拉·西姆斯是我讲故事的伙伴，一直在向我展示在纸上和现实世界中通过关爱所能达成之事，她深刻的见解对本书的日臻完善不可或缺。伊什梅尔·比亚身为一个经历过战争的非洲人，在申请签证的过程中指引我们，并帮助我们懂得回到美国、回到家意味着什么。彼得·马特西森作为描写异域他乡的作家，一直是我的标杆，他非常擅长，也很注意自然和文化融合的方方面面。

感谢路易斯·加昆巴。我想对他表达无尽的感激和爱，在卢旺达他是我的眼、耳朵和声音；他的感知力；他对我的写作有很大的帮助，还同意让我在书中公开发表他的诗；他带领我们进入一种新的家庭结构；他对我没完没了的问题所表现出的容忍和耐心。感谢欧迪亚大妈、米歇尔以及他所有的家人，感谢他们的信念。因为他，我开始相信奇迹。因为他，我对治愈和宽恕的能力有了信心。特别需要指出的是，因为他，我开始相信一个奔放的词的力量。

感谢我的家人。格雷厄姆·格林曾写道，每当一个作家拿起笔，他必然会背叛某个人。即使是这样，我还是一直在努力向家人致敬。向安·坦佩斯特、考利、安德鲁·琼斯、萨拉和黛安·坦佩斯特表达我的爱，无须多言。斯蒂夫和安的邻居及朋友在斯蒂夫生病期间对他们关爱有加：内尔森及南西·莱特医生夫妇、比尔及布伦达·尼布雷医生夫妇、大卫·索恩医生、海蒂及克里斯·尼尔森、朱莉及比尔·普林斯、克里斯及克拉克·艾沃里、阿莱恩·皮特森、劳丽及本·哈撒韦、霍利及凯文·格雷德、安及肯·布洛克、凯西及艾伦·斯托林、马克·琼斯、道格·希尔、道格·拉尔森、凯思及鲍勃·尼尔森、卡罗琳·尼尔森·克劳福、凯瑟琳及戴夫·迈纳，还有琳达及麦克·杜恩。我想要特别感谢我的家人琳恩·坦佩斯特和斯蒂夫·厄尔，以及他们的孩子：鲁比、梅森、海顿、丽兹及鲍勃·坦佩斯特、戴比及麦克·坦佩斯特、斯蒂芬妮·格里姆、马特·坦佩斯特、大卫·坦佩斯特，鲁丝及理查德·坦佩斯特、迪克森一家、威廉斯一家。尤其要感谢谢丽及雷克斯·威廉斯，贝基·威廉斯·托马斯，他们始终是我的支持，是我力量的源泉。塞罗·波特·坦佩斯特和简·斯隆，也同样如此。

深厚的友谊。林恩·戴尔波特、达娜及杰克·特纳，斯托利·克拉克、比尔·雷索尔以及他们的女儿艾弗里和菲利西亚都曾在我陷入怀疑的泥淖时为我提供洞见和乐观的心态。李·卡尔曼·里德尔和艾德·里德尔就像是路易斯的阿姨、叔叔一样。感谢苏珊·卡尔曼、贝丝·麦金托什、菲尔·朗德斯、弗洛伦斯·克劳尔·谢泼德、特蕾莎·科恩、达林·梅尔温、凯蒂·斯坦德弗、杰夫·弗特、查理·克雷格赫德、索菲·克雷格赫德、梅琳达·乔伊纳德、乔安妮·多南、莱斯利·皮特森和汉克·菲布斯、马西亚·昆斯特尔和乔·奥布赖特、弗雷德·马戈利斯、马里和丹·梅里尔厄、安德烈娅及比尔·布罗伊尔斯、凯伦·斯卡格斯。特别感谢鲍勃·舒斯特，他擅于倾听，在极为困难的时候指引我们，对我们来说意义非凡。克里斯托弗·梅里尔、威廉·梅尔温、科特·康利、罗丝·穆恩沃特、彼得·路易斯、列奥·特雷特勒、玛丽·弗兰克、苏·哈珀恩、比尔·麦吉本、丽塔及约翰·埃尔德、索尼娅、汤姆·坎皮恩、辛迪·肖甘、布鲁克斯·伊尔格、罗伯特及薇姬·纽曼、伊丽莎白及里克·巴斯、安德烈娅及道格·皮考克、特伦特·阿尔维、德尼斯·塞兹默尔、丽莎及克里斯·皮特森、安妮特及伊恩·肯明斯、安妮及约翰·米利肯——这些朋友每一个人都像大家庭的成员。

在城堡谷，埃莉诺·布利斯和比尔·赫登以及他们的女儿克洛伊和萨拉一直是我坚实的后盾；劳拉·卡马拉、维加利·哈密尔顿和玛丽·奥布莱恩家的大门一直为我们敞开。在缅因州，玛丽亚·休斯和尼克·西奇特尔曼是我们的罗经点。他们的蓝山书店是美国最好的书店之一。苏珊·朗戈克邀请我们去她的土地参观；苏珊和雷伊·麦克唐纳让我们留宿；安以及比尔·巴克尔、苏珊·汉德斯·谢特里、休·库伦、特里·梅森、艾伦·贝斯特、吉姆·道以及盖尔·佩奇让我们感受到邻居的情谊。基姆·里德利和汤姆·库里，是有洞见的；克里斯汀·雷斯，是美丽的；德布·索尔，是优雅的；米西·格林和埃里克·津纳，是体贴的；彼得·布雷兹·科克伦，他的胸怀，像大海一样。

感谢达特茅斯学院的安迪·弗里兰德，感谢他的影响和支持，同时也感谢卡罗尔·福尔特、迈克尔·多尔西、詹妮弗·皮考克、道格·波尔戈、特里·奥斯本和苏珊·莱特，使2006年春季的蒙哥马利学者项目成为可能。在此期间，我对后殖民主义以及环境司法有了多方位深入的思考。也正是在这里，我得以跟来自布隆迪的医科生迪奥格拉蒂亚斯（迪奥）·尼伊宗基扎以及卡勒斯托斯·朱玛进行了很有意义的对话，他们都对我的想法提出了质疑，并产生了一定的影响。

向来自怀俄明州穆斯和亚利桑那州奥拉科尔的“下一代项目”（Next Generation Project）成员致敬，愿我们能继续用故事讲述那些不为人所知的时刻。

我想要感谢斯蒂文·巴克雷和伊莉莎·费歇尔，他们对我无微不至的关怀，始终支持着我的工作，大到保护言论自由，小到在我困难的时候送上一束薰衣草作为礼物。在这所有的一切之中，让我最为感激的是他们的幽默。感谢蒙尼特·克拉克，我的文学助理，她耐心、专业，是工作和友谊中值得信赖的伙伴，她从一开始就对本书进行了大量细心的编辑工作，十分感谢。

读者。简·斯隆给予我继续完成本书，并且无须为自己的作品致歉的勇气；林恩·戴尔波特提供了平实的见解以及她的爱；琳达·阿什尔总是向我提出她广泛的思考和疑问；贝奇·伯顿作为朋友以及致力于推广和出版纯正英语的独立书商，和我分享她的见解并提供支持。詹妮弗·萨恩是我在《猎户座》（*Orion*）杂志的编辑，是我所认识的人中对语言最敏感的人。劳里·格兰为《创意非小说》（*Creative Nonfiction*）的特辑“多样性对话”编辑了“祈祷鼠”。她的影响独一无二。特别感谢亚历山德拉·富勒，她是本书的教母，多次让我避免陷入疯狂失智的状态。

感谢潘塞恩图书出版公司（Pantheon Books）。衷心感谢弗兰·比格曼温和的敦促、关爱和作为编辑出色的判断力；布莱恩·巴斯，封面设计师；克里斯滕·比尔斯，维多利亚·皮尔森，汉娜·奥伯曼-布伦德尔，卡罗尔·鲁坦，凯蒂·弗里曼，米奇可·克拉克，阿尔蒂·卡珀；特别感谢詹尼斯·戈德克朗，为我们共同的经历；桑尼·梅塔，致以我最崇高的敬意。

丹·弗兰克是我真正意义上的合作者。20年来，他一直是我在潘塞恩图书出版公司的编辑，他的工作无可挑剔。他是个有想法的编辑。他会创造性地冒些风险，并对此无所畏惧。他的思维方式一次又一次地对我的书稿产生影响。不过，除了是个出色的编辑之外，他还是个令人愉快、不离不弃的朋友，这对我来说更为无价。

卡尔·勃兰特是我这25年写作生涯的支柱。契诃夫曾说过，一个作家最需要两个特质：信念和毅力。当我两者都缺乏时，卡尔·勃兰特为我保留着这两种特质。感谢他正直、准确的判断力，感谢他出于关心而提出的批评意见。他是我的导师，我的知己，我的读者，我的辩护者。我将此书献给他。

> **美……翩然而至，并非因为我们的劳作；**
> **而后，美让我们做好准备，去经历伟大的劳动。**
> ——伊莱恩·斯卡利，《论美与公正》

图书在版编目（CIP）数据

发现破碎世界之美 / (美) 特丽·坦佩斯特·威廉斯著；秦海花译. — 重庆：西南大学出版社, 2022.1

ISBN 978-7-5621-9742-3

Ⅰ. ①发… Ⅱ. ①特… ②秦… Ⅲ. ①散文集-美国-现代 Ⅳ. ①I712.65

中国版本图书馆CIP数据核字(2021)第144302号

发现破碎世界之美

FAXIAN POSUI SHIJIE ZHI MEI

[美]特丽·坦佩斯特·威廉斯（TERRY TEMPEST WILLIAMS）著
秦海花 译

出版策划：闫青华 何雨婷
责任编辑：何雨婷
特约编辑：项歆妮
装帧设计：夏玮玮
出版发行：西南大学出版社（原西南师范大学出版社）
重庆市北碚区天生路2号 邮编：400715
市场营销部电话：023-68868624
印 刷：重庆升光电力印务有限公司
成品幅面尺寸：148mm×210mm
印 张：16.375 字 数：360千字
版 次：2022年1月 第1版
印 次：2022年1月 第1次印刷
著作权合同登记号：版贸核渝字（2020）第087号
书 号：ISBN 978-7-5621-9742-3

定 价：96.00元

读者 Readers 回函表

WIPUB BOOKS

电子回函表入口

姓名:________ 性别:______ 年龄:______ 职业:________ 教育程度:______

邮寄地址:______________________________ 邮编:________

E-mail:____________________ 电话:____________________

您所购买的书籍名称:《发现破碎世界之美》

您对本书的评价:

书名: □满意 □一般 □不满意 | 故事情节: □满意 □一般 □不满意
翻译: □满意 □一般 □不满意 | 书籍设计: □满意 □一般 □不满意
纸张: □满意 □一般 □不满意 | 印刷质量: □满意 □一般 □不满意
价格: □便宜 □正好 □贵了 | 整体感觉: □满意 □一般 □不满意

您的阅读渠道(多选):

□书店 □网上书店 □图书馆借阅 □超市/便利店 □朋友借阅 □找电子版
□其他 ________

您是如何得知一本新书的呢(多选):

□别人介绍 □逛书店偶然看到 □网络信息 □杂志与报纸 □新闻
□广播节目 □电视节目 □其他

购买新书时您会注意以下哪些地方(多选):

□封面设计 □书名 □出版社 □封面、封底文字 □腰封文字 □前言、后记
□名家推荐 □目录

您喜欢的书籍类型(多选):

□文学-奇幻小说 □文学-侦探/推理小说 □文学-情感小说 □文学-散文随笔
□文学-历史小说 □文学-青春励志小说 □文学-传记
□经管 □艺术 □旅游 □历史 □军事 □教育/心理 □成功/励志
□生活 □科技 □其他 ________

请列出3本您最近想买的书:________、________、________

请您提出宝贵建议:______________________________

____

★感谢您购买本书,请将本表填好后,扫描或拍照后发电子邮件至wipub_sh@126.com,您的意见对我们很珍贵。祝您阅读愉快!

编辑 Editor 邀请函

WIPUB BOOKS

亲爱的读者朋友：

也许您热爱阅读，拥有极强的文字编辑或写作能力，并以此为乐；

也许您是一位平面设计师，希望有机会设计出装帧精美、赏心悦目的图书封面。

那么，请赶快联系我们吧！我们热忱地邀请您加入“编书匠”的队伍中来，与我们建立长期的合作关系，或许您可以利用您的闲暇时间，成为一名兼职图书编辑或兼职封面设计师，成为拥有多重职业的斜杠青年，享受不同的生活趣味。

期待您的来信，并请发送简历至 wipub_sh@126.com，别忘记随信附上您的得意之作哦！

译者 Translator 邀请函

WIPUB BOOKS

为进一步提高我们引进版图书的译文质量，也为翻译爱好者搭建一个展示自己的舞台，现面向全国诚征外文书籍的翻译者。如果您对此感兴趣，也具备翻译外文书籍的能力，就请赶快联系我们吧！

您是否有过图书翻译的经验：

□有（译作举例：________________________）　□没有

您擅长的语种：

□英语　□法语　□日语　□德语

您希望翻译的书籍类型：

□文学　□心理　□哲学　□历史　□经济　□育儿

请将上述问题填写好，扫描或拍照后发至 wipub_sh@126.com，同时请将您的应征简历添加至附件，简历中请着重说明您的外语水平。